무기의 그늘 하

무기의 그늘

하

황석영
장편소설

창비

차 례

22

"실장님, 전홥니다."

키엠 중위가 모닝커피를 들고 있는 팜 꾸엔에게 수화기를 쳐들어 보이면서 말했다. 팜 꾸엔은 커피잔을 들고 창가에 서 있었다.

"누구냐?"

"누이동생이랍니다."

팜 꾸엔은 미간을 찌푸렸다. 아마도 어머니의 푸념을 전해오기가 십상이었다.

"안 받겠습니까?"

키엠이 재촉했다.

꾸엔은 할 수 없이 수화기를 받아들었다.

"나다…… 웬일이냐?"

레이는 잠깐 침묵했다.

"바쁘다, 어서 말해."

"저어 큰오빠, 오늘 집에 좀 오셔야겠어요."

"다 안다. 어머니 때문이지? 또 어디가 아프시대?"

"하여튼 좀 오세요."

"일요일에 간다고 말씀드려라. 오늘은 틈이 없다."

레이가 한숨을 쉬었다.

"작은오빠…… 돌아왔어요."

"뭐, 언제?"

"어제요."

"집이냐?"

"아뇨, 학교 가다가……"

"알았어."

팜 꾸엔은 수화기를 얼른 내려놓았다. 키엠 중위가 타자가 쳐진 서류를 내밀었다.

"이게 자치협의회 위원들의 명단입니다."

팜 꾸엔은 서류를 무심코 받아들었다.

"오늘 보스에게 결재를 받아야 합니다."

꾸엔은 서류를 내려다보았다. 그것은 꽝남성 신생활촌의 자치협의회 위원들의 명단이었고, 꾸엔은 대부분이 군인인 혁명개발위원회의 몇몇 간부들과 그 명단을 짰던 것이다.

"내주에 첫 모임이 있게 되는 셈인가?"

"예…… 우선 대표위원은 삼십명입니다."

"시간이 충분하군. 오후에 결재를 받지. 그리고 난 좀 나갔다 와야겠는데, 장군 어젯밤 바이방에서 잤나?"

"예, 아직…… 거기 계십니다."

그 프랑스 튀기가 또 싸이공에서 같이 왔군, 생각하면서 꾸엔은 작업모를 집었다.

"장군이 찾으면 집으로 전화해주게."

"싼 티엔 말입니까?"

"아니, 도끄랍에 있는⋯⋯"

꾸엔은 성청 밖으로 나와서 두리번거렸다. 성장의 요란하게 위장한 호송차량이 있었다. 꾸엔이 달려오는 운전병에게 말했다.

"랜드로버 어디 있나?"

"장군께서 타고 가셨습니다. 쎄단이 있는데요."

"아냐, 지프차 열쇠나 주게."

그는 별판이 가려진 람 장군의 출퇴근용 야전지프를 몰고 거리로 나왔다. 팜 민이 돌아왔다는 것은 그가 소정의 교육을 끝냈음을 의미했다. 팜 민은 아마도 전투지역으로 떠나기 전에 가족들에게 작별을 하러 왔는지도 몰랐다. 민은 후에로 돌아갈 작정이겠지, 그러나 어림도 없다고 그는 생각했다. 팜 꾸엔은 아우 민을 자기 혼자 직접 심문할 작정이었다. 민의 사상동향을 살펴서 입대시킬 생각이었다. 해군 병원선에만 태울 수 있다면 팜 민 때문에 받게 되는 위험이나 부담을 덜 수가 있으리라. 아니면 일찍 장가를 보내든지, 어쨌든 그의 생각을 바꿔놓기 전에는 꼼짝도 못하게 할 것이다.

집앞에 차를 대놓고 꾸엔은 운전석에 앉은 채로 잠깐 호흡을 가라 앉혔다. 그는 팜 민을 제외한 가족들에게 어떤 태도로 대할 것인가를 속으로 결정했다. 그는 허리에 찬 38구경 권총을 꺼내어 탄창을 옆으로 젖히고 실탄 한 발만 남기고는 다섯 발은 빼어서 호주머니에 넣었다. 그는 다시 권총을 집에다 꽂았다. 그는 등나무가 늘어진 현관 쪽으로 가 거실로 들어섰다. 어머니는 대나무 칸막이 앞의 의자에 앉아 있었고, 팜 민은 레이의 방으로 들어가는 모퉁이에 동그란 등 없는 의자에 앉아서 얘기를 하다가 그가 들어서자 말을 중단했다. 두 사람은 제각기 다른 표정으로 팜 꾸엔을 올려다보았다. 어머니는 벌써 입이 일그러지는 중이었다.

"너 그럴 수가 있니? 이 에미는 그냥 버려두고…… 그 따이한 여자는 내 며느리가 아냐. 내가 살아 있는 한 그따위 짓은 용납 못해. 어서 그년을 데려와. 내가 우리 팜씨 집안이 어떤 가문인가 얘기해주고 당장 쫓아버릴 테야. 너 봤지, 그전에 우리 이웃 살던……"

"그만두세요."

"흥, 민이 왔으니까, 네 아우하고 함께 있는 자리에서 내가 얘기 좀 해야겠어. 그전에 이웃 살던 칭이라고 고무농장에 사무원 나가던 사람 있었지? 그 사람이 동료들에게서 사람대접이나 받더냐. 마누라가 프랑스의 갈보 출신이라 그랬어."

"쳇, 그 사람이 욕먹은 건 그 일 때문이 아녜요. 프랑스 농장주인의 개 노릇을 했기 때문이죠. 미미는 나쁜 여자가 아니에요. 그보다 나는 저애 때문에 이렇게 달려온 겁니다. 어머니, 미미 문제는 나중에 얘기하죠. 너, 나 좀 보자."

무표정하게 그를 올려다보는 민에게 꾸엔은 손가락질하면서 레이의 방 쪽으로 걸어갔다. 어머니가 그들의 뒤를 따랐고 꾸엔은 돌아서서 가슴으로 막았다. 어머니가 말했다.

"왜, 내 앞에서 말을 못하는 거냐. 공연히 네까짓 것들 문제로 휴가나온 아이 머리 어지럽히지 마라. 나도 네 거짓말을 곁에서 들어야겠어."

팜 꾸엔은 두 팔을 벌리며 울상을 지었다.

"제발 어머니, 나는 우리 가족들 걱정으로 머릿속이 터질 지경입니다. 내가 가장 노릇을 못한 게 뭐예요. 다달이 풍족한 생활비 갖다드리죠, 심지어는 미 누나와 조카들까지 떠맡았어요. 조금만 참으시라고 했잖아요. 어머니가 저를 조금만 더 편하게 해주신다면 빠른 시일

안에 온 가족을 전쟁이 없는 고장으로 데려다놓을 거예요. 정말 내가 집에 올 적마다 이러시면 저는 다른 군관구로 전출을 가버릴 겁니다."

팜 민이 어머니의 어깨를 두 손으로 쥐더니 천천히 돌려세웠다.

"가서 누워 계셔요. 형님과 의논할 게 있습니다."

미 누나가 부엌의 칸막이 너머로 나타났고 팜 꾸엔은 험상궂은 눈짓을 보냈다. 미 누나는 어머니를 붙잡고 부엌과 거실 사이의 통로로 데려갔다.

"자자, 성내시면 엄마 손해야. 가서 누워 계셔요."

팜 꾸엔은 두 사람이 방으로 완전히 들어가자 돌아서서 레이의 방으로 들어갔다. 그는 책상 앞의 의자에 앉았고 팜 민은 침통한 얼굴로 뒤따라 들어섰다.

"문 닫고…… 거기 앉아."

팜 민은 형이 가리키는 대로 침대에 가서 걸터앉았다.

"어머니에게 뭐라고 그랬어?"

민은 고개를 숙인 채 꾸엔의 물음에 답했다.

"어머니가 먼저 휴가나왔냐고 그러시길래 보름 동안 나왔다고…… 대답했어."

"좋아, 지금부터 내가 묻는 말에 정직하게 대답해. 지난 두 달 동안 어디 가서 뭘 했어?"

팜 민은 고개를 떨군 채 말하지 않았다. 팜 꾸엔은 그때 권총을 뽑았다. 그는 안전핀을 젖히고는 책상 위에 놓았다.

"나는 지금 네 형으로서 묻고 있는 게 아냐. 베트남 정부군의 소령으로서 묻는 거다. 넌 내 질문에 대답하지 않을 수도 있어. 하지만, 내가 스스로 판단해봐서 네게서 필요한 정보가 나오리라 생각되면 지금 당장 정부군 보안부대로 널 넘기겠다. 그치들은 전문가니까 하룻밤 사이에 네가 겪은 모든 것을 털어내게 되겠지. 너는 해방전선의 전사로서 정규군 대우를 받을 수가 없다. 너를 보호할 아무런 법규도 협정도 해당되지 않아. 너는 스파이야. 내가 도울 수 있는 거라고는 네가 되도록이면 고초를 덜 겪고 포로심문반을 거쳐서, 수용소로 빠졌다가 육개월 이내에 귀순자 처리에 따라서 빼낼 수 있는 길뿐이다. 너 정글의 신병교육대에 있었지?"

민은 대답하지 않았다. 꾸엔은 권총을 집었다.

"네가 고집을 부리면 나는 널 쏠 수도 있어. 차라리 너 때문에 내가 군에서 난처한 입장에 빠지기보다는, 사고처리가 되는 게 다행이겠지. 널 쏴버리고 오발사고로 경찰서에 신고하면 오전 한나절이면 서류로 끝난다. 아무리 생각해도 그게 다른 가족들을 위해서 가장 낫겠어."

팜 꾸엔은 일어나서 방문에 고리를 걸었다. 그러고는 레이의 베개를 집어다 권총을 쥔 손 위에 얹었다. 그는 총구를 똑바로 아우에게 겨누었다.

"어디 있었어?"

"아트와트산맥."

꾸엔은 마음속으로 준비는 했지만 가슴이 철렁했다. 그는 떨리는 목소리로 다그쳤다.

"거기서 뭘 했어?"

"한 달 동안 훈련을 받았어."

"그럼 나머지 기간 동안에는……"

"메콩 델타로 침투했어."

"거짓말 마!"

꾸엔은 방아쇠를 당겼다. 책상을 두드린 것 같은 둔탁한 소리가 났고 탄환은 민의 몸에서 반팔 길이쯤에 가서 박혔다. 도배지 아래서 튀어오른 시멘트 가루가 흰 침대시트 위에 흩어졌다. 민은 침착하게 그의 형을 마주보았다.

"총 저리 치워…… 형, 나는 그전과 달라."

민은 나직하게 말했다.

"지쳤어."

그는 침대에 드러누워버렸다. 꾸엔은 총구를 까딱거리며 으르렁댔다.

"일어나 앉아."

그때 노크소리가 들리고 미의 떨리는 목소리가 들렸다.

"아무 일 없니?"

"일없어. 아직 얘기중이야."

꾸엔은 나직하게 말했다. 미가 다시 물었다.

"민, 뭐 하고 있니?"

"응, 도마뱀을 잡았어."

민이 높다란 소리로 말하자 미는 슬리퍼를 끌면서 문가를 떠났다. 누나가 멀어지는 것을 확인하고 나서 꾸엔은 다시 낮게 물었다.

"내가 그런 것도 모를 줄 알았니? 너는 중부 월남 출신이니까 동호이교육대에 갔겠지. 메콩 델타는 싸이공 지역이야. 앞뒤가 맞는 말을 해야지. 그리고 너희 교육기간은 육개월에서 이개월로 단축되었어. 그러니까 너는 방금 고원지대의 호찌민 루트에서 돌아온 거야. 나는 전선의 최근 침투상황을 샅샅이 알고 있어."

"그전에는 그랬지. 미군의 증원병력이 오기 전에는. 지난번 테트 공세 이후로 교육기간은 다시 한 달로 줄었어. 지금 해방전선은 병력이 매우 모자라거든. 나는 한 달 동안 개인화기 교육만 받고 제1특별지구인 싸이공으로 배치명령을 받았어. 보름 전에 싸이공 외곽에 있었지.

우리 조원은 거의 전멸했어."

꾸엔은 자기도 모르게 권총을 내렸다.

"해방전선에서 탈주했니?"

"살고 싶었어."

팜 민은 침대에서 벽을 향하여 돌아누웠다. 그는 형의 눈초리를 정면으로 대할 수가 없었던 것이다. 성공할 기미가 보이기 시작했고, 그만큼 형을 속인다는 사실 때문에 마주 바라보기가 싫었다. 그러나 이것 또한 그의 중요한 첫번째 임무 중의 하나였다.

"이젠 형이 시키는 대로 하겠어. 나 자수하겠어. 내가 아는 정보를 다 얘기하지. 우리의 임시훈련소와 후에에 있는 조원 몇사람과……그리고 싸이공에 들어가는 루트를 알고 있어."

"쓸데없는 소리 집어쳐."

"나는 매복초소에 걸려서 모든 중대원이 학살되는 걸 봤어. 후미 척후를 섰기 때문에 기어서 사정거리를 벗어났어. 이튿날 해가 높다랗게 뜨기까지 늪지의 갈대 속에 숨어 있었어. 농부들의 도움으로 옷을 갈아 입고 일번도로로 나가는 화물자동차를 얻어탔지. 싸이공에서 사흘 동안 있었어. 후에대학을 나온 선배가 하는 병원에서 신세를 졌어. 그러고는 다시는 정글로 돌아갈 수 없어서 형과 가족을 찾아서 해안을 따라 차를 갈아타면서 여기까지 왔어."

팜 민은 결심했다. 그러고는 일어나서 형의 무릎에 얼굴을 묻으며 부르짖었다.

"형, 살려줘. 나 죽기 싫어. 이렇게 무서운 줄 몰랐어!"

꾸엔은 뭔가 참을 수 없는 격정이 가슴 위로 치받쳐서 그의 뒷덜미를 잡아흔들었다.

"걱정 마라. 우리 식구들 외에는 아무도 몰라. 너는 그냥 공부를 한 거야. 베트남의 현실과 이상에 얼마만큼의 거리가 있는지 학습을 해본 셈이야. 차라리 잘됐다. 너는 이제야 어른이 됐어."

"형, 나는 후에로 돌아갈 수 없어. 학교에 가면 나는 조직원들 때문에 위험해."

꾸엔은 아우를 침대에 앉히고 그와 같은 높이에서 바라볼 수 있도록 무릎을 꿇고서 말했다.

"학교 가지 마라. 그 대신에 입대해. 그러면 모든 일이 자연스럽게 해결되는 거야."

민은 고개를 끄덕였고 꾸엔은 담배를 꺼내어 물고 나서 아우에게도 권했다. 민도 한개비를 뽑아물었다. 꾸엔이 불을 붙여주었다.

"내 말대로 하겠다면 형은 너를 위해 무슨 일이든지 해볼 작정이야. 우선 입대를 해. 일년 안에 의병제대를 시킬 자신이 있으니까. 만약 네게 그런 밀구린 일이 없었다면 나는 한 달 안에 네 병력필증을 만들 수도 있어. 나는 네가 무사히 졸업할 때까지 기다릴 셈이었다. 나도 어떤 계획이 있어. 우리 가족은 나를 믿어도 될 거야. 나는 식구들 중에서 가장 먼저 너를 제삼국으로 내보낼 작정이었어. 너 유학갈 테냐? 그래, 의사가 되는 거야."

"공군에 입대하려고 생각했어."

"왜…… 해군이 좋잖아. 바다 위가 베트남에선 가장 안전한 장소야. 하얀 칠에 적십자를 그린 병원선에 파견근무를 나갈 수도 있지. 거기서 위생병을 하면서 날짜를 보내노라면 조직 쪽에서도 신경을 쓰지 않을 거다."

"괜찮아, 나를 아는 자들은 저 정글 너머에 있어. 그리고 우리 중대 단위의 조직원은 모두 죽었고, 후에에만 안 가면 되지. 공군에 입대하려는 건…… 집에서 어머니를 돌볼 수 있기 때문이야. 어머니가 불쌍

하다고 생각하지 않우? 형도 집에 없고 나까지 없으면 어머니는 매일 울기만 하실 거야. 레이하고 의논을 해봤어. 내가 여기 남아 집안일을 꾸려가야겠어. 그러면 형도 자기 일에 전념할 수가 있고 훨씬 마음이 가볍잖아."

팜 꾸엔은 콧날이 찡해졌다. 그는 공연히 담배연기를 훅 내뿜으며 딴청을 피웠다. 팜 민이 말했다.

"다낭비행장에 배속된 걸로 하면 소관이 미군이니까 서류상으로 누락시키면 된다던데?"

꾸엔도 그런 변수가 있다는 것은 잘 알았다. 공군에 입대한 것으로 신상카드를 만들어서 즉시로 비행장 파견명령을 내린 뒤에 파견대의 소령에게 다달이 얼마씩 근무비를 내기로 하고는 평소에는 나가지 않는 방법이 있었다. 어쩌다가 본대에서 파견대 전원의 점호가 있으면 그때 군복만 입고 가서 점호에 응하면 되었다. 그러나 미군에 붙여진 보충병력을 점호하는 일은 거의 일어나지 않았다. 전사, 부상, 파견, 귀대 등등 병력의 이동이 매우 빈번했고 탈주병도 많았다. 주특기조차 제대로 찾아서 적소에 배치되기가 어려운 형편이었다. 그리고 일 년 동안 적을 걸어두는 일은 돈도 훨씬 덜 들고, 무엇보다도 아우의 마음을 잡아두는 데 적절한 조처가 아닌가.

"그래, 공군에 입대해라. 내가 적절히 조처를 하겠어. 그리고 병역증도 만들어주겠다. 의병제대를 할 때까지 어머니 곁에서 꼼짝 말고 있어."

"고마워."

팜 민은 형에게 취직 얘기까지 꺼낼까 하다가 그만두었다. 너무 한꺼번에 많이 들이대면 꼼꼼한 꾸엔이 의심을 할 게 뻔했다. 민은 다른 얘기를 꺼냈다.

"형…… 결혼 얘기 들었어. 레이가 말해주었지. 어머니나 레이는 마음에 상처를 받은 것 같아."

꾸엔은 담배를 피우면서 창밖으로 고개를 돌린 채 민에게 물었다.

"너는 어떠냐?"

"뭐가……"

"내가 그 여자와 사는 것이……"

"글쎄…… 레이와 어머니 말대로라면 나도 그들과 생각이 같아. 형이 외국 접대부와 결혼을……"

"닥쳐, 미미는 그런 여자가 아니야. 다만 PX의 사무원으로 일했어. 또 나도…… 이건 미안한 얘기지만 우리들 관계가 베트남식의 결혼과는 형식이 다르다는 걸 잘 알아. 우리는 지금 함께 살지만 헤어질지도 몰라. 그 여자는 우리 가족과 함께 싱가포르나 방콕으로 나갈 생각이야. 그래서 서류상으로 내 아내가 된 거야. 그뿐이다."

"그렇지만…… 그 여자는 형을 사랑하지 않고 다만 제삼국으로 나가는 방편뿐이라면……"

꾸엔은 아우와 더이상 자기의 사생활에 대해서 이러쿵저러쿵 하고 싶지가 않았다. 그는 시계를 들여다보았다. 민이 말했다.

"형이 허락을 할는지 모르지만……"

"뭔데?"

"나 오늘 그 여자를 만나봤으면 좋겠는데?"

"난 별로 내키지 않는다."

"아, 염려는 마. 쓸데없는 소리는 늘어놓지 않을 거니까. 알아? 내가 좋은 인상을 받고 나서 어머니를 설득시키게 될지."

"어머니 일은…… 나도 포기했다. 나중에 다른 나라로 가서 우리끼리 오순도순 행복하게 살게 되면 다 이해하실 거야. 내겐 목표가 있어."

16

"나도 알아. 형은 람 장군의 덕으로 돈을 벌겠다는 거지?"

꾸엔은 민이 빈정거리는 투인가 살피려고 고개를 획 돌려서 아우의 얼굴을 보았지만, 민은 진지하게 그를 바라보고 있었다. 역시 세상을 조금 안 것 같은 표정이 아닌가. 꾸엔은 말했다.

"그래, 예전에는 네가 그래서 내게 모욕적인 말로 대들곤 했지. 이것봐, 너는 이제 겨우 세상살이를 안 모양이구나. 이 전쟁은 아마 우리 세대에는 안 끝날 거다. 벌써 환갑이 훨씬 넘었어. 디엠시절에 나는 유력인사의 집안이 하나둘씩 유학생부터 시작해서 빠져나가는 걸 수없이 보았어. 우리도 여길 떠나는 거야. 그러려면 돈이 있어야지. 나는 지금 이런 줄을 잡으려고 대학을 졸업하자마자 간부군사학교 때부터 눈독을 들였어. 이건 우리 같은 영관장교로는 까마득한 출세야. 나는 꽝남성의 모든 일을 장군과 같은 위치에서 그와 함께 쥐었다 폈다 할 수가 있지. 이건 드문 기회야. 우리 식구에게는 달러가 필요해."

"얼마쯤……"

"글쎄, 백만 달러는 되어야겠지."

민은 결코 놀라지 않았다. 제대증 천 장이면 되는 셈이다. 어느 성의 경찰서장 부인은 포커를 하면서 군인 몇명을 건다고 외쳤다는 소문이 있을 정도였다. 아니 유럽으로 나가는 여권 백 장이면 백만 달러가 아닌가.

"기간이 얼마나 걸릴까?"

"글쎄…… 보스를 내각에 보내드릴 때까지 해내야지. 앞으로 이년쯤?"

"나도 형을…… 돕겠어. 우리 가족의 일이니까."

민이 억양없이 말했고 꾸엔은 그의 어깨에 두 손을 얹었다.

"못된 것! 내 속을 썩이더니…… 그들이 너를 이렇게 어른으로 만들어줄 줄 알았더라면 진작에 보냈지."

꾸엔은 그러다가 저도 모르게 쑥스러워져서 다시 시계를 보았다.

"자, 난 들어가야겠다. 오후에 결재를 받아야 할 중요한 서류가 있으니까. 하여튼 잘됐다. 너무 염려 말고…… 형이 다 알아서 할 테니까. 저녁에 다시 들르지."

꾸엔은 그제야 방문의 고리를 벗겼다. 그는 나가려다가 윗주머니에서 지갑을 꺼냈다.

"자, 용돈 넣어둬. 밤늦게 다니지는 말고."

꾸엔은 지갑에서 십 달러짜리 군표 다섯 장을 꺼내어 내밀었다.

"르 로이시장에 가면 천오백 피아스타는 받을 게다. 레이하고 미 누나에게 작은 선물이라도 사줘라."

민은 말없이 군표를 받았다. 형은 다른 가족들에게는 말도 붙이지 않고 나가버렸다. 민이 내다보니 생울타리 사이로 그가 차에 오르는 것이 보였다. 민은 혼잣말로 중얼거렸다.

"꾸엔 형, 미안해."

시동 거는 소리가 나더니 지프는 그곳을 떠났다.

"꾸엔은 갔니?"

미 누나가 걱정스런 얼굴로 서 있었다.

"다퉜니?"

"아니……"

"정말 괜찮을 것 같니?"

"형이 처리해주기로 했어요. 누나도 이젠 그런 거 잊어버려."

"배고프지? 레이가 곧 올 거다. 같이 먹어."

"누나, 혹시 형이 사는 집 알아?"

"그까짓 거 내가 뭐 땜에 아는 척하겠니? 아마 레이는 알지도 몰라.

어머니가 졸도하셔서 키엠 중위를 앞세워서 한번 찾아갔던 적이 있어."

"어머니가 졸도를 하셨더랬어?"

"그래…… 자기 짐을 챙겨서 이사간 날 그러셨어. 왜 그전에 아버지한테도 곧잘 그랬잖아."

남매는 다시 거실로 나왔다. 햇볕이 마당 안에 내리쬐어서 화초가 축 늘어져 시든 게 보였고, 미는 물뿌리개를 들고 나가 열심히 물을 뿌렸다. 민은 파리채를 들고 거실의 이곳저곳에 오르락내리락하는 파리들을 때려잡았다.

"민아, 너 정말 다시 돌아온 거니?"

"그렇다니까……"

"나는 네가 애들 아버지처럼 다시는 돌아오지 않을 줄 알았어."

"내가 돌아와서 누나는 싫우?"

"아니…… 어쩐지 네가 변한 것 같아서."

"나는 그대로야."

미는 민을 자세히 들여다보더니 속삭였다.

"나는 아직도 내 남편을 자랑스럽게 생각해. 아이들이 크면 얘기해줄 거야. 그이는 콩나이 지구위원회의 위원이었어. 그이가 가끔 정글에서 왔다가곤 했지. 저애는 그때 가졌어."

미는 해먹 위에서 잠든 세살짜리 여자애를 돌아보았다.

"베트남의 여자들은 대부분 그렇게 생각할 거야. 곁에 남아 욕스럽게 살기보다는 차라리 정글로 가기를 바라지. 나는 네 형이 밉다."

민은 누나의 마음을 짐작할 수 있었다. 그러나 내색하지 않고 파리만 잡았다. 미가 말했다.

"꾸엔은 내 남편이 저쪽이었다고 나를 무시하고 있어."

"그렇지 않아, 미 누나."

"그럼 뭐니, 어머니는 매일 저를 찾는데 따이한의 접대부와 살림이나 차리고, 그까짓 생활비 삼만 피아스타 던지고 가면 다냐. 너는 다신 오지 않을 줄 알았어."

민은 속에서 뭔가 울컥하며 치밀어올라 누나의 어깨를 잡아흔들며 자기는 전선의 조직원이라고 외치고 싶었다. 그러나 그런 따위 허영은 버려야만 했다. 때로는 동포의 손가락질을 받는 자로 위장할 수도 있다지 않던가. 민은 파리채를 던져버렸다.

"누나…… 나는 겨우 살아서 돌아왔어. 나도 매형처럼 정글 속에서 행방불명이 되어 전선의 노란 딱지 통지서를 받아야만 시원하겠어?"

"아냐, 그래 잘 돌아왔다. 죽으면 안되지. 나는 꾸엔이 미워서 그래."

미 누나는 얼른 다가와 민의 손을 잡아흔들었고 눈에서는 눈물이 줄줄 흘러내렸다. 자신의 얹혀사는 신세가 가슴이 아픈 것이다. 울타리 밖에서 자전거의 종소리가 딸그랑거렸고 페달 밟는 소리가 들렸다.

"레이가 오는구나."

미는 얼른 손등으로 눈시울을 닦고는 일단 부엌의 칸막이 뒤로 숨었다. 레이는 자전거를 뜰안에 끌어넣어 세우고는 농라를 벗어서 두 손으로 얼굴에 바람을 일으켰다. 레이는 얼굴이 발갛게 익어 있었다.

"아까 큰오빠한테 전화했는데, 왔었어?"

"그래, 고맙구나."

"뭐라고 그래?"

"잘 해결한다구."

"아, 배고파. 오빠도 안 먹었지?"

"그래, 널 기다리고 있던 참이야."

미 누나가 그제야 달려나왔다.

"레이 왔구나. 배고프지? 볶음밥 해줄게. 잠깐 기다려."

"서두를 건 없어. 씨에스따 끝나고 수업은 더이상 없으니까. 적십자 봉사하는 날이거든."

"그게 뭐니?"

"응, 고학년 여학생들만 금요일 오후에 병원에 가서 환자들을 돌보거든. 거의가 난민들이야."

"그럼 넌 왜 안 가니?"

"빠지기로 했어."

레이는 목욕을 하러 뒤뜰로 나갔고 펌프질하는 소리가 들려왔다. 잠시 후에 레이는 아오자이를 벗고 티셔츠와 반바지 차림이 되어 돌아왔다. 젖은 머리가 매우 시원해 보였다. 미가 점심을 날라왔다. 삼남매는 거실에서 둘러앉아 볶음밥을 먹었다.

"내 친구가 그러는데 어제 동 대오에 전선병사들이 깊숙이 들어왔대. 깃발도 꽂았대. 그런데 여섯 사람이 죽었는데 그냥 길에다 늘어놓았더래. 모두들 그 얘기야."

"레이, 밥이나 먹어."

미가 주의를 주었다. 레이는 갑자기 숟가락을 놓더니 힘없이 말했다.

"그런데 저 오빠…… 나 잘못한 거 있는데."

미와 민은 식사하기를 멈추고 레이를 쳐다보았다.

"용서한다면 말할게."

민은 고개를 끄덕였다. 레이가 고개를 숙이고 말했다.

"학교에서 나오는데 소안 언니를 만났어. 그 언니가 동 대오로 가보겠다고…… 혹시 그 죽은 사람들 사이에 오빠가 끼여 있을지도 모른다고 울먹이며 걱정을 하길래……"

"그래서 내가 집에 왔다는 얘길 해줬구나."

"응, 어젯밤에 왔다고. 소안 언니는 정말 동 대오에 가려고 했다니까. 하는 수 없었어. 그래서 아마 집에 올 거야."

미가 힐난조로 말했다.

"이 철없는 것, 민이 여러가지로 안정이 될 때까지는 아무에게도 말하지 말랬잖아. 너 소문이 나면 어떻게 하려고 그러니? 꾸엔도 그렇게 되면 별 힘을 쓸 수가 없어요. 수용소에 끌려가는 거야."

가끔 해방전선의 탈주자들이 집에 돌아왔다가 주위사람들의 밀고로 수용소에 끌려가는 수가 있었고, 그런 경우에는 귀순자와는 다르게 처리가 되었다. 육개월의 심사기간이 있었으나 그것도 돈을 쓰는 경우에 석방되고 나서 입대하는 길이 생기며, 그냥 방치하면 대개는 아무도 모르게 사라져버리곤 했다. 접적지역에서 잡힌 양민의 경우에도 그랬으니 전선의 자원자라면 변명할 길이 없었다. 그러나 민은 별로 그런 점은 걱정되지 않았다. 무엇보다도 소안에게 자신의 입장이 변하고 말았다는 연극을 해 보이기가 두렵고 괴로울 뿐이었다. 그는 얼른 접시를 비우고 나서 차가운 녹차를 꿀꺽 삼켰다. 민이 레이에게 물었다.

"너 알지? 형과 그 여자가 사는 집이 싼 티엔의 어디에 있는지?"

"오빠, 그건 왜 물어…… 큰오빠를 만났다면서."

"따이한 여잘 만나봐야겠어."

"싫어, 미 언니나 나나 큰오빠의 닦달을 받기가 싫은걸."

"형이 괜찮다고 그랬어. 싼 티엔의 어디야? 여기에 약도를 그려."

"소안 언니가 온다고 그랬잖아."

"그애를 만나볼 틈이 없는데. 정말 그 궁상맞은 얼굴…… 보기도 싫다니까."

레이가 미를 쳐다보았다.

"언니……"

"가르쳐주렴."

미는 흥미없다는 듯이 턱을 세워 내뱉고 그릇을 치우며 덧붙였다.

"민과 꾸엔은 이제 한통속이 됐으니까……"

레이는 연필을 들고 약도를 그려나갔다.

"자아, 여기가 테니스장이고 여기서 오른쪽으로 꺾어져서 비탈길로 올라가다가 네번째 집, 계단이 높아. 하얀 양회로 칠한 집이야. 알겠어?"

"그래, 고맙다."

팜 민은 종이쪽지를 집어넣고 일어났다. 레이가 물었다.

"뭣 때문에 그 여잘 만나려는 거지?"

"취직하려고 그런다. 그 여자라면 꾸엔 형을 설득시킬 수가 있을 테니까."

"취……직?"

"취직, 돈을 벌어야지. 나는 이 나라를 빠져나가겠어. 외국에 가서 외과의사가 될 셈이거든."

미와 레이는 서로 눈짓을 주고받았다.

"오빠…… 저…… 정말 그래?"

"네 자전거 좀 빌린다."

팜 민은 훌쩍 나가버렸다. 레이가 멍한 얼굴로 미를 돌아다보았다.

"민 오빠 전혀 다른 사람 같아."

"그래, 걔도 이젠 우리 편이 아냐."

"아니, 난 이해할 것 같아. 나는 남자애들이 저렇게 되어가는 걸 여러 번 봤거든."

"정글로 가기 전보다 훨씬 저열한 사람이 되어서 돌아왔어. 민은 꾸엔보다 더 지독하게 변해버릴 거야. 나는 그게 무엇보다 슬프단다.

베트남 여자가 사랑하는 남자는 곁에 없거나 세상에 살아 있지 않은 거야."

레이는 고개를 저었다.

"작은오빠는 그렇지 않아. 무슨 다른 이유가 있겠지."

"너도 봤지? 나는 어제 꾸엔하고 다투는 얘길 다 들었어. 민이 꾸엔의 무릎에 매달려서 제발 살고 싶다고 애원했어. 나는 눈물이 나와서 혼났어. 그리고…… 쓸쓸했다."

"언니, 형부가 가장 훌륭한 남자라고 생각하는 건 좋은데…… 나도 민 오빠를 이 세상에서 가장 좋아한다구. 내가 오빠를 위로해줄 거야."

그러나 레이 역시 오빠가 떠나던 날 밤의 그 은밀한 속삭임 가운데 간직하던 자랑스러움과 감격은 이제 공허하게 사라져버린 느낌을 어쩔 수가 없었다. 오빠 자신은 물론 레이는 언제나 저 밤의 총성과 불빛 가운데서 자책과 열등감으로 가득 찬 세월을 살아가게 될 것이다. 오빠가 해방전선의 탈주자라니.

팜 민은 레이의 자전거를 끌고 도끄랍 쪽으로 천천히 올라가다가 길 건너편에 다가오고 있는 소안의 모습을 보았다. 소안은 흰 아오자이에 기다란 머리를 뒤로 얌전히 빗어넘겼고 고개를 숙이고 아오자이의 자락 끝으로 튀어나오는 자신의 쌘들을 보고 걷는 것 같았다. 민은 하마터면 소안을 부를 뻔했다. 그는 얼른 핸들을 돌려서 샛길로 빠져들었고, 힘껏 페달을 저었다. 속도를 늦추고 뒤돌아보았으나 소안은 이미 네거리를 건넌 뒤였다. 팜 민은 천천히 페달을 밟으면서 해변가로 나아갔다. 이제 겨우 사흘도 못 되어서 이 도시의 무서운 정적과 일상을 견딜 수가 없었고 정말 모든 책무에서 빠져나가고 싶은 유혹이 일어났다. 심리전 부대에서 정글 속에 뿌려둔 귀순한 해방전사의 시가 그때는 쉽게 구겨던질 정도로 우습게 여겨졌으나 이제는 그 시구가 자꾸만 떠올랐다.

어머님 당신 곁을 떠난 뒤, 저는 친구들과 함께 길을 걷습니다. 라오스를 거쳐 중부 월남으로, 저는 산비탈을 타는 데 견디었고, 빗속의 행군에서도 용감했습니다. 이제 여기 낯선 고장, 그러나 모두가 역시 내 나라, 나는 주위를 둘러보며 생각합니다. 내가 해방할 것이 무엇인지를. 시장은 떠들썩하게 붐비고, 논의 벼포기는 산들바람에 나부끼는데, 사원에서는 은은한 종소리, 학교에는 아이들이 뛰놀고, 합창의 노랫소리 들려옵니다. 배추밭 장다리꽃에는, 나비 떼가 분주히 날아다니고, 내가 해방할 것이 무엇인지를 나는 모릅니다.

그렇다, 지치거나 오랜 기간을 자기단련 없이 보내면 누구나 보수화한다. 특히 도시게릴라는 도시생활의 유혹에 견디라고 배우지 않았던가. 시간과의 싸움, 자기 자신과의 싸움, 무엇보다도 조직으로부터 고립된 고독감과 싸워야 한다. 팜 민은 가로수길을 지나 테니스장 옆을 끼고 오른쪽으로 돌았다. 해풍이 머리털과 셔츠를 날렸다. 그는 약도를 꺼내어 눈짐작으로 맞춰보고 네번째의 돌계단 아래에 가서 섰다. 꽃냄새가 대단했다. 아이리스의 짙은 향내로 현기증이 일어날 것 같았다. 그는 천천히 계단을 올라갔다. 하얀 나무대문 위에 초인종이 달려 있었다. 팜 민은 위쪽의 나무 칸살 사이로 뜰과 현관을 들여다보았다. 이곳은 베트남이 아니었다. 종려는 방금 물을 맞았는지 잎사귀마다 물기가 맺혀서 싱싱하게 푸르렀다. 그는 초인종을 눌렀다. 아무 대답이 없었다. 여러번 눌렀지만 그래도 인기척이 없었다. 그가 계단을 돌아내려오려고 했을 때, 안쪽에서 드르륵 유리문 열리는 소리가 들려왔다. 팜 민은 다시 문앞에 가서 섰다. 현관문이 열리며 가슴만 가리는 노란색 비치가운을 걸친 여자가 고개를 내밀고 영어로 물었다.

"누구세요?"

"여기가 팜 꾸엔 소령 집이죠?"

"그런데요. 지금 성청에 있어요. 그리로 연락하세요."

"저는 부인을 만나러 왔습니다."

"나를? 당신은 누구죠?"

"나는 팜 민입니다. 소령의 아우지요."

"아, 들은 것 같아요."

하면서 여자는 슬리퍼를 신은 채로 돌을 딛고 성큼성큼 다가서더니 쪽문을 열었다. 여자에게선 샴푸냄새가 났다. 목욕중이었군. 팜 민은 미미라는 여자를 똑바로 쳐다보았다. 생각했던 것보다 훨씬 미인이었다. 살결은 월남 여자보다 훨씬 희었고 부푼 가슴은 얇은 비치가운 안에서 출렁였다. 팜 민은 눈이 부셨다. 꾸엔은 이미 그의 첫번째 소망을 달성한 셈이었다. 즉 그는 다낭이라는 포위된 도시 속에 중립국을 설립한 것이다.

"들어오세요. 들어와요."

여자는 머뭇거리는 팜 민에게 턱짓으로 권하면서 앞서서 들어갔다. 그들은 안락의자와 소파에 마주앉았다.

"점심 먹었어요?"

"네, 집에서."

"마실 건…… 커피?"

"좋습니다."

"차게?"

"아무거나."

미미는 그를 돌아보며 연신 푸근하게 웃었다. 웬일인지 팜 민은 증오감이 일어나지 않았다. 그는 미 누나와 별로 다를 게 없다고 생각했다. 베란다 쪽으로 열어둔 창문으로는 시원한 바닷바람이 불어들어왔다. 실내는 쾌적했다. 여자는 미군 방송을 켜두었다. 역시 가운 속이 출렁거렸다.

"다들 잘 있어요? 레이, 미, 그리고 어머니."

"네."

미미가 코드를 꽂아넣고 돌아와 맞은편의 등나무의자에 다리를 꼬고 앉았다. 비치가운은 허리에서 가슴으로 매도록 되어 있어서 앞자락이 자연스레 벌어져 긴 다리를 드러내주고 있었다. 팜 민은 어색해서 눈길을 이리저리 돌렸고 여자가 켄트를 권했다. 그는 다행이다 싶어서 담배를 뽑아 피웠다.

"후에에서 대학 다니는 동생이 있다고 들은 적이 있어요. 민이라고 그랬나요?"

"네, 그게 제 이름입니다."

"팜 소령과는 닮지 않은 것 같군요. 가만있어, 그렇지, 레이하고 닮았어요."

"레이와 나는 어머니를, 형은 아버지를 닮았어요."

"누나는요?"

"글쎄요, 아마 반반쯤?"

"미안해요. 집에 자주 찾아가야 하는데 한번도 못 갔죠. 그렇지만 겁이 나는 걸 어떡해요. 아마 민은 이해하리라고 생각해요. 나는 외국 여자 아녜요? 그리고 우리의 이런 생활도……"

미미는 말을 끊더니 벌떡 일어나서 김이 나는 커피포트 쪽으로 달려갔다.

"어머니가 나를 싫어하죠? 아니 모든 가족들이."

민은 대답했다.

"나도 그랬죠."

"오, 잘 보여야겠군."

"결혼할 건가요?"

"우린 벌써 그렇게 했어요. 서류상으로도 나는 그의 아내예요."

"정말 그가 당신을 제삼국으로 데리고 갈 거라고 생각하시나요?"

미미가 커피를 가져다놓았다. 여자는 재떨이에 놓았던 꽁초를 다시 집어서 맛있게 태웠다.

"그의 계획과 내 계획이 서로 맞는다면 그렇겠지요. 나는 그에게 삼 개월에서 일년으로 기간을 연장해주었어요. 꾸엔은 늘 얘기해요. 우리가 먼저 나가든지 아우를 내보내고 뒤따르든지 어쨌든 온 가족이 이 나라를 떠나야 한다고 그래요. 그때쯤이면 우리는 마음놓고 아이도 낳겠죠."

미미는 대단한 여자였다. 솔직하고 거침이 없었다. 팜 민은 달리 대꾸할 말이 없었다.

"집은 어떻게 찾았죠? 형이 가르쳐주었나요?"

"아닙니다. 레이가 한번 왔었다면서 약도를 그려주었어요."

"레이는 나빠요. 그렇게 잘 알면서도 한번도 오지 않다니."

"늘 집에 계시나요?"

"가끔 시내 나갈 때도 있어요."

"다낭이 지루하실 텐데."

"사는 건 다 그래요. 어디나 그렇죠. 학교에서 아주 왔나요?"

"입대할 겁니다."

"저런, 형이 어떻게 도와줄 텐데요."

"아마 그럴 겁니다. 나는 마담께 부탁이 있어서 왔습니다."

미미는 눈을 동그랗게 뜨더니 말없이 팜 민을 바라보았다.

"저는 유학가기 전까지 돈을 벌고 싶어요."

"돈? 그래요, 더러운 것이긴 하지만 양키들 좀 봐요. 그걸 가지고
그들은 세계 어느 곳에서든 못할 일이 없지요. 돈은 그냥 종이쪽지나
금이 아니에요."

"그럼 뭐죠?"

"바로 돈은 자유예요. 돈이 많으면 자유는 그만큼 커지는 거예요.
돈이 없으면 자유도 없어요."

"마담은 형과 결혼한 게 아니라 사업을 하시는 게 아닌가요?"

"둘 다예요."

하면서 미미는 한쪽 눈을 찡긋 감아 보였다. 팜 민은 더욱 증오감이
사라졌다. 이 여자는 꾸엔과는 달랐다. 역시 밑바닥을 거슬러온 여자
처럼 자신이나 남에게 관대하고 솔직했다.

"우린 동업자고 또 서로 사랑하죠. 나도 놀고 있는 건 아니랍니다.
우리가 나가서 정착하려면 금보다 더욱 편리한 게 있어요."

"달러인가요?"

"아뇨, 머니 오더. 군 송금수표지요. 나는 재무장교들과 가끔 스포
츠클럽에 나가서 카드도 하고 친구도 되어주죠. 우리에겐 그게 필요
해요. 민, 당신이 나가는 경우에도. 참, 부탁이 있다고 그랬지…… 돈
을 벌고 싶다고요?"

"그래요."

"장사를 하면 돼요."

"무슨 장사를 하죠?"

"이런 곳에서는 역시 양놈들 물건을 팔고 사면 이득이 많아요."

"그래서 마담께서 저의 일자리를 형이 주선해보도록 설득해달라고 제가 이렇게 왔습니다."

"아, 좋은 생각이 났어요. 쿠옹이란 상인이 있어요. 꾸엔과 거래하는 사람인데, 거기 가서 형의 일을 도와주면 되잖아요?"

"구엔 쿠옹이란 사람인가요?"

"아는 사람이에요?"

"아, 아뇨, 그는 다낭에서 몇째가는 큰 상인이에요. 우리 아버지도 예전엔 그랬어요."

"약재상이었다고요. 나도 들었어요. 하여튼 염려 말아요. 팜 소령은 내 충고를 주의깊게 들으니까. 쿠옹에게 가서 일하면 될 거예요. 마음에 들어요, 그쪽 일이?"

"좋습니다."

"됐어요."

미미는 손가락을 퉁기며 웃었다. 팜 민도 웃었다.

"오늘 저녁 먹고 가요. 내가 지금 성청에 전화할 테니."

"아, 그만두세요. 형이 화낼 겁니다. 내가 왔었다는 말도 하지 마십시오."

"그럼 어떻게 취직 얘기를 꺼내죠?"

"레이가 내 대신 와서 부탁했다고, 나는 아직 모르는 일로 해주세요."

"형이 무서워요?"

"그런 건 아니지만, 형은 자기 방에 누가 들어가서 책이라도 뽑아오면 난리가 납니다. 욕심쟁이거든요."

"그래요, 그는 욕심쟁이예요. 이 일은 우리 비밀로 만들어요."

미미가 입에다 손을 대고 조그맣게 말했다. 팜 민은 문득 그 여자에게 물었다.

"마담의 나라도 지금 전쟁중인가요?"

미미는 어리둥절했는지 되물었다.

"실례지만 뭐라고요?"

"따이한이 지금 전쟁상태가 아니냐고요?"

"아, 쉬고 있어요. 끝난 건 아니죠."

"그리로 안 갈 건가요?"

"다시는, 절대……"

미미는 고개를 완강하게 내저었다.

23

안영규는 용궁식당에 앉아서 반장과 대위를 기다리고 있었다. 홀에서는 민간인 기술자 셋이서 불고기와 맥주를 마시고 있었다. 실내는 후덥지근했다. 영규는 벌써 용궁식당의 문 가까이에 오면 지금 홀의 식탁에 무슨 음식이 놓여 있는지 냄새로 정확하게 알아맞힐 수 있었다. 그것은 다낭시에서의 유일한 자기 냄새였기 때문이다. 그는 토이를 구시장의 타트 사무실에 남겨두고 혼자 나와 있었다. 그들은 작전회의를 할 예정이었던 것이다. 내일이 주말이니까 틀림없이 오늘이 디데이가 될 터였다. 홍콩패를 손에 틀어쥐지 않으면 수사대 안에서 미군과의 관계는 악화될 것이다. 미군들의 요구는 홍콩패의 거래를 대폭 축소시키고 제삼국인들과의 연줄을 끊어달라는 것이었다. 루카스가 영규에게 귀띔했던 쏘스는 그것보다도 국산맥주의 유출문제가 그들을 자극한다는 모양이었다. 어쨌든 홍콩패를 눌러놓는 일은 영규네들에게도 시급했다. 필코 표시를 한 고물 지프가 섰고 대위와 중사가 들어섰다.

대위는 씽글 차림이고 반장은 남방을 입고 썬글라스를 쓰고 있었다. 그들은 마치 관광객 같았다.

"오래됐나?"

"방금 왔습니다."

대위가 홀 안을 둘러보더니 방안을 넘겨다보았다.

"야, 안에 들어가서 얘기하자."

"에이, 더운데요."

일단 자리를 잡은 반장이 볼멘소리로 중얼거리자 대위가 칼칼한 목소리로 핀잔을 주었다.

"마, 안경 벗어. 너 때문에 이 난리 아냐."

반장은 잔뜩 풀이 죽어서 얼른 썬글라스를 벗었다. 그들은 방으로 들어가 앉았다. 뚱뚱한 주인여자가 다가와서 대위에게 호들갑을 떨며 인사했다. 식당은 그 여자와 늘 졸린 듯한 표정의 그 여자 동생이 베트남 여자 둘을 데리고 운영했다.

"뭘 드시겠어요, 대장님. 갈비 드시지요. 물건이 아주 좋습니다."

"야, 점심은 니가 사라."

대위가 반장에게 퉁명스럽게 던졌고 중사가 주눅든 목소리로 받았다.

"그러지요. 아주머니, 갈비 삼인분만 주세요."

"고것 가지고 양이 차겠수? 한 대여섯 사람분은 드셔야 먹은 것 같지."

"그래, 아이들 하루종일 잠복시킬 텐데 좀 먹여줘라. 아주머니, 우리는 오인분만 굽고, 오인분 더 구워서 싸주쇼."

대위는 중사가 미워 못 견디겠다는 듯 상을 잠깐 외면을 하고서 한국의 텔런트가 웃고 있는 달력만 바라보았다.

"아침에 박중령 만났어요?"

영규가 중사에게 물었다. 반장은 고개만 끄덕였고 대위가 말했다.

"오늘 두 건 있대. 하나는 PX고 또 하나는 부두야."

"총동원해야겠군요."

"그렇다니까. 그러니 고기라도 좀 멕여달라 이거지. 야, 너한테 헛바퀴 돌린 원망은 않겠다. 그렇지만, 한식구끼리 이러면 근무는 어떻게 하란 말이야. 오죽하면 코쟁이들이 귀띔을 하냐. 이 새끼 넌 당장 영창감이야."

중사는 고개를 숙이고 담배만 뻑뻑 빨아대고 있었다. 영규가 반장에게 물었다.

"부두는 아직 배가 안 들어왔고…… PX라면 점심 먹고 나서 곧 수령받겠군요. 어떻게 하기로 했습니까?"

"과업 끝나고 나서 집으로 실어갈 거야."

"보급단 파견대에 갖다놓지 않구요?"

"아마 내가 빌려준 쫑을 가지고 시내로 들어올 거야."

"글쎄 쫑을 내주었다는 거야. 야, 이 병신아, 그거 가지고 딴짓 하면 우린 다 낭에서 끝이야."

"좋아요, 그 집이죠?"

"그래, 알지?"

영규는 푸어홍가로에 있는 홍콩패의 셋집을 알고 있었고, 검문소가 가로의 모퉁이에 있는 것도 알았다.

"토이를 보내면 됩니다. 증명서를 회수할 수 있어요. 차량은 그냥 통과시키는 겁니다."

영규는 대위와 의논하기 전에 반장을 한시간이나 달랬다. 이제 귀국은 두 달 조금 넘게 남았는데 매일 남의 뒤치다꺼리나 하면서 증명서나 빌려주고 있겠느냐, 차라리 PX는 반장이 장악해라. 당신 귀국준비도 하고 아이들 돈도 좀 벌어주고, 무엇보다도 그자들은 우리들 덕택에 맨손으로 와서 남의 핏값으로 돈을 버는 민간인들이다. 그들은 또한 다낭시장의 유통구조를 무시함으로써 베트남의 블랙마켓의 라인에 혼선을 일으키고 있다. 라인을 일원화시켜줄 의무가 있다. 중사는 그제야 그간에 일어났던 일들을 털어놓았던 것이다. 홍콩패의 주요품목은 이제 담배와 맥주로 굳어지고 있었다. 그들은 유흥가의 단골고객을 확보했던 것이다. 아마도 경찰서장 카오 대령과 다낭 시장 탄바트 대령은 몹시 불쾌할 것이다. 수사대에서 아는 한, PX 사치품과 기호품은 그들의 수입원이었던 것이다. 특히 카오 대령은 미군과 거래를 하고 있다는 정보가 있었다. 영규가 대위에게 말했다.

"문제는 부두 쪽입니다. 그곳은 군 통제구역이 아닙니다. 한데나 마찬가지예요. 우리도 그곳 코넥스를 사용하고 있잖습니까? 구역만 민간인 군인 국적의 구분이 있을 뿐, 야적장과 컨테이너와 창고가 즐비하고 출구는 한군데로 민간 군용 차량들이 마음대로 드나들거든요. 그치들이 코넥스나 컨테이너에 처넣어두고 왜건으로 조금씩 실어낸다면 잡아낼 수가 없습니다. 아마 거래는 이미 끝났을지도 모릅니다. 사용료만 주면 코넥스는 아무것이나 이용할 수 있으니까. 배에서 파레트가 내려지면 그걸 빼돌려서 다른 곳에 보관만 해두면 열쇠를 가지고 주고받을 수가 있습니다."

"하는 수 없지, 잠복했다가 현장을 덮치는 수밖에."

"그러면 일단 보급단 파견대를 건드리게 되는데요…… 서로 좋을 건 없지요."

"괜찮아. 녀석들의 왜건이 실으러 가는 때만 덮치면 되니까."

"고생깨나 하겠군요."

"자, 배치하자."

"PX건은 문제가 없습니다. 근무자가 한사람 나가 있고 차량이 떠나면 여기로 연락하도록 하면 됩니다. 토이는 푸어흥가로의 마지막 검문소에 내보내지요. 그 친구 QC(검문병) 출신이니까 제 예전 동료들에게 시킬 수 있을 거예요."

"좋아, 박중령 그 친구들 셋집 앞에도 하나 박아놔야지."

"동 대오 해병 PX에서 근무자를 철수시키고 그리로 보내겠습니다."

"두 사람 더 필요하군. 하나는 보급단 파견대 앞, 또 하나는 부두야. 부두가 가장 중요한데……"

"아이들 보내놓고 부두는 저녁에 제가 나가서 야간잠복을 하지요."

"그러면, 마음놓겠군."

"그리고 카메라가 둘쯤 필요합니다. 대장님 것 좀 빌려주시고…… 그건 토이에게 내줘야 합니다. 푸어흥가로를 통과할 때 사진을 찍어 둬야지요. 또 하나는 부두에서 제가 쓰겠습니다."

"소형이 좋겠군. 그리고 부두에서 쓸 건 플래시가 있어야겠는데, 자네 없나?"

"저는 면도기 하나 샀습니다. 다낭 와서 담배밖에 사본 적이 없어요."

"반장, 안수병 본 좀 받아."

그러나 영규는 웃으면서 되받았다.

"본을 서로 받을 건 없습니다. 업무규정내에서 살림살이도 해야 될 테니까요. 저도 파견대를 떠날 때쯤 해서는 기회를 따로 가질까

합니다만."

"솔직해서 좋았어. 우리는 작은 군이나 마을에서 목숨을 걸고 고생하는 다른 식구들도 다낭에 나오면 다 책임져야 한다. 앞으로 두 달 동안 반장이 그 일을 맡아."

반장은 그냥 풀이 죽어서 대위가 자기에게 말을 할 적마다 힐끔힐끔 곁눈질로 보곤 했다. 영규는 숯불과 갈비가 나오는 걸 보자 일어섰다.

"전화를 걸겠습니다. 아이들 배치시켜야죠."

"먹고 나서 차 가지고 한바퀴 돌아라."

"그전에 근무장소에서 꼼짝 말고 대기하라고 그래야죠. 토이는 지금 시간이 어떨지 모르니까 되도록 빨리 검문소에 가 있으라고 일러야겠습니다. 카메라는 사무실에 있습니까?"

"응, 호아양에게 내주라고 그래."

영규는 교환을 불러서 미군 사령부 교환에 연결해서 차례로 근무자에게 지시하고 나서 끝으로 타트의 사무실에 있는 토이에게 연락했다. 그리고 돌아오니 갈비가 알맞게 익어 있었다.

"홍콩패를 잡아채면 어떻게 할 겁니까?"

반장이 갈비를 뜯다가 대위에게 물었다. 대위가 말했다.

"아까 얘가 그렇게 설명했는데도 모르겠나? 놈들의 거래를 대폭 축소시키는 거야."

"박중령 그 사람 보통이 아닌데요."

"인마, 무슨 얼어죽을 놈의 중령이야. 예비역이 전장에 와서 뭐 어쩌겠다는 거야. 또 전역증도 본 적 없어. 그 새끼 여단참모들하고 안면이 좀 있는 모양인데 별거 아냐."

영규가 말했다.

"그 사람은 점잖게 대하면서 얼마든지 물을 먹일 수가 있어요. 저는 그 돼지라고 미스터 오란 자식을 혼내주고 싶어요. 뭐 부산서 대마도 뛰던 베테랑이라던데…… 자식이 우리 수사대를 햇병아리 취급하거든요."

"그런데 골치로군. 그 친구들을 합동수사대로 연행할 수도 없고. 이건 우리들 내부의 작전인데 말이야."

"바로 그 점이 더욱 편리하죠. 다낭경찰서로 연행하는 겁니다. 대장님이 카오 대령이나 아니면 그 아랫사람에게 양해와 협조를 구하세요."

"카오 대령에게 전화하지. 나는 그의 집에 초대받았던 적도 있어."

"자, 근무 얘긴 그만들 하고 맥주나 한잔 합시다."

반장이 말했고 대위는 픽 웃었다.

"하여튼 넌 운좋았어. 이번 일로 수지맞는 건 너뿐이야."

"알아서 손발을 맞추겠습니다."

중사가 말하자 대위는 이제는 다시 꼿꼿한 시선을 보내지는 않았다. 영규는 대충 배가 찬 것 같아서 일어났다.

"애들 배치시키고 이리로 오겠습니다. 본부는 여기가 좋겠죠?"

"그래, 그랜드호텔엔 구내 교환이 있으니까 별로 기분이 개운치 않을게야. 여기 안방에 들어가서 주인장하구 나이롱뽕이나 할까. 야, 너 밑천 든든하면 셋이 하자."

"그럽시다, 까짓 거."

중사가 말했다. 영규는 따로 싸둔 음식을 가지고 차에 올랐다.

안영규가 공군 PX의 정문 앞에 당도하니 근무자가 체크박스 안에서 뛰어나왔다.

"아직 안 왔나?"

그가 물었고 상병이 말했다.

"방금 왔어요."

하면서 상병은 턱짓으로 주차장 쪽을 가리켰다.

"왜건이 아니에요."

"그럼, 군용트럭이냐?"

"여단본부 차예요."

줄의 오른편 끝에 먼지를 뒤집어쓴 트럭이 서 있는 게 보였다. 영규는 그 차를 타고 몇번이나 검문소를 통과했던 적이 있었다.

"물품 수령차 아닌가."

"저도 아까부터 서 있길래 그런 줄 알았어요. 왜건이 와서 홍콩돼지만 내려놓고 그냥 떠났습니다. 돼지는 본부 PX 상사하구 사무실로 들어갔어요. 돼지 그 자식이 미군 정글복에다 군모까지 쓰고 있었어요."

영규는 그자가 반장의 수사대 증명서를 가지고 승차 책임자 노릇을 하려는 걸 짐작했다.

"알았다. 여기서 차량이 출발하면 곧 시내 교환으로 용궁식당에다 전화해줘라."

영규는 다시 차를 몰아서 비행장을 지나 동 대오 네거리로 나갔다. 식당 앞에 서 있도록 한 근무자가 보이지 않았다. 영규는 차를 세워두고 한참이나 오르락내리락하다가 겨우 해병 PX의 후문 근처에서 녹색 티셔츠 차림의 상병을 찾아냈다. 그는 미군 위병과 음료수를 마시며 노닥거리고 있었다. 후문에서 어정거리는 꼴로 보아 녀석은 헛바퀴 돌릴 틈을 엿보고 있는 것 같았다. 대개 후문으로 PX의 물품이 각 예하부대로 반출되고 있었던 것이다. 녀석은 아마도 위병들과 사귀고 베트남인 여직원들과도 친해져서 레이션 카드 없이 담배나 전자제품 따위를 조금씩 꺼내게 될 것이다. 영규가 먼발치에 서서 바라보고 있으려니까 상병은 놀란 시늉으로 얼른 코카콜라 깡통을 내던지고 달려왔다. 영규는 성질을 내기로 작정했으므로 가까이 온 근무자에게 험악한 눈길을 보내며 말했다.

"너 이 새끼, 분명히 연락받았지?"

"네, 저 아직 시간이 안됐잖아요."

"일루 따라와."

영규는 앞장서서 PX 사무실들이 늘어선 퀀셋 뒤로 걸어갔고 상병도 따라왔다. 그는 주위를 둘러보고 나서 돌아섰다.

"차려."

상병이 부동자세를 취했고 영규는 구두끝으로 그의 정강이를 걷어찼다.

"이 새끼, 너 여기 관광온 줄 알어?"

상병은 얼굴을 찡그리고 한손으로는 연신 정강이를 만지고 있었다.

"마, 나도 다 알아. 구멍 뚫는 건 네 근무지역에서 요령껏 하면 되는 거야."

다시 일어서는 상병을 영규는 또 한번 걷어찼다.

"일어나. 여기서 잠깐 걸어나가면 사방에 시체가 깔렸다. 너나 나나 시간 때우고 얼른 이 나라에서 꺼지면 되는 거야. 이번 근무는 중요한 거야. 인마, 왜 시키는 대로 안해. 나도 가면 옷벗고 끝이지만 소대로 쫓겨가구 싶지 않아. 그건 너도 마찬가지겠지? 양놈들이 우릴 좆으로 뭉개지 않도록 해야 된다."

"잘 알겠슴다."

"빨리 따라와."

영규는 다시 주위를 둘러보고 나서 고물 지프 쪽으로 뛰어갔다. 상병도 따라서 뛰었다. 그들은 다시 동 대오 네거리로 되돌아나왔다. 운전하면서 영규가 말했다.

"아프냐?"

"까졌어요."

"별수없어. 나도 그랬으니까. 그게 군바리의 입장이란 거다. 전투했니?"

"오개월 만에 빠졌어요."

"여기서 뒈지면 다 자기 책임이야. 그걸 명심해. 너나 나나 자원서에 싸인했어. 그리구 돈벌어라."

"아니, 그런 게 아니래두요……"

"다 알아, 인마. 여긴 국제시장 한복판이야. 너 무장했냐?"

"맨손인데요."

영규는 뒷주머니에서 리볼버를 꺼내어 내밀었다.

"이거 갖고 있어. 실탄 여섯 발 들었다. 너 어쩌면 철야할지도 몰라."

"철야요? 어디서요……"

"푸어홍가로, 가보면 알아."

"길거리에서 밤을 새워요?"

"거기 가봐서 잠복처를 구하지."

"에이, 혼자서 매복나가는 거나 같군요. 그럼 자동화기가 있어야죠."

"거긴 다낭서 가장 안전한 주택가야."

그들은 다시 공군 PX 앞을 지나고 도끄랍가로에서 왼편으로 꼬부라져 르 로이가로를 건너지르고 푸어홍가로에 들어섰다. 저만치에 길의 반쯤을 막아선 철조망 바리케이드가 보였고, 초소가 오른쪽 보도를 막고 있는 게 보였다. 그는 차를 세웠다. 수은 입힌 안경을 쓴 토이가 초소에서 월남군 QC와 함께 나왔다.

"언제 왔니?"

영규가 물었고 토이는 자기 시계를 들여다보았다.

"한 이십분 됐다. 아직 통과하지 않았다."

"알고 있다. 그들의 차는 공군 PX에서 출발하지 않았다. 카메라는?"

"여기 있다."

토이가 작업복 윗주머니에서 얇고 길쭉한 소형 카메라를 꺼내어 보였다.

"호아가 내주었다."

"잠깐 같이 가자."

"어디에?"

"그들 집앞에 잠복처를 구해야겠다. 네가 도와다오."

토이가 지프 뒤에 올라탔다. 그들은 가로를 곧바로 올라가서 박중령네 흰 페인트 칠한 철대문이 멀찍이 보이는 곳에서 정차했다. 종려나무 가로수가 줄지어 섰고 자전거를 탄 월남인들이 내왕하고 있었다. 영규가 흰 페인트로 칠해진 철대문을 가리켰다.

"저 집이다. 물건이 언제 저 집으로 들어가는지 보아두었다가 즉시 연락하는 거야. 수사본부는 용궁식당이다. 가만있어, 어디쯤이 좋을까?"

영규가 이리저리 둘러보았으나 가게나 주점 같은 건 하나도 보이지 않았다. 모두가 생울타리나 시멘트 블록담만 둘러친 주택들뿐이었다. 그들은 가로를 따라서 마땅한 장소를 고르며 걸어갔다. 담이 없는 대신 나직한 널빤지의 목책을 두르고 갈대발이 달린 가리개를 세워둔 집이 나왔다. 그 너머에는 평상과 의자가 몇개 있었고 할머니가 어린애를 안아 어르고 있는 게 보였다. 토이가 잠깐 기다리라고 하더니 들어가서 한참 지껄이다가 나왔다.

"됐다. 씨레이션 두 박스 주기로 약속했다."

"뭣 때문이라고 그랬니?"

"저 앞에 따이한들이 사는 것을 온 동네가 다 안다. 이 뒤쪽 블록에
도 둘이 세들어 산다고 한다. 베트남 QC와 따이한 QC가 그들의 잘못
을 찾으려고 한다고 말했다. 지금부터 내일 아침까지 자기네 뜰안의
의자에 앉아 있는 조건이다."

"따라가봐."

상병은 토이를 따라서 집안으로 사라졌다. 잠시 후에 토이와 상병
과 할머니가 나왔다. 할머니는 의심이 가득 찬 눈초리로 그들 세 사람
을 쏘아보았다. 상병이 말했다.

"여기서 저녁 굶고 근무해요?"

"응, 잊어버렸군. 갈비가 있었어."

영규가 차로 돌아가서 기름얼룩이 번진 봉지를 가져다 내밀어주
었다.

"이거 애들 같이 먹으라고 내준 건데 오인분이다. 할머니하고 나눠
먹지. 그리고 전화는 아까 그 검문소에 가서 걸어라."

"알겠습니다."

토이가 할머니에게 정중히 인사하며 다시 뭐라고 말했다. 영규와
토이는 푸어홍가로를 되돌아나왔다.

"왜 갑자기 그들을 체크하니?"

토이가 물었고 영규가 말했다.

"실이 엉켜 있으면 줄을 잡아채지 못한다. 선을 단순화하려는 거다."

"잘 모르겠는데."

"미군측이 신경을 곤두세우고 있다. 홍콩패가 아무데나 막 돌아다
녀서 라인이 헝클어졌다는 얘기다."

"그들이 취급하는 품목은?"

"담배와 맥주."

"그뿐이라면 아주 단순하지 않은가?"

"우리 맥주가 큰 거래원이지."

"아, 무역이로군."

"이제 알겠나?"

"카오가 기분이 나빴겠군. 그의 고객들을 가로채는 셈이었을 테니까."

"우리는 홍콩패에게 맥주에서 손을 떼도록 하려는 거다."

"너희 맥주를 암시장에 나오지 못하도록 봉쇄할 셈인가?"

"그렇지는 않지. 우리는 좀더 많은 우리 맥주를 베트남의 시장에 내놓고 싶다. 이건, 우리 군의 방침은 아니다. 그저 수당 받고 여기 와 있는 모든 따이한의 제각기 개인적인 생각이지."

"그럼 뭐야, 우리는. 죽고 다치고 남의 맥주 사 마시고."

"어차피 그 돈은 마찬가지야. 미국인들이 준 돈일 테니까."

"그럼 너희 맥주 판매는 누가 맡니?"

"글쎄, 아직 결정된 건 아니지만…… 반장과 카오 대령이 맡았으면 좋겠는데."

"카오는 그의 루트를 갖고 있다."

"바꾸면 되지."

토이가 끼득끼득 웃었다.

"너희들의 고용인인 내가 참견할 문제는 아니지만…… 양키들이 화낼 텐데?"

"우리도 화를 내면 되는 거야. 토이, 우리가 뚜렌 보급창을 축내러 르 로이시장에 가 있는 줄 아니? 그건 부업일 뿐이야. 가장 먼저 미군 측의 거래 내막을 소상히 알아야 하고, 그러고는 해방전선과 너희 정부군 쪽의 거래원을 잡아채야 한다."

"다량의 무기가 거래되고 있다."

"나도 알아. 그건 나중이야. A레이션의 거래상황을 알아야 한다."

"어째서?"

"그것을 먹는 자들이 무기를 파는 자들이다."

토이는 다시 웃으면서 말했다.

"이봐, 정신차려. 검문소를 지나고도 한참 지났어. 여기는 도끄랍이야."

"그래, 돌아가자."

영규는 거리 모퉁이에서 회전하여 되돌아갔다. 토이가 말했다.

"미군 쪽 경제공작팀은 남은 생야채나 과일 따위가 상하기 전에 시장에 낸다. 다낭 시민은 외곽이 차단되면 양파 한알을 우리 땅의 것에 두배나 세배 값을 치르고 캘리포니아 양파를 먹지. 감자도 그렇고, 배추도 그렇다. 그 돈은 다시 베트남인 노무자들에게 지불되거나 군의 용역비로 쓰인다. 너희는 맥주를 팔고……"

"일본 군대는 한명도 없는데, 그들의 전자제품으로 PX의 창고가 터질 지경이다. 우리가 팔려는 건, 사병들이 돈 없어서 마시지도 못할 소량의 맥주뿐이다."

"하여튼 좋다. 나는 네 협조자니까. 홍콩패를 두드려잡으면 내쫓을 작정이냐?"

"아니, 그들의 거래를 PX의 사치품에 한정시킬 것이다. 냉장고, 텔레비전이나 선풍기, 카메라 같은 것들을 사서 암시장에 먹이면 될 테지."

"결국 우리에게 모두 떠넘길 작정이로군."

"그래, 내가 여기서 꺼지든 잊어버리든 결국은 너희들이 해결할 문제다."

"다 왔어."

"이봐, 그들이 반장의 증명서를 내보일 것이다. 그걸 돌려주지 말고 받아가지고 있어."

토이가 지프에서 내리며 물었다.

"의심하지 않을까?"

"조회하는 데 시간이 걸리니까 차량이 나갈 때 찾아가라고 말해."

"그들을 사진 찍고, 증명서를 빼앗고, 그들이 통과하고 나서 나는 본대로 가는 건가?"

"아냐, 용궁식당에 들러서 포인타를 만나고 가. 심심하면 부두로 오든지. 나는 오늘밤 거기서 잠복근무야."

토이가 알았다는 듯이 손을 흔들었고 영규는 차를 몰고 용궁식당으로 되돌아갔다.

열일곱시 십분에 공군 PX에서 전화가 왔다. 차량이 나갔다는 것이다. 근무자는 어떻게 했으면 좋겠냐고 물어왔고 대위가 그랜드호텔로 귀대하라고 일렀다. 운전병 한사람과 돼지라는 자가 정글복 차림으로 타고 있다는 것이며 물건은 쎌렘 담배였다. 열일곱시 이십오분에 토이의 전화가 왔다. 대위가 영규에게 수화기를 넘겨주었다.

"나, 싸젠 안이다."

"차량이 통과했다. 사진 찍었다. 증명서는 내가 가지고 있다."

"수고했다. 너는 근무 끝이다."

"부두 근무는 몇시부터 하나?"

"여섯시부터 한다."

"거기 가겠다."

"고맙군."

십분 뒤에 다시 전화가 왔다. 상병이었다.

"방금 들어갔습니다. 여본 차량 넘버도 맞습니다."

"그래, 계속 수고해. 차량이 나오면 검문소에서 다시 전화하고 잠복처로 돌아가. 어때, 지낼 만하겠지?"

"예, 저녁은 이 집 가족들과 먹기로 했습니다. 주인남자가 돌아왔는데 학교 선생님인가봐요. 라이나 판초도 한장 빌려주었습니다. 밤늦게까지 용궁에 보고합니까?"

"그래, 반장님이 숙직할 거야."

"전화 때문에 불편한데요."

"괜찮아. 차량이 나가면 어차피 목적지는 한군데니까 시간 차이가 나도 별문제 없다. 내일 아침에 우리가 전부 그 집으로 갈 거야."

"알았습니다."

영규가 대위에게 보고했다. 대위가 반장에게 말했다.

"자, 이제 한가지 건수는 잡아둔 셈이다. 나는 들어갈 테니까, 일이 다 끝나면 호텔로 전화해라. 반장은 안수병 부두에 태워다주고 해군 PX에 있는 녀석 보급단 파견대 앞에 데려다놔."

"부두에서 증거가 분명하면 우선 덮치겠습니다."

영규가 말했고 파견대장은 고개를 끄덕였다.

"그렇지. 돼지나 아니면 월남인 종업원이 나올 거다. 그대로 경찰서에 연행해서 유치시켜두는 거야. 내일 새벽 여섯시에 박사장인가 하는 자를 깨우러 가자."

2·4

배는 벌써 해군 전용 내항부두에 들어와 정박하고 있었다. LST(대형 상륙함)의 고래 같은 입이 벌려졌고 그 아래로 바닷물이 철판을 때리고 부서지고는 했다. 아마 하역작업은 한밤중이 되어야 끝날 모양이었다. 작업이 끝나고 나서 하루 쉬고 함정은 다시 붕타우항구로 돌아갈 것이다. 군 전용 부두와 민간인의 그것은 두 겹짜리 철조망으로 갈라져 있었는데, 여섯시 이후에는 차량들만이 통과하게 되어 있었고 월남 해군들이 카빈총을 들고 군데군데 서서 경비하고 있었다. 써치라이트가 바다 위를 끊임없이 훑으며 지나갔고 군 함정 외에 민간인 배들은 항해가 금지되어 있었다. 예고없이 다가들면 연안의 기관총좌에서 사격하게 되어 있었다. 그러나 운행증을 받은 차량들은 부두에 쌓인 화물들을 실어날랐다. 기중기 소리도 요란하게 들렸다. 영규는 위병소가 보이는 부두 앞의 로터리 잔디밭에 앉아 어둠이 깔리기 시작한 부두와 다낭만을 내려다보고 있었다. 토이가 나타났다.

"이 친구야, 여긴 자리가 안 좋아. 만약 그들이 저쪽 반대쪽으로 군용차량을 이용해서 빼내가면 여기선 보이지 않거든. 그리고 자네처럼 민간인 차림으로 여기 오랫동안 앉아 있으면, 위병은 물론 그들도 배 안에서 수상하게 여기겠지. 그들이 왔니?"

"보급단에서는 상사가 왔지. 홍콩패는 아직 안 왔어."

"밥먹었니?"

"안 먹었다. 하지만 중간쯤이다. 배가 부르지도 고프지도 않다. 갈비 덕분인가봐."

"돈 내놔. 반마이 사먹자."

영규가 토이에게 군표 일 달러짜리를 주었다.

"내 것도. 고추양념 듬뿍이다."

토이가 반마이를 사러 한길을 건너갔다. 그의 말을 듣고 나니 영규는 신경이 쓰여서 그 자리에 앉았기가 불안했다. 헐렁한 점퍼에 작업복 바지를 입고 머리가 텁수룩한 자기 꼴이 어쩌면 부두를 노리는 게릴라로 보여질지도 모른다고 영규는 생각했다. 또한 돼지나 보급단 파견대의 선임하사가 먼저 알아보고 거래를 중지하게 될지도 몰랐다. 영규는 점퍼의 안쪽 겨드랑이 속에 반장의 45구경을 빌려서 차고 나왔다. 어깨에 두른 가죽띠가 딱딱하고 권총이 묵직해서 마치 갈비뼈에 깁스를 댄 것 같은 느낌이었다. 영규는 슬그머니 일어났다. 그러고는 오른편에 있는 다낭 세관의 흰 담벽 곁으로 내려갔다. 시멘트의 칸살이 있었고 그 사이로는 굵은 철망을 쳐놓은 담이 보였다. 그는 담 아래 공간에 걸터앉아 철망에 등을 기댔다. 토이가 와서 두리번거렸다.

"여기다."

"더 안 좋은 곳으로 이사했구나."

토이가 반마이를 내밀었다. 그는 깡통맥주도 내밀어주었다. 딱딱하고 길쭉한 빵 가운데 만두소 비슷한 야채볶음이 들어 있는 간식이었다. 토이가 말했다.

"이럴 바에는 아예 군복 입고 와서 위병소에서 보초를 서는 게 낫겠다. 저기, 좋은 자리가 있는걸."

하면서 토이가 세관의 담을 돌아간 곳에 보이는 어두컴컴한 곳을 손가락질했다. 외등은 세관의 하얀 건물과 부두를 대낮처럼 밝히고 있었으나, 그곳에는 아름드리의 플라타너스가 두 그루 서 있고 나뭇잎 사이로 역시 흰 건물이 희끄무레하게 보였다. 이층집이었는데 바다를 향한 테라스가 부두 위로 쑥 내밀어져 있었다.

"저 위에 올라가 앉아 있으면 한눈에 모두 보이겠는데?"

"주택 아니냐. 도둑 취급 받겠다."

"우선 올라가고 나서 주인이 나오면 조용하게 협조를 구하자."

"집이 매우 좋은데. 높은 사람이면 골치아프다. 나중에 본대로 항의서가 온다."

영규가 내키지 않아했지만 토이는 앞장서서 담을 따라 걸어갔다.

"따라오라니까."

그들은 세관의 담장 끝까지 갔다. 철망을 잡고 세관의 담에 올라서면 머리 위로 그 집 이층 베란다의 난간을 잡을 수 있었다. 토이는 자기의 도시라서 그런지 자신만만하게 난간을 잡더니 턱걸이를 해서 베란다에 올라섰다. 할 수 없이 영규도 철망을 잡고 올라갔고 토이가 손을 내밀어주었다.

"잡고 올라와."

영규가 토이의 손을 잡는데 어둠속에서 온 집안을 찌렁찌렁 울리며 개 짖는 소리가 들려왔다.

"저건 셰퍼드다. 괜찮아, 묶인 거니까."

영규는 토이와 같이 베란다에 올라가 털썩 주저앉았다. 개는 처음보다 더 맹렬하게 짖고 있었다. 아래에서 마당 쪽이 환해졌다. 외등을 켠 모양이었다. 뭐라고 외치는 남자의 목소리가 들렸다.

"뭐래?"

"누구냐고 그러는데."

"자네가 책임져."

베란다에 딸린 방 쪽은 캄캄했고 아무도 없는 것 같았다. 영규는 철망이 쳐진 유리문을 열려고 밀어보았으나 꿈쩍도 하지 않았다.

베란다의 바로 밑에서 남자의 떨리는 목소리가 들려왔다. 토이가 나서서 베트남 말로 말했다. 남자는 잠깐 침묵하고 있더니 철커덕 하는 쇳소리가 들렸다. 토이가 말했다.

"기관단총이다. 너도 손들어."

토이와 영규는 얼굴에 플래시의 강한 불빛을 받으며 두 손을 들고 엉거주춤 섰다. 밑에도 두 사람인 것 같았다. 토이가 말했다.

"신분증을 꺼내서 던져줘라."

영규는 그렇게 했다. 잠시 속삭이는 소리가 들리더니 한사람이 영어로 말했다.

"당신들은 허락없이 민가에 침입했다. 우리는 당신들의 신분을 믿지 못한다. 아래로 내려와라. 따이한 먼저⋯⋯"

플래시 불빛이 베란다와 맞닿은 지붕 옆으로 나 있는 좁은 통로 쪽을 비춰주었다.

"그쪽으로 곧장 가면 쇠계단이 있다. 내려와, 쓸데없는 행동 하지 마라."

영규는 더듬더듬 쇠계단을 내려갔다. 그는 자연히 그들에게 등을 돌려대는 자세가 되었다. 계단은 사다리라고 해야 할 것이었고, 매우 가파르고 휘청거렸다. 그는 땅에 내려섰다. 토이도 그의 뒤를 따라 내려오고 있었다. 남자 둘이 서 있었는데 그중의 호리호리한 남자가 기관단총을 겨누고 있었고 키가 작고 뚱뚱한 남자는 플래시를 들고 있었다.

"돌아서서 벽을 짚어."

영규는 그대로 서서 말했다.

"당신들은 우리 신분증을 보았다. 그것으로 만족하지 않았는가. 우리는 지금 국립경찰과 합동근무중이다. 당신들이 우리의 업무를 방해하고 있다."

"싸젠, 당신이 아무리 우리를 도우러 왔다는 연합군이라지만 이것은 엄연히 가택침입이다. 나도 당신들을 내가 아는 부서에 고발하겠다. 안으로 들어가자."

토이가 뭐라고 대꾸했으나, 나이든 남자가 뭔가 꾸짖는 소리를 내질렀다. 그들은 집 안쪽으로 돌아나갔다. 그때였다. 뭔가 시커먼 것이

획 스치는가 하더니 영규에게 달려들었다. 그것은 영규 몸집의 반만이나 한 세퍼드였다. 개는 팔뚝을 물었고 영규는 겨드랑이에서 45구경을 뽑았다. 그러고는 총구를 개의 머리 위에 대는 시늉을 했다.

"쏘지 마라."

가냘픈 소리가 부르짖었다. 기관단총을 겨누던 사내가 총신으로 개를 후려치자 깽 하는 소리를 내더니 세퍼드는 다시 달아나버렸다. 영규는 찢어진 옷자락 사이로 피가 번져오는 것을 느낄 수 있었다. 쏘지 말라고 소리를 지른 것은 상고머리가 기다란 소년이었다. 소년은 영규를 잡아일으켰고 얼른 그를 현관 쪽으로 이끌었다.

"들어가요."

뒤에서 토이가 그들에게 뭔가 떠들며 항의하고 있는 것 같았다. 소년이 그들에게 외쳤다. 영규는 소년이 이끄는 대로 응접실에 들어가 등나무의자에 푹 주저앉았다. 소년이 구급상자를 내오더니 익숙한 솜씨로 그의 점퍼 소매를 찢었다. 아직은 아픔을 느끼지 못한 채 영규는 그들을 멍하니 올려다보았다. 뚱뚱한 중년남자는 머리가 반백이었고 안경을 썼는데 날이 선 신사복 바지에 하늘색 반팔 와이셔츠를 입고 있었고, 총을 겨누었던 자는 아래위로 정부군 육군 복장을 하고 있었다.

"나는 다낭 적십자병원 원장이고, 이 사람은 내 운전사요."

키 작은 초로의 남자가 말했고, 그는 소년에게 뭐라고 이르더니 자기가 직접 영규의 상처를 살폈다. 두 군데 깊은 상처가 났는데 피가 흘렀다. 별로 큰 상처는 아니었으나 이빨자국이 깊게 박혀서 칼에 베인 듯이 찢어져 있었다. 머큐로크롬과 항생제의 가루약을 뿌리고 붕대로 감아주면서 남자가 말했다.

"미안하오. 해칠 뜻은 없었소. 그러나 우리도 놀랐소. 게릴라인 줄 알았소."

"신분증을 보여주었는데."

"자아, 이젠 되었소. 다만 한가지 저 개가 광견병에 걸렸는지 그걸 모르는 점이오."

"무슨 병이오?"

"개가 미치는 병."

"아, 알겠어요. 그 검사를 하려면 개를 죽여야 할 텐데."

"안돼요. 저 개는 병이 없어요."

소년이 날카롭게 영규에게 외쳤다. 영규가 둘러보니 운전사는 그의 기관단총을 가지고 나가버렸고, 토이는 맞은편에 수은 입힌 썬글라스를 낀 채로 앉아서 담배를 피우고 있었으며, 소년은 음료수를 가져온 부인과 함께 서 있었다. 영규가 말했다.

"개를 병원으로 데려가지 않는 조건으로 베란다를 하룻밤만 쓰게 해주시오."

"도대체 거기서 뭘 하는 거요?"

주인이 물었고, 토이가 뭔가 다시 흥분한 투로 재빠르게 말했다. 주인은 고개를 끄덕이고 제 아내에게 얘기했다. 주인은 다시 영규에게 말했다.

"그러시죠. 또한 백신도 맞아야 합니다."

"뭐요?"

"주사 말이오."

"그건 아무래도 좋습니다. 토이, 올라가 있어라. 나는 잠깐 쉴 테니까."

"괜찮겠니?"

"이봐, 포탄에 날아간 것도 아니다."

토이가 소년에게 말했고 소년은 실내의 계단으로 해서 이층으로 그를 안내했다. 부인이 뭐라고 베트남 말로 건네면서 탁자 위에 주스를 올려놓았다. 영규는 찢어지고 피투성이가 되어 있는 점퍼를 벗어서 의자 아래 구겨놓았다.

"그런 일이라면, 경찰서를 통해서 직접 저희 집에 협조를 구했으면 좋았을 걸 그랬소. 내일 병원으로 오시오. 백신을 맞읍시다."

"괜찮습니다. 미안합니다. 댁의 베란다가 아주 좋은 위치라서 그만 실례했습니다."

소년이 내려왔다. 그리고 거실에서 마주보이는 현관으로 또 한사람이 들어왔다. 그것은 아오자이 차림의 베트남 처녀였다. 검은 아오자이를 입었고, 검은 긴 머리를 뒤로 내려뜨리고 있었으며 몸매는 가냘프고 맨발이었다. 병원장이 말했다.

"외국인이 우리집에 온 것은 처음입니다. 이들 전부가 내 가족이오. 이쪽은 아내, 그리고 이놈은 내 아들이고, 방금 들어온 애가 딸이라오."

영규는 그들에게 차례로 고개를 숙여 보였다. 소년은 웃으면서 손을 내밀어 악수했고 그의 누나는 빳빳한 시선으로 영규를 노려보기만 했다. 엄마가 딸에게 뭔가 일어났던 일을 설명해주는 눈치였다. 소년이 말했다.

"나는 가톨릭중학교에 다니는 후안이에요. 우리 아버지는 트란 반 투 박사, 누나는 빠스깔중학교 고등부에 다니는 푸옥이구요. 엄마는 후예 부인입니다."

"싸젠 안이다."

"우리집에서는 아버지와 내가 당신과 말이 통합니다. 그전에 우리집에 미국인이 살았어요."

후안 소년의 아버지 트란 박사가 말했다.

"외과 전문의 군의관이 적십자병원에서 협조근무를 했지요. 그분 덕택에 후안이 영어를 잘합니다. 숙소는 어디요?"

"그랜드호텔입니다."

"당신은 군인이 아닌가요?"

"군인입니다. 싸젠이라고 말했지요."

후안의 누나 푸옥이 뭐라고 날카롭게 말을 내뱉더니 거실에서 사라져버렸다. 영규는 후안에게 물었다.

"뭐냐, 네 누나가 기분이 나쁜 것 같은데."

후안이 말했다.

"다낭 학생들은 외국군인을 별로 좋아하지 않아요. 당신들이 어린애를 죽인다고."

"아, 별로 신경쓸 것 없소."

트란 박사가 말했다.

"베트콩의 선전입니다. 뭐…… 전장에서는 오늘과 같은 잘못이 종종 일어나겠지요."

영규는 대답하지 않았다.

"베란다를 쓰게 해주셔서 감사합니다. 이층의 창문들은 제가 나간 뒤에 잠그십시오. 근무가 끝나면 조용히 그쪽으로 내려가겠습니다."

"그렇게 하시오."

트란 박사와 부인이 인사를 했고, 후안이 영규를 안내했다. 소년이 계단을 오르며 말했다.

"쟝을 데려가지 않아서 감사합니다."

"쟝이 누구지?"

"싸젠을 물었던 개예요."

"아, 괜찮다. 그놈이 좋아하는 걸 가져오는 건데 깜빡 잊었다."

"몸집이 크지만 일년도 안됐어요."

후안이 이층의 불을 켰다. 이층은 아래보다는 좁았지만, 방이 둘 있었고 천장에는 낡은 선풍기가 달려 있었다. 그들은 마루에 달린 유리문을 열었다. 베란다에는 토이가 앉아 있었다.

"그래, 고맙다. 이제는 문을 닫아라."

"나중에 집에 놀러 오세요. 씨에스따 이후에는 언제나 집에 있거든요."

"놀러 오겠다."

후안이 유리문을 닫았다. 토이가 말했다.

"하역을 시작했다. 맥주 두 파레트가 저쪽 코넥스 쪽으로 방금 실려 갔다."

"홍콩패가 왔니?"

"아니, 그들은 아직 안 왔다. 보급단 차도 안 왔어. 잘 봐라. 저기 배에서 내려온 맥주 파레트들이 줄지어 있지? 다른 운반차가 와서 둘을 실어갔다."

영규도 토이 곁에 앉았다. 마침 위병소 앞을 돌아서 지게차가 달려들고 있었다. 다른 지게차 두 대는 LST의 벌려진 아가리 속을 연신 들락거리고 있었는데 다른 지게차 하나는 이미 하역이 완료된 줄에서 다시 한 파레트를 찍어다가 일반부두 쪽으로 날라갔다.

"저것 말이냐?"

"그래, 지금이 세번째다."

"한 트럭분이면 네 파레트다."

지게차는 다시 돌아와서 또 하나를 실어갔다. 그리고 다시는 군용부두 구내로 들어오지 않았다.

"몇번 코넥스냐?"

"내가 봐뒀다. 저기 두 줄의 코넥스 중에 앞줄 끝쪽이다. 홍콩그룹이 오면 그때 내려가자."

"플래시 달린 카메라 가져왔지?"

"내게 있다."

두 사람은 번거롭게 하역작업이 진행되는 부두를 내려다보며 베란다에 앉아 있었다. 토이가 물었다.

"팔은 어떠냐?"

"박사가 치료했으니까 괜찮겠지."

"적십자병원의 원장이라면 그는 다낭시의 요인이다. 개에 물리길 잘했다."

"그는 군인인가?"

"예전엔 그랬겠지. 아마 시장이나 성장과도 친분이 있을 거다."

"피곤한데 교대로 자자."

"싸젠 먼저 자라."

"그래, 무슨 일 있으면 깨워다오."

영규는 베란다의 구석 유리문 옆에 기댔다. 부두의 휘황한 빛이 플라타너스나무에 가려져서 컴컴한 곳이었다. 외항에서 뿡뿡거리는 고동소리와 가끔씩 확인사격 소리가 들렸다. 먼 곳에서는 우렛소리 같은 포성이 간간이 들려왔다. 팔이 좀 쓰라렸다. 영규는 차가운 시멘트 바닥에 등을 대고 질펀히 누웠다.

"어이, 싸젠 일어나라."

토이가 다급하게 소곤거리는 소리에 영규는 눈을 떴다.

"몇시야?"

"네시. 왜건이 왔다."

영규는 벌떡 일어났다. 토이가 말했다.

"지금 물건을 가지러 왔을까?"

"아니, 그들은 지금 시간에 맥주를 운행증도 없이 운반할 수가 없다. 지불하러 왔겠지. 코넥스 사용료와 맥주값을 줄 것이다. 내려가자."

그들은 베란다에서 세관의 철망 친 담을 타고 내려왔다. 영규가 말했다.

"사진을 찍으면 우리 근무는 끝이다."

"플래시가 터지면 그가 알아챌 텐데."

토이가 중얼거렸지만, 영규는 카메라를 받아들며 뱉었다.

"괜찮아, 사진 찍자마자 놈을 연행할 테다."

영규가 앞서고 토이는 뒤를 따랐다. 위병소에서 미군과 베트남인 경비원이 내다보며 서라고 명령했고, 토이가 신분증을 보여주며 몇 마디 했다. 부두에는 전쟁물자는 없는 셈이었으므로 검문은 그리 철저하지 않았다. 전쟁물자는 주로 MAC(공수항공단)36의 외항에서 들어오기 때문이었다. 영규는 코넥스의 끝쪽에 돼지가 베트남인 사무원과 서 있는 걸 보았다. 그는 천천히 그들의 등뒤로 다가갔다. 코넥스는 활짝 열려 있었고 두 사람은 물건을 확인하는 모양이었다. 영규가 카메라를 치켜들고 그들의 등뒤에서 말했다.

"맥주 사러 왔소?"

놀란 얼굴로 홍콩돼지가 고개를 돌렸고 영규는 셔터를 눌렀다. 플래시가 번쩍했다. 돼지는 어리둥절했다가 황급히 코넥스 곁에서 물러났고 영규의 얼굴을 아는 사무원은 슬그머니 자리를 떴다.

"이거 왜 이래, 나는 지금 댁의 반장이 나오라고 그래서 왔어."

"웃기지 말라구. 당신들 땜에 우리가 밤새도록 여기 있었어. 나중에 호텔비라도 받아야겠어."

영규는 뒤에 선 토이에게 말했다.

"토이, 코넥스 안을 확인해, 한 박스 가져와."

토이는 코넥스 안으로 들어갔다가 두 손에 맥주 한 박스를 들고 나왔다.

"네 파레트다."

"간이 크구면. 같이 좀 가야겠어."

"야, 느이들 군바리들은 안 해먹니? 서로 좀 봐주자. 바다 건너까지 와서 이럴 게 없잖아?"

돼지는 영규의 턱밑에까지 얼굴을 들이대며 사정했다. 영규는 사정 없이 그의 정강이를 걷어찼다.

"말조심해, 이 새끼야. 내가 느이 쫄병이야? 개새끼, 너 같은 새끼 들 땜에 애들이 정글에서 박박 기고 있는 줄 알어? 넌 오늘부터 여기 서 추방이야."

"어, 너 쪼인트 깠지? 이 새끼, 우리가 누군 줄 알구."

영규는 토이에게 그자를 붙들게 해놓고 허리춤에서 수갑을 꺼내어 채웠다.

"가만있어. 느이 식구들 모두 모이게 될 테니까."

영규는 박스에서 맥주를 꺼내어 한 깡은 토이에게 주고 또 하나는 자기가 따서 마셨다.

"느이들 장사하라고 면세해서 건너온 줄 아니?"

그는 위병소로 가서 전화를 걸었다. 잠자던 반장이 전화를 받았다.

"대장에게 알려주고 차를 갖고 오쇼. 경찰서에 갖다 맡겨놔야지."

"곤란한데 이거…… 돼지 그 친구라면 내가 곤란하다구."

반장은 그와 여러번 같이 뛰었던 적이 있어서 입장이 난처하다는 것이었다.

"그럼 나보고 그 친구 데리고 걸어가란 말요? 군대서 안면이 어딨 어요. 싹 바꾸는 거지. 하여튼 요번에 꺾어놓지 않으면 다낭에서 우리 입장만 곤란해져요."

전화를 걸고 돌아오니 돼지는 한풀 사그라진 것 같았다. 그는 땅에 주저앉아 있었다.

"안병장, 좀 봐주쇼. 맥주 두 파레트는 가지쇼. 그리고 이것 좀 풀어 주쇼. 내가 무슨 도둑놈이오?"

"말시키지 마쇼. 당신들 인제 여기서 손떼라구. 우리도 골치아프니 까."

차가 오자 돼지는 반장에게 대들었다.

"아니, 이렇게 나오기야? 반장은 우리하고 일 안했어? 어차피 여기 서 날아다니는 돈 아냐. 아무나 외화 벌어서 가면 되는 거야. 우리가 뭘 훔쳤나. 이건 어엿이 장사라구. 국산맥주 팔아서 월남놈들한테 이 익 좀 본 거야. 수출이 따로 있어? 좋아, 당신들이 이렇게 나오면 우리 도 가만있지 않을 거야. 여단본부가 됐든 사령부가 됐든 진정서 올릴 거야."

토이에게 눈짓하고 영규는 돼지를 뒷자리에 끌어 태웠다. 반장은 아무 말 없이 차를 몰아나갔다. 영규가 말했다.

"인마, 조용해. 여기가 부산이나 대마도인 줄 알어. 누구 맘대로 시 장에서 설쳐. 더 떠들면 가자마자 뺏다로 돌릴 거야."

돼지는 영규의 씹어뱉는 말에 기가 죽었는지 더이상의 말대꾸를 하 지 않았다. 지프는 조용하게 비어 있는 다낭 중심가를 질주해나갔다. 경찰서에 당도했다. 돼지는 차에서 내려오지 않았고 영규가 말했다.

"좀 내려오시지."

"내가 무슨 이유로 여기 와야 되는 거야? 여긴 경찰서 아냐. 나는 여기서는 외국 민간인이야."

돼지가 버텼다. 영규는 고개를 끄덕였다.

"좋아, 억지를 부리겠다면 강제로 끌어내리지. 당신은 우리 소관이고, 베트남 국내법의 행사를 받게 되어 있어."

영규는 손 하나 까딱하지 않고 토이에게 말했다.

"어이, 베트남 경찰들을 불러서 저자를 유치장으로 연행하라고 그래라."

토이가 정문으로 들어가더니 잠시 후에 경찰관 두 사람이 뛰어나왔다. 그들은 돼지의 양팔을 잡아 차에서 끌어내렸다. 그들은 거칠게 팔을 뒤로 꺾고는 앞으로 밀어냈다. 당직자가 나와서 그들을 바라보았다. 반장과 영규는 그와 거수경례를 나누었다. 당직 경사가 말했다.

"서장님께서 협조하라는 명령을 하셨습니다. 사무실이 필요하십니까?"

"아니오. 아침 일곱시쯤에 다시 몇사람 더 연행해올 것입니다. 사무실은 오늘 과업이 시작되면 그때 요구하겠습니다. 신병 인수증에 싸인해주시겠습니까?"

돼지는 완전히 기가 죽었는지 얌전하게 안쪽으로 끌려들어갔고, 신병 인수절차가 끝났다. 밖에 나와서 반장이 말했다.

"날 다 샜군. 지금 다섯시 십오분이다. 여섯시에 작전 개시 아냐?"

"호텔로 갑시다. 가서 어정거리고 있다가 대장을 깨우지."

영규는 토이에게 물었다.

"집에 가서 쉴 테냐?"

"아니, 나도 근무한다. 일이 다 끝나면 돌아가서 오전 내내 쉬겠다. 그래야 캡틴에게 떳떳하게 수당 달라고 그러지."

그들은 다시 지프를 몰아 도끄랍가로를 달려서 그랜드호텔로 갔다. 야간 근무자들과 교대하려는 사람들이 로비에 몰려나와 커피를 마시고 있었다. 그들도 그 틈에 끼여서 종이컵에 커피를 따라 마셨다. 민간인 복장과 정복이 반반쯤이었다. 차량들이 시끄럽게 시동을 걸거나 차도로 몰려나가곤 했다. 여섯시 십분 전에 반장은 대위를 깨우러 올라갔다. 반장은 눈이 푸석푸석한 대위와 상병 두 사람을 데리고 내려왔다. 그들은 모두 정글복을 입고 있었다. 상병 둘은 탄띠에 M16 소총을 가진 단독무장 차림이었다.

"차 한대 더 있나?"

"더 있습니다만 모자라지 않을까요?"

"괜찮아, 네 명만 연행하면 되니까."

영규의 물음에 대위가 말했다.

"박중령, 그 스포츠머리 한 놈, 또 한 녀석 있고, 그리고 월남녀석 있지?"

반장이 대답했다.

"스포츠머리가 사장의 오른팔입니다. 이가라고 상사 제대한 사람이고, 또 하나는 사장의 처남입니다. 그리고 월남놈은 판이라고 운전사겸 시내 거래선에 닿는 녀석입니다. 토이가 잘 알아요."

그들은 필코 표시를 한 차량에 나누어 타고 출발했다. 반장과 대위가 무장한 병사 둘을 태우고 먼저 갔고, 토이와 영규가 뒤를 따라갔다.

르 로이가로를 돌아서 푸어홍가로에 들어서서 주택가로 들어섰다. 그들은 어제 저녁에 근무자를 배치해놓았던 낮은 목책을 두른 집앞에 차를 세웠다. 갈대발의 가리개 뒤에서 상병이 뛰어나왔다. 그는 라이나 판초를 어깨에 둘러쓰고 있었다. 영규가 물었다.

"별일없지?"

"네, 새벽에 왜건이 나갔다가 다시 들어오고는 곧 불이 꺼졌습니다. 모두 자나봐요."

"자, 가자."

대위가 말했다. 모두 여섯 명이었다. 그들은 한길을 건너서 흰 페인트 칠한 철대문이 달린 집앞으로 다가갔다. 대위가 상병에게 말했다.

"너는 여기서 누가 담을 넘지 않나 잘 지켜라. 가만있어, 이쪽이 창고, 저 안쪽이 집인가? 누가 담을 넘어가서 쪽문을 열어줘야지."

대위가 영규를 돌아보았다.

"손은 왜 그래, 다쳤나?"

"개한테 물렸습니다. 어제 잠복하다가요."

"수고 많았군. 야 반장, 니가 넘어가라."

중사는 대위에게 띄지 않도록 눈을 흘기더니 할 수 없이 담장에 팔을 걸고 용을 썼다.

"그만둬라. 마 좀 작작 처먹어. 미군들 같으면 너 같은 뚱보는 당장 옷벗겼을 거다."

영규가 토이에게 말하자, 토이는 서슴지 않고 반장의 어깨를 발로 딛고 가볍게 담을 넘어갔다. 쪽문이 열렸고 그들은 조용히 한사람씩 허리를 굽히고 철문 안으로 들어섰다. 마당은 모두 시멘트로 반듯하게 포장되어 있었고 젖은 나뭇잎에서 물방울이 가끔씩 떨어졌다. 대위가 말했다.

"토이만 창고를 지키게 하고 모두 들어가자."

그들은 현관 앞으로 갔다. 대위와 반장은 뒤에 서 있었고, 영규가 무장한 병사를 뒤에 거느리고 현관 앞에 섰고, 잠복하던 상병은 혹시나 하나라도 창문을 열고 뒷집으로 빠져나가지 못하도록 집의 뒤로 돌아갔다. 대위가 고갯짓을 하자 영규는 문을 두드렸다. 안에서 도어 여닫는 소리가 들리더니 현관 앞에 와서 월남말로 뭐라고 물었다. 영규는 대답없이 더욱 세게 두드렸다. 안에서 다시 다른 자가 나왔는지 문소리가 들리고 나서 물었다.

"누구요?"

"박사장 만나러 왔소. 문 열어요."

철컥 하는 소리가 들리고 현관문이 빠끔히 열릴 때 영규는 문을 안으로 더욱 세게 밀치면서 들어갔다. 머리가 긴 월남인과 사장의 처남이라는 청년이 뒤로 물러나고 있었다. 그들이 거실로 몰려들어가는데 벌써 방에서는 잠옷에 가운을 걸친 박사장과 스포츠머리의 사내가 눈을 가늘게 뜨고 내다보았다. 대위가 말했다.

"전부 일루 나오쇼."

"뭐야, 이거…… 지금 뭐 하는 거야?"

박이 거실로 나와 대위에게 물었다.

"보면 모르쇼? 가택수색하는 거요."

"가택수색? 우리가 무슨 죄가 있어. 영장도 없이 말이야."

"영장 좋아하네. 여보쇼, 여긴 전쟁터야. 당신 암거래행위로 추방하겠어."

하고 나서 대위는 영규에게 말했다.

"야, 방마다 샅샅이 뒤져."

박사장은 여유있게 담배를 피워물더니 소파에 앉았다.

"이거 왜 이래. 야 김대위, 갑자기 왜 이러는 거냐?"

"왜 이러긴…… 누가 당신더러 말 놓으랬어? 당신 그동안 잘 해먹었지. 우리는 당신네 거래상황을 자세히 알고 있어. 우리가 무슨 허수아비라서 못 본 체한 게 아냐. 그냥 두고 본 거야."

"너 겁대가리없이 설치는데, 나 느이들 참모하고 거의가 동기생들이다."

"그래서…… 이봐, 정신차려. 나는 현역이고 당신은 예비역이야. 우리가 여기에 온 게 당신 장사 해처먹으라고 온 줄 아나? 같이 좀 가야겠어."

"야, 나도 돈 주고 사온 거다. 솔직히 느이 반장하구도 같이 뛰었어. 좋아, 손을 떼라면 깨끗이 떼겠는데 도대체 갑자기 왜 이래? 우리도 느이들 수고하는 거 다 알구, 인사를 차리려고 그랬어. 같이 살아야 할 거 아냐."

외면하고 있던 탄장이 말했다.

"나중에 셋이 얘기합시다."

"야 반장, 너 정말 이러기냐? 먼지 털면 나오기는 피차 일반이야."

영규가 방마다 조사하고 나서 말했다.

"아무도 없습니다."

대위가 말했다.

"당신들 모두 다낭경찰서로 연행하겠소. 당신들은 어제 공군 PX에서 쎌렘 담배 한 파레트와, 부두에서 맥주 네 파레트를 불법거래했소. 우리는 사진까지 다 찍어뒀으니까 딴소리 없을 줄 압니다. 자, 가시지."

"창고는 어떻게 합니까?"

영규가 물었고 대위가 박에게 말했다.

"열쇠 내주시오. 안 내주면 자물쇠를 뜯어낼 테니까."

박사장은 대위에게 사정했다.

"체면 좀 봐주쇼. 서로 죽이기로 나오면 나도 손해지만 김대위도 손해요. 나는 단장님하구 형님 동생 하는 처지라구. 주월사에도 전부 우리 선배들이 요직에 있소. 싸이공에 가보라구, 나 같은 예비역 장사꾼이 하나둘인가."

"글쎄 가서 얘기합시다."

그들은 모두들 옷을 입혀서 밖으로 데리고 나왔다.

"토이하구 너는 여기서 집 지키고 있어라. 그리고 안병장은 물건 전부 체크하고 나서 쉬어라."

대장과 반장이 차를 나눠타고 연행한 네 사람은 둘로 나누어 태웠
으며 무장병이 하나씩 그들 사이에 앉았다. 영규는 토이와 상병과 함
께 박중령네 집에 남았다.

"창고를 열어볼까?"

영규가 함석문에 지른 첫대에 걸린 자물쇠를 따고 먼저 들어갔다.
안쪽에는 쌓아두었던 전자제품들이 있었고 담배와 맥주 파레트는 가
운데에 있었는데, 쎌렘과 햄스의 상표가 보였다. 국산맥주는 부두에
서 직접 먹일 작정이던 모양이었다. 담배와 맥주만 따져보아도 시중
에 풀려나가면 오십만 피아스타어치는 될 듯싶었다.

"배고픈데 뭘 좀 먹자."

토이가 말했다. 그들은 집안으로 들어가서 부엌의 냉장고를 열고 쏘
시지며 우유와 과일깡통을 꺼냈다. 그때 상병이 거실 쪽에서 말했다.

"이거 보세요. 장부가 있는데요."

그는 작은 수첩을 손에 들고 펼쳐 보였다.

"어디서 찾았니?"

"사장 방의 침대 서랍에 있던데요. 라이터를 찾으려고 열어봤더
니……"

영규는 검은 비닐커버를 씌운 손바닥만한 수첩을 들췄다. 깨알 같
은 볼펜 글씨로 돈의 수입 지출과 그 내역이 씌어 있었고 군데군데 메
모도 보였다.

"수지맞았군. 가만있어, 이걸 빨리 베껴야겠어. 그들은 오후에는 돌
아오게 될 거야."

영규가 거실 탁자 위에 쭈그리고 앉아서 수첩을 들추면서 메모해나
가는데 토이가 접시에 먹을 것을 담아서 올려놓아주며 말했다.

"뭘 하는 거냐?"

"베트남인 거래자들의 명단을 적는 거다. 미군 쪽까지."

"좋은 걸 얻었군."

"그래, 어쩌면 이들 가운데 미군들의 라인이 있을지 모른다."

25

팜 민은 레이의 방에서 형을 기다리고 있었다. 아침에 전화가 왔던 것이다. 민은 그날 싼 티엔에 혜정을 만나러 나갔다가 온 뒤로 한번도 외출하지 않고 집에 틀어박혀 있었다. 그것은 팜 꾸엔의 요구이기도 했지만, 무엇보다도 민은 신분의 보장이 안되어 있는 상태여서 나다니기가 싫었다. 오늘은 공작책임자인 구엔 타트와 약속한 날이었고, 조직의 첫 분조모임은 수요일이었다. 그전에 안정이 되어야만 했다. 위원회로부터의 지령은 오늘 타트를 통하여 내려질 예정이었다.

가족들은 처음에 팜 민이 돌아오던 날로부터 차츰 감격을 잃어갔다. 어머니의 잔소리가 시작되었고, 미 누나는 노골적으로 그를 경멸하는 눈치였다. 레이는 아직 오빠에게 다정하게 대해주기는 했지만 그전같이 학교 급우들의 생각이라든지 토론하던 내용이라든지 하는 얘기들을 꺼내지 않았다. 그전 같으면 학교에서 누가 이런 주장을 했다든가, 다낭 외곽에 무슨 일이 있었다라고 눈을 빛내며 은밀한 소식을 전해주었을 것이다. 레이는 소안의 얘기조차 꺼내지 않았다. 아마도 이런 식으로 한 달쯤 지나게 되면 레이도 미 누나처럼 드러내놓고 팜 민을 경멸하게 될지도 몰랐다. 레이에게 있어서 작은오빠의 전설

은 사라져버린 것이다. 그러나 팜 민은 교육받을 적에 어떠한 경우에
도 자신의 정치적인 색깔을 겉에 드러내거나 입에 올려서 베트남의
현실을 나불거려서는 안된다는 말을 귀에 못이 박이도록 들었던 터이
다. 도시게릴라는 그러므로 생활에 쫓긴 일상적인 직업인이 되거나
아니면 빈둥거리는 건달이나 패배자로 철저하게 자신을 위장할 필요
가 있다는 것이었다. 남들에게서 인간적인 불신을 받으면 받을수록
자신의 활동은 안전이 보장되는 셈이다. 설마 저렇게 나약하고 게으
르며 타락한 인간이, 신념을 가진 행동을 저지를 리가 없다는 생각을
주위사람들에게 심어주어야 하는 것이다. 팜 민은 레이가 학교에서
돌아오면 거실의 의자에 푹 파묻혀서 낮잠에 빠진 꼴을 보여주었고,
레이가 가버리면 그 방에 틀어박혀 지냈다. 그의 방은 미 누나와 조카
들이 쓰고 있었다. 팜 꾸엔의 방이 비어 있었지만 그곳에는 집안의 잡
동사니 물건들이 아무렇게나 널려 있었던 것이다. 밤이면 그는 거실
에서 서성대며 근처의 음식점에서 사온 맥주를 홀짝거렸다. 아침에
청소할 때 미 누나는 팜 민에게 말을 걸지 않고 그의 발치와 몸 근처
를 피해서 쓰레질과 총채질을 해댈 정도였다.

팜 민은 시계를 보았다. 오전 열시였다. 밖에서 찻소리가 들리더니
이어 거실에서 형의 군홧소리가 울렸다.

"민 어디 있니?"

문이 열렸다. 민은 레이의 침대로 쓰는 평상에서 꺼칠한 얼굴로 형
을 올려다보았다. 팜 꾸엔은 맞은편 책상 앞의 의자에 앉았다. 그는
위호주머니에서 종이쪽지 한장을 꺼내어 내밀었다.

"자아, 네 전출증명서다."

"전출? 입대도 안했는데 어떻게 전출을 가?"

팜 꾸엔은 미간을 찌푸렸다.

"골치아파서 혼났다. 그럼 지금 입대해서 신병훈련을 받아볼 테냐. 너는 벌써 이년 전에 입대해서 소정의 교육을 마친 걸로 되어 있어. 네 계급은 상병이란 말이야. 전에는 나트랑에서 근무한 걸로 되어 있고. 네 병역카드와 신상기록표를 이곳 공군 대대본부에다 끼워넣느라고 삼만 피아스타나 썼다. 인제 대대본부로 가서 전출신고를 마치면 비행장의 파견대로 배속시켜줄 게다. 너는 파견대의 소령만 만나고 나서 집으로 돌아오면 끝나는 거야. 한 달에 오천 피아스타의 근무비만 그에게 전하면 점호 검열 모두 빠진다. 내년 이맘때 전역증을 찾으러 가면 된다."

"오늘 신고하러 가야 되나?"

"내일 나하고 같이 본부에 들어가자. 대대장은 나하고 잘 아는 사이야."

팜 꾸엔은 어느 때보다도 자신에 넘쳐 있었다. 그는 팜 민이 가족 중에서 유일하게 자기를 이해하게 되리라 믿었던 것이다.

"어때, 집에서 쉬니까……"

"글쎄 가족들에게 부담을 주게 되어서 미안해."

"너 싼 티엔에 왔었지?"

팜 민은 고개를 숙였다.

"그냥 한번 만나고 싶었어. 어떤 여자인가 하구. 어머니나 미 누나처럼 무턱대고 증오만 할 수는 없잖아."

"그래 네 느낌은 어떠냐?"

"무슨……"

"미미를 만난 느낌이…… 너 아직도 그 여자를 싸구려 접대부로 생각하니?"

"그렇지는 않아."

팜 민은 그것만은 솔직하게 말했다.

"다만…… 좋은 사람인 줄은 알지만…… 형에게는 맞지 않아. 뭐랄까, 임시지."

"임시라니?"

"부임지에서 만난 군인의 애인 같은 거겠지. 그 여자도 형을 그렇게 생각할 거야. 거짓말할 여자 같지는 않더군."

"미미는 네게 일자리를 찾아줘보라고 하더군. 네가 부탁했느냐고 그랬더니, 자존심이 세어서 내심을 절대로 꺼내 보이지 않더라고…… 형제가 그런 점은 꼭 같더라고 그러더군. 미미는 네게서 좋은 인상을 받은 모양이던데."

"고맙군."

하고는 팜 민은 진지하게 말했다.

"일년은 지루한 세월이야. 내가 아무 짓도 하지 않고 집구석에서 빈둥거리다가는 또 무슨 짓을 저지르게 될지 모르겠어. 나도 돈을 벌겠어. 유학을 가든지 어쨌든 밖으로 빠져나갈 때까지 여비라도 내 손으로 만들고 싶거든."

"그래, 나도 그 점은 생각했다. 네가 나를 도울 수 있을 거야. 나하고 같이 가볼 데가 있는데…… 너 취직할 테냐?"

"어떤 일이든지 하겠어."

"좋아, 그 대신 너한테 부탁이 한가지 있다."

팜 민은 형을 올려다보았다. 꾸엔은 아우의 눈길을 피하고 말했다.

"미미를 가족의 한사람으로 인정하도록 식구들에게 말해다오. 우선 레이부터…… 너는 할 수 있을 거야. 너하고 레이만 내 편을 들면 어머니는 자연히 수그러질 게다. 미 누나야 어쨌든 상관이 없고. 너는 네 용돈이나 벌어쓰면 된다. 가족들 살림이나 그밖의 것은 내가 다 해나갈 수 있으니까. 전에도 말했지만 앞으로 이년 뒤에는 우리는 이 지긋지긋한 곳에 없을 거야. 외국에 나가 살게 되겠지."

"그 여자는 이미 형의 아내고, 베트남의 여자가 되었어. 하지만, 형을 깊이 사랑하는 것 같지는 않던데. 나는 그저 형의 의사에 따를 뿐이야. 우리 식구는 모두 형의 편이지. 지금 형 마음은 쏠려 있지만 나중에는 또 어찌될지 모르지. 나는 형수로 알고 있겠어. 그러면 되는 건가?"

"레이도 그렇게 해주기를 바라는 거다."

"알았어. 차차 달라질 거야."

"너, 내 일 좀 도와줘야겠다. 나는 르 로이 구시장의 구엔 쿠옹이라는 상인과 거래를 하지. 그는 우리 성청의 모든 용역에서 구매에 이르기까지 모두 책임지고 있다. 이제 나는 그와 큰 거래를 수없이 해나갈 거다. 우리에게는 두 가지의 엄청난 사업계획이 있거든. 이것은 아마 우리 가족의 운명을 바꿔놓을 거야."

"무슨 일인데?"

"쾅남성 신생활촌계획에 관한 것과 고원지대의 계피 채취가 그것이다. 삼백 군데의 촌락을 건설하고 주민을 정착시키는 거야. 이것은 장군과 나의 마지막 기회다. 장군은 옷벗을 때가 가까웠거든. 어쩌면 그는 싸이공 정부기구로 들어가서도 나를 필요로 할지 모르지만, 또한 헤어지게 될지도 모른다. 싸이공에는 나보다 더 유능하고 줄을 많이 가진 비서감들이 수두룩할 테니까. 어쨌든 나는 그냥 이 기회를 놓치고 싶지는 않아. 너도 잘 알겠지? 계피는 저쪽 고원지대에 무진장으로 자라고 있다. 나는 작전명령을 내려서 계피 평정계획을 추진하는 거야. 지금 전쟁 때문에 거의 품귀가 되어 있는 중부 월남의 전통적인 산물을 독점하는 거지. 나는 이 두 가지만으로 앞으로 첫해에 백만 달러 이상 벌 수 있다. 그리고 장군이 가기 전까지는 이삼백만은 벌 수 있어. 장군은 물론 나보다 더 차지하게 되겠지만."

팜 꾸엔은 눈을 크게 뜨고 손짓을 해가면서 아우에게 자랑하고 있었다. 그는 팜 민이 이제 완전히 자기 편이 되었고 자신의 유리한 입장에 기울게 될 것이라고 믿고 있었다.

"내가 도울 일이 뭐야?"

"응, 구엔 쿠옹에게 전화를 해두었다. 너를 내 대리인으로 그 상회에 근무하도록 부탁했지. 그는 쾌히 응낙했어. 네가 할 일은 별게 아냐. 내가 지시하는 대로 물건이 그에게 넘겨지면 그를 도와서 매매하고, 정확하게 예약된 가격으로 지불이 되는가를 점검하고 그 사람 대신에 각처로 수금도 다니고 하면 된다. 너라면 빈틈없이 해낼 수 있을 게다. 자, 나하고 그에게 같이 가자."

팜 민은 속으로 기뻤지만 내색하지 않고 오히려 심드렁하게 반문했다.

"월급은 얼마나 주는데?"

"녀석아, 월급이 문제가 아니야. 이건 우리들의 사업이다. 네가 돈을 쓰고 싶다면 거래계정에서 그에게 확인시키고 얼마든지 달라고 해도 된다. 낭비를 않는다면 말이지."

그들은 사이좋게 집을 나서서 르 로이시장으로 갔다. 주차장 앞으로부터 노점상들이 늘어선 골목을 지나 안쪽에 서 있는 벽돌건물을 팜 민은 잘 알고 있었다. 그가 다낭에 침투하던 날 밤에 구엔 타트 삼촌의 안내로 찾아왔던 건물이었기 때문이다. 팜 꾸엔이 유리문을 열고 먼저 안으로 들어갔고 여사무원은 전처럼 일어나서 인사했다. 구엔 쿠옹은 그들에게 앉으라고 손짓했다.

"내 아우요."

"아, 형님과는 전혀 다르군요. 나 구엔입니다."

"팜 민이라고 합니다."

"허허, 어떻소, 장사는 전에 해보셨나요?"

팜 꾸엔이 대신 말했다.

"우리는 다낭에서 가장 큰 약종상을 경영했던 집안의 아들이오."

"예, 선친이야 저도 잘 알지요. 수단이 대단하신 분이었습니다."

"수단이 아니라 신용이 있던 분이었소."

구엔은 껄껄 웃었다.

"아, 물론입니다. 수단있는 상인은 언제나 남에게 신용을 먼저 지킵니다."

구엔이 말했다.

"팜 민씨가 할 일은 별게 없습니다. 우선 제 창고에 근무하시면서 들고나는 물품들의 관리를 해주시고, 나중에는 우리 차량들의 지방 운송관계를 잘 살펴주시면 됩니다."

"강 건너쪽 창고는 아직도 운영합니까?"

팜 꾸엔이 물었고 구엔 쿠옹은 싱긋 웃었다.

"그야 소령님께서 더 잘 아시지요. 계피만 들어오게 되면 그쪽 창고는 대단히 유용하게 되겠지요. 부두로 직접 나가게 되거든요."

"두 달 안에 착수하게 될 거요."

"창고로 가십시다."

그가 앞서서 일어나 뒷문을 열고 나갔다. 그곳은 벽돌건물의 옆문이 달린 복도였고 전에 팜 민이 그곳으로 들어왔던 기억이 있었다. 창고의 알루미늄 철창이 달린 문을 열자 창고의 문을 바깥으로 열고 물건을 나르던 일꾼들이 구엔 쿠옹에게 인사했다. 그는 반바지를 입은 체격이 건장한 사내를 불렀다.

"인사 올리게. 자네 바로 윗자리에 오시게 된 팜 민씨야. 우리 일꾼 십장입니다."

그는 정중히 인사했고 팜 민은 손을 내밀었다. 창고 안에는 쌀과 시멘트와 비료, 함석슬레이트, 합판 등속이 이리저리 분류되어 쌓였고, 창고의 문앞에 대어진 트럭에 분주하게 싣고 있는 것은 비료부대였다.

"어제 부두에서 내온 비료입니다. 지금 콩나이로 실어갈 예정입니다."

팜 꾸엔이 쿠옹에게 물었다.

"그러니까 여기서 물건을 내주고 관리하는 일이오?"

"처음에는 그 일부터 하셔야 파악이 빠릅니다."

"어떠냐?"

꾸엔이 물었고 민은 대답했다.

"좋아요. 해보겠습니다."

그들이 사무실로 돌아오니 구엔 타트가 와서 기다리고 있었다. 그는 팜 민을 힐끗 쳐다보고는 팜 꾸엔에게 웃는 얼굴로 인사를 했다.

"아, 소령님 오랜만입니다."

"넌 웬일이냐?"

그의 형인 구엔 쿠옹이 물었고 타트는 머리를 긁적거리며 말했다.

"형님, 오늘 꼭 지불해야 할 돈이 필요한데 좀 모자랍니다."

"얼마인데?"

"군표로 주세요. 이백 달러요."

"네게 그런 돈이 없단 말이냐?"

"물론 피아스타와 수표는 많습니다. 갑자기 군표 지불을 원하는데 내가 시중에 나가서 바꾸면 십 달러당 오백 피아스타씩 손해보잖아요."

"인사해라, 오늘부터 우리 창고 관리자로 근무하게 된 팜 민씨다.

팜 꾸엔 소령의 아우님이다."

구엔 쿠옹이 소개를 했고 팜 민은 모른 척하고 구엔 타트와 악수를
했다.

"아, 그래요? 그것 참 잘됐구먼. 제대하셨나?"

팜 민 대신 팜 꾸엔이 말해주었다.

"그애는 지금 현역이오. 공군이지요. 그리고 후에대학을 다녔소."

팜 꾸엔은 아우를 자랑하고 싶어 못 견디겠다는 표정이었다.

"그거 정말 잘되었군요. 나도 후에대학 출신인데 이거 선후배가 되
겠는걸. 자, 점심은 내가 사겠소. 어떻습니까? 우리 학교 얘기라도 합
시다."

팜 꾸엔은 시계를 들여다보았다.

"나는 성청으로 돌아가야 하는데, 어떠냐 너는?"

"뭐 오늘은 근무하지 않아도 좋습니다. 내일부터 일하시지요."

"아니, 내일은 병역관계로 할일이 있어서…… 모레부터가 어떻겠
소?"

꾸엔이 말하자 구엔 쿠옹은 팔을 벌려 보이면서 말했다.

"뭐 원하시는 대로 하십시오. 사실 소령님의 아우님께서 제게 와서
일하신다는 것은 영광이올시다. 앞으로 더욱 일에 빈틈이 없겠지요."

"그러면 우리 두 형님을 떼어놓고 아우끼리 사귑시다그려."

구엔 타트는 팜 민의 등을 두드렸다. 꾸엔은 군모를 쓰고 나가면서
구엔 쿠옹에게 말했다.

"잘 부탁합니다. 뭐 배울 게 따로 있겠소. 아마 곧 익숙하게 될 거요."

"그럼요, 어느 집안이신데."

꾸엔은 좌중에 눈인사를 하고는 먼저 나갔다. 구엔 쿠옹이 타트에
게 군표를 내주었고 타트가 팜 민에게 말했다.

"자, 우리는 나가서 맛있는 점심식사를 듭시다. 뭘 좋아하오?"

"글쎄요, 향초를 친 모밀이나 먹어볼까요?"

"그것보다는 다낭만에서 건져올린 새우를 먹으러 갑시다. 요 한 블록 건너에 아주 잘하는 집을 알고 있소."

그들은 나란히 밖으로 나왔다. 타트가 민에게 담배를 권했다. 민이 그를 보니 밖으로 나온 뒤의 표정은 딴판이었고 전혀 다른 사람으로 보였다. 떠들썩하고 연신 눈가에 가느다란 주름이 잡힌 채 웃고 있던 얼굴이었는데 눈매가 빳빳해지고 행동은 신중해진 것이다.

"잘된 것 같군. 당신의 형이 의심하는 기색은 없었나?"

"없습니다. 나는 그의 아우니까요."

"됐어, 병역문제도 그렇고 이곳에 근무하게 된 것도 아주 백 퍼센트요."

"분조모임이 낼모렙니다. 위원회에서는 명령이 없었나요?"

"있었소."

구엔 타트는 짤막하게 말하고 성큼성큼 앞서서 걸어갔다.

"점심을 먹으면서 얘기합시다."

그들은 시장을 빠져나가 길 건너편에 있는 바로 들어갔다. 칸막이가 되어 있는 어두컴컴한 실내에는 낮손님이 하나도 보이지 않았다. 여급들도 없었고 웨이터 두 사람이 장난을 치다가 그들을 맞았다. 그들은 구석자리에 앉아서 캔맥주와 카레를 시켰다.

"위원회에서는 다만 당신들의 교육을 당부했소. 본격적인 임무는 아직 맡기지 않았소. 당신들 열다섯 명의 중대병력은 이번달에 다낭 특별지구에 증원병으로 오게 되었소. 동지와 나는 그들을 위한 공작원의 임무를 해내면 됩니다. C조의 이번주 임무는 스모크스택 근처에 있는 판자촌 일대에 해방전선의 삐라를 뿌리는 일입니다."

"전투가 아닌가요?"

타트는 캔맥주를 마시면서 단조롭게 속삭이고 있었다.

"교육기간에는 전투는 하지 않소. 우선 작고 지엽적인 일부터 실천해서 크고 중요한 일로 나아가는 것이오. A조와 B조는 동 대오와 뚜렌 쪽을 맡을 거요. A, B조의 연결도 팜 민 동지가 해야 됩니다. A조는 오늘 분조모임을 갖고 B조는 내일, 그리고 C조가 모레요. 삐라는 꾹주점에 갖다두었소. 차례로 나누어서 전달하기만 하면 됩니다. A조는 도끄람가로 초입에 있는 서점에서 접촉하시오. 시간은 매번 열두시 정각. B조는……"

팜 민이 수첩을 꺼내 적으려는데 타트가 손가락을 세워서 흔들었다.

"안돼요. 무엇이든 필기는 금물이오. 어떤 지령이든지 모두 처음부터 끝까지 암기하시오. B조는 부두 모퉁이의 호아라는 찻집이오."

"어떻게 알아보나요?"

"아, 그건 염려 마시오. 같은 중대원은 얼굴을 알지 않소. 이를테면 한식구들이니까. 몇년 전만 해도 지금처럼 조직이 강고하지 못했을 적에는 어림도 없었소. 서로 믿을 수가 없었으니까. 세 단계까지의 연결을 가지곤 했지만, 지금은 상황이 다르오. 434특별행동대에서 배신 행위가 일어난 것은 지난 일년 사이에 두 건뿐이오. 한 건은 조직재판에 의하여 미리 제거되었고, 다른 한 건은 귀순이었소. 그가 시간을 주었던 탓으로 미리 연결점을 끊어버릴 수 있었고, 우리도 더이상 그를 보복하기 위해 추적하지 않았소. 자, 지금까지 내가 말한 것을 동지가 다시 내게 반복해서 얘기해줄 수 있겠소?"

팜 민은 하나씩 그의 얘기를 되짚어 말했다.

"좋소. 지금 곧 꾹주점에 들러서 물건을 찾아가지고 서점으로 가시오."

팜 민은 얼른 일어났다. 그러고는 뒤를 돌아보지 않고 바에서 나왔다. 꾹주점에 가서 안쪽에 들어가 앉아 차를 시켰고 돌아서려는 청년에게 말을 걸었다.

"내가 아침에 잊고 간 물건이 있는데 찾아주시겠습니까?"

"무슨 물건을 잊었나요?"

"책입니다."

"예, 갖다드리죠."

청년이 사전의 뚜껑을 입힌 두꺼운 책 세 권을 가지고 나왔고, 팜 민은 그것을 받아들고 곧장 나왔다. 그는 주위를 두리번거렸다. 걸어가는 것보다는 씨끌로를 타는 것이 나을 것 같았다. 주차장 주변에는 자전거 뒤에 지붕 달린 삼륜차를 매단 씨끌로들이 많았다. 그는 손짓해서 인력거꾼을 불렀다.

"도끄랍 초입까지 갑시다."

"걸어가시지요."

"돈 주면 될 거 아니오."

"그야 그렇지만, 미안해서요."

"갑시다."

씨끌로는 시장의 혼잡 사이를 빠져나갔다.

그는 서점이 보이는 모퉁이길에서 씨끌로를 세웠다. 돈을 치르고 나서 길을 건너갔다. 도끄랍가로의 초입은 언제나 한산했다. 부두와 연결된 중앙통은 한 블록 다음이었고 도끄랍가로에는 주로 관청과 호텔, 번듯한 상점들이 있어서 차량만이 빈번히 왕래했다. 학교구역은 그곳에서도 한참 올라가서야 있었다. 하교시간이 되면 많은 남녀 학생들이 자전거나 스쿠터를 몰고 이리로 쏟아져나올 것이다. 팜 민은 망설이지 않고 서점으로 곧장 들어갔다. 중년여자가 안쪽에 앉아서 신문을 보고 있었다. 팜 민은 서가 쪽에 시선을 두고 출입구를 곁눈질 하면서 신경을 쓰고 있었다. 불어판 원서교재와 시집들이 꽂혀 있었 고 베트남 알파벳으로 번역된 각종의 책들이 뒤섞여서 꽂혀 있었다. 팜 민은 시계를 보았다. 열두시 삼분이었다. 서점 안에는 팜 민과 주 인여자뿐이었다. 이 시간은 점심시간과 씨에스따시간이 시작되는 한 시를 앞두고 가장 한산한 때였다. 더구나 서점은 등교시간 그리고 한 시부터 반까지의 귀가시간과 다섯시 이후의 하교시간에만 붐비게 마 련이다. 누군가가 들어왔다. 팜 민이 곁눈질로 돌아보니 종종 집결지 에서 본 적이 있는 청년이었다. 그는 희고 말쑥한 셔츠에 회색 바지를 입었고 머리는 단정하게 빗어넘겼다. 그가 검은테의 안경을 쓰고 있 어서 하마터면 팜 민은 그를 알아보지 못할 뻔했다. 그렇지만 그의 콧 수염이 여전했으므로 팜 민은 그를 흘깃 돌아보았다. 팜 민은 발 아래 사전 뚜껑으로 싼 인쇄물을 세 뭉치 내려놓고 서 있었는데 그가 서가 를 따라서 민의 곁으로 와 섰다. 그는 책 한권을 뽑아 보더니 나직하 게 말했다.

"A조 조장이오."

팜 민은 발 아래를 쳐다보며 속삭였다.

"한권 가져가시오."

"다른 명령은……"

"그 안에 다 있소."

청년이 대수롭지 않게 허리를 굽혀서 팜 민의 책을 집었고 서가를 한 바퀴 둘러보고 나서 나가버렸다. 팜 민은 나머지 사전 뚜껑 두 개 를 옆에 끼고 아무거나 손에 집히는 대로 책을 뽑아가지고 안쪽으로 갔다. 주인여자에게 내밀기 전에 겉장을 보니까 보들레르의 산문집이 었다.

"이걸 싸주시오."

책을 포장하면서 여자는 별로 이상스런 안색은 아니었다.

"이백 피아스타입니다."

팜 민은 계산을 치렀고 여자가 목례를 했다. 팜 민은 거리로 나와서 어디로 갈 것인가 잠깐 망설였다. 거리는 아직도 한산했다. 집에 돌아갈 수밖에 없었다. 쿠옹의 창고 근무는 모레부터였고 무엇보다도 삐라 뭉치가 문제였다. 그는 집에 가는 길에 해변통으로 뚫린 거리에서 싱싱한 돼지고기와 드라이 밀크 한통을 샀다. 집에 돌아가니 어머니와 미 누나는 마주앉아서 녹차를 마시고 있었다.

"너 여기 좀 앉거라."

어머니가 말했다. 미 누나는 찻잔 속에 시선을 박고는 그를 쳐다보지도 않았다.

"너희들 정말 그러기냐? 내가 무슨 말뚝인 줄 아니? 너 싼 티엔에 가서 그년을 만나고 왔다면서……"

"누가 그래요?"

"흥, 너희들끼리 죽이 맞아 수군거리지만 내가 그런 일쯤은 다 안다. 아버지가 계셨다면 느이 형도 내게 이러지는 못했을 거야. 그 접대부년은 우리 식구하고 아무 상관이 없어. 네가 왜 기웃거리는 거냐?"

팜 민은 미 누나를 노려보았지만 미 누나는 탁자 위로 눈을 내리깔고 있었다. 민은 아무렇게나 대답했다.

"형의 심부름을 갔었어요."

"거짓말…… 너 그 여자에게 취직 부탁하러 갔었다면서? 글쎄 자존심도 없느냐 말이다."

누나가 시시콜콜히도 일러바쳤군. 팜 민은 픽 웃었다.

"그래요, 형에게 얘기해달라고 그랬죠. 나쁠 거 없잖아요."

"학교엔 안 가고 그따위 더러운 것들에게 부탁해서 취직하면 뭘 하니?"

"돈을 벌어야겠어요. 제 병역이 끝나면 그 다음에 외국에 나가서 공부할 겁니다. 그리고…… 다른 식구들도 모두 형이 벌어다주는 걸로 먹고 살잖아요."

어머니가 훌쩍이면서 말했다.

"그래, 꾸엔이나 너나 모두 내 아들이다. 그년과 헤어진다면 나는 길가에 나가앉아 국수를 팔더라도 먹고살 수 있다."

"깨끗한 자들은 이미 베트남의 어디에도 살아 있지 않아요. 나는 형만큼 돈을 많이 벌 자신이 있어요. 취직했으니까 내 걱정은 마세요. 그리고 누나, 나도 한마디 하겠어. 들어줄래?"

"해보렴."

미 누나는 민의 시선을 피한 채로 차갑게 받았다.

"나를 매형하고 비교해서 생각하지 말아줘."

팜 민의 말에 어머니가 끼여들었다.

"아이고, 머리야…… 그 녀석 얘기는 내 앞에서 꺼내지도 마라. 나는 그래도 그놈을 믿었는데 지독한 베트콩녀석 같으니."

"어머니……"

팜 민은 나무라는 어조로 말했고, 미 누나는 곤두선 눈초리가 되어서 팜 민을 노려보았다.

"죽은 사람을 모욕하지 마라."

"누나, 왜 그러는 거야? 전에는 안 그랬잖아. 나는 예전 그대로야. 우리 가족은 왜 함께 모이기만 하면 서로 상처나 주는지 모르겠어."

미 누나는 찻잔과 주전자를 챙겨 일어나며 말했다.

"꾸엔에게 물어보렴. 그럼 아마 자세히 알려줄 게다."

민은 부엌에서 요란하게 부딪는 그릇 닦는 소리가 신경이 쓰였다. 그는 꾸엔의 비워진 방으로 들어갔다. 방안에는 대나무가 튀어나온 낡은 평상이며 의자, 잡동사니가 쌓여 있었다. 민은 책뭉치를 던져두고 평상에 털썩 누워버렸다. 깡통을 당겨 담배 한대를 피워물었다. 답답증 때문에 가슴과 목언저리가 터질 것만 같았다. 그는 고함이라도 지르고 싶었다. 집에서 나가야 한다. 가족들과 격리되어야만 한다. 그러나 위원회의 결정 없이는 그는 어떠한 거처도 마음대로 택할 수 없는 것이다. 오히려 교육대에서는 범상한 사람으로 살아가는 것이 도시게릴라 임무의 첫째 요건이라고 가르쳤다. 혁명은 어느날 갑자기 찾아온 극적인 사건에 의하여 이루어지는 것이 아니며, 혁명전사는 일상과 싸우고 일상 속에서 수없는 자기결단을 쌓아나가야만 한다. 그런 바탕 위에서라야 극적인 사건들을 유도할 능력이 생긴다. 마치 한사람의 소작인이 수세대 동안 침몰되어온 비참한 삶의 연속 끝에 항거의 무기를 드는 것처럼, 혁명은 찬란한 섬광이 아니라 돌과 같은 침묵의 누적인 것이다. 그러므로 해방전사는 꽃 같은 무정부주의자가 아니라 자신을 둘러싼 무관심의 광야 속에 내던져진 돌멩이다. 드디어 한 돌멩이는 무더기를 이루어 부딪쳐서 반짝이고 또한 구르고 날아가, 전신이 무기가 되는 것이다. 집에서 견디어내고 가족들과도 동화되도록 노력하지 않으면 아무 일도 효과적으로 수행하지 못할 거라고 팜 민은 생각했다. 마음이 훨씬 안정되었다. 그는 담배를 껐다. 자전거의 벨소리가 들렸다. 레이가 점심을 먹으러 온 모양이다. 민은 머리 위로 손을 뻗쳐서 방의 자물쇠를 걸었다. 레이가 곧장 부엌으로 들어가는 발소리가 들렸다. 상심한 어머니도 당신 방에 들어가박힌 모양이다. 민은 팔을 베고 누웠다가 삐라뭉치에 생각이 갔다. 유능한 보조공작원이 되어야지, 나는 그 어느 중대의 공작원도 행하지 못했던 임무를 수행할 것이다. 팜 민은 맨 아래에 있는 C조의 것을 집었다. 두꺼운 사전 뚜껑 안에는 타이프 용지가 이천 장쯤 들어 있었다. 맨 위에 메모된 쪽지가 붙어 있었다.

본 전단은 해방전사로서의 개인적 역량과 각 조의 협동작전 능력을 키우기 위한 교육적 목적과, 민족해방전선의 실재를 인민들에게 계속 상기시키기 위한 두 가지 목적을 가지고 있음. 각 조의 조원들은 분담된 구역에서 자신의 안전이 보장되는 한도 안에서 철저하게 배포할 것. 때, 금주 토요일 저녁. 곳, 바이방에서 쏨다메까지에 이르는 난민촌 전지역. 각 조는 일인 구역을 정하고 최소한 두 차례 이상의 사전답사와 예행연습을 실시할 것. 결과보고는 분조모임의 의견을 모으고 조장은 이를 공작선을 통하여 구두로 보고할 것.

팜 민은 전단 한장을 집어서 읽었다. 그가 아트와트에서 수십번 읽었고 나중에는 시험까지 치른 남베트남 민족해방전선의 강령이었다. 첫구절은 이렇게 시작되었다.

우리나라가 프랑스 식민주의자에 의하여 점령되었을 때부터 우리 베트남 민족은 어떠한 때에도 조국의 독립과 자유를 위한 싸움을 그치지 않았다. 1945년에 일본과 프랑스의 제국주의를 분쇄한 전국의 동포는 협력을 쟁취하여 9년에 걸친 영웅적 저항전쟁의 결과 프랑스 침략자와 미국 간섭자에게 승리하고 폭풍과 같이 발전한 민족저항의 사업을 영예로운 승리로 끝나게 하였다. 1954년 7월의 제네바회의에서 프랑스 제국주의자는 자기 군대를 베트남에서 철퇴시키는 데 찬성하지 않을 수 없었으며, 회의 참가국은 베트남의 주권 독립, 통일 및 영토 보전의 승인에 관해 엄숙히 성명하였다. 그때부터 우리는 평화롭게 생활하며 나라의 모든 동포들과 함께 독립·민주·통일된 베트남을 건설하지 않으면 안되었다. 그러나 과거에 우리 인민을 살해한 프랑스 식민주의자를 원조한 미 제국주의자는 현재 다시 우리나라를 영구히 분단시키고 형태를 달리한 식민지 체제에 의하여 우리나라의 남부주민을 노예화시키려고 책모하고 있으며, 침략전쟁 준비를 위하여 우리나라 남부를 동남아에 있어서의 군사기지로 전환시키고 있다. 그들은 그 수족을 권력의 자리에 앉혀 위장된 독립국가의 간판을 세우고 원조정책과 고문단을 이용하여 남베트남의 모든 군사적 경제적 정치적 문화적 기구를 그 통제하에 두었다. 침략자는 민족의 배반자와 공모하여 우리나라의 역사에 일찍이 없었던 잔혹한 독재지배체제를 만들어냈다. 그들은 인민의 모든 자유를 빼앗고 모든 민주적 애국활동을 박해 탄압하고 있다. 그들은 경제적 독점을 실행하고 공업, 농업, 무역을 억제하고 모든 계층을 착취하고 있다. 그들은 우리 동포의 민족정신을 없애버리려는 음모에서 인민에게 정신적으로 해로운 영향을 주고, 의식을 혼란시키고 타락시키기 위하여 모든 가능한 수단을 이용하는 한편, 군비를 강력히 확대하고 군사기지를 만들고 인민을 탄압하기 위한 도구로서 군대를 이용하여 제국주의의 정책인 전쟁준비정책을 실행하고 있다. 독재정치와 잔혹한 정책 밑에서 헤아릴 수 없을 만큼 많은 죄과가 범해졌다. 남부에서는 어디서나 총격이 그친 때가 없었고 수많은 애국동포가 잔학하게 살해되었다. 수십만의 동포가 고문과 학대를 받고 있으며 수용소나 감옥에서 격심한 고통을 받고 있다. 무수한 인가가 타버리고 사람들은 고향땅을 쫓겨나 토지를 잃고 군대에 강제징집당하고 있다. 주민을 번영지구나 개간지구로 집결시키는 정책은 무수한 사람들의 가족이 사방으로 흩어져 어찌할 수 없는 상태에 놓이는 결과를 가져왔다. 중세, 백색테러, 실업 및 빈곤은 일반적인 고난이 되고 모든 주민생활을 몹시 위협하고 있다. 평화, 독립, 민주주의, 보장된 생활, 조국의 평화적 통일, 이것이 우리 마음속으로부터의 가장 절실한 요구이다. 이들의 요구는 강철과 같은 의사가 되고 비상한 힘이 되어, 제국주의자와 앞잡이들의 잔혹한 지배를 타도하고, 가정을 수호하고 조국을 구하는 철저한 투쟁에 궐기하도록 우리 동포에 호소하고 있다. 조국의 최고의 이익을 위하여 인민의 정의에 대한 요구를 충족시키기 위한 철저한 투쟁을 최후까지 이끌어가기 위하여 세계 발전의 진보적 추세에 따라 이에 베트남 민족해방전선의 성립을 선언한다.

"오빠, 그 방에 있어?"

레이가 문을 두드렸다. 팜 민은 전단을 얼른 허리 뒤로 감추면서 본능적으로 문을 한손으로 밀어붙였다. 자물쇠가 걸려 있었다.

"응, 그…… 그래, 왜 그러니?"

"같이 점심 먹자구."

"난 생각없다."

레이는 돌아가지 않았다.

"문 좀 열어봐."

"방해하지 마라. 잠 좀 잘 거니까."

"할 얘기가 있는데……"

"다음에 해라."

레이가 돌아갔다. 팜 민은 전단을 읽으면서 다시 자기가 아트와트에 있다는 착각이 들었다. '그렇다, 이 방은 내 막사다.' 그가 농촌 출신이었다면 그는 접적지역의 정글에 있을 것이다. 도시게릴라에게는 최초의 경계대상은 그의 가족이며, 그의 동네이다. 온 도시가 그에게는 전투지역이 아니던가. 도시생활의 유혹에 견디라던 지시는, 즉 환락에 이겨나가라는 뜻과도 같지만 달리 새겨보면 자신을 드러내려는 허영에 이기라는 뜻이기도 했다. 팜 민은 축약된 십대 강령에 뒤이어 감동적인 마지막 구절들을 입속으로 중얼거려보았다.

"우리들은 틀림없이 승리를 쟁취할 것이다. 왜냐하면 우리나라의 단결된 인민의 힘은 깨뜨리기 어려우며, 정의가 우리 편에 있으며, 자기의 세기를 끝마친 식민주의가 붕괴하여 사멸을 향하고 있기 때문이다. 평화, 민주주의 그리고 민족해방을 지향하는 운동은 폭풍과 같이 널리 발전되어가고 있으며 연이어 새로운 승리를 쟁취하고 있다."

팜 민은 전단을 다시 포장해서 사전 뚜껑 속에 간추려넣었다. 얼마나 잤을까. 팜 민은 평상에서 일어나 나무 칸살로 막힌 덧창을 밖으로 밀어냈다. 저녁녘이었다. 하늘에 아름다운 노을이 보였다. 월요일이 모두 지나갔다. 목이 말라서 거실로 나오니 미 누나는 세살짜리 딸아이와 놀고 있었다. 조카는 민에게 와서 안겼고 그는 아이를 해먹 위에다 올려놓고는 거세게 흔들었다. 아이가 까르르 웃음을 터뜨렸다. 미 누나는 머쓱했는지 말없이 부엌으로 들어갔다. 팜 민은 마당에 나가서 아이와 한참이나 놀았다. 그리고 그가 아이를 안은 채 부엌의 갈대 칸막이 안으로 들어가니 미는 쌀을 일고 있었다. 그녀의 등뒤에 대고 민이 말했다.

"아깐 내가 잘못했어."

미는 손짓을 그치지 않고 그의 다음 말을 기다리는 양이었다. 민은 잠깐 기다렸다가 다시 말했다.

"세상에는 강한 사람도 있고 약한 사람도 있어. 바오밥나무나 이팝나무같이 강한 것도 있지만 바이올렛 같은 연한 것도 있지. 오히려 누나는 내 마음…… 지금 몹시 절망적이야, 나를 어루만져줄 수도 있지."

미 누나가 쌀 일던 손을 멈추었다. 그러고는 고개를 돌렸다.

"이리 와……"

민은 아이를 내려놓고 누나 곁에 가까이 갔고 누나는 민을 와락 붙잡더니 껴안으며 그의 등을 두드렸다.

"내가 잘못했다. 민, 너는 꾸엔과는 달라. 어릴 적부터 나는 너를 가족 중에서 가장 사랑했어."

"내게도 어떤 생각이 있어."

"그래그래…… 내가 몰아세우지 않을게. 공연히 애 아빠 생각이 나서 그랬어."

이튿날 팜 형제는 다낭 공군의 대대본부에 출두했다. 팜 민은 형이 준비해온 작업복에 상병 계급장을 달았고 전출증명서도 가지고 있었다. 목에는 인식표를 걸었다. 어떤 전사자나 도망자의 칸에 그의 이름이 적혔을 것이다. 팜 민은 대대본부의 사무실에 앉아서 신문을 뒤적거렸는데 팜 꾸엔은 대대장실에 들어가서 한시간쯤 걸걸댔다. 그가 키 작은 중령과 함께 밖으로 나오자 팜 민은 형이 일러주던 대로 경례를 올려붙였다. 중령은 그를 힐끗 쳐다보았을 뿐이다. 다음 순서는 동대오 못 미쳐서 시내의 외곽에 있는 다낭비행장 쪽이었다. 공군 파견대는 미군기지와 길 하나 사이에 있었다. 정찰기 몇대와 낡은 구형 전투기 몇 편대가 있었고 헬리콥터도 있었다. 공군은 해군과 마찬가지로 독자적인 작전권을 갖고 있는 게 아니라 미군 작전의 보조역할을 맡았으므로 조종사들도 많지 않았다. 한 달에 오천 피아스타짜리 사병인 팜 민은 거기서도 파견대장인 공군 소령과 악수를 하는 것으로 요식이 끝났다. 되도록이면 다낭 밖으로 나가지 말아달라고 소령은 당부했다.

"내년 사월이면 너는 우리 식구들 중에 가장 먼저 외국으로 나가게 될 게다."

라고 팜 꾸엔은 기쁜 듯이 말했다. 그는 오랫만에 짐을 벗어버린 듯 홀가분한 얼굴이었다. 팜 민은 집에 돌아와 옷을 갈아입고 사전 뚜껑을 챙겨가지고 B조의 연결점인 호아찻집으로 갔다. 팜 민은 B조의 조장과 차를 마시고 나서 헤어졌다. 두세 마디의 말을 나누었다.

"다른 지시는?"

"없소."

"약속날짜는 같소?"

"변경사항은 위에서 내려올 거요."

팜 민은 수요일 아침에 검은 파자마를 내어서 입고 구엔 쿠옹의 가게로 출근했다. 그는 천막지로 만든 어깨에 둘러메는 가방을 가지고 갔다. 가방 속에는 바나나 두 개와 사전 뚜껑과 세면도구가 들었다. 그는 르 로이시장의 구엔 쿠옹상회에 들어섰다. 시간은 일곱시 반쯤이었다. 쿠옹은 벌써 나와 있었고 여사무원은 알코올버너 위에 사이폰을 올려놓고 통킹식의 알커피를 끓이고 있었다.

"아, 어서 오시오. 커피나 한잔 하십시다."

구엔 쿠옹과 팜 민은 마주앉았다.

"인사를 해두지. 같은 직원이니까. 란양입니다."

팜 민과 여사무원은 서로 고개를 까딱했다. 커피는 진하고 구수했다. 쿠옹이 말했다.

"우리 상회는 르 로이시장의 다른 상점들과 같이 아침 일곱시부터 시작이오. 일찍 일어난 새가 벌레를 많이 잡지요. 일곱시부터 열두시까지는 물건을 들여오는 일과 전날의 미불관계를 매듭짓는 일이 있고, 열두시부터 세시까지는 점심시간과 씨에스따요. 세시부터 여섯시까지에는 물건을 지방으로 내는 일과 수금하는 일이 있습니다. 여섯시에 퇴근이오. 물론 때에 따라서는 약간 변경될 수도 있지만 대체로 그렇소. 자아, 란양, 오늘 들어오고 나갈 물건의 명세서가 있겠지?"

란이 타이프로 친 명세서를 내주었다. 쿠옹이 그것을 팜 민에게 건넸다.

"물건이 정확하게 들어왔는가 확인하고 내게 알려주오. 그리고 나갈 때에도 마찬가지요. 홍정은 내가 직접 하지만 완결짓는 일은 팜씨가 해내야 됩니다. 별로 어려운 일은 없을 거요."

"열심히 해보겠습니다."

쿠옹은 전화기를 끌어당기더니 팜 민을 보며 말했다.

"당신 형님에게 알려줘야겠소."

쿠옹은 성청의 교환에게 성장실의 번호를 부탁했다.

"팜 소령 부탁하오. 아직 안 나왔다구요? 나는 구엔 쿠옹상회의 쿠옹이오. 예예, 그렇게 하시오."

그가 전화를 끊었다.

"자, 창고로 갑시다."

팜 민과 쿠옹은 뒷문을 열고 나가서 창고로 들어갔다. 창고의 문 사이로 아침햇살이 비집고 들어왔지만 안은 어두컴컴했다. 쿠옹이 불을 켰다. 그가 열쇠를 꺼내어 팜 민에게 주었다.

"자, 이것이 저쪽 복도로 들어오는 문의 열쇠고 이게 안에서 잠긴 창고문을 여는 열쇠요. 이것은 바로 이 통용문의 열쇠…… 당신이 보관하시오."

　팜 민은 쿠옹이 나간 뒤에 창고의 물품 재고를 확인했다. 시멘트 삼백 부대, 쌀 백 부대, 함석슬레이트 천이백 장, 비료 이백오십 부대, 가축사료 이백 부대, 합판 오백 장. 그는 다시 출고할 수량을 체크했다. 그는 창고문을 활짝 열었다. 밖에서 몰려섰던 햇빛이 한꺼번에 창고 안으로 쏟아져들어와 창고의 반쯤에까지 양지를 만들었다. 그는 빛을 피하여 문 옆의 그늘진 곳에 책상과 의자를 옮겨놓고 앉았다.

　"어, 출근했군."

　사무실 편의 문이 열리며 구엔 타트가 들어섰다. 그는 깨끗한 월남식 저고리를 입었고 목 위까지 단추를 채우고 있었다.

　"월요일과 화요일의 조별 접촉은 잘되었겠지요?"

　"네, 책을 전해주었습니다."

　"C조가 오늘 어디지요?"

　"부두의 노천까페입니다. 거기서 전원을 만나기로 했는데…… 저는 C조에서 빠지는 겁니까?"

　"충원이 되었소. 아마 조장만 나올 거요. 그건 그렇고…… 되도록 빨리 시장 사무원들이나 작은 상점의 주인들과 사귀시오. 며칠내로 점심을 한턱 쓰는 것도 좋겠군. 그리고 지방에서 트럭을 가지고 올라오는 상인들은 자연히 알게 될 테고, 우리 쪽 상인은 내일 오니까 내가 직접 소개하겠소."

　"내주에 제가 할 일은?"

　"조별 접촉은 한 조씩 요일을 바꾸게 됩니다. 그때에는 또다른 임무가 주어질 것이오. 전단 살포의 결과보고도 받아야 할 테고. 교육기간은 사주요. 그 뒤부터 정식의 임무가 시작됩니다. 그러나 팜 동지는 나를 도와서 보급과 자금을 책임져야 하오. 유념할 것은 전투식량과 무기요. 다낭 외곽의 지방게릴라에게 탄약과 포탄을 대주는 일과 의약품, 식량도 대야 하오. 새로운 증원중대의 무장도 갖춰주어야 할 거요."

"각 조에 무기가 지급됩니까?"

"그렇소, 다낭시에서 가장 유용한 무기는 권총과 기관단총이오. 그리고 수류탄과 뇌관 및 폭약이오."

"그것들을 훔칩니까?"

"아니…… 이 안에는 그런 것들이 얼마든지 있지. 스모크스택 건너편이 무기 암시장의 진원지요. 우리는 되도록 많은 미군의 박격포와 포탄, 로켓포와 그 포탄을 확보해야 하오. 대전차지뢰도 많이 필요하오. 기동성과 성과 양면에서 그것들은 게릴라에게 가장 필요한 무기들이오. 그리고……"

구엔 타트는 팜 민이 책상 위에 놓아두었던 출고품목을 들여다보고 나서 말했다.

"당신의 형인 팜 소령이 신생활촌 개척에 대해서 얘기하지 않았소?"

"했습니다. 고원지대의 계피에 관해서도 말했습니다."

"계피?"

"네, 군대를 동원해서 계피를 채취할 모양입니다."

구엔 타트는 나직하게 킬킬거렸다.

"대단한 것에 착안했군. 그들 둘이서 바오다이 시절의 영화를 곧 회복하겠구먼. 계피작전이라…… 성청에서는 신생활촌계획에 의한 AID(국제개발처) 지원품목의 절반 이상을 암시장에 넘길 거요. 삼백 개의 부락이 신설될 예정이오. 이미 난민들에 대한 구호식량이 나가고 있으니까…… 쌀은 막대한 양이 쏟아져나올 것이고. 우리가 눈독을

들이는 것은, 신생활촌 민병대를 무장시킬 M1, M2 카빈총이오. 삼십밀리 경기관총도 필요하오."

"형은 그런 위험한 일은 하지 않을 겁니다. 그는 신중한 사람이에요."

"형과 의논하라는 게 아니오. 성청 부관실의 키엠 중위와 사귀시오. 키엠 역시 독자적인 자기사업에 관해서 연구중일 것이오. 그가 람 장군의 부관인 팜 소령을 보좌하고 얻어먹는 돈은 부스러기 돈에 지나지 않소. 내가 알고 있는 바로는 민병대에 관한 건은 베트남군 제2사단 관할이오. 그러나 사단본부가 후에에 있기 때문에 실질적인 책임자인 사단장은 명목에 지나지 않소. 제1군사령부에 파견나와 있는 대위와 경찰서장 카오 대령이 민병대의 교육과 통제를 대행할 거요. 그 중간연결을 키엠 중위가 맡는 모양이오."

"방법은?"

"생각해보시오. 대략 오십 호에서 백 호의 부락이 삼백여 개가 생기면 한 집에서 장정 하나씩만 따지더라도 근 삼만 점의 무기요."

"행정 조작인가요?"

"그렇지…… 대략 이삼천의 인원은 허위로 얼마든지 만들어낼 수가 있소. 부락이 새로 생겨나는 셈이고, 부동인구와 사망자 통계는 날마다 변하니까. 키엠의 능력에 따라서는 더 늘어날 수도 있소. 그러면 우리는 규칙적으로 지방게릴라 1개 사단의 탄약과 물자를 확보하게 되는 거요. 개인화기는 그것으로 충분하오. 처음에는 백여 명에서 차츰 늘려서 천여 명 아니 그 이상 늘려가야 합니다. 그들은 무기와 탄약 판매의 고정루트를 열게 되고 또한 무엇보다도 유령인구의 훈련교육비, 그들의 작전에 소요될 비용 등을 공으로 먹게 되오. 미끼를 던질 것도 없소. 다만 우리는 다른 상인들보다 먼저 알고 있으니까 재빨리 다가가서 잡아채기만 하면 됩니다."

구엔 타트는 자신과 보조공작원 팜 민이 해나갈 전반적인 방침들을 하나씩 짚어주고 있었다. 그는 또 말했다.

"그 다음에는, 식량과 의약품 부분인데…… 이것은 우리들이 사업을 통하여 자력갱생해야 합니다."

"쌀입니까?"

"그건 공공연한 거래이며 베트남 시장의 기본이오. 일년에 이모작을 할 수 있고 한때 식민지 시절에도 동남아에서 가장 유명한 안남미의 산출국이었으나, 메콩 델타는 물론이고 각 지방의 논밭은 거의 사십 퍼센트 이상이 전장화되어 있소. 그러므로 쌀 교역의 주종은 미국 캘리포니아의 구호양곡이오. 이건 비료나 시멘트와 마찬가지로 힘들 것도 없소. 사방에 널려 있으니까. 중요한 것은 레이션입니다. 그 비싼 식량을 먹으면서 게릴라 전원이 정글에서 싸울 수는 없소. 늪지대의 정찰이나 매복, 침투 등등 야간 기동성과 은폐를 위주로 한 작전에서 씨레이션처럼 유용한 전투식량은 없소. 또한 정글의 환자들에게도 먹여야 하오. 씨레이션의 교역은 무기류와 함께 미군 수사기관이 가장 신경을 쓰는 품목이오. 그러므로 소량을 규칙적으로 구입하여 쌓아두어야 하오. 의약품 중에서는 베트남 열대기후의 조건상 키니네와 항생제가 가장 필요합니다. 테라마이신, 스트렙토마이신 등과 키니네, 그리고 무엇보다도 정글에서는 마취제와 진통제가 부족하오. 항생제는 그런대로 괜찮지만 마취제는 구하기가 어렵소. 진통제도 정글에서는 정제한 헤로인을 쓰지만, 위험합니다. 이 일만 해낸다면 사실 조별 접촉과 운영에 관해서는 다른 부서로 넘겨줄 수도 있소."

팜 민이 물었다.

"다낭의 제3특별지구에서 그런 일을 하는 사람들이 우리뿐입니까?"

"아, 물론 지방과 도시를 연결하는 수송조가 있고, 스모크스택 건너에 한 조가 더 있소. 그리고 세금징수요원과 같은 행정요원이 약간명 있지요. 제434행동대는 이번에 증원중대의 창설로 전투원은 모두 사개 중대 육십명이 되었소. 자세한 것은 정식공작원이 됨에 따라서 알게 될 거요. 한데 신분은 이제…… 확실한가요?"

팜 민은 자신의 인식표를 파자마 저고리 안에서 꺼내어 보였다.

"공군 상병입니다. 신분증도 받았습니다. 비행장 정비중대 소속입니다."

"잘했소. 나중에 매우 유용하겠는걸."

구엔 타트가 이번에는 창고문으로 나가며 말했다.

"매일 이 시간이나 아니면 퇴근시간 직후에 한번씩 들르겠소."

그가 나가자 팜 민은 이제까지 그와 나누었던 모든 얘기들을 순서대로 머릿속에 간추렸다. 그리고 그것을 잊지 않기 위해서 몇가지로 분류해두었다. 찻소리가 들리더니 트럭이 와서 섰고, 일꾼 십장과 세 사람의 짐꾼이 들어왔다. 십장이 꾸뻑해 보였다. 지방상인이 손을 내밀었다. 그는 자기가 호이안에서 왔다고 말했다.

"지불은 끝났습니다."

십장이 팜 민의 서류를 들여다보더니 물품과 수량이 적힌 끝에 붉은 볼펜으로 표시된 것을 손가락으로 짚었다.

"이겁니다. 호이안……"

팜 민은 시멘트와 비료를 내주고 상인에게서 물품인도증을 받았다. 구엔 쿠옹이 나와서 고개를 끄덕였다.

"역시 잘하시는군. 그 서류는 그대로 모아두었다가 소령님께 드리면 됩니다. 결재는 내가 해드릴 테니까."

26

    홍콩패 박사장의 수첩에서는 세 가지의 일반적인 사실과, 한가지 매우 중요한 점이 발견되었다. 그가 맥주와 담배를 대던 업소로 보이는 바와 클럽들의 이름이 씌어 있었는데 그중에는 스포츠클럽 뱀부는 물론 작은 숙박업소나 매춘업소의 이름까지 적혀 있었다. 카오 대령과 크라펜스키가 매우 기분나빴을 것이다. 물품은 주로 담배는 공군 PX, 전자제품은 해병 PX, 그리고 맥주는 최근부터 햄스에서 국산으로 바꾼 듯했다. 국산이 물량도 많았고 원가가 쌌기 때문일 것이다. 보급단 파견대의 선임하사와 여본 주보 상사, 그리고 수사대의 반장을 옆구리에 끼었다는 것은 대위나 영규도 이미 잘 알던 사실이었다. MAC라 씌어 있고 그 아래에 알파벳으로 이름이 씌어 있었으며 르 로이 푸어홍상회라고 되어 있었다.

    영규는 그것이 아마도 A레이션에 관한 유출루트가 아닌가 생각했다. 냉동선이 닿는 바이방의 부두에서 내려진 싱싱한 A레이션들은 스모크스택 건너편의 해군 냉동창고에 산더미처럼 쌓여 있다. 누구나 그곳에서 A레이션이 온다는 것은 잘 알고 있었다. A레이션의 유리한 점은 저장하기가 쉽지 않고 무엇보다도 먹는 것이라 조작이 용이하다는 것이다. 미군 경제팀이 그것으로 물가를 조절한다는 사실도 알려져 있다. 박은 내막은 자세히 모르는 채로 유리한 품목의 유출선을 캐어본 듯싶었다. 그는 꺼내다가 풀어낼 베트남인 상인까지 정하고 있었다. 푸어홍상회가 르 로이에 있다면 조사하는 것은 간단한 일이며, 아마도 A레이션이나 사치품을 취급하는 상인인지도 모른다. 그의 고객명부 중에는 베트남 쪽의 무기거래자들이 있을지도 모르는 일이었다.

박중령과 돼지와 사장 처남과 스포츠머리 등의 홍콩패는 경찰서에 연행되어 부두에서의 맥주 네 파레트와 공군 PX에서의 쎌렘 담배 건에 대해서만 조사를 받았다. 그들은 모두 기세가 꺾여서 묻는 대로 순순히 대답했다. 대위가 박에게 맥주와 담배 중에서 맥주의 거래는 손을 떼라고 말했다. 특히 국산맥주의 시장유출은 미군 쪽을 자극한다는 것과 또한 유통구조를 쥐고 있는 경찰서장 카오 대령이 몹시 불쾌하게 여기고 있음을 넌지시 비쳤다. 그들에게는 PX의 사치품과 전자제품만이 허용될 것이라고 알렸다. 박사장은 더이상 말을 하지 않았다. 그들을 놓아주고 나서 대위와 영규와 중사는 용궁식당에 가서 점심을 먹었다.

"어떻게 할까요, 보급단 파견대 선임하사와 여본 주보 상사를 데려다 코를 꿸까요?"

안영규가 농담조로 말했다. 중사가 그에게 눈을 흘겼다.

"얀마, 다 늙마에 옷벗기 전에 먹고살 걸 마련하느라고 그런 거다. 무슨 큰죄 졌냐? 싸울 땐 싸우고 돈벌 땐 벌어야지. 개코나 돈벌러 왔지, 뭐 누가 도둑질했나 장사했지."

"야야, 반장 너도 앞뒤 가릴 줄을 좀 알아라. 안수병은 네 앞가림 해주려고 그러는 거야. 파견대의 목덜미는 틀어쥐었지?"

"사진을 뽑으면 그걸로 충분하죠."

대위와 영규가 맞장구를 쳤고, 중사는 시무룩했다. 대위가 말했다.

"국산맥주는 이제부터 네 거다."

"내가 어떻게 직접 나서서 팔아요? 말도 안 통하고 월남 장사꾼도 모르는데……"

"염려 마슈. 내가 박중령 거래처를 다 적어뒀으니까."

영규가 수첩을 꺼내어 그들에게 보여주었다. 대위가 낮게 속삭였다.

"야, 이 너구리 같은 용궁식당 여편네도 박가와 거래했구먼."

"그럼요. 일 달러 오십짜리 한 박스를 깡으로 손님에게 팔면 사 달러 오십에서 오 달러까지 받잖아요."

"그건 도매금이야, 지금 시세는 육 달러까지 나간다구."

중사가 말했다.

"그렇게 잘 아는 놈이 왜 헛바퀴 돌아갔니? 그리고 카오 대령에게는 나하구 한번 같이 인사를 가지. 맥주는 그렇다 치고…… 여본 주보 상사도 네가 틀어잡아. 양주와 담배가 있잖아."

"잘 알았어요."

"아이들 잘 데리고 보살펴주란 말이야. 그리구 차 한대 세내라."

"내가 나가는 집 주인이 박스차를 세내주고 있어요. 우선 갖다가 쓰세요."

대위는 기분이 좋은 모양이었다.

"자아, 또 한가지 처리가 되었군. 남은 문제는 맥주 건으로 우리가 미군측과 또 부딪치면 곤란하다."

"경찰서장과 타협하면 됩니다. 기초정보는 거기서 올라왔을 테니까요. 따이한 맥주가 미군 PX의 맥주에 앞질러서 다낭시장에서의 유통망을 휩쓸고 있습니다, 그런 식으로 미군을 자극해서 우리의 맥주 유출을 훼방놓은 겁니다."

"그래, 카오와 손을 잡자. 어쨌든 미군 쪽의 거래는 모두 창고나 부두나 영내에서 이루어지기 때문에 오히려 최종 책임은 제삼국인들이 지게 된다. 경제팀의 암시장 거래를 소상하게 알아둬야겠는데."

영규가 다시 박가의 메모에서 베낀 것들을 설명했다. 대위가 미간을 찌푸리고 듣더니 잠깐 생각했다.

"그렇지, A레이션이 가장 비전쟁적인 물건이다. 저장에 실패하면 쓰레기에 지나지 않지만 싱싱한 고기와 야채와 과일은 다낭의 도심지에선 생필품이지. 가격조작이 가장 용이하다. 그리고 그것은 이곳의 특수층들이 먹는 것들이지. 그런데 곤란한 것은 말이야, 한두 가지가 아냐. 공연히 잘못 잡아당겼다가는 감자가 나오는 게 아니라 뱀의 꼬리일 수도 있어. 물리면 손해야."

"우리가 뚜렌에서 꺼내오는 B레이션은 물가에 별 영향이 없고 대단히 고지식한 거래로 그칩니다. A레이션의 거래내역을 캐보죠. 뭔가 나올 듯싶은데."

"MAC에서 시작하나?"

영규는 빙긋 웃었다.

"아뇨…… 거꾸로 시작할 겁니다. 르 로이시장에서부터죠."

"좋아, 까짓 거 밑져야 본전이다. 우리두 한번 양키들 사타구니를 들여다볼까? 그러나 자극하지 말고 조심해라."

대위는 영규가 A레이션의 거래상황을 캐는 일에 찬성했다. 암시장의 물가조절의 비결이 발견된다면 다른 정보도 부수적으로 얻게 된다. 그 흐름에 올라타야만 하는 것이다.

"그리고 암달러도 중요하지."

"군표뿐이 아닙니다. 머니 오더, 프랑, 마르크, 엔, 어느 나라 것이든 바꿀 수 있거든요. 언제나 기본은 피아스타지만. 싸이공의 촐론에서까지 돈 장사꾼이 원정을 온답니다."

영규가 휴양소 차를 타고 콘보이 행렬에 끼여서 뚜렌 보급창에 들어간 것은 정례적인 수요일 오후였고, 창고 앞에서 레온을 만났는데 그는 영규를 안으로 급히 데리고 들어갔다. 걱정이 얼굴에 가득했다.

"큰일났다."

"뭐야, 우리 일에 무슨 잘못이 생겼니?"

"아니, 그따위 일이라면 걱정없지. 스태플리 알지?"

"그가 어떻게 되었구나."

영규는 레온과 가장 친한 병장 스태플리와 시내에서 도둑외출을 즐긴 적이 있었다. 그는 프랑스 영화배우처럼 잘생긴 금발의 청년이었는데, 자기는 만화가가 될 거라고 얘기했다. 뉴욕 출신이었다. 그는 레온과는 조금 달랐다. 베트남전쟁에 대해서는 미군들의 모든 슬랭을 동원해서 욕설을 퍼부었다. 손재주가 좋아서 동그란 플라스틱 조각이나 동전이나 메달 따위에다 고딕체의 경구를 새겨서 동료들에게 나누어주었다. 그 글귀들도 그가 적당히 지어낸 구절들이었다. 영규도 하나 받았는데 노랑색 플라스틱 위에다 붉은 글씨로 새긴 것이었다. 구기고 찢고 짓밟고 버리지 마라! 하는 식이었다. 또는 망할놈의 전쟁, 씨팔놈의 살인자들, 어린애 요리사라거나 록 유행가의 구절들에서 따온 것도 있었다. 레온은 일찌감치 여자와 사라지고 스태플리와 영규는 홀짝거리며 밤새껏 위스키를 마셨다.

'나는 헬리콥터의 사수였어. 훈장도 받았지. 그래서 싸젠이 되었지. 만화가는 이젠 끝장이다. 이봐, 냄새나는 동양녀석아, 나는 말뚝을 박을 거란 말이야. 그래서 콧수염 단 매스터 싸젠이 되어서 쫄병들을 달달 볶을 거다. 이봐, 실버스타인이라고 있지. 그치는 그림으로 시를 쓰는 녀석이지. 그 자식 여기로 잡아다가 싸젠을 시켜놓으면 어떻게 될까?'

영규가 말했다.

'이 바보야, 그것도 모르니? 뚜렌을 몽땅 팔아먹든지, 너처럼 전쟁터의 엄살을 팔아먹든지, 아니면 뒈지겠지.'

레온이 말했다.

"스태플리가 행방불명이다."

"또 차이나 비치에 가서 포커 밤새껏 하고 거기 자빠져 있는 게 아닐까?"

"그랬으면 좋지. 녀석은 라이나 판초를 차에 가득 때려싣고 꺼져버렸다. 삼천 달러는 만들었을걸."

"왜 또 하필이면 라이나 판초를……"

"인벤토리가 방금 끝난 창고였거든. 거기에 정글화와 판초와 천막 등속이 있었지."

"며칠 됐니?"

"닷새, 탈영보고가 올라갔다."

탈영병은 곳곳에 있었다. 그들은 외국군 막사에 와서 기식하고 거기에 파견나온 것처럼 하기도 하고 베트남군의 도시 파견부대에서 어슬렁대기도 하고 민간인 집에서 몇달이고 버티는 자들도 있었다.

"무슨 방법이 없을까?"

레온이 물었다.

"그를 도와주었으면 한다."

영규는 눈을 휘둥그레 굴려 보았다.

"내가? 너 미쳤구나. 우리는 너희 미군과는 다르다. 그리고 여긴 너희들의 요새야. 어떻게 돕니? 레온, 그가 있는 델 아는구나."

"짐작은 하고 있다. 그는 탈영병 구출협회의 도움을 받으려고 할 테지."

"그건 뭐냐, 탈영병 돕는 모임이라고?"

"싸이공보다는 어렵지만 여기에도 있을 거야. 그를 네가 잘 아는 민간인의 집 어딘가에 한 달만 숨겨다오. 우리 뚜렌의 쫄병들은 모두 그

녀석을 좋아한다. 녀석을 감옥에 보내고 싶지 않다."

영규는 한참이나 이리저리 생각했다. 레온은 다시 강조했다.

"댓가는 변변치 않다. 네가 원하는 물건을 말해라."

"닥쳐, 바보야. 그런 건 필요없다. 어쨌든 그를 한번 만나보자."

"아마도…… 사흘쯤 뒤에는 연락이 올 거다. 그전에 숨을 곳을 마련해야 한다."

영규는 토이와 상의했다. 토이가 하숙집을 구해보겠다고 응낙했다. 토이가 웃으면서 말했다.

"재미있군. 중립을 선포하는 사람이 여럿인데."

"나는 아냐. 입장이 없다. 빨리 돌아가서 잊어버릴 거야."

그들이 창고에 물건을 쌓아놓고 나오는데 구엔 타트가 시장 쪽의 쪽문을 밀고 들어왔다. 타트가 물었다.

"오늘은 뭐야?"

"감자 섞인 돼지고기 깡통."

"또 시시한 걸 내왔군."

타트가 토이에게 말했다.

"건포도와 조미료 좀 내오지."

"검열이 끝나지 않아서 그렇답니다. 금요일에 또 들어갈 거니까 직접 얘기하시오."

"아, 됐어요."

"지난주 것은 대충 수금이 되었겠죠?"

"응, 한 팔백 달러 모였을걸."

토이가 말했다.

"팔백 달러 준다는데."

"차 하나 세내야겠는데. 구엔 타트씨, 당신네 박스차 한대 세냅시다. 하루 얼마에 해주겠소?"

"휘발유값 제하고 이십오 달러만 내시오. 남들은 삼십 달러 받을 텐데 한식구니까 싸게 해주는 거요."

"하루종일은 말고 씨에스따 시간 이후에만 쓰는 거요."

"십오 달러 내시오. 그런데 당신들은 차가 있잖아."

"아, 회사 표시가 되어 있어서. 나와 내 친구 중사가 번갈아 쓸 거요. 십 달러 어떻소."

"그러지. 다만 해지기 전까지요. 밤늦게까지 쓰면 오 달러 더 내야 하오."

구엔 타트는 흥정에 빈틈이 없었다. 영규가 토이에게 말했다.

"A레이션에 대해서 슬쩍 물어봐라."

"A레이션의 무엇을?"

"뭐, 가격이라든가 주요 물종이라든가."

토이가 타트에게 물었다.

"구엔 타트씨, A레이션은 어떤 것이 잘 나가나요?"

타트가 눈을 빛내면서 되물었다.

"구할 수 있겠소?"

"글쎄요. 노력은 해보겠지만……"

"양파도 좋고 쇠고기도 좋고…… 특히 사과와 오렌지가 좋소."

"지금 가격이 가장 좋은 것은?"

"그건 모르지. 내가 한번도 취급해보지 않아서. 당장 신시장으로 나가보구려. 여기에도 한 집이 있소. 대단히 큰 상점이지. 이 다음 골목에 푸어홍이란 상점이 있소. 우리 형보다 더 큰 장사꾼이오."

토이가 영규에게 말했다.

"싸젠, 냄새를 맡았다. 역시 푸어홍상점이다. A레이션을 취급한다는데."

"그에게 더이상 묻지 마라."

구엔 타트는 자기 자리에 가서 앉더니 계산기를 손에 들고 찍어나가다가 불쑥 영규에게 물었다.

"A레이션은 미군 외에는 다루지 못할 텐데, 뚜렌에는 없지 않소?"

"강 건너에 있소."

"아까도 말했는데 A레이션은 여기서는 푸어흥상점의 매점품목이오. 나는 의약품이 마음에 끌리는데. 형이 말하는데 항생제도 좋고, 모기약 또는 물 소독약도 값이 비싸다고 합니다."

영규는 그자를 조용히 응시했다.

"항생제는 그저 그렇겠지만, 그 다음 것들은 정글에서 필요한 게 아닌가요?"

구엔 타트도 영규를 응시했다.

"르 로이시장의 불문율을 모르는군. 일정한 정치적 견해를 가진 장사꾼은 거래할 자격이 없소."

"물론 의약품은 뚜렌에서 얼마든지 가져올 수가 있습니다."

영규가 침묵을 지키다가 타트의 표정을 살피며 말했다.

"테라마이신 정도라면 백 개들이 병이 열두 개 들어 있는 케이스가 다시 열이 모여서 한 박스니까 부피도 아주 작지요. 한알에 얼마나 하지요?"

"글쎄요, 백 피아스타쯤 될까."

"가격이 굉장하군."

"B레이션에 비길 것이 아니지요."

하면서 구엔 타트는 서랍 속에서 열 개들이 면도날 갑을 집어냈다.

"이를테면 이런 것이오. 당신네 나라에선 이런 수준의 면도날을 생산합니까?"

영규는 하는 수 없이 고개를 저었다.

"면도날은 아직……"

"그것 보시오. 손톱깎이라든가 과도라든가 다 마찬가지입니다. 비슷하게는 만들지만 날의 강도가 문젭니다. 우리도 시간을 두고 천천히 매달리면 곧 만들어내게 되겠지요. 그러나 전란에 시달리면서 총을 만들어내지는 못합니다. 싸움이 밖에서 왔듯이 총도 주어진 것입니다. 정글에 있는 자들은 활과 함정과 죽창이며 타악기와 덩굴과 늪지대를 활용하고 총도 필요로 하지요."

영규가 그의 딱딱한 발음에 신경을 쓰기가 귀찮아서 하품을 하고 나서 말했다.

"뭘 말하려는 거요?"

구엔 타트가 면도날 갑을 다시 집어들어 보였다.

"이것입니다. 베트남의 전국토를 초토화시킬 수 있는 물량과 기술을 확보한 나라의 생활양식이지요. 면도날 하나에도 그런 생활양식이 그물코처럼 얽혀 있습니다. 아마 당신이 귀국준비를 할 때 이 물건을 한 박스만 가지고 가도 큰돈이 될 겁니다. 따이한은 그럴 거요. 그러나 여기서는 이것은 장사할 품목이 아니지요."

"왜요, 해방전선은 면도날을 무기로 삼지 않기 때문인가요?"

영규는 말을 내뱉고 나서 자신이 경솔했다는 것을 순간적으로 깨달았다. 너무 직접적인 표현이었다. 그러나 구엔 타트의 표정은 변하지 않았다. 오히려 그는 웃음을 지었던 것이다.

"아, 내가 몰랐었소. 당신의 옷 때문에…… 당신이 군복을 입고 있었더라면 내가 주의를 했을 텐데. 나는 군사적인 입장이나 정치적 견해를 가지고 말하는 게 아니오. 나는 르 로이시장의 장사꾼입니다. 어떤 물건이 잘 팔리는가를 아는 게 중요하지요. 미군이 점령한 곳에서만 필요로 하는 물건들은 한계가 있습니다. A레이션이 좋다는 것은 오히려 반대의 장점이 있다는 것뿐이지요. 즉 물건을 빠른 시일내에 소화시킬 수가 있으며 고객의 수준이 고르다는 것과, 가격마진이 좋고 지속적이라는 점이오. 특수층 상대의 장사니까. 의약품 특히 항생제나 모기약은 소비층이 널리 퍼질 수가 있다는 얘깁니다. 그것을 정글 사람들이 쓰든 촌락의 농민들이 쓰든 장사꾼은 그런 일에는 관심이 없소. 우리가 면도날에 관심이 없는 것은 베트남에서는 면도를 못해서 죽는 일은 없기 때문이오. 이 시장의 소상인들은 모두가 미군의 창고와 PX가 형성해놓은 시장질서에 붙어서 살고 있는 거요. 그렇지만 큰 상인들은 다릅니다. 우리 형을 보시오. 그는 무엇이 가장 넓은 층을 상대할 물건인가를 알고 있소. 소화제는 곤란하겠지만 외상을 치료하는 구급약품이나 항생제는 현재 여기서는 전망이 좋은 상품이오. 좀더 확실히 얘기한다면, 과도보다는 카빈총이 더욱 현실적인 상품이라는 뜻도 됩니다. 그야 물론 나는 그런 상품을 취급할 의사는 없소."

영규는 얼른 참전군인으로서의 입장에서 빠져나가기로 작정했다.

"우리 얘기를 대신 하는 것 같소. 당신들은 어느 나라 사람인가요. 나는 몇개월 뒤에는 민간인으로 집에 있게 될 테지만."

"전쟁은 가장 냉혹한 형태의 장사가 아닌가요? 미국은 말할 것도 없고 당신들까지도 말이오. 당신들이 모두 가고 나면, 전쟁이 끝나면…… 당신네가 가지고 들어왔던 모든 생활방식들도 사라지게 될 거요. 어찌되었든 사람들이 피를 흘리고 상처를 싸매고 하는 판에 의약품이 몹시 필요하다는 사정은 돈도 벌게 해줄뿐더러 개인적으로도 보람이 있겠지요. 어쨌든 내 동포니까요."

토이가 그에게 뭐라고 저희 말로 지껄였다. 구엔 타트는 눈가에 주름을 잡으면서 부드럽게 웃었다.

"아, 이거 내가 너무 실례했소. 배가 고프다고 했는데 점심은 내가 사겠소. 내가 이렇게 장황하게 떠든 이유는 다름이 아니오. 의약품을 샀으면 좋겠다는 겁니다."

영규가 토이와 타트를 번갈아 둘러보며 말했다.

"점심을 먹으러 갑시다."

"부두에 가면 생선 프라이를 잘하는 집이 있소. 그리고……"

구엔 타트는 주머니에서 군표를 꺼내어 세었다.

"지난주의 팔백 달러요."

"사백 남았군. 옜소, 차 빌리는 값 십 달러. 우리 차를 타고 갑시다."

그들은 계산을 마쳤다. 영규는 타트와 나란히 뒤에 앉고 토이가 운전대를 잡았다. 영규가 타트에게 물었다.

"의약품은 다낭에서만 팔 거요?"

"그건 애매한 질문이군. 다낭에서 팔지요. 그러나 물건이 어디로 가든 아무도 책임질 수 없소."

"내가 의약품을 대주게 된다면 한가지 조건이 있소."

영규의 말에 타트는 여전히 웃는 얼굴로 기다렸다.

"푸어홍상회의 거래내용을 자세히 알아주시오. 미군들은 어느 소속의 누구인가, 물건은, 수량은, 가격은, 하는 것들을 알고 싶소."

타트가 머리를 갸우뚱했다.

"곤란하군요. 상도의 문제지요. 장사꾼끼리는 거래의 내용은 서로 알아도 비밀에 부치도록 되어 있습니다. 일종의 묵계이기도 하고 의리 관계 같은 거요."

"그러면 의약품도 안되겠소."

"좋으실 대로."

박스차는 화이트 엘리펀트의 눈부신 담을 돌아나가는 중이었다. 가로수 아래로 노천까페와 바다가 보이기 시작했다. 군인과 민간인들 여럿이 나무벤치에 앉아서 음료수를 마시고 있었다. 타트가 말했다.

"내가 충고 한마디 해도 될까요?"

"하시오."

"당신이 암거래의 정보를 찾으려는 데는 반대하지 않습니다. 그래서 사무실을 같이 쓰고 있는 거요. 나는 다만 당신들과 B레이션을 거래하고 있기 때문에 당신들을 받아들였소. 나를 끌어들이려고 하지 마시오."

"그게 충고입니까?"

"아니, 아직 하지 않았소. 미군들 쪽은 신경쓰지 마시오. 그곳을 건드리면 시장에는 큰 혼란이 옵니다."

토이가 어느 집이냐고 물었는지 타트는 손으로 길을 가리키며 재빠르게 지껄였다. 그들이 식당에 도착할 때까지 이야기는 중단되었다. 식당은 낡은 목선을 다낭만의 축대 가에다 잡아매놓은 것이었다. 나무다리를 걸쳐놓았는데 물결에 계속 아래위로 오르내리고 있었다. 바닷물에 담가놓은 그물 속에서 고기를 건져올려 그대로 칼로 저며내어 기름에 튀기는데 찹쌀밥 한줌과 야채가 나왔다.

"미군이 우릴 아는 만큼 우리도 그들을 알아야 하오."

영규가 말했고 타트는 생선을 씹으면서 대답이 없었다. 영규는 토이를 보았다. 그는 두 사람의 얘기에 전혀 상관 않겠다는 듯 바다 쪽으로 고개를 돌리고 있었다.

"당신이 알고 싶은 것은 다른 것이지요. 해방전선의 거래가 알고 싶겠지요?"

구엔 타트가 무심하게 얘기를 던져서 영규는 미처 대답할 말을 준비할 틈도 없었다.

"그래요."

"알고 나면 미군에 보고합니까?"

"꼭 그렇지는 않소. 내가 결정할 문제는 아니오. 우리 쪽의 입장을 위해서 그런 카드를 내놓을 필요가 있을 때 알리게 되겠지요."

"예를 들면 반대급부로 쓰이겠군요."

영규는 잠깐 생각을 정리하느라고 물을 천천히 마셨다.

"그 질문에 솔직히 대답한다고 해서 당신이 내게 무슨 도움을 줍니까?"

구엔 타트는 진지한 얼굴로 말했다.

"나도 아는 게 제법 많지요."

"좋소, 우리는 해방전선에 어떤 물건이 얼마나 넘어가는가를 알고 싶을 뿐이오. 거래는 쌍방의 문제이고, 알다시피 정부군과 베트남 민간인과의 거래에는 우리는 아무 상관이 없소. 다만, 우리와 미군 사이에 미묘한 문제가 발생될 때에는 그런 정보를 근거로 해결할 수가 있소. 아니면 그 카드는 영영 안 쓰게 될 수도 있지. 즉 미군들의 거래상황을 자세히 알게 된다면 말이오. 그래서 푸어흥상회에 대한 협조를 물어본 거요."

"르 로이시장에서 일어나는 일은 내가 귀띔해줄 수 있습니다. 당신의 생각은 이를테면 호신용 무기를 지니겠다 그런 얘기로군요."

토이가 뭐라고 베트남 말로 건넸다. 구엔 타트는 그의 말을 받아들이는 것처럼 연신 끄덕였다.

"무슨 얘기냐?"

토이가 대답했다.

"너는 사오개월 뒤에는 떠나게 된다고 말했다. 모든 따이한 군인은 십개월에서 십이개월 근무가 아닌가. 내 얘기는 시장의 상황을 자네가 안다고 해서 문제될 것은 없다는 뜻이다."

"좋습니다. 싸젠의 책임은 없다는 걸 이해했소. 내가 푸어흥상회의 거래에 관한 정보를 알려드리지. 팜 소령의 거래에 관해서는 잘 아실 테지요. 문제는 전선측 상황인데, 날마다 시외 트럭들이 모이는 주차장에 나가서 확인해야 합니다. 그들 중에는 각 지역의 전선측 보급담당자들이 있지요. 이렇게 하는 게 어떻겠소? 당신네가 필요한 부분을 물으면 내가 알아다가 소문을 귀띔해드리지요. 그 대신에 의약품을 대어주시오."

"우리가 나설 수는 없고, 소개를 해줄 길은 있소."

영규가 말했다. 구엔 타트는 손을 내밀었다. 영규가 잡기도 전에 타트가 그의 손을 잡고 흔들다가 놓았다.

"자, 그럼 먼저 히엔 영감에 대해 얘기하십시다."

27

금요일에 영규는 휴양소 트럭을 타고 뚜렌에 들어갔다. 그가 창고 앞에서 기다리려니까 레온이 지게차의 옆에 타고 분주하게 오가며 손짓으로 창고 안을 가리켰다. 영규는 창고 안의 철제책상 앞에 앉아서 그의 체크가 끝나기를 기다렸다. 그가 한참 뒤에야 돌아왔다.

"휴, 미치겠다. 정신이 없는걸."

"작업이 다 끝났니?"

레온은 눈을 크게 떠 보이면서 고개를 흔들었다.

"아니, 이제부터 시작이다. 재고조사가 시작되었거든."

"그러면 부족한 건 어떻게 메우니?"

"서로 물건을 꾸어준다. 다른 블록의 창고에서 부족량을 가져다가 잠깐 메워두면 된다. 곧 새 물건이 들어올 테니까."

"그러면 오늘 나갈 물건은 없겠군."

"뭐였지?"

"건포도."

"아, 그건 수량이 많이 남는다. 다 가져가. B레이션에 대해서는 별로 엄중하게 조사하지 않는다. 그리고…… 스태플리를 좀 만나다오."

"그가 어디 있는데?"

레온은 목소리를 낮추었다.

"차이나 비치 부근이다. 어제 우리 보급병 중의 하나가 영화 보러 갔다가 만났다. 나하고 만나기로 했지."

"만나서 어쩔 셈이냐?"

"그를 감옥에 보낼 수는 없다. 그전에 얘기한 대로 하숙을 구해줘야지."

"토이가 알아본다고 그랬다."

"저녁에 차이나 비치에서 만나자. 그를 빨리 옮겨야 하니까."

"그가 있는 델 아니?"

"안다. 쏨다메 부근의 매춘가에 있다. 전에 스태플리와 내가 자주 갔던 집이다."

"과업이 끝난 시간에 가지."

"일곱시에 차이나 비치 바에서 만나자."

영규는 레온에게 말했다.

"의약품 말인데, 다낭의 민간병원에도 보급을 해주나?"

"구호약품으로 나간다. 다만 베트남의 행정부처의 정확한 서류가 있어야 한다."

"예를 들면 적십자병원 같은 데는 어떨까?"

"청구서만 있으면 된다. 왜 그래?"

"아니, 누가 물어보길래."

영규는 오후에 건포도를 싣고 뚜렌에서 나왔다. 부두의 코넥스 안에다 넣어두고 르 로이시장의 사무실로 돌아갔다. 구엔 타트는 점심 먹고 돌아와 그의 책상 옆에다 해먹을 치고 씨에스따중이었다. 그늘진 창문 쪽에서 시원한 바람이 들어오고 있었다.

"구엔 타트씨, 일어나시오."

영규가 해먹을 흔들었다. 그러나 흔들리는 해먹은 그를 더욱 기분 좋게 잠속으로 몰아넣는 모양이었다. 그는 입맛을 다시면서 고개를 옆으로 떨구었다.

"일어나요."

영규가 이번에는 해먹을 잡아세우고 좀더 크게 말했다. 구엔 타트는 눈살을 찌푸리며 그를 올려다보았다. 영규가 말했다.

"미안합니다. 그러나 중요한 용건이라……"

타트는 해먹 위에서 일어나 비틀거리며 땅을 딛고 섰다. 그는 쇠의자에 앉아서 잠깐 침묵하고 있다가 머리를 들었다.

"무슨 일이오?"

"당신은 이제 푸어흥상점의 사무원을 내게 소개해야 합니다."

구엔 타트는 서두르지 않았다. 그는 우선 식힌 녹차를 플라스틱통에서 따라 달게 마셨다.

"항생제를 구할 수 있나요?"

"나는 내가 구한다고는 하지 않았소. 그것을 구해줄지도 모르는 사람과 만나게 해주겠소. 이 점은 당신이나 나나 똑같은 조건이오."

"그 사람이 누굽니까?"

타트가 물었다.

"다낭 적십자병원의 원장이오."

"매우 불확실하군."

"그렇소, 그가 거절할지도 모릅니다. 그러나 이것만은 분명합니다. 베트남군을 제외하고는 의약품이 자연스럽게 유출될 곳은 거기뿐이오."

타트가 피식 웃었다.

"그건 나도 알아요. 적십자병원이 미군의 의약품을 빼돌린다는 보장은 없소. 오히려 그가 분개해서 당국에 고발하면 나는 공연히 약점을 잡히고 헛돈을 쓰게 됩니다. 따라서 그런 일쯤으로 푸어홍상점의 사무원을 당신에게 붙여줄 수는 없소."

영규는 초조했다. 베트남 사람은 이국인을 절대로 믿지 않는다. 그와 토이가 어떤 신분의 사람들이라는 것은 르 로이시장 안의 유능한 상인이라면 대개 짐작을 할 것이었다. 더구나 푸어홍상점의 주인 히엔 영감은 쿠옹보다도 큰 상인이 아닌가. 그의 사무원은 영규는 말할 것도 없고 토이도 절대로 믿지 않을 것이며 그들이 접근하려 하면 곧 자기의 주인에게 일러바칠 것이다. 같은 시장의 상인인 타트의 중개가 없이는 사무원은 만나려고 하지도 않을 것이었다. 영규가 말했다.

"좋소, 그의 의향이 어떤가 내가 확인하고 나서 당신과 만나게 하지요. 그러면 되겠소?"

"물론이지요."

"해방전선측의 거래정보는?"

이어지는 영규의 말에 타트는 손가락을 세워 자기의 입에 갖다댔다.

"쉬이, 그렇게 간단한 문제가 아니오. 어떤 물건이 어느 쪽으로 얼마나 넘어갔는가 하는 것들은 미군들의 일일보고서에 올라갑니다. 우리도 그런 건 다 알고 있어요. 당신이 지금 나가서 작전의 노획용 무기를 구입하려 해보시오. 물론 군복을 입어도 상관없습니다."

"노획무기라뇨?"

구엔 타트는 나직하게 웃었다.

"저기 뒷골목 노점행상들에게 가서 개인화기들을 사겠다고 하시오. 작전에 나가서 별 전과가 없고 오히려 사상자만 많이 낸 부대의 지휘관은 노획무기가 필요하지요. 그의 진급과 출세는 무엇보다도 전공이니까. 그들의 부관들이나 주보의 하사관들이 종종 노획용 무기를 사러 나옵니다. 당신의 육연발 리볼버는 어디서 구했습니까?"

"선임자가 시장에서 샀소."

"그것 보시오. 적정가격만 주면 그가 약속장소에다 부댓자루에 넣은 총기를 날라줍니다."

"캐낼 수 없소?"

"전혀, 거래한 자를 잡아 심문해도 헛수고지요. 끊임없이 위로 올라갈 거요. 서로 돌고 돌거든요. 끊임없는 파도에 오르락내리락하면서 흘러가는 격이지요."

영규는 이해했다.

"그렇다면 우리도 알아야겠소."

"내가 일일정보를 알려줄 수가 있다니까요."

"원하는 게 뭐요?"

구엔 타트가 되물었다.

"글쎄요, 무엇을 원할 것 같소?"

"당신은 상인이니까 이익이나 돈을 원하겠지요?"

영규의 말에 타트가 가볍게 대꾸했다.

"꼭 그렇지는 않소. 이렇게 하면 어떨까요? 당신이 푸어홍상점의 거래내역을 알아내게 되면 그날그날 내게도 좀 알려주시오. 매번 서로 똑같이 바꿉시다."

영규는 이거 재미있다고 생각했다. 무엇 때문일까. 타트는 상점의 사무원을 매수해서 거래내역을 알아내려는 영규 쪽의 생각을 잘 알고 있으며, 또한 그가 권했던 것이다. 그가 사무원을 소개하려고 한다. 타트가 아니면 사무원은 영규의 제안을 믿지 않을 것이다. 타트도 영규와 같이 푸어홍상점의 거래내역을 알고 싶다면 그는 왜 직접 나서서 사무원을 매수하지 않는 걸까? 또한 무엇보다도 그는 어째서 푸어홍상점에 깊은 관심을 가지고 있는 것일까. 영규는 또박또박 끊어서 타트에게 질문했다.

"상점의 정보가 당신에게 무슨 이익이 됩니까? 그리고, 어째서 직접 알아보지 않는 거요?"

"하하, 궁금하겠지요. 말하자면 눈금과 같은 거니까. 다리의 기둥에 표시된 눈금을 보았소?"

"무슨 얘기를 하는 거요?"

"눈금이 없으면 물이 불었는지 줄었는지 또는 무거운지 가벼운지 아무것도 모르게 됩니다."

"푸어홍상점의 거래가 눈금이란 말이오?"

"이를테면 국제시장에서의 달러의 가격을 알고 있는 일은 매우 중요하지요. 마찬가지로 르 로이시장의 경제는 다낭 안의 미군 기지의 물건들이 유통되어서 이루어진 경제입니다. 아시다시피 푸어홍상점은 미군과 직거래하는 유일한 상점이지요. 중요한 점은 바로 그 거래품목입니다."

"A레이션 말인가요?"

"그렇소. 규칙적으로 달러를 버는 베트남의 민간인들이 사먹는 물건이죠. 오렌지나 사과는 넉맘국수나 반마이와는 다릅니다. 르 로이시장에서는 A레이션의 가격의 변화를 미리 아는 것이 중요하오. 얼마쯤 공급되고 얼마나 수요가 있었는가를 알고 있으면 물가를 대충 짐작할 수가 있소. 블랙마켓을 하는 자가 또한 A레이션을 먹지요. 그는 총을 팔아서 금도 사고 아편도 사모을 수 있지만, 늘 언제나 먹지 않으면 안되고 암거래의 막대한 이득만큼 호사스런 식생활을 하는 겁니다. 즉, A레이션의 단골고객은 블랙마켓의 암시장을 형성시킨 자들입니다. A레이션은 수요와 공급을 적절히 늦추고 당기고 하면서 다낭시장의 물가를 조정합니다. 나는 공황을 미리 대비하려는 것이지요."

"어떤 공황입니까?"

"우리는 몇년 사이에 두어 차례 겪었지요. 군표가 자주 바뀝니다. 하루아침에 GI 머니가 바뀌면 아무 쓸데없는 딱지가 되고 말지요. 미군측 재무부서는 단 하룻밤에 통고해서 벼락같이 군표를 바꾸거든요. 군표를 가지고 있던 많은 베트남 상인들이 하루 만에 알거지가 됩니다. 군표를 바꾸는 일도 작전임무의 하나라고 알려져 있습니다. 푸어홍상점에 관하여 날마다 들고나가는 거래를 자세히 알아둔다는 것은 르 로이시장의 상인으로서 형이나 내게 매우 중요한 이익이 되지요. 잘 알겠습니까?"

"알아들었소. 그 다음 질문은……"

"무엇이었죠? 아, 어째서 내가 직접 알아보지 않느냐 하고 물었죠. 그건 돈이 들기 때문입니다. 날마다 알아내려면 매일 돈이 들겠지요. 나는 전선측의 지방상인들을 대략 알고 있으므로 시장 주차장에 나가서 둘러보면 대개 전선측의 거래를 확인할 수 있습니다. 나는 돈 들이지 않고 당신이 원하는 것을 알려줄 수 있지만, 저 구렁이 같은 히엔 영감의 거래를 알아내려면 날마다 돈이 드니까……"

구엔 타트는 영규의 어깨를 툭 건드리며 웃음을 터뜨렸다. 영규는 웃지 않았다.

"불공평하군요."

"아니, 그 반대요. 당신들은 남의 나라 전쟁터의 시장에 와서 맨손으로 돈을 벌고 있소."

"많은 병사들이 죽었소."

"군인이지요."

그러나 구엔 타트는 긴말을 더이상 늘어놓지 않았다. 그는 다시 해먹에 가서 걸터앉으며 말하였다.

"당신이 병원장과 만나는 동안 나는 방해받았던 씨에스따를 즐겨야겠소. 그가 응낙하면 함께 만납시다. 그게 순서겠지요?"

영규는 말없이 고개를 끄덕였다. 구엔 타트는 해먹 위에 누워서 다리 한쪽을 그물 밖으로 내뻗어 가볍게 땅을 찼다. 해먹이 좌우로 흔들거렸다. 영규는 수화기를 들었다. 그리고 교환에게 적십자병원을 대달라고 말했다. 그는 병원의 교환에게 다시 원장 트란 박사를 대달라고 부탁했다. 교환이 대답했다.

"원장님은 댁에 계십니다. 댁으로 전화하시거나 한시간 뒤에 다시 병원으로 전화해주십시오."

영규는 수화기를 슬그머니 내려놓았다. 구엔 타트는 잠들었는지 두 팔을 해먹 밖으로 축 늘어뜨리고 있었다. 영규는 시계를 보았다. 그는 세관의 담과 붙은 트란 박사의 이층집을 떠올렸다. 영규는 박스차를 몰아서 세관 앞의 로터리를 돌아 트란 박사의 대문 앞에 차를 세웠다.

그가 철창에 나뭇잎 모양이 장식된 문을 밀자 컹컹대며 장의 짖는 소리가 들렸다. 영규는 잔디 저쪽 구석의 개집 앞에 사슬을 목에 건 셰퍼드를 보고는 안심했다. 누런 칠을 한 지붕만 달린 지프도 현관 아래서 있었다. 그가 계단을 올라가 현관 앞에 설 때까지 아무도 내다보지 않았다. 영규는 이리저리 둘러보다가 현관의 유리문 위에 비죽이 내민 막대기며 그 아래로 추가 늘어진 구리의 종을 올려다보았다. 묵직한 추가 아래로 길게 늘어져 있고 가죽끈을 단 줄이 두 가닥 늘어졌다. 영규가 가죽끈을 잡아당기니 추가 끌려올라가 구리 종을 때렸다. 그는 서너 번 당겼다가 놓았다. 맑고 나직한 종소리가 들리고 안에서 후예 부인이 나왔다. 후예 부인은 검은 파자마 차림에 흰 웃옷을 입고 있었다. 그 여자는 뭐라고 베트남 말로 물었다. 영규는 정중하게 인사하고서 서툴게 말했다.

"씬로이 바, 옹 쭈 디우 박시 트란."

"씬 옹 디어이 디."

후예 부인이 안으로 들어가더니 뚱뚱한 트란 박사의 몸집이 나타났다. 그는 금테안경을 쓰면서 현관으로 걸어왔다. 영규가 사복인 채로 경례하며 말했다.

"안녕하십니까. 따이한 싸젠 안입니다."

트란 박사는 놀라지 않았다. 그러나 어조는 냉담했다.

"싸젠이 웬일이오?"

"만나뵐 일이 있어 왔습니다."

트란은 현관을 열었다.

"들어오시오."

후예 부인이 그들을 지켜보고 있었다. 트란은 영규가 맨 처음에 이 집에 들어와서 앉았던 바로 그 기다란 등나무 소파에 앉도록 했다. 트란이 물었다.

"팔은 다 나았습니까?"

"예, 오래 전에 나았습니다. 가벼운 상처였지요."

트란은 베트남에서 나이먹은 사람답게 감정을 드러내지 않고 무심한 듯이 물었다.

"용건은 무엇이지요?"

"후안 소년은 학교에 갔습니까?"

트란이 부드러운 안색을 보였다.

"곧 돌아올 때가 되었습니다. 오늘은 내가 바쁜 날입니다. 오후부터는 학생들의 봉사가 있습니다. 매주 금요일마다 적십자병원에 여학생들이 와서 환자들을 돌보거든요."

영규는 마음속에 준비했던 대로 그의 말끝을 잡았다.

"바로 그런 일 때문에 왔습니다. 저희 수사대에서도 병원에 도움을 드리고 싶습니다. 어린이 환자가 많겠지요?"

"예, 전체의 삼분의 일 정도입니다. 어떤 도움을 주시겠습니까?"

"뭐 별로 대단한 것은 아니지만, 어린이들이 좋아할 선물이라도 보낼까 하지요."

트란 박사는 처음보다는 안색이 훨씬 부드럽게 풀어져 있었다. 영규가 말했다.

"저도 고향에 가면 후안 또래의 동생이 있습니다."

"따이한에도 전쟁고아가 많았다는 말을 들었소. 전쟁이란 어린이들에게는 더욱 참혹한 짓이지요."

영규는 에어컨의 시원한 냉기가 감도는 트란 박사의 쾌적한 응접실을 둘러보았다. 태국산의 상아 코끼리상이며 오디오와, 홈바와, 여러 가지 술과 화분들이며 뱅골 호랑이가죽의 장식 등등은 전혀 참혹한 전쟁고아와는 상관이 없어 보였다. 그의 통통한 손가락에는 누런 금 반지가 끼여 있었고 그 손은 터키산 파이프담배를 주물럭거리며 담고 있었다. 영규가 말했다.

"의약품은 충분한가요?"

트란 박사가 혀를 찼다.

"의약품이란 이런 상황에서는 아무리 많이 있어도 늘 부족합니다. 그야 증상에 따라 다르지만, 치료기간이 길어지고 퇴원 후에도 약은 계속 타가니까 모두를 만족하게 해줄 수는 없지요."

"의약품은 어디서 타오십니까?"

트란 박사는 파이프에 불을 붙이려고 성냥을 그어대고 있다가 눈을 위로 치켜떴다.

"중립국이나 각 회원국의 구호를 받습니다. 대체로 응급조처에 필 요한 것은 미군의 도움을 받고 있습니다."

후예 부인이 차가운 프루츠 칵테일을 화채그릇에 내왔다. 영규는 원숭이가 앙증맞게 쭈그린 은제숟가락으로 체리를 뜨면서 이것은 분 명히 뚜렌에서 나온 자신의 상품이라고 생각했다.

"군사령부 소속의 병원에서는 미군의 보급에 전적으로 의존하고 있 습니다. 그래서 의약품이 남아돈다고 알고 있습니다."

영규의 말에 트란 박사는 한숨을 쉬었다.

"그들은 군인입니다. 민간인에 대해서는 이차적인 취급을 하는 것 이지요."

영규가 말했다.

"어떻습니까. 항생제와 진통제 같은 품목을 지원받지 않으시겠습 니까?"

"어떻게 말이오?"

트란 박사는 화채그릇을 내려놓고 다급하게 물었다.

"미군 보급부서에서는 대민지원이나 심리전 부분에 관심이 많습니다. 박사님께서 미군 보급부대의 지휘관에게 직접 공문을 내십시오. 그리고 환자의 수와 임상실태에 관한 정확한 현실을 수치로 적어서 보낼 필요가 있겠지요. 예를 들면 수술환자의 수에 따른 진통제의 수량과, 항생제의 필요량을 청구하는 것입니다."

"스모크스택의 미 해군병원 쪽에 그런 청구를 했던 적이 있었소만 답변은 베트남의 군병원으로 청구를 해보라는 것이었소."

"당연합니다. 원장님께서는 군의 계통을 모르시기 때문이죠. 그들 병원 쪽에서도 보급부서에서 일정량을 환자의 수와 용태에 따라 보급받기 때문입니다. 만약 보급부서에 청구를 하게 되면 그들은 사령부의 대민지원부서에 문의하여 곧 조처를 하게 될 것입니다. 전장에서 부상당한 민간인을 치료하는 것은 훌륭한 민사 심리전의 한 활동이 되는 것입니다."

"고맙군요. 좋은 방도를 가르쳐주었소. 그러나 당신이 생각하듯이 그렇게 쉽지는 않을 거요."

"무슨 일이든 전례를 만들기가 어렵겠지요. 흔히 군대행정이란 미군에게는 전례처럼 중요한 법률이 없습니다. 허가가 나기는 어려워도 일단 시행이 되면 계속해서 지켜지게 됩니다."

"딴은 맞는 말이오. 해군병원에서의 답변도 전례에 없다는 간단한 문구였소."

"한가지 더 가르쳐드리지요. 지원받기 쉬운 약품으로 전례를 만들게 되면 청구하는 대로 나올 겁니다. 저는 전에 소금 수천 병이 지급된 어느 마을의 경우를 알고 있습니다."

"소금이라뇨?"

"일사병 방지용으로 병사 일인당 하루에 세 알에서 다섯 알 정도의 정제된 소금이 식당에서 배급됩니다. 정글 속의 부락에서는 녁맘을 담기 위해 소금을 달라고 인근 부대에 청했지요. 일단 허가가 나오자 일사병 방지용의 정제소금이 플라스틱 용기에 들어 있는 채로 백여 박스가 트럭에 실려왔습니다. 생선을 잡을 그물을 짜겠다고 실을 달라는 것보다는, 차라리 다소 입에는 안 맞더라도 정어리깡통 한상자를 달라면 그게 쉬운 길이지요. 베트남에는 항생제가 몹시 부족하다고 들었습니다. 테라마이신을 청구하시면 쉽게 나올 겁니다."

"여러가지 약이 필요하오."

"물론입니다. 쉽게 나오는 것이 중요하지요. 다량의 테라마이신을 보급 지원받아서 그것을 파시는 겁니다."

"팔다뇨…… 누구에게?"

"상인에게 팔지요."

트란 박사가 안경알 속에서 눈을 가늘게 뜨고 중얼거렸다.

"수사대에서는 블랙마켓을 권장하는 임무도 수행하고 있습니까?"

"오해는 마십시오. 절대로, 박사를 곤경에 빠뜨리려는 것은 아닙니다. 그래서 제가 소금의 예를 들었지요. 마이신을 팔아서 부족한 다른 약을 구입하시는 겁니다."

"약을 어디서 산단 말인가요?"

영규는 이번에는 서슴지 않고 대답했다.

"약을 돈 주고 사기는 쉽습니다. 군사령부의 병원에 그냥 청구하면 거절당하시겠지만, 돈을 내면 얼마든지 구할 수가 있지 않습니까? 길이 끊기고 샛길이 있으면 그리로 돌아가는 겁니다."

트란 박사는 은숟가락을 화채그릇에 담아 빙빙 돌리며 아무 대답을 하지 않았다. 한참 만에 트란이 말했다.

"뭣 때문에 내게 그런 길을 가르쳐주는 거요?"

"저의 베트남 친구 때문입니다."

영규는 솔직하게 털어놓았다.

"그는 재치있는 상인이죠. 현재 시장에서 의약품의 시세가 좋은 것을 아는 그 사람이 제게 부탁을 했습니다."

"그의 이름을 알고 있습니까?"

"예, 구엔 쿠옹이란 상인은 잘 아시겠지요?"

"압니다."

트란 박사가 간단히 대답했다. 영규가 말했다.

"그 사람의 동생 되는 구엔 타트라는 상인입니다. 그가 의약품을 사고 싶어합니다."

"용건이란 그 일뿐인가요."

"아닙니다. 후안과 사귀고 싶어서 왔지요. 그애를 데리고 나가 작은 선물이라도 하고 싶습니다."

"고맙군요."

"저는 뚜렌 보급창에 관해서 조금 압니다. 만약 성청의 협조만 이루어진다면 원하시는 대로 지원을 받을 수 있을 것입니다."

"자, 나는 이제 시간이 없습니다. 병원으로 돌아가야겠소."

트란 박사가 일어서며 손을 내밀었다. 영규는 그의 손을 잡고 한마디 덧붙였다.

"구엔 타트씨를 한번 만나시겠습니까?"

트란은 처음같이 무표정하게 대꾸했다.

"전화해주시오."

영규는 그에게 이번에는 경례하지 않고 허리를 숙여 보이고 돌아섰다.

영규가 르 로이시장 타트의 사무실로 돌아가니 타트는 해먹 위에 없었고 토이가 앉아 있었다.

"오전 내내 너희 중사와 같이 돌아다녔다. 그는 운전만 했을 뿐이다. 내가 바와 클럽 주인들과 입씨름을 했지."

영규는 망설이다가 말했다.

"어떻게 생각하니? 구엔 타트는 겉보기와는 달리 특별한 사람인 것 같다."

"무슨 뜻이냐?"

"그는 이 시장의 누구보다도 아는 게 많다. 어쩌면 히엔 영감보다 더."

토이가 말했다.

"그는 후에대학을 다녔다. 영리한 사람이지."

영규가 이제까지 오며가며 생각하던 것을 토이에게 털어놓았다.

"거래인을 주로 타트에게 한정시키는 것은 불리하다는 생각이 들었다. 그는 동업자가 아니다. 거래자에 불과하다. 우리가 같은 사무실을 쓸 필요가 있을까?"

"그 말은 맞는 것 같군. 그렇지만 의심을 받아서는 안되겠지."

"우리가 사무실에서 나간다고 그가 이상하게 여길 건 없지. 그는 우리의 신분을 미리부터 알고 있지 않았는가."

토이가 말했다.

"그의 어떤 부분을 건드린다. 그러고 나서 타트의 태도를 지켜보자. 그가 먼저 우리에게 헤어지자고 할 때까지 말이야."

"그가 꺼릴 점이 있을까?"

"있지. 그곳은 꼭 한군데야."

영규는 눈으로 물었고 토이가 낮게 대답했다.

"해방전선의 다낭 거래인을 캐는 시늉을 해보자."

영규가 머리를 흔들었다.

"이봐, 그는 우리에게 전선측의 거래내막을 샅샅이 알려주기로 했어. 우리는 히엔 영감의 거래내막을 알아내어 그의 정보와 교환하기로 했다."

토이가 킥킥 웃었다.

"그러니까 너는 아직 애송이다. 그는 어쩌면 통닭을 삼키고 있으면서 닭의 깃털을 하나씩 빼어주는지도 모르잖나. 그는 나를 속이지는 못한다. 그가 히엔 영감의 거래내역이 궁금하다는 것은 제스처야. 그 말만 안했더라면 우리가 속았을 텐데. 그가 전선측은 아니라 할지라도 그쪽을 통해서 이를 보는 것은 틀림없어."

28

주말이 아닌 보통 날이라 그런지 차이나 비치는 별로 붐비지 않았다. 노천극장에도 의자가 비어 있는 곳이 많았고 시시한 텔레비전 영화가 상영중이었다. 쇼는 토요일에나 있을 예정이었다. 하와이의 미군 연예부에서 배급하는 미 본토의 무용단이 온다는 울긋불긋한 포스터가 휴양소의 담벼락마다 붙어 있었다. 노천극장 앞에 있는 초가지붕의 레스또랑은 불이 꺼졌는데 옆의 바라크로 지은 바에는 포커하는 군인들이 몇사람, 그리고 슬롯머신을 당기는 자가 두어 명, 술 마시는 자들은 스탠드에 일렬로 앉아 있었다. 영규는 밤이었기 때문에 일부러 미군 정글복을 입고 있었다. 밤에 사복을 입은 아시아인은 이런 곳에서는 불리했다. 그는 스탠드 쪽에 앉지 않고 바닷바람이 불어오는 창가에 앉았다. 군복바지에 위에만 붉은 남방을 걸친 미군이 주크박스 앞에 가서 동전을 넣었다. 트럼펫 소리와 함께 프랭크 시나트라가 입술이 풀린 듯한 목소리로 노래했다. 영규는 깡통맥주를 사서 천천히 마셨다. 바람 가운데 바다냄새가 실려서 전해왔다. 일곱시 십분이었다. 레온이 입구에 들어서서 두리번거렸다. 그는 흰 티셔츠에 블루진을 입고 있었다. 그가 영규를 발견하고 성큼성큼 다가와 마주앉았다.

"차 가져왔니?"

"박스차를 빌려왔다."

"잘됐다. 나는 통제구역에는 못 간다. 그래서 해군버스를 타고 여기까지 왔다. 무장은?"

"그런 거 없는데."

"이봐, 쏨다메는 낮에도 위험지역이다. 권총을 갖고 나왔지."

레온이 허리춤에서 45구경을 꺼내어 보여주었다. 영규가 물었다.

"그럼 스태플리는 어떻게 거기서 무사하게 며칠을 보내고 있지?"

레온이 말했다.

"아, 그건 간단하지. 그가 탈영병이기 때문이다. 누구든 중립을 선언한 자는 해방전선에서도 공격하지 않는다."

"그의 친구들도 무사할 거다. 염려 마라. 나는 지난 반년 동안 정글에서도 무사했다. 부비트랩이 아니라면 두려울 게 없다."

그들은 밖으로 나왔다. 쏨다메는 차이나 비치에서 강 쪽으로 나와 해군병원과 헬리콥터대대로 이어진 가로 양쪽에 생겨난 기지촌 일대였다. 미군 부대에서 흘러나온 베니어판이며 함석이며 상자갑 등속으로 지은 바라크들이 길 양쪽에 다닥다닥 붙어 있었고, 캔맥주나 음료수를 파는 가게의 뒤쪽에는 매춘부가 있었는데 조잡한 기념품이나 민속 옷가지를 파는 상점도 있었다. 전기는 들어오지 않았다. 집집마다 남포나 붉은 초가 부옇게 밝혀져 있었다. 그들은 차를 천천히 몰아 쏨 다메의 세번째 블록으로 비집고 들어갔다. 무단이탈자들이거나 인근 부대의 외출병으로 보이는 미군 병사들이 길가에서 창녀들과 장난치 고 있었다. 웃음소리와 비명이 요란했다. 영규는 어릴 적부터 기지촌 의 모습에 익숙해 있어서 별로 놀라지 않았다. 레온은 긴장이 되었는 지 한손을 티셔츠 아래의 허리춤에 질러넣고 권총을 꽉 움켜쥔 모양 이었다.

"저 집이다. 그 앞에 바짝 대라."

영규는 레온의 말에 따라 함석 덧문이 굳게 닫힌 점포 앞에 차를 세 웠다. 그들은 시동을 끄고 차에서 내렸고 레온이 가까이 가서 문짝을 두드리기 시작했다. 안에서 여자의 목소리가 들렸고, 레온이 미국인 을 만나러 왔다고 말하자, 덧문 아래로 쪽문이 빠끔히 열렸다. 그들은 허리를 굽히고 점포 안으로 기어들어갔다. 베트남 소녀가 한손에 붉 은 초를 켜들고 서 있었다. 안에는 탁자와 의자가 가지런히 놓였고 구 석에 냉장고가 보였다. 어두컴컴한 홀 저쪽의 복도에서 인기척이 들 리더니 키 큰 스태플리의 모습이 나타났다.

"어서 와, 레온. 잘 있었나, 안."

스태플리는 벌써부터 평화주의자 같은 갈색 수염을 길렀고, 베트남 식의 검은 파자마를 입고 있었다.

"미친 녀석!"

레온이 그의 어깨를 치며 말했다. 스태플리는 너그럽게 레온의 농 을 받아주면서 그들을 안으로 데리고 들어갔다. 구석에 찬장 비슷한 상자가 놓였고 그 위에 남폿불이 타고 있었다. 방의 정면 한가운데에 붉은 비단으로 장식한 불단이 있었는데 흰 사기그릇에는 쌀이 담겼고, 그 위에 붉은 젓가락 모양의 향이 타오르고 있었다. 향냄새는 기름진 지분냄새 비슷했다. 오른쪽에 대나무침상이 있고 그 맞은편에 긴 나무의자가 놓였으며 나무의자 위에는 삼베쿠션이 얹혀 있었다. 스태플리가 침상에 앉으면서 레온과 영규에게 말했다.

"좀 앉아라."

자디잔 꽃무늬의 밝은색 파자마를 입은 베트남 소녀는 다른 여자와 함께 입구에서 그들을 지켜보았다. 소녀보다 좀더 나이가 들어 보이는 여자는 화장을 했는데 비좁은 하늘색 바지에 티셔츠 차림이었다.

"이쪽은 상이고 저쪽은 언니인 란이다. 둘 다 이 집 식구야. 그래 뭣 좀 마실 테냐?"

"글쎄, 위스키 있나?"

레온이 말했고 상이 알아듣고는 그들에게 말했다.

"위스키, 콜라가 있어요. 레모네이드도 있구요."

"위스키를 줘."

두 여자가 사라지자 레온이 물었다.

"둘 다 창녀들이냐?"

스태플리가 어깨를 으쓱하면서 고개를 끄덕였다.

"직업은 그렇지만 평소에는 아주 얌전하고 착한 여자들이지. 이 집 뒤로 나가서 마당 저쪽에는 가족들이 있다. 이 집에는 저애들말고 세 명의 여자들이 있다. 부르면 당장 수건을 가지고 달려온다. 상과 란의 어머니가 보스야. 화대를 받지."

스태플리는 월요일에 탈영해서 이제 겨우 닷새가 되었는데 벌써 군인 때를 벗고 아시아에 찾아온 히피 같은 모습이었다. 그는 풀냄새 나는 트롱 담배를 연신 갈아붙였다. 그는 군화를 벗고 타이어로 만든 호찌민 쌘들을 신고 목에는 나무뿌리를 깎아서 만든 펜던트를 걸고 있

었다. 나뭇조각에는 '달아나라 쥐새끼!'라고 인두로 지진 글자가 찍혀
있었다. 레온이 말했다.

"앞으로 도대체 어쩔 셈이냐?"

"이 더러운 지옥에서 빠져나간다. 할 수만 있다면."

"너는 매우 불리한 입장이다. 네 편은 아무도 없다. 정글에는 적이
있고 여기에는 너를 잡아 감옥에 보내려는 아군이 있다. 차라리 지금
자수해라. 벌받고 나오면 곧 원대복귀가 될 테니까."

스태플리가 레온에게서 눈을 돌리더니 안영규에게 불쑥 물었다.

"어이 안, 너는 어떻게 생각하니? 내가 개인적으로 이 전쟁을 거부
하는 것을 잘못이라고 생각하니?"

영규는 빙긋 웃었다.

"우리 같으면 적전 탈주는 즉결총살감이다. 그런데…… 내가 너라
면 애초부터 이곳에 오지 않았을 거다. 우리의 경우는 자원하는 형식
을 취하고 있다."

"안이 자원했다고? 놀랐는데."

"달리 방도가 없었다. 훈련이 끝나자마자 전부대가 이리로 이동해
왔다. 어쨌든 너희 정부는 우리 정부에게 경제적인 이권이나 군사원
조를 약속했겠지. 내 생각에는 네가 이렇게 강력한 결단을 내리기로
결심했다면 애초에 여기 오질 말든가 아니면 좀 기다렸다가 집에 돌
아간 뒤에 친구들과 함께 이 전쟁이 더이상 진행되지 못하도록 반대
를 할 수도 있겠지."

스태플리가 말했다.

"물론 나는 징집을 거부했다. 처음에는 다른 주로 달아났지. 그 무
렵에 참으로 고통스러웠다. 아무 일거리도 얻지 못했다. 드디어 검거
됐지. 감옥이냐, 베트남이냐 두 길밖에 없었다. 나는 여길 선택했어.

끝끝내 감옥으로 가버린 친구들도 있다. 내가 여기 와서 받은 깊은 상
처보다는 그들의 상처가 훨씬 가벼울 거다. 나는 헬리콥터의 사수 노
릇을 하는 동안 여러가지 일을 겪었다. 감옥에 갔더라면 비겁자라는
소리나 듣고 공민권도 박탈당했겠지만, 순교자처럼 마음은 홀가분했
을 거다."

레온이 말했다.

"집어치워, 안의 말이 맞아. 자네는 이미 여기 와서 다 겪었어. 조금
만 더 참았다가 집으로 돌아가면 되는 거야."

"기다릴 수 없어서가 아니다. 나는 아메리카에는 다시 돌아가지 않
겠어."

달그락거리며 유리잔 부딪치는 소리가 가까워지더니 뒷문이 열리
고 상과 란이 들어섰다.

"한 이십일쯤 숨어 있을 집이 필요한데…… 구했어?"

스태플리는 영규를 힐끗 쳐다보았다.

"쏨다메는 금지구역이라 헌병들이 자주 온단 말이야. 오래 있을 곳
이 못 된다."

레온이 영규 대신 대답했다.

"벌써 구해놨어. 오늘밤에라도 그리로 옮기자."

영규가 말했다.

"아니, 내일 아침에 간다. 내 친구 토이가 그 집을 알거든."

"얼마?"

스태플리의 말에 레온도 대수롭지 않게 말했다.

"싸젠 안이 그냥 빌렸다. 한 달 동안이다. 그 사이에 결정해야 될
거야."

"싸이공에 가야 한다. 탈영병 구조협회가 있다고 들었다."

"그런 것쯤이야 우리도 안다. 여기서 밖으로 나가는 길은 다 막혔어. 너는 공항에도 못 나갈 테고 부두에는 입구마다 초소가 있다."

레온이 말했지만 영규는 생각이 달랐다.

"어쩌면 길이 있을지도 모른다. 일번도로를 따라내려가면 사흘거리야. 화물트럭의 짐짝 사이에 숨어서 갈 수도 있을 거야. 차비는 오천 피아스타. 하지만 네 경우에는 위험하니까 두세 배는 달라고 할걸. 중간에는 해방전선의 검문소들이 여러 군데 있다."

"배를 구할 수 없을까? 중립국의 배라면 좋을 텐데."

"제삼국의 배가 가끔 들어온다. 인도, 버마, 일본 같은…… 그러나 이쪽에서 얘기를 꺼내자마자 돌아서든가 아니면 신고할지도 모른다. 다낭에서 탈영병 구조협회에 닿는 선을 찾지 못하면 싸이공으로 가는 길뿐이다."

영규가 며칠 동안 알아본 대로 설명했고 스태플리는 술을 섞으면서 호기를 부렸다.

"내게는 삼천 달러가 있다. 그 절반만 줘도 버마까지 가는 배를 태워줄 거야. 아니면 방콕에까지 가든지."

상과 란은 작은 새들처럼 나무의자에 나란히 앉아서 그들의 의논이 끝나기를 기다리고 있었다. 레온이 술을 몇잔 들이켜더니 하품을 하며 중얼거렸다.

"어, 졸린걸, 오늘 바빴어."

"가서 자라. 친구들 모두 잘 있지?"

"흥, 우리는 내기를 걸었다. 자네가 무사히 빠져나가는 데 이십 걸었지."

"반대쪽은 누구야?"

"나만 빼고 전부, 자네가 못 빠져나간다는 쪽이야."

"돈벌게 해주지."

"미친 녀석! 난 가서 잘 거야."

레온은 일어나더니 두 소녀를 번갈아 둘러보았다.

"내게 자장가를 불러줄 엄마는 누구야?"

란이 웃으면서 그의 뒤를 따라갔다. 스태플리가 영규를 향하여 술잔을 쳐들어 보였다.

"내 고향을 위해서 한잔 들자."

영규는 묵묵히 그를 건너다보았다. 우리는 앞으로 어떻게 될까. 언제나 지금처럼 허물없이 각자의 고향을 위해서 술잔을 들게 될까. 그와 나의 생활은 전혀 다른 상반된 운명에 휩쓸릴지도 모른다. 그는 선량한 미국 시민이 되어 월말이 되면 청구서나 정리하느라고 울상을 짓고 월부값을 해결해나갈 것인가. 그때 고향에는 폭탄이 비처럼 쏟아지고 곤죽이 되어버린 대지 위에는 우리 동포의 시체가 걸렛조각처럼 나뒹굴게 될지도 모른다. 그는 또한 무심하게 아침식탁 위에서 그런 먼 이방의 기사를 읽게 될지도 모른다. 영규는 자신이 처음으로 개인인 미국인과 가깝게 만났다는 생각이 들었다.

"너도 집에 가기 싫으냐?"

스태플리가 술을 마시며 물었고 영규는 진지하게 말했다.

"너는 아메리카로 돌아가기 싫으면 안 가도 되지만, 나는 갈 곳이 없어도 집으로 간다."

"그게 무슨 뜻이냐?"

"우리는 몸이 잘려 있다. 내 고향은 북쪽이거든. 나는 여기 와서야 고향을 객관적으로 보기 시작했다. 너희들이 여기…… 베트남에서 가르쳐주었지."

스태플리는 술잔을 든 채로 내저었다.

"아냐, 나는 모른다. 그들은 워싱턴이나 월가에 있다. 그들이지 나는 아니야. 나와 내 아우는 햇빛도 들지 않는 지하 스튜디오에서 새 셔츠를 사입을 돈도 없었다. 그들이 이 모든 폭탄을 만들고 더러운 세상의 질서를 세웠다. 그래서 나는 저 잘나빠진 미국에서 꺼지는 거다. 내 말을 잘 들어봐라. 네이팜이 지상에 떨어지면 풀도 타고 돌까지 탄다. 땅속까지 타버린다. 네이팜은 타면서 주위의 산소를 빼앗기 때문에 사람들은 타죽거나 질식한다. 잠수탄은 물 밑바닥에 처박힌 채로 터진다. 습지와 논에서 쓰지. 물속의 모든 생물은 수압과 파편에 갈가리 찢어진다. 백린탄이 있다. 백린탄은 공기가 있건 없건 땅속이건 물속이건 파편조각이 박히기만 하면 계속 타들어간다. CBU(집속탄)는 압축공기에 의해 폭발되어 사방 수평방야드에 걸쳐서 수십만 개의 납침을 흩뿌린다. 자연폭파장치를 해놓으면 숨었다가 안심하고 나오는 밀집된 사람들을 한꺼번에 벌집으로 만든다. 납침이 박힌 살은 부상자가 살아남더라도 곧 썩기 시작하므로 절단해야만 한다. 스네이크아이, 삼천 파운드짜리 대형폭탄이 공중에서 폭파되어 아래를 향하여 내리덮친다. 탄도로켓탄, HVAR(고속항공기로켓탄), 싸이드와인더, 스패로우, 슈라이크, 각종의 최루가스와 화학탄, 밀림을 온통 말려죽이는 고엽폭탄, 하늘에서 떨어뜨리는 폭탄만 해도 이 정도가 실험되고 있다. 핵이 아니더라도 이런 것들은 모두 제네바협정에 규정된 전쟁무기에 위배되는 것들이다. 나는 그런 폭탄들이 터지고 쏟아져서 대지를 쑤시고 촌락을 부수고 사람을 살상하는 꼴을 헬리콥터 위에서 무수히 보았다. M60 기관총 사수들은 스스로를 원숭이 사냥꾼이라고 하지. 출격은 상황이 없을 때에도 적당한 표적만 발견되면 즐길 만한 스포츠라고 한다. 무장헬기 위에 올라앉아 기관총을 잡으면 사파리에 나선 백만장자나 마찬가지야. 그까짓, 하늘에서 고장이 나서 떨어진다 해도 우리 비행기가 어찌나 많은지 평균 십분 이내에 구조되는 형편이지. 생각해봐라, 논두렁 사이를 죽자 사자 뛰어 달아나는 농부 한 명을 때려잡으려고 기관총 수백 발을 갈기고 로켓을 퍼붓고 그것으로도 안되면 무더기로 유탄을 발사한다. 뚜렌에 와서는 더욱 견디기가 힘들어졌다. 보급창에 가득 찬 물건들을 봐라. 나는 그 모든 군수물자를 납품한 대기업들의 이름을 줄줄 외울 수가 있다. 한데 내가 왜 여기서 허우적거려야 하는 거야?"

영규가 그의 말을 끊었다.

"너는 하늘 위였지. 나는 정글에서 기었다. 더 자세히 보인다."

"너희 병사들도 이런 것들을 생각해보니? 이 가공할 조건에 대해서……"

영규는 웃음이 나왔다.

"우리가 너희를 보면 모두 털투성이의 얼간이처럼 비슷비슷하게 보인다. 물론 너희들도 우리를 보면 그렇겠지."

"우리?"

"그래, 아시아인 말이다. 백인들은 우리를 보면 영혼이 없는 줄로 착각한다."

"그런 점이 있다."

"우리는 이러한 삶의 조건을 진작부터 겪고 살아왔다."

영규는 쓸쓸한 어조로 중얼거리면서 상을 돌아다보았다.

"이 소녀에게 물어봐라. 그녀도 잘 알고 있을 거야. 내가 여덟살 때 전쟁이 터졌다. 아니 내가 태어나고 얼마 후에 식민지로부터 풀려났지. 내 부모 세대들은 다른 강국을 위하여 식민지의 용병으로 아시아와 태평양의 도처에서 지금처럼 죽어갔다. 너희들은 그때부터 왔다. 너희 정부는 우리의 국토를 반으로 갈라서 점령했다. 내가 아메리카인과 근무하면서 가장 듣기 싫은 소리는 우리는 똑같다, 너는 아메리카인과 차이가 없다, 하는 따위의 수작들이다. 그러면서도 베트남의 국들은 더럽다고 속삭인다. 국이란 말은 우리나라에서 있었던 전쟁 때 너희 군대가 한구욱이라고 우리를 비웃던 말이다. 나는 오히려 내가 베트남인과 같다고 말해버린다. 우리가 겪은 이러한 삶의 조건은 지난 한세기 동안 아시아 사람이면 누구나 똑같이 당해온 조건이다. 백인들은 사냥감을 다투는 짐승들처럼 여러 대륙에서 피묻은 발톱과 이빨로 서로를 물어뜯었다. 놀란 시늉을 하지 마라. 만약에 자네가 이런 따위의 전쟁을 거부하고 달아나는 데 성공한다 할지라도, 자네는 평생동안 이 전쟁터에서 보고 들은 일들에 대한 부담을 안고 살아가게 될 거다. 그건 물론 나도 마찬가지지만, 나는 꼭 내 고향에 돌아가 이 보상을 해내리라 작심하고 있어. 너희 신문에서 보았다. 데모대원의 피켓에 씌어 있더라. '우리는 베트남을 위해서 죽기는 싫다!' 라고. 그처럼 어리석고 엉터리 같은 수작은 없다. 뭐 베트남을 위한다고? 너희 병사들은 허섭스레기 같은 더러운 빈민가의 뒷골목에서, 어두운 바에서, 할인표를 오려갖고 달려가던 슈퍼마켓에서, 기름투성이의 차 밑바닥에서 이리로 끌려왔다. 왜냐고? 도련님은 여기에 안 오니까. 너희들 기업가들과 그들의 쎄일즈맨인 정치하는 자들에게 물어보렴. 너희가 베트남의 수렁에 빠져 개처럼 죽어가는 것은 그들을 위해서야."

"그런 것쯤은 나도 안다. 우리 식으로 길들이고 고분고분하게 만들어서 먹으려고 세계 도처에 우리 군대가 간다. 우리 정부는 베트남을 위한다거나 통일을 한다거나 하는 것은 얼빠진 감상주의라고 여긴다. 자본가들은 그들의 기업방침에 따라서 이 발판에서 물러나지 않으려고 안간힘을 하고 있지."

영규는 자신이 제법 취했음을 느꼈다. 이런 곳에서는 군가처럼 단순한 표현만이 가장 옳은 표현이다. 군가의 가사야말로 이 전쟁의 모습과 잘 어울린다. 자랑과 용기를 지니고 베트남의 자유와 평화를 수호하기 위하여, 여러분은 영광스런 자유의 십자군으로 성전에 참전하고 있는 것입니다. 영규는 빈잔을 내려놓았다.

"시간이 늦었다. 이봐, 내게 밤새도록 연설이나 시킬 거냐?"

"그래, 상을 데리고 가서 자라."

스태플리가 그에게 손짓했다.

"상은 네 여자가 아니냐?"

"내일 집을 옮기자. 잘 자게."

스태플리는 반쯤 남은 술잔을 쳐들어 보였다. 영규는 상을 따라서 비틀거리며 복도를 따라 기어들어갔다. 복도라고 해봤자 대나무로 엮은 칸막이일 뿐이었다. 칸막이 뒤로 돌아들어가니 구석에 야전용침대 하나가 덩그러니 놓였고 바닥에 세숫대야와 물 바께쓰가 있었다. 영규는 군화를 벗었다. 상이 대야에 물을 붓더니 영규의 발을 끌어다가 물에 담갔다. 영규가 말했다.

"여기가 네 집이냐?"

"아니, 멀어요."

상은 손가락을 들어 막연하게 허공을 가리켰다.

"우리집 시골. 일년 전에 여기 왔어요."

"온 가족이?"

"아니, 남편은 안 왔어요."

"남편? 결혼했나?"

"그래요, 그는 군인이에요. 하사관."

"그는 어디 있나?"

"후에시에 있어요."

"아이는?"

"안에서 자요. 예뻐요."

상은 아무렇지도 않게 웃으며 두 손을 뺨에 대고 자는 시늉을 해 보였다. 행복하다는 표정이었다.

"이런 게 괜찮은가?"

"뭐가? 가족이 모두 사는데 아주 좋아요. 아버지, 어머니, 언니, 그리고 아기. 다 됐어요."

상이 타월로 영규의 발을 닦았다. 그리고 친절하게 그의 정글복 상의를 벗겨주었다.

"이십 달러예요."

영규가 꾸깃꾸깃한 군표를 꺼내어 내밀었고 상은 돈을 받아가지고 나가면서 말했다.

"어머니에게 주고 오겠어요. 선풍기 필요해요?"

"괜찮은데."

"저어……"

상은 속삭이듯이 물었다.

"당신도 도망가나요?"

"나는 아냐. 스태플리 일을 알고 있나?"

"알아요, 그렇지만 아무도 여기서 도망갈 수 없어요. 나는 걱정하고 있어요."

영규는 침대에 드러누웠다.

"그는 도망갈 거야."

이튿날 영규가 깨어났을 때는 레온은 이미 새벽의 첫 군용버스로 강을 건너갔고 스태플리는 술에 곯아떨어져 있었다. 그는 뒷마당의 해먹 위에서 웃통을 벗은 채로 자고 있었다. 축 늘어진 팔 아래 빈 술병이 넘어져 있었다.

"어이, 일어나."

영규가 해먹을 흔들었지만 그는 미간을 찌푸리고 돌아누웠다. 영규가 몇번 흔들어보다가 뒤를 돌아보니 상이 대야에 물을 떠가지고 쳐들어 보였다.

"물을 줘야 해요."

"화를 내지 않을까?"

"괜찮아요. 전에도 몇번 그랬어요."

영규는 대야를 받아들었다. 그러고는 주저하지 않고 그의 머리 위에서 거꾸로 들이부었다. 스태플리가 진저리를 치면서 머리를 흔들었다. 그는 천천히 해먹에서 일어나 두 손으로 얼굴을 훑어내렸다. 영규가 대야를 내던지고 말했다.

"미안하다. 토이와 약속한 시간이 다 되었거든."

"알았어."

그는 상에게 흐릿한 눈길을 돌렸다.

"마실 물은 안 주나?"

영규가 물었다.

"사복 가진 거 있지?"

"짐 속에 있을 거야."

"사복을 입어라."

잠시 후에 스태플리는 작업복 바지에 티셔츠를 걸치고 썬글라스까지 쓰고 밖의 홀로 나왔다.

"어때, 민간인 같지?"

"우리 요원 같은데, 아무튼 너는 그 집에 가면 대낮에 밖을 나다닐 생각은 마라."

그들은 박스차를 천천히 몰고 쏨다메의 첫번째 블록 쪽으로 올라갔다. 스태플리는 달려오던 군용트럭이 경적을 울릴 적마다 가운뎃손가락을 세워서 놀려주곤 했다. 영규가 말했다.

"눈에 띄는 행동은 하지 마라."

"알 게 뭐야."

"탈영보고서가 올라가고 군 수사기관에서는 네 서류를 기억하고 있을 거다. 너 아이디 카드 가졌니?"

"찢어버렸다."

영규는 혀를 차면서 차를 세웠다.

"저런! 쓸데없는 짓을 했군. 누가 널 죽여도 모르겠구나. 이봐, 카드가 없이 무슨 놈의 중립국행이고 탈영병 구출협회를 들먹이는 거야. 네가 미군이라는 것을 누구에게 어떻게 납득시키나?"

그러나 스태플리는 껄껄 웃었다.

"나는 베트남에 존재하지 않는다. 까짓, 내가 미국인이라는 것은 내 호주머니 속의 그린백을 내보이면 믿을 테지. 달러는 곧 미군이니까."

"신분증이 없으니 너는 밤에도 나다니지 말고 그 집에 푹 박혀 있어라."

영규는 하는 수 없다는 듯 두 손을 들어 보였다가 다시 핸들을 잡았다. 그러고는 거칠게 핸들을 꺾어서 쏨다메의 첫번째 블록으로 들어갔다. 스태플리가 중얼거렸다.

"같이 가면 좋을 텐데."

"닥쳐."

토이가 일러준 대로 만국기를 달아놓은 기념품가게가 보였다. 어느 집이나 마찬가지로 가게의 좌판 뒤에는 냉장고와 탁자 두어 개가 놓여 있었다. 머리가 부스스하고 두 눈에 졸음이 가득 찬 노인이 물었다.

"끄까?"

영규가 고개를 끄덕였다. 그들은 밖을 향하고 나란히 앉아서 깡통 콜라를 마셨다.

"기간은…… 한 달이다. 그 이상은 곤란할 거야."

영규가 말했고 스태플리는 시무룩한 얼굴이 되었다.

"그래, 너희들 입장은 잘 안다. 레온에게도 아주 불리하겠지. 그는 다낭 시내에 들어갈 수 없으니까 나하곤 자주 만날 수 없겠지."

"절대로 다시 만나서는 안된다. 기관에서도 그와 네가 만날 거라고 의심할 거다."

"알겠다. 어떻게 해서든지 중립국의 배를 타보겠어."

스태플리는 그렇게 말했지만 영규가 손가락을 세워 흔들어 보였다.

"글쎄…… 그 다음이 문제다. 제삼국에 도착해서 선이 닿지 않으면 너는 그대로 너희 대사관에 인도될 거다."

"싸이공에서는 가능할까?"

"내가 알아보았는데, 싸이공에는 탈영병을 돕는 선이 여럿 있다고 들었다. 또 각 전선지구에서 모여든 탈영병들도 많다. 싸이공으로 가보는 게 어떨까? 하여튼 아직 시간은 충분하니까."

스태플리는 어젯밤보다는 훨씬 풀이 죽은 표정이었다. 그는 침울한 얼굴을 땅으로 떨어뜨리고 빈 콜라깡통을 연신 두 손으로 돌리며 앉아 있었다. 토이의 백색 수은 썬글라스가 보였다. 그는 힐끗 시계를 들여다보고 두 사람 앞에 앉았다.

"좀 늦었군."

"인사해라. 이쪽은 스태플리, 그리고 이쪽은 토이."

영규의 소개로 두 사람이 악수했다.

"어디야?"

"시내."

"그야 물론이겠지."

토이가 다시 말했다.

"구시장가로, 내 집에서 멀지 않은 곳이다."

그들은 뒷자리에 스태플리를 태우고 스모크스택의 다리를 건너갔다.

"어떻게 그 집을 구했지?"

영규가 토이에게 말을 걸었다. 토이는 핸들을 꺾으면서 휘파람을 불었다.

"찾아내느라고 혼났다. 전에 인도인 기술자가 쓰던 방이다. 내가 주인을 잘 알지."

"방세도 없다면서?"

"없다. 그 대신……"

토이는 스태플리 쪽을 힐끗 돌아보았다.

"뚜렌에서 나오는 물건들 중의 일부를 거래하도록 해달라는 거다."

영규는 나직하게 말했다.

"자네 의견도 포함되어 있겠군."

"물론이다. 코넥스에 넣기 전에 내가 직접 그 집에다 몇박스씩 날라다주면 된다. 조건은 그뿐이다. 스태플리가 머물 때까지만이다. 그리고 그는 미군 병사가 다낭을 무사히 빠져나가는 길도 알고 있다."

뒷좌석의 스태플리가 끼여들었다.

"길이 어디에 있나?"

토이가 오른쪽을 가리켰다.

"바다."

"젠장, 하늘에도 있다."

스태플리가 투덜거렸지만 토이는 자신만만하게 말했다.

"한 달에 한번씩 나트랑에서 월남 해군 연락선이 들어온다. 집주인의 아들이 해군 장교다."

영규가 말했다.

"나트랑에서, 배를 타고 간 다음에는 어떻게 하지?"

"나트랑에서 싸이공을 왕래하는 배는 아주 많다. 그가 알아서 태워준다."

"댓가는?"

"만 피아스타다. 싸이공에 내려서 다시 오천."

영규가 스태플리를 돌아보았다.

"어때?"

"괜찮은 것 같은데."

그들은 차를 천천히 몰아 구시장가로 들어섰다. 여전히 장사꾼들로 붐비고 있었다. 여기서 제복의 외국군인은 거의 볼 수가 없었고 수사대에서도 별로 신경쓰지 않을 듯했다. 그러나 나와서 돌아다니면 누군가의 눈에 띄게 될 것이다. 역시 잡동사니 미제물건을 파는 뒷골목으로 들어가서 창마다 덧문이 달린 이층집으로 들어갔다. 홀 안에 앉았던 사내가 일어나며 반겼다. 토이가 말했다.

"그는 영어를 모른다."

"불편하겠는데."

스태플리가 걱정했고 토이가 말했다.

"간단한 말은 안다. 내가 이틀이나 사흘에 한번 들르기로 했다. 또 무슨 일이 생기면 그가 내게 전화한다."

사내가 앞장서서 삐걱이는 좁은 계단으로 올라갔다. 사내가 방문을 열차 실내는 컴컴했다. 사내는 얼른 맞은편으로 가서 닫혀 있던 덧문을 열었다. 방안이 갑자기 밝아진 건 좋은데 골목 맞은편의 집들이 서로 훤히 들여다보였다.

"차라리 닫아두는 게 좋겠군."

스태플리가 중얼거렸고 영규가 말했다.

"우리가 돌아간 다음에 그렇게 해라. 먼저 방안을 잘 익혀둬야지.

창문 바로 아래 침대가 있었고, 문 옆에 빈 바께쓰와 세숫대야가 보였으며 나무의자가 둘, 학교의 교실에나 걸맞을 듯한 작은 책상 하나가 방안에 있는 물건의 전부였다. 영규는 수첩과 볼펜을 꺼내들고 스태플리에게 물었다."

"필요한 게 뭔지 말해라."

"커피포트와 주전자, 그리고 컵 몇개, 접시 하나, 식기, 또 하루종일 여기서 처박혀 있으려면 선풍기, 작은 냉장고……"

하다 말고 스태플리는 무슨 생각이 들었는지 두 손을 내저었다.

"다 집어치워라. 나는 도망자야. 그까짓 물건들이 무슨 필요가 있어?"

토이가 집주인과 몇마디 나누고 나서 말했다.

"전기곤로를 빌려준다고 한다. 씨레이션을 데워먹어라. 커피포트도 있다고 한다. 식기와 컵도 이 집 부엌에 있다."

"고맙다."

하면서 스태플리는 스프링이 출렁이는 쇠침대에 털썩 주저앉았다.

"자, 그럼 싸이공으로 빠져나가는 꿈이나 꿔볼까."

영규와 토이는 그에게 가볍게 인사말을 던지고 주인사내의 뒤를 따라서 계단을 내려갔다. 뒷전에서 스태플리가 외쳤다.

"레온에게 내기에서 이길 거라고 전해다오!"

구엔 쿠옹상회의 씨에스따 시간인 두시쯤에 타트가 약속대로 창고에 있는 팜 민을 방문했다.

"별일없지요?"

그는 웃으면서 팜 민의 맞은편 책상 위에 비스듬히 걸터앉았다. 구엔 타트는 햇빛이 뜨겁게 쏟아져들어오는 창고의 열린 문으로 바깥쪽을 살피면서 말했다.

"제434특별행동대 증원중대의 이번 교육작전이 아주 성공적이라는 보고를 하고 오는 길이오. 작전의 확인은 쏨다메지구의 행정요원이 했고, 나는 상부에 보고했지요. A조와 B, C조가 모두 훌륭하게 해냈더군. 특히 A조의 대원들이 미군 부대에서 근무하는 베트남인 노무자들 사이에 전단을 돌린 일은 독창적인 일이었어요. 행정요원은 오히려 명령에 없던 일이라 A조를 깎아내렸지만, 지구위원회에서는 그렇게만 여기지는 않소. A조는 충분한 사전답사와 예행연습을 하고 나서 노무자들이 몸 수색을 끝내고 부대 정문으로 몰려나올 무렵에 한길과 골목에 전단을 깔았지요. 더욱 감명깊었던 것은 인근 난민촌의 구두 닦는 소년들이나 담배 파는 아이들을 시켜서 직접 손에서 손으로 전단을 돌리는 일까지 시도했소."

"행정요원의 비판이 맞는 게 아닌가요? 위험할 텐데요."

"아니, 꼭 그렇지만은 않소."

타트는 고개를 저으며 말했다.

"소규모의 분조활동을 하는 도시게릴라는 치밀하고 엄격한 지휘체계의 명령만 받아서는 창의적인 작전을 수행할 수가 없지요. A조의 과감하고 창의적인 작전 운영은 당연히 높게 평가받을 만하지요. 첫째로 쏨다메 난민촌구역에서 명확하게 대상을 골라낸 점이 훌륭합니다. 보시오, 당신이 아트와트에서 배운 대로 우리 공격의 일차적 목표와 대상은 무엇이었지요?"

"제국주의자의 군대와 시설물들입니다."

"그렇지요? A조가 전단을 줄 대상으로 미군 부대에 근무하는 베트남인 노무자를 지적한 것은 아주 명확한 판단입니다. 우리는 그들 노무자들이 먹고살기 위해서 미군 영내에 들어가 쓰레기도 치우고 세탁도 하고 온갖 하인이 하는 허드렛일을 해주고 있다는 걸 잘 압니다. 그들 중에는 미군들로부터 팁이나 고깃덩이 따위의 하찮은 온정을 받고 잠시 조국의 참상과 적을 잊는 사람도 있을 수 있소. 또는 그 반대로 자신은 가족들 때문에 이런 천한 일을 하고 있지만 미군을 마음속 깊이 증오한다는 사람도 있겠지요. 이들에게 해방전선의 존재를 뚜렷이 알리는 것은 매우 긴요한 작전의 하나입니다. 그들을 우리에게 가담시킬 정도는 아니라 할지라도 적어도 찬성하게 만들 수만 있어도 우리는 적의 기지를 점령하고 있는 것과 똑같은 성과를 얻는 것입니다. 또한 부대 근처의 소년들에게 직접 전단을 돌리게 하고 나서 군중 속에 숨어서 지켜본 행동은 더욱 뛰어난 것입니다. 모든 대중선동은 대중 자신에 의한 자발성을 가질 때 가장 성공적인 결과를 가져옵니다. 물론 소년은 위험하지 않습니다. 정부군 첩자나 경찰이 그 어린 소년들을 현장에서 체포했다 할지라도. 실제 그런 일이 있었지요. 소년은 전단에 쓰인 내용이 무엇인지 전혀 모릅니다. 어떤 어른이 돈을 주면서 사람들에게 나누어주라고 시켰다고 말합니다. 경찰은 소년을 그 자리에서 방면해야 했습니다. 군중들은 은근히 소년을 칭찬했습니다. 소년의 행동은 전단을 거의 나눠준 뒤에 뒤늦게 알고 뛰어온 경찰에 의하여 제지당했지요. A조 조원의 보고에 의하면 약 삼십분 정도의 충분한 시간이 걸렸소. 대개의 베트남인들이 전단에 관한 사실을 신고하지 않았던 것입니다. 즉 교육작전의 목적은 다른 데 있는 게 아니라, 이와 같이 게릴라 개개인에게 주체적인 결단을 끊임없이 요구하고 급변하는 상황에 능숙하게 응변할 수 있는 자질을 키워나가려는 데 있는 것이오."

팜 민은 구엔 타트의 나직하지만 열정적인 목소리에 저도 모르게 목구멍이 뜨거워졌다. 그는 길게 숨을 내쉬었다. 구엔 타트가 미간을 약간 찡그리고 물었다.

"팜 민 동지는 다른 견해를 가지고 있소?"

"아, 아닙니다. 너무 갑갑해서 그럽니다."

"갑갑하다니……"

"작전에 나가지 못하고 여기서 창고지기 노릇이나 해야 하니까요."

구엔 타트는 엄격한 얼굴이 되면서 그의 눈을 똑바로 바라보았다.

"중요한 임무지요. 오늘 우리는 두 가지의 임무를 수행해야 합니다. 제3특별지구 증원중대의 개인화기를 인수해서 차질없이 나누어주어야 합니다. 그러고는 키엠과 접촉하시오."

"키엠을 저는 잘 모르는데요."

"키엠은 동지의 형과 한사무실에서 일하고 있지 않소? 자연스럽게 만날 수 있을 겁니다."

"해보지요."

팜 민이 대답하자 타트는 책상 위에서 일어났다.

"점심은 먹었겠지요?"

"예, 사무실에서 먹었습니다."

"그럼 십장을 앉혀놓고 나갑시다. 시외버스 정류장의 꾹주점에 먼저 가 있겠소."

씨에스따가 끝날 무렵이라 정류장은 다시 활기를 되찾고 있었다.

144

삼십인승의 버스들은 지붕 위에 승객들의 보따리를 싣기 시작했고 람브레타는 구시장의 혼잡 속을 뚫고 이리저리 돌아다니며 잡동사니들을 운반했다. 먼 곳으로 떠나는 대형 화물트럭들은 벌써 신선한 새벽에 출발한 뒤였으며, 이제 오후부터는 후에, 호이안, 탬키로 가는 차량들이 떠날 차례였다. 내륙 고원지대에서 오는 차량들은 저녁녘에야 밀려들기 시작할 것이었다. 구엔 타트는 꾹주점의 뒷문으로 해서 주방을 가로질러 언제나 그랬듯이 가장 안쪽의 후미진 자리에 가서 앉았다. 점심시간도 지났고 씨에스따도 끝난 뒤여서 홀 안은 한적했다. 저녁때까지는 차를 팔 시간이었다. 그가 주렴을 젖히고 칸막이 안에 들어가 앉자 종업원 청년이 녹차를 주전자에 담아가지고 왔다.

"삼촌 오셨어요?"

구엔 타트는 청년의 인사를 끄떡하고 건성 받고는 눈짓으로 물었다.

"왔나?"

"네, 저쪽 바깥쪽에 계십니다."

"안내해라."

타트는 잔을 데우려고 차를 따라서 몇번 휘저어주고는 그릇에 부었다. 알맞게 우러나온 차를 조심스럽게 따를 때 나직한 목소리가 들렸다.

"구엔 동지, 오랜만입니다."

육군 제복에 중사 계급장을 붙인 청년이 어색하게 오른손을 모자챙에 갖다대면서 말하고 있었다.

"앉게. 강 건너에도 별일들 없지?"

"죽을 지경입니다."

"또 죽는소린가? 반 하오 동지도 잘 있나?"

청년은 군모를 벗어서 가슴에 대고 활활 털며 바람을 일으켰다.

"늘 그렇지요. 물건 구입하기가 점점 어려워집니다."

"세금은 잘 걷히는 것으로 아는데."

"돈이 문제가 아닙니다. 이제는 정부군도 위험한 거래는 되도록 피하려고 하니까요. 무기는 소량이 끊이지 않고 들어오는데, 문제는 실탄과 포탄입니다. 포탄은 호찌민 루트에서 행군병력이 날라온다 하지만 아무래도 절대량이 부족하지요. 쾅남성의 각 지구에서 소모하는 포탄을 우리가 원활하게 공급해야 하거든요."

구엔 타트도 다낭에서의 공작이 얼마나 중대한가를 잘 알고 있었다. 미군의 61밀리 박격포탄은 정규군의 것보다 구경이 큰 박격포에 얼마든지 쓸 수 있었고 3.5인치 로켓포탄 역시 중국제의 로켓포에 그대로 장진할 수가 있었다. 또한 지방게릴라의 무기의 주종이 미제였고 적의 무기와 실탄을 사용한다는 것은 해방전선의 일차적 원칙이었다.

"한데 알 수 없는 점이 한가지 있어요. 씨레이션과 실탄 공급이 자꾸 떨어지고 있단 말입니다."

"이유가 있지. 지금 다낭 암시장에는 큰 바람이 불었다네. 우리에게도 전망이 그리 어둡지는 않다구."

"그게 뭐죠?"

"신생활촌계획. 쌀과 종자와 비료와 가축과 별의별 건축자재들이 쏟아져나오기 시작했지. 벌써 쾅남성의 각 도시에 흘러나간 건 물론이고 다른 성에까지 팔려나가기 시작했을 거야. 경기가 그쪽으로 몰릴 수밖에."

"우리가 상대하는 쪽은 정부군 단위부대들입니다."

강 건너 스모크스택에서 온 공작원이 고개를 갸웃거렸다. 구엔 타트가 말했다.

"중간상인들이 문제겠지. 그들도 이 무진장한 물건들을 얼마씩 떼어다 팔고 있을 거야. 위험한 장사를 할 필요가 없겠지."

"일시적인 현상이겠지요. 모두들 얘기하지 않습니까? 다낭 암시장에서는 탱크와 헬리콥터도 조립해서 팔 수 있다구요."

구엔 타트는 빙글빙글 웃으면서 중사를 놀리듯이 말했다.

"장사는 이미 새로운 단계로 들어섰다고 생각하게. 엄청난 물량이야."

"어느 정도나 되는데요?"

"삼백여 개의 마을이 생겨난다네. 이봐, 오십호에서 백여호에 이르는 동네들이 새로 세워지거든. 그런 동네가 꽝남성 안에 삼백여 군데나 건설된단 말이야."

"삼, 삼백 군데요?"

공작원은 놀란 모양이었다.

"해방지구가 줄어들고 지방 전사들이 근거를 잃게 되는 게 아닙니까?"

"아니…… 그 반대라고 생각하네. 단 석 달이면 예전의 전략촌처럼 우리는 모든 신생활촌을 통제할 수 있을 거야. 베트남 농민은 누구나 그것이 미국측이나 싸이공측 수용소로 알게 될 테니까. 인민은 우리와 절대로 분리되지 않는다. 한데 우리가 잘 알아야 되는 것은 각 마을마다 무장 민병대가 조직된다는 점일세. 적은 우리를 위하여 인민들에게 전투훈련을 시키고 무기까지 준다는 거야."

중사는 차를 삼켰다.

"대광맥이로군요!"

"그렇다네. 하지만 지뢰와 뇌관, 박격포와 포탄, 로켓포와 포탄, 그리고 미군의 신형무기들은 앞으로 우리가 해결할 문젯거리야."

"중소화기들은 일정량을 확보하게 되는 셈입니다. 실탄도 병력에 따라 공급이 되겠군요."

"자아, 그러니 너무 죽는소리 하지 말게. 앞으로 눈코뜰 새 없을 거야. 이제는 당면과제부터 해치워야겠지? 증원중대의 무장을 보급하라는 지시가 내려왔네. 준비는 되었겠지."

공작원이 호주머니에서 쪽지를 꺼내어 읽었다.

"제3특별지구 제434행동대 제4중대의 단독무장에 관한 건. 기관단총 5정, M2 카빈 3정, 권총은 45구경 4정, 리볼버 38구경 3정, 이상입니다. 수류탄과 폭약 및 뇌관은 작전이 벌어질 때 추후 지급할 예정입니다."

구엔 타트가 말했다.

"그런 것쯤이야 자체조달할 수가 있지. C79 유탄발사기는 안 들어오나?"

"약간 구입한 것을 쾅나이지구로 우선 지급했지요."

"이쪽에서도 미군의 신형무기를 구입하는 데 힘 좀 써야겠어."

공작원이 말했다.

"무엇보다도 보급선을 일원화하는 것이 중요하겠지요. 앞으로 구시장 조의 공작을 기대하겠습니다. 공급은 우리가 투본강을 통해서 해내고 있으니까요. 그런데 그는 어떻습니까, 믿을 만한가요?"

"믿을 만할 뿐 아니라 아주 훌륭한 조건을 골고루 갖췄다네. 무엇보다도 그는 자네처럼 내무반을 떠난 현역이야. 다낭 미군비행장에 파견 나간 공군 사병이지. 배경은 누구보다 든든하네. 그의 형이 바로 성장 람의 부관실장이거든."

"소령 팜 꾸엔이라는 자 말입니까? 반 하오 동지가 놀랄 소식이 한두 가지가 아니군요. 지구위원회에서도 이 사실을 알고 있습니까?"

"자세히 알지. 그가 해방전선에 입대를 자원했을 때 후에대학 책임자는 추천문건에 그런 사실을 꼼꼼히 적어서 상부에 보고했네."

주렴 사이로 꾹주점의 종업원이 고개를 내밀었다.

"팜 민씨가 오셨습니다."

"이쪽으로 오라고 그래."

팜 민이 들어서면서 정부군 중사를 경계하는 눈초리로 쏘아보았다. 구엔 타트가 말했다.

"인사를 하게. 이쪽은 육군, 동지는 공군이 아니오? 그러니 같은 편이겠군."

육군 중사가 팜 민에게 손을 내밀었다.

"팜 민 동지, 만나서 반갑습니다. 스모크스택 지역에서 장사하는 레 무옹 판입니다."

팜 민은 수줍은 듯 자기보다 대여섯살 위로 보이는 중사의 손끝을 잡았다.

"팜 민입니다."

"임시군사학교 출신인가요, 아트와트의……"

"네, 그렇습니다."

구엔 타트가 말했다.

"자네는 아마 북쪽이지?"

"네, 동호이 훈련소지요."

레 무옹 판은 당연하다는 투로 천천히 고개를 끄덕였다. 동호이 훈련소라면 미군의 직접개입이 일어나기 전이니까 그는 게릴라 가운데서 고참인 셈이었다. 피눈물나는 오년간을 밀림과 도시 지역에서 겪으며 사선을 넘었을 것이다. 팜 민은 자기를 추천해주었던 제2특별지구 후에지역에서 싸우고 있는 탄이 동호이 출신이라는 것도 기억하고 있었다. 팜 민은 진심으로 말했다.

"많이 지도해주십시오."

구엔 타트가 레의 물건을 집어서 팜 민에게 내밀었다.

"자, 빨리 일을 해치웁시다. 팜 동지는 레 동지와 함께 강을 건너가서 물건을 수령해오시오. 창고에 갖다두면 됩니다."

"지금 갑니까?"

"그렇소. 앞으로는 반 하오 동지가 경영하는 상점에 부지런히 드나들게 될 거요. 레 동지와 잘 협조하시오."

세 사람은 꾹주점의 정문으로 나왔다. 구엔 타트가 두리번거리자 깃 없는 셔츠와 카키색 반바지를 입은 사내가 뛰어왔다. 그는 바나나 잎에 싼 찹쌀떡을 우물우물 씹고 있었다.

"차 있나?"

"박스차 안 가져오셨습니까?"

"람브레터가 좋겠는데."

구엔 타트는 실어올 물건의 성질로 보아 생활적으로 보이는 것이 덜 위험하리라고 생각했다. 냉장고나 전자기기를 박스차에 싣는 것은 어울리지만 곡물이나 채소는 역시 삼륜차에 걸맞을 터였다. 구엔은 레와 팜에게 눈짓했다.

"어서들 가보게. 팜 동지는 물건을 싣고 와서 퇴근 전에 나를 기다리시오."

레와 팜은 람브레터의 뒷자리에 끼여 앉았다. 람브레터는 해변통을 탈탈거리며 거슬러올라갔다. 운전사는 아직도 먹을 것을 입속에서 우물거리며 레에게 말했다.

"먼발치서만 봤는데 이분은 오늘 처음입니다."

"아, 그래요?"

레가 중얼거렸다. 팜은 흘끗 돌아보는 운전사와 목례를 나누었다.

"오랫동안 구엔 동지를 도와서 수송을 담당해왔지요."

레가 팜에게 말했다. 운전사가 말했다.

"지난주에는 플레이쿠에 있었는데, 요즘은 좀 한가해졌지요."

삼륜차는 다리를 건너 미군 사령부가 있는 왼쪽으로 꺾어져서 바이방으로 가는 널찍한 하이웨이를 한참이나 달려갔다. 정부군 부대의 막사들 사이를 지나쳐서 베트남의 서민들이 사는 주택가가 시작되는 오른쪽 길로 들어섰다. 고만고만한 집들이 늘어선 골목으로 들어서자키 작은 상점들이 다닥다닥 붙어 있었다. 람브레터는 상점가의 중간쯤에 있는 큰 미곡상 앞에 멎었다. 레가 먼저 가게 안으로 들어갔다. 미국 원조양곡들과 베트남 정부 도장이 찍힌 정부미 양곡부대들이 천장에 닿도록 쌓였고, 바닥에는 널찍한 대나무 바구니에 됫박과 쌀, 잡곡 등속이 담겨 있었다. 일하는 잡부 두엇이 길을 비켜주었다. 레의 뒤를 따라서 팜 민은 가게 안쪽으로 들어갔다. 쪽문을 밀고 들어서니 더 큰 창고가 있었고 다시 창고를 가로지르자 안마당으로 나왔다. 마당은 비좁았지만 제법 종려와 소철이며 화분이 늘어서 있었다. 맞은편에 주택이 보였다. 똑바로 앞쪽에 도어가 있었고 옆으로는 넓은 유리창이 보였는데 창가에는 웬 사내가 뒷짐을 지고 서서 마당을 건너가는 두 젊은이를 내다보고 있었다. 그 방은 상점의 사무실이었다. 책상 두 개, 소파와 의자, 그리고 다낭 시내 지도가 붙어 있는 철제 캐비닛이 있었다.

"아저씨, 구엔상회의 팜 민군입니다."

레 무옹 판이 반 하오에게 팜을 소개했다. 반 하오는 머리가 희끗희끗했는데 뺨과 이마에는 굵고 깊은 주름살이 패어서 오히려 늙었다기보다는 강인한 인상으로 보였다. 그는 검은 바지에 흰 면셔츠를 입고 있었다.

"어서 오게."

그는 부드럽지만 눈빛은 날카롭게 팜 민을 훑어보았다.

"보급공작은 우리 전선의 전력을 강화하고 항쟁을 지속시키기 위해서 대단히 중요한 임무네. 스모크스택 지역과 르 로이 지역은 지구위원회의 지령을 차질없이 관철하고 서로의 약점을 보완해가면서 협력해야만 하네. 앞으로 자주 놀러 오게."

레와 팜은 창고로 되돌아갔다. 레가 안에서 군용우의로 싼 보따리를 들고 왔다. 나일론줄을 끊고 풀어헤치자 검고 차가운 총신들이 드러났다. 레가 말했다.

"기관단총과 카빈은 분해해야지. 어서 시작합시다."

레와 팜은 능숙한 솜씨로 총을 분해했다. 빈 탄창과 알알이 흐트러진 실탄들을 다른 보따리에서 꺼내면서 레가 말했다.

"저기 쌀부대를 가져오시오."

팜 민은 곧 그가 무엇을 하려는지 눈치챘다. 그들은 적당량의 쌀을 쏟아내고 분해한 총과 탄창과 실탄을 나머지의 쌀 속에 처박고 나서 부대를 다시 호치키스로 봉했다. 권총들은 더욱 많이 파묻을 수가 있었다. 그들은 작업을 끝내고 잠시 쌀부대 위에 앉아 쉬었다. 레가 담배를 권했다. 팜이 그에게 불을 붙여주었다. 레는 군복을 홀홀 벗어서 구석에 던지고는 얇은 파자마식 바지로 바꿔입었다.

"중사면 제대할 때가 지난 것 아닙니까?"

팜 민이 묻자 레 무웅 판은 고개를 끄덕였다.

"하지만 현역이 일하기엔 더 좋겠지요. 아무 때나 정부군 부대에 들어갈 수도 있고, 육군 주보에 가서 사업상 얘기도 할 수 있거든."

"소속이 어딥니까?"

"재향군인 사무실. 한 달에 삼천 피아스타씩 들지요."

"나보다 싸군요. 난 근무비를 오천씩 지불하는데."

"그야……"

레는 자조적으로 껄껄 웃었다.

"내가 당신보다 계급이 높잖소?"

팜 민은 구엔 쿠옹의 창고보다 훨씬 비좁은 창고를 둘러보았다.

"이곳뿐입니까?"

팜 민의 말은 중부 월남의 주요 보급공작 아지트로서는 너무 작은 규모가 아니냐는 물음이었다. 레가 팜을 흉내내어 자기도 한번 휘둘러보았다.

"이곳? 아, 여긴 중간지점이오. 언제나 세 단계의 선을 거칩니다. 해방전선은 언제 어디서나 인민들의 자발적인 지지와 성원에 힘입고 있지요. 스모크스택과 쏨다메에서 투본 어귀에 이르기까지 수많은 소상인들 가운데에는 잡다한 전쟁무기와 물자를 수집해서 우리에게 넘기는 사람들이 많이 있습니다. 물론, 우리가 직접 손을 대는 정부군의 선도 많지요. 이제 팜 동지도 일의 진행과정을 익혀가게 될 거요. 이쪽에서도 강 건너에서의 동지의 창의적인 사업에 벌써부터 기대가 많지요."

레는 담배꽁초를 발로 밟고 일어났다.

"그럼, 이것들을 차에 실읍시다."

두 사람은 부대를 어깨에 메어 람브레터에다 운반하여 실었다. 쌀여섯 자루를 실어놓고 보니 뒷좌석이 가득 찼고, 스프링은 콱 주저앉았다. 레가 수송조원에게 물었다.

"괜찮겠소?"

"염려 마세요. 뒷자리에 어른 다섯이 포개어 탔던 적도 있으니까."

팜 민은 운전석 옆에 가까스로 궁둥이를 얹었다. 레가 말했다.

"또 봅시다."

29

장군이 사무실에서 나오기 전에 키엠 중위와 팜 꾸엔 소령은 부동자세로 서 있었다. 키엠은 장군의 별 셋 달린 군모와, 상아와 뱀가죽으로 장식한 지휘봉을 두 손에 받쳐들고 서 있었다. 장군이 시계를 보면서 나왔다.

"실장, 오늘 나하고 같이 들어가지."

"네?"

"음, 바이방에서 작은 파티가 있을 예정이야. 버틀러씨와 성청 고문관, 미월합동위원회의 미국측 장교와 민간인들 몇사람을 불렀네."

"호이안 시장님과 제2사단장님은 오시지 않겠지요?"

"헬리콥터를 타고 왕래하는 형편이라 번거롭단 말이야. 자네가 곁에서 통역도 하고 내게 도움말도 해줘야겠어."

"예, 알겠습니다."

장군은 키엠 중위에게서 군모를 받아 쓰고 지휘봉을 집어다 옆구리에 끼었다. 팜 꾸엔이 나가면서 말했다.

"성청 창고에 들러서 물건 나가는 것을 체크해주고, 송증과 수령증을 정리해두도록."

"잘 알았습니다."

두 사람이 나가고 나서 키엠은 잠시 후에 그 요란한 성장의 퇴근행

렬을 내려다보았다. 맨 앞에 위장망을 씌운 선도차량이 출발했는데 승차책임 좌석에는 팜 꾸엔 소령이 앉았다. 그 뒤의 기관총좌에는 레인저 병사가 M60 기관총을 잡고 앉아 있었다. 지프가 헤드라이트를 켜고 경적을 울리면서 출발하자 그 뒤로 장군의 카키색 쎄단이 따르고 다시 뒤에는 호위차량이 따랐다. 맨 뒤에 무장병력을 실은 장갑차가 스모크스택 다리까지 호위를 하며 따라갔다. 키엠은 싸이렌 소리가 멀어져가는 것을 들으며 팜 꾸엔의 푹신한 가죽 회전의자에 파묻혀서 두 다리를 책상에 얹고 몸을 한껏 뒤로 젖혔다. 키엠 중위는 요즈음 불만이 한두 가지가 아니었다. 팜 소령은 장군과 성장실에서 속닥거리고 무엇인가 메모를 주고받기도 했지만 한번도 그에게 의견을 묻거나 내용을 알려주는 적이 없었다. 신생활촌으로 나가는 물건은 끝도 없이 부두에서 성청으로 다시 현장으로 들어오고 나갔지만 키엠은 그저 명목뿐인 출고 입고 장부를 적어나갈 뿐이었다. 변한 것이 있다면 가끔 팜 소령이 그를 스포츠클럽이나 바에 불러내어 술값을 주거나 용돈을 주었고, 월급날에는 삼만 피아스타가 들어 있는 봉투를 하나 더 주었을 뿐이다. 사실 처음에 새 봉투를 받았을 때는 키엠 중위도 가슴이 두근거렸다. 기본월급의 거의 세 배에 달하는 돈이었고 그는 하마터면 눈물이 나올 지경이었다. 키엠은 식구들을 동 대오 부근에서 좀더 안전하고 쾌적한 푸어홍가로의 셋집으로 이사시킬 수 있었다. 그러나 돈이 문제가 아니라, 자신이 팜 소령의 보좌관이면서도 부관실에서 일어나는 일 가운데 가장 중요한 업무라 할 수 있는 신생활촌 정착사업에 관하여 한가지도 아는 게 없다는 점은 그를 못 견디게 했다. 키엠은 정식으로 사관학교를 나온 장교는 아니었다. 다만 유년학교 교사 노릇을 하던 쾅나이시에서 징집당하자 간부후보시험에 응시했던 것이다. 그는 평범한 징집장교였다. 그러나 키엠은 팜 꾸엔의 독주에 대하여 상관이 일에 열중하기 때문에 업무분담을 생각하지 못하고 있다고 여길 만큼 순진한 숙맥은 더더욱 아니었다. 사실 그가 호이안의 외곽 보급중대 소대장직에서 다낭 성청으로 전출되었을 때 동료 장교들은 모두들 입을 모아 한마디씩 던졌다.

"자네는 삼년 뒤에 이 지옥을 영영 떠나게 될 거야."

또다른 민간인들은 이렇게 말했다.

"거기 가서 돈을 모아 경찰서의 공안파견으로 나갈 운동을 하게."

이런 소리들은 장교들 사이에서는 공공연한 사실로 알려져 있었다. 어떤 대령은 장군 진급을 마다하고 경찰서장이 되게 해달라고 유력자에게 날마다 찾아다니며 애걸했다는 것이다. 키엠이 성청 근무자로 차출된 것은 그가 후보생 시절에 행정학교에서 우수한 성적을 올렸기 때문이다. 키엠은 천천히 책상에서 다리를 내려놓았다. 그는 팜 꾸엔이 언제나 불평하는 그랜드호텔의 커피를 따라서 식은 채로 마셨다. 물자 운송차량이 온다고 미리 창고에 가 있을 필요는 없었다. 또한 감독할 일도 없었다. 그는 기계적으로 송증과 수령증을 수수하면 되었다. 여러 수송차량들의 요란한 엔진소리를 듣고서도 알 수 있으니까 정문에 당도할 때 천천히 계단을 내려가면 되는 것이다. 그때 전화벨이 요란하게 울렸다. 그는 본능적으로 벌떡 일어나 군인다운 태도로 부동자세를 취하면서 전화를 받았다.

"옛, 부관실입니다."

수화기 속에서 말했다.

"팜 소령님 계십니까?"

"아, 예…… 퇴근하셨는데요. 누구십니까?"

"저는 아우 되는 사람입니다. 키엠 중위님이시죠?"

"예, 그렇습니다. 실장님은 성장 각하를 모시고 중요한 모임에 가셨습니다. 뭐 전할 말씀이라도 있나요?"

"아니오, 별일 아닙니다. 혹시 중위님 퇴근 후에 시간 있으신지요?"

"사실은 한시간쯤 늦어질 모양입니다. 왜 그러시죠?"

소령의 아우가 말했다.

"아니, 그냥 뭣 좀 부탁드릴 일이 있어서요."

"무슨……"

"일곱시에 탄탄호텔 옆에 있는 꽝쪼우반점 아시지요?"

"중국음식점 말인가요?"

"네, 거기서 기다리겠습니다."

키엠이 뭐라고 말하려는데 전화가 딸깍, 끊어졌다. 웬일일까. 키엠은 전혀 짐작할 수가 없었다. 팜 소령의 동생은 언젠가 그가 소령 집에서 먹을 한 달분의 쌀을 랜드로버에 싣고 찾아갔을 때, 차를 마신 적이 있을 뿐 긴 이야기를 나눈 일은 없었다. 소령은 동생이 후에의대를 나와 국토방위의 의무를 충실하게 이행중이라고 자랑스럽게 얘기했다. 그러나 키엠은 그 젊은이가 복무비를 내고 집에서 빈둥거리며 형의 거래처에 나가 소령의 대리인 노릇을 한다는 걸 눈치채고 있었다. 한편 생각해본다면 그는 직속상관의 동생이니 별로 손해볼 일도 없을 듯했다. 아니 손해는커녕 자기가 잘 보여두어야 할 상대가 아닌가. 일곱시 이십분에 키엠은 꽝쪼우에 들어섰다. 현관 맞은편의 너른 창문으로 해변통이 내다보였고 투본강으로 연결되는 좁은 바다가 보였다. 낙조는 바다의 반대쪽으로 떨어져 정크선의 돛대만을 불그레하게 물들였다. 창문은 열려 있었고 허공에 매달린 유리풍경이 투명한 소리로 찰그랑거렸다. 좌석마다 등나무가리개로 칸막이가 되어 있었다. 웨이터가 다가왔다.

"몇분이십니까?"

"약속이 있는데…… 키엠 중위요."

"네, 장교님, 이쪽입니다."

팜 민은 반달 모양의 통로가 이어진 복도의 구석진 방에서 기다리고 있었다. 재스민차를 마시던 팜 민이 자리에서 일어났다.

"처리할 일이 있어서 좀 늦었습니다."

키엠이 정중하게 말했고 팜 민은 웃는 얼굴로 대꾸했다.

"저도 방금 왔거든요. 자, 무얼 드시겠어요?"

"무얼 하시겠습니까?"

서로 묻다가 두 사람은 열쩍게 웃었다. 그들은 정찬과 죽순주를 시켰다. 팜 민이 말했다.

"형님에게서 말씀은 많이 들었지요. 쾅나이가 고향이라면서요?"

"네, 하지만 지금은 부모님과 동생들을 모두 다낭으로 이사시켰습니다."

"저런, 부양가족이 많으시군요. 결혼하셨나요?"

"아직 미혼입니다."

그들은 이런 시시껄렁한 겉도는 얘기만 주고받으며 음식을 먹고 술을 마셨다. 키엠은 소령의 아우가 무엇 때문에 자기에게 무슨 일을 부탁하겠다는 것인지 궁금해서 견딜 수가 없었지만 팜 민은 아직도 본론 근처에는 가지도 않았다.

"어떻습니까, 중위님은 우리가 이 전쟁에서 이기리라고 보십니까?"

팜 민의 엉뚱한 질문에 키엠은 잠깐 어리둥절했다.

"글쎄요, 세계 최강의 나라가 우리를 도와주고 있지 않습니까? 북부와 해방전선은 전력이 거의 최후에 이르도록 소진되어 있지요. 북폭은 계속되고 있구요. 아마도 공산주의자들은 협상하려고 할 테지요."

키엠은 친정부계 신문이나 정부군 보고서에서 상투적으로 선전하는 전쟁에 대한 전망을 얘기했다. 팜 민은 고개를 끄덕였다.

"저는 잘 모르겠군요. 이것이 단순히 북부 월맹과 남쪽 싸이공 정부 사이의 전쟁일까요? 발단은 프랑스 식민주의자들과의 전쟁이었고, 쫓겨난 프랑스의 자리에 미국이 들어선 게 아닌가요?"

"지금 현실은 이미 식민주의나 민족주의를 따질 수 없는 시대입니다. 우리는 남부 베트남에 엄연한 주권을 가진 정부를 가지고 있으니까요."

키엠이 다시 정부관리들의 말투로 얘기하자 팜 민은 얼른 안색과 화제를 동시에 바꾸었다.

"까짓 정치 얘기는 그만둡시다. 나는 싸이공과 하노이를 둘 다 싫어합니다. 그보다 미국을 가장 싫어하지요."

"나도 미국은 싫소."

키엠이 대꾸했다. 팜 민은 그에게 술을 따르면서 농담을 던지듯 말했다.

"하지만…… 달러는 좋지요. 그 매력적인 종이는 세계의 어느 곳에서나 지옥을 낙원으로 바꿔줄 수 있으니까요."

"동감이오."

키엠이 껄껄 웃었다. 팜 민이 술잔을 쳐들었다.

"자아, 달러를 위해서."

그들은 유일한 의견의 합치점을 위하여 건배했다. 팜 민이 말했다.

"우리 형은 대단한 사람입니다. 우리 집안의 든든한 대들보이자 집안을 지킬 가장이죠."

"나도 소령님을 존경합니다. 매우 능력있는 분입니다. 지금 꽝남성의 모든 사업은 그분이 한손에 쥐고 있어요."

키엠이 맞장구를 쳤고, 팜 민은 술에 취한 것처럼 혀를 꼬부려서 중얼거렸다.

"그렇지만 말씀이야, 능력이 많다는 것은 너무 독단적이란 말도 된다 이 말이오."

팜 민은 키들키들 웃었다.

"사실 그의 능력이 뭐요? 성장을 업고…… 돈버는 재주가 아니겠소? 나를 이렇게 빈둥거리도록 만들어주고 당신에게도 부수입을 만지게 해주겠지. 따지고 보면 그따위쯤이야, 람 장군과 형이 먹는 것에 비하면 어린애 코밑에 붙은 밥알이라 그 말씀이야."

키엠은 속에서 솟구쳐오르는 말이 있었지만 바짝 긴장을 늦추지 않고서 점잖게 말했다.

"그게 무슨 말이오. 소령님은 여러가지로 애를 쓰고 계십니다."

"아, 물론 애를 쓰고 있겠지. 자아, 이제부터 우리 빙빙 돌지 말고 딱 한마디만 합의를 봅시다."

팜 민이 그렇게 나오자 키엠은 자기도 모르게 가슴이 두근거렸다. 그는 팜 민의 충혈된 눈길을 피했다.

"무슨 합의입니까?"

"아아, 별거 아니오. 당신과 내가 더이상 팜 꾸엔 소령의 신세를 지지 말자 이겁니다."

"신세라니요?"

"이거 봐요, 공연히 딴청부리지 맙시다. 당신과 내가 손을 잡으면, 람과 팜 꾸엔보다 더 잘해나갈 수 있어요. 우리도 자립하자 이런 말씀이오."

키엠은 조용히 물었다.

"무슨 좋은 일이 있습니까?"

"중위님은 신생활촌계획에 대해서 무엇을 알고 있습니까?"

키엠은 우물쭈물 대답했다.

"그, 그건…… 혁명개발위원회의 소관입니다. 위원장이신 람 장군님과 위원 중의 한분이신 팜 소령님이 잘 알고 계시지요."

"주민자치협의회가 구성된 것으로 아는데요?"

"네, 그 부분은 소령님과 제가 관리하기로 되어 있지요."

"민병대의 훈련과 통제는?"

"제가 연락장교 역할입니다만, 민병대의 교육 및 작전은 제2사단장 관할입니다. 다낭경찰서장이 함께 보좌하도록 되어 있지요."

"제2사단은 외곽방어 주둔병력이 아니던가요?"

팜 민의 계속되는 질문의 의미를 키엠 중위는 서서히 이해하기 시작했다. 키엠은 차근차근 설명했다.

"민병대의 창설과 교육 및 작전은 편제상으로는 제2사단 담당입니다만, 그 실행은 사단에서 훈련교관을 차출하여 교관단을 구성하고 그 지휘를 성청에서 하게 되어 있습니다. 교관단의 연락장교로 대위 한사람이 성청에 나와 있지요. 장정들은 각 촌락의 민간인이므로 그들의 신원파악이며 징집의 제반문제는 경찰서장의 관할입니다."

"중요한 열쇠를 당신이 쥐고 있는 게 아닌가요?"

"결과적으로는, 노력 여하에 따라서…… 그러나 그것 역시 직속상관인 팜 소령의 명령에 의하여 시행될 일입니다."

팜 민이 말했다.

"군대는 계급보다 직책이다,라는 유명한 말이 있지요. 민병대에 관한 한 당신의 자리는 매우 중요하다고 봅니다. 민병대 일에 관한 행정은 분명히 당신의 책임입니다."

키엠이 고개를 끄덕였다.

"원칙적으로는 그렇지요."

하고 나서 키엠 중위는 뒤로 상반신을 젖히면서 팜 민의 시선을 피했다. 그는 천장의 울긋불긋한 무늬에 눈을 던지며 물었다.

"내게 부탁하려던 일이 뭡니까?"

"아까 우리가 합의를 본 문제에 대해 한번 생각해보시라, 그 얘기죠."

"무슨 합의를 보았나요?"

"당신과 내가 손을 잡고 독자적인 사업을 해보자, 그런 말이었지요." 키엠은 여유만만하게 말했다.

"아직 합의를 보지는 않았습니다. 그렇지요?"

"나는 팜 소령의 동생입니다. 그리고 지금 성청의 거래처인 구엔상회에 나가서 물건의 입고와 출고를 담당하고 있습니다. 나는 성청의 거래내역을 팜 소령과 똑같이 파악하고 있습니다. 당신은 출고된 물건이 현장으로 가는지 옆으로 새는지 전혀 알 수가 없겠지요. 당신은 상관할 바 아니지만 미리 파악하고 있게 된다면 성장과 부관실장의 급소를 알고 있게 됩니다. 물론 나와 협조를 해야만 가능한 일이겠지요. 이것이 첫째 나와 합의를 보아야만 할 중요한 사항 중의 하나지요. 또한 당신은 독자적으로 민병대 창설업무의 주도권을 장악해나갈 수가 있습니다. 당신은 상관들이 거래하는 동일한 거래처를 상대함으로써 좀더 안전할 수가 있겠지요. 그러나 상관들이 똑같이 당신의 사업을 파악하면 곤란합니다. 나는 구엔 쿠옹을 따돌릴 자신이 있습니다. 어떻게 보면 당신과 나는 다낭 시내에서 유일하게 똑같은 입장이 아닙니까? 이것이 두번째의 중요사항입니다. 그리고 세번째의 중요사항에 관하여는 당신이 내게 동의한 뒤에 알려드리지요."

팜 민은 키엠과 자신의 빈잔에다 술을 따랐다. 그리고 눈높이까지 치켜들었다.

"어떻습니까. 우리의 동업을 위하여."

키엠은 술잔을 쳐들었다.

"좋소. 동업을 위하여."

두 사람은 잔을 부딪쳤다. 그러고는 동시에 입속에 털어넣었다. 키엠이 말했다.

"민병대의 창설에는 교육비, 양곡, 봉급, 그리고 전쟁물자가 막대하게 지급될 것입니다. 하지만 저는 서장 카오 대령과 교육단 연락장교 등과 합의를 보아야 하겠지요."

"어느 부분은 분배하고 특정 부분만 독점하면 됩니다."

"뭐요…… 그게?"

팜 민은 짤막하게 끊어서 말했다.

"무기와 탄약."

"아니, 그러면……"

키엠 중위는 먼저 주변에 듣는 사람이 없나 살피고 나서 고개를 식탁 위로 숙이고 속삭였다.

"해방전선과의 거래품목이 아니오?"

"왜요, 안됩니까?"

팜 민은 중위에게 틈을 주지 않았다.

"그럼 당신은 쌀과 건축자재와 온갖 지원물자가 정치적 차이에 따라서 순전히 싸이공 정부 치하의 촌락에만 간다고 여겼소? 이미 전쟁 초기부터 프랑스와 미국의 전쟁물자는 남북 베트남이 함께 썼어요. 이익을 얻는 자들은 모두 이 지옥을 떠났소. 당신과 내가 안한다 할지라도 누군가 해낼 거요. 앞으로 이년에서 삼년 사이에 우리 형이나 당신이나 의무적으로 다른 부서로 가게 될 겁니다. 당신이 지금 힘을 길러두지 않으면 당신은 다시 소읍의 경비소대장이나 현의 작은 민병대

책임자가 되어, 당번이 시중들어주는 생선과 쌀밥을 얻어먹으며 언제 맞아죽을지도 모르는 나날을 보낼 것이오. 아니면, 스스로 길을 뚫어서 싸이공이나 더 멀리 외국으로 빠져나갈 수 있게 될지도 몰라요. 이천 명의 유령인구만 확보해두어도 그에 지급될 무기와 고정적으로 나갈 교육비, 봉급, 사망보상금, 탄약, 양곡 등등이 우리 거래품목을 끊임없이 대어주게 될 거요. 그뿐이 아니오. 병력처럼 변동이 심한 것이 없소. 그 누구도 당신이 기재한 식수인원표의 숫자를 확인하려고 촌락에 가서 장정들의 머릿수를 헤아려볼 수는 없어요."

키엠은 이제는 다시 놀라지 않을 것 같았다. 그는 속으로 한참이나 유용할 병력의 수를 따져보다가 팜 민에게 말했다.

"함께 상의해가면서 잘해봅시다."

"그러실 줄 알았어요."

그들은 서로 마주보며 웃었다. 키엠이 물었다.

"동업의 조건은?"

"이익금의 반분입니다. 배분은 매 거래가 끝날 때마다, 어때요?"

"이의 없소."

"우리가 합의를 보아야 할 필요충분조건에 대해서 두 가지의 중요 사항은 밝혀드렸지요?"

"그렇소. 내가 기억하기로는 당신과 내가 협조하면 성청의 거래내역을 자세히 알아 상관들의 급소를 쥘 수 있다는 것이 첫째요, 그 다음 나는 팜 소령의 부하, 당신은 소령의 동생으로서 다낭 시내에서 유일하게 똑같은 입장이라는 것이 둘째요, 세번째의 것은 내가 당신과의 동업제의를 수락한 뒤에 알려주겠다고 했는데, 이제는 말씀하셔야지요?"

"나는 해방전선과, 연결됩니다."

팜 민이 나직하게 속삭였고, 키엠이 침착하게 물었다.

"해방전선에 입대했습니까?"

"아니…… 나는 그쪽의 탈영병입니다. 이쪽은 복무비를 내고 빠진 형편이고. 나는 싸이공과 하노이 양쪽에서 모두 빠진 셈이오. 그러나 나는 아직도 다낭에서의 해방전선의 줄은 잡고 있습니다. 그러므로 당신은 안전하게 동업자를 통해서 물건과 돈을 주고받을 수가 있습니다. 이것이 당신과 내가 꼭 손을 잡을 만한 세번째의 조건입니다."

"이해하겠소."

웨이터가 다가와서 정중하게 말했다.

"계산서입니다. 끝낼 시간이 되어서……"

"아, 곧 일어날 거요."

팜 민은 계산서대로 셈을 치러주면서 웨이터에게 말했다.

"오분만 더 앉아 있다가 가겠소. 괜찮은가?"

"그렇게 하십시오."

팜 민은 뒤호주머니에서 준비했던 봉투 하나를 꺼내어 식탁 위에 올려놓았다.

"십만 피아스타요."

팜 민은 키엠 중위 쪽으로 봉투를 밀어주면서 말했다.

"다음 거래계정에서 제하셔도 상관이 없습니다. 다만, 우리의 동업을 축하하는 의미로 받으시면 됩니다."

"이러면 곤란한데……"

팜 민이 놓치지 않고 뒤를 이었다.

"정 그러시다면…… 다음주부터 저와 함께 각 물품의 가격을 정하고 거래를 시작하지요."

"가격은 어떤 방식으로 정합니까?"

"그야, 싸이공 시세에 준하면 되겠지요."

"좋소."

키엠이 봉투를 집어 군복 위호주머니에 넣는 것을 팜 민은 끝까지 지켜보고 나서 자리에서 일어섰다. 그들은 꽝쪼우반점 현관에서 헤어졌다. 팜 민이 손을 내밀었다.

"중위님만 믿겠습니다."

"만나서 반가웠소."

중위는 성청 넘버를 단 지프를 몰고 떠났다. 팜 민은 잠시 중국 레스또랑 앞에 서 있었고 뒤에서 구엔 타트가 다가왔다.

"잘된 거 같군. 수고했소."

"믿을 수가 있을까요?"

"그가 돈을 가져갔지요?"

"네, 매우 침착하더군요."

"십만 피아스타라면 그의 일년치 봉급이오. 미군에게는 아무것도 아니겠지만."

팜 민이 말했다.

"해방전선에 관하여 말을 꺼냈을 때가 고비였습니다."

"그는 이미 선택을 했소. 자, 우리도 르 로이가로 돌아갑시다."

박스차에 타고 시동을 걸면서 구엔 타트가 말했다.

"키엠이 만약 돈을 가져가지 않았다면, 할 수 없이 그자를 쏠 뻔했소."

언제나처럼 밤이 되면 시의 외곽에서는 포성과 중화기 소리가 들려왔고 헬리콥터편대가 점멸등을 깜박이면서 떠다녔다. 관공서와 중요 건물들이 늘어선 도끄랍가로나 푸어홍가로, 백상가로 같은 곳은 지나다니는 차량도 뜸했고 인적도 끊겼지만, 간혹 베트남인들의 전용주점이나 작은 찻집들에는 갈 곳 없는 젊은이들이 밤늦게까지 붐비는 곳도 있었다. 구정 공세가 휩쓸고 지나간 몇달 동안 외곽의 지방게릴라들의 통상적인 습격이 있었을 뿐 도시에서는 비교적 소강상태를 유지하고 있었다.

미군측에서도 적극적인 공세를 취하지 못했다. 베트남전쟁의 주도권은 어디까지나 미군과 정부군측에 있다고 여겨져왔던 통념이 지난 봄 이후 산산이 깨어져버렸던 것이다. 더구나 11월에는 미국의 대통령선거가 있을 예정이었고 존슨은 재출마하지 않겠다고 공표했다. 미군은 과감한 작전보다는 현상유지를 원하고 있는 듯이 보였다.

유흥가는 다시 흥청거리기 시작했고 개전 이래 최대의 전쟁경기라고 신문에서는 낙관적으로 떠들고 있었다.

레이는 까페 호아띰에 앉아 있었다. 이 집의 이름에 따른 것인지 실내는 온통 제비꽃의 보라색 커튼과 보라색 식탁보로 둘러싸여 있었다. 미제 깡통맥주에서부터 베트남제 포도주며 화주에 이르기까지 잔으로 파는 술집이었다. 물론 커피와 차와 레모네이드도 있었다. 고교 고급반 학생들이며 전문학교 학생들, 젊은 교사들, 직장인들과 군인들이 이곳저곳에 패거리로 몰려앉아 웃고 떠들며 마셨다. 이 집의 불문율은 전쟁에 관한 화제를 떠올리거나 정치 얘기를 하면 다른 손님들의 지적에 따라 정중하게 퇴장을 요구하게 되어 있었다.

레이의 맞은편에는 찬 티 소안과 트란 반 푸옥이 앉아 있었다. 레이와 푸옥은 커피를 마셨고 소안은 벌써 석 잔째의 화주를 얼음냉수에 섞어 마시고 있었다.

"언니, 그러다 취하는 거 아냐?"

레이가 걱정스럽게 물었지만, 푸옥이 말했다.

"괜찮다. 나도 좀 마실까? 너희들 늦어지면 우리집에서 자고 가면 된다. 우리집은 여기서 한 블록 건너편이잖아."

"안돼. 집에서 걱정하실 거야."

"내가 나중에 전화해줄게."

레이와 푸옥은 실랑이를 하다가 둘 다 문득 말을 멈추었다. 소안이 벽에 머리를 기댄 채로 조용히 울고 있었던 것이다.

"소안……"

"왜 그래, 언니."

소안은 가방에서 손수건을 꺼내어 얼른 볼을 훔쳤다.

"몰라서 묻니?"

푸옥이 레이의 귓전에 대고 소곤거렸다.

"우리는 고등반 12학년이야. 졸업시험을 보고 나면 끝이지. 대학입학 자격을 따고 후에나 싸이공으로 가게 되겠지. 하지만 몇명이나 될까. 기술학교나 실업학교도 남자들만 가지. 다낭에선 고등반이 끝나기 전에 약혼을 시키고 그러곤 졸업하자마자 결혼이야."

레이가 소안에게 물었다.

"언니…… 집에서 약혼하라고 그래?"

소안은 쓸쓸하게 웃었다.

"그런 건 아냐."

"뭐가 아냐."

푸옥이 말했다.

"아, 지겨워. 나도 벌써 두 번이나 선을 봤다구. 쑥스러워서 혼났어. 아버지를 졸라서 후에로 빠져나갈 작정이야."

소안이 레이에게 물었다.

"민 오빠 집에 있니?"

레이는 힘없이 고개를 끄덕였다.

"하지만 작은오빠 변했어."

푸옥이 콧소리를 냈다.

"흥, 그 비겁자?"

"정말 말 다했어?"

레이가 화를 내며 일어나려고 의자를 뒤로 뺐고 푸옥이 손을 잡았다.

"얘애, 앉아. 내가 실수했어. 미안해."

"앉아, 레이."

소안의 말에 레이는 입을 쭉 내밀고는 다시 의자에 앉았다. 푸옥이 변명했다.

"미안하다구. 그렇지만 네가 나와 소안에게 팜 민씨가 정글로 갔다고 얼마나 자랑스럽게 얘기했니? 이봐, 우리 고급중학교의 선배들…… 생각해봤어? 해방전사가 되어 갔던 남자들, 그리고 언니들. 그냥 내 솔직한 심정이었을 뿐이야."

"알아, 언니, 그 마음은."

레이는 자기도 소안처럼 울음이 나오려는 것을 꾹 참고 손수건으로 코를 세게 풀었다.

"자자, 그만들 해. 우리집에 가자. 내가 너희들 집에 전화해줄게."

푸옥이 레이와 소안을 재촉해서 일으켰다. 세 소녀는 호아띰에서 나와 해변통 쪽으로 건너갔다. 어디서인가 미군 병사들이 클럽에서 왁자지껄하며 노래를 부르는 소리가 들려왔다. 푸옥이 앞장을 섰고 소안과 레이가 함께 따라갔다. 소안이 약간 비틀거렸다. 레이는 소안을 부축해주면서 말했다.

"소안 언니, 괜찮아?"

"찬바람을 쏘이니까 훨씬 좋아졌어."

그들은 세관 쪽을 향하여 가로수를 따라서 걸어갔다.

"언니, 민 오빠 한번 만날 테야?"

"글쎄……"

소안은 다시 울 것 같았는지 어두운 바다 쪽으로 고개를 돌렸다.

"민 오빠도 내색은 하지 않지만 언니가 먼저 연락하기를 바라고 있을 거야."

"사실은 나…… 약혼하게 될지도 몰라."

"뭐라고? 언니, 그게 무슨 말이야?"

소안은 고개를 숙이고 말했다.

"아버지께서 자꾸만 권하셔. 어머니는 내 뜻을 이해해주지만 아버지는 달라."

"12학년이 되면 누구나 그렇지 않니?"

"여러번 거절했지만 이번엔 완강하셔."

레이는 소안의 손을 꼭 잡았다.

"언니, 내가 오빠에게 말해줄게. 오빠는 해방전선에서 이탈한 게 못 견디게 창피한가봐. 그래서 일부러 식구들하고도 말을 하지 않는다구."

세 소녀는 푸옥의 집에 이르렀다. 셰퍼드 짖는 소리가 들려왔다. 철문을 밀면서 푸옥이 쫑알거렸다.

"저 미련한 개는 언제나 짖기만 해. 쟝, 나야, 나. 짖지 마!"

현관에 불이 켜지더니 푸옥의 남동생이 문을 열고 내다보았다.

"누나 왔어?"

"그래, 소안과 레이도 왔다."

그들은 서로 알은체를 하며 집안으로 들어섰고 후예 부인이 그들을 반겼다.

"어서들 오너라. 손님이 오셨다."

소녀들이 바라보는데 얼굴이 가무잡잡한 외국인이 일어나 인사를 꾸벅 했다.

"안녕하십니까?"

푸옥은 그가 가끔씩 찾아오는 따이한 병사임을 알아보고 벌써 눈꼬리가 빳빳해졌다.

"저 사람 왜 자꾸 우리집에 오지요?"

"얘, 그러지 마라. 후안의 친구야. 네 동생에게 잘해주니까. 내가 저녁 초대를 했다. 이 사람도 자기 나라에 식구들이 있을 테니까 베트남 가정에 관해서 알아두는 것도 좋은 일이 아니냐?"

"그들은 어린이까지 죽이는 짐승들이에요."

후안 소년이 소리를 질렀다.

"안은 그런 사람이 아냐. 내 친구야. 아버지도 좋은 청년이라고 그랬어."

"그래, 네 동생에게 사과해라. 그리고 이 사람도 젊으니까 함께 얘기해보렴."

"싫어요. 그가 군인이 아니라면 그러겠어요."

푸옥은 소안과 레이를 끌고 이층으로 올라갔다.

"나는 외국군인은 딱 질색이야. 더구나 따이한은."

푸옥이 사나운 눈으로 계단 아래쪽을 흘기면서 말했다. 이층 베란다 쪽의 유리문을 열어젖히자 마당에서 소금기 섞인 바닷바람이 시원하게 불어왔다. 푸옥은 포도주 병과 잔을 꺼냈다.

"오늘은 소안을 위한 날이야. 자, 마셔라."

레이가 잔을 도로 치웠다.

"공연히 이러지 마, 푸옥 언니."

"그냥 둬. 마시겠어."

소안이 중얼거렸다. 푸옥과 소안이 포도주를 마시기 시작했고 레이는 창가의 의자를 당겨다가 앉았다.

"요새는 동 대오의 트린 아저씨네 집에 안 가니?"

푸옥이 물었고 소안은 고개를 저었다.

"아니…… 공부모임도 다 흩어졌어."

"모두 정글로 갔을까?"

"그렇겠지…… 아니면 대학으로."

"팜 민만 돌아왔어."

푸옥이 이죽거리자 소안은 머리를 감싸며 말했다.

"제발…… 팜 민 오빠 얘긴 그만둘 수 없니?"

다낭만에서는 통금시간이 되어 어선들은 모두 연안에 대어져 있었고 바다 가운데로는 미 해군 순찰선의 경비등만이 깜박이며 오르내리고 있었다. 멀리서 조명탄이 오르는 게 보였다. 세 소녀는 점점 말이 없어졌다. 소안이 어둠속에서 벽에 머리를 기댄 채로 프랑스 말로 나직하게 중얼거리기 시작했다.

"회상해보렴, 바르바라. 그날 브레스트시에는 사뭇 비가 왔었지. 비를 맞으며, 너는 피어나는 기쁨에, 황홀히 미소지으며 걷고 있었지. 회상해보렴, 바르바라. 브레스트시에는 쉬지 않고 비 내리고 있었지."

팜 민은 십장과 함께 방금 입고된 비료와 시멘트를 헤아려보고 나서 수령증을 써주었다. 그러고는 일꾼들이 모두 몰려나간 뒤에 햇빛이 쏟아져들어오는 문의 옆으로 비켜나 책상 위에 다리를 얹고 푹 파묻혀서 앉아 있었다.

팜 민은 구엔 타트를 기다리고 있었다. 책상 앞에는 들이친 햇빛이 길고 환하게 사각으로 창고의 가운데까지 떨어져 있었다. 그 위에 그림자가 나타나더니 차츰 길게 늘어났다. 팜 민은 얼른 다리를 책상 위에서 내려놓고 상반신을 입구 쪽으로 내밀며 말했다.

"누구……"

아오자이 자락이 보였고 팜 민은 옷자락을 따라서 위로 시선을 처들다가 소안의 두 눈과 마주쳤던 것이다. 소안은 고개를 숙여서 긴 머리카락들이 얼굴을 가렸지만 두 눈은 팜 민을 똑바로 바라보고 있었다.

"여긴…… 웬일로……"

팜 민은 의자에서 엉거주춤 일어났다. 소안은 쌘들을 세워 그 끝으로 땅바닥을 건드리면서 말했다.

"레이한테서 들었어요. 르 로이시장에서 일한다는 얘긴 벌써부터 들었지만…… 어제 레이가 상회 이름을 가르쳐줘서……"

팜 민도 소안처럼 땅바닥으로 고개를 떨구었다. 소안이 항의하듯이 물었다.

"왜 저를 피하죠?"

"이리 좀 앉아."

팜 민이 자기 의자를 책상 앞에서 떼어 소안의 앞으로 밀어주었다.

"나가서 얘기해요."

팜 민은 시계를 보았다.

"아직 볼일이 남았어. 이 뒷길로 곧장 내려가 버스정류장 앞에 꾹주점이라고 있어. 거기 먼저 가서 기다려주겠어?"

소안은 올 때처럼 아오자이 자락을 내려다보며 골목으로 내려갔다.

"누군가요?"

눈으로 배웅하고 있는 팜 민의 등뒤에서 구엔 타트의 목소리가 들렸다. 팜 민은 뒤를 돌아보았다.

"나오셨습니까."

구엔 타트는 오늘따라 자기 형 쿠옹씨처럼 말쑥한 양복 차림이었다.

"그 여자 누구냐고요."

하면서 구엔 타트는 창고 입구로 걸어가서 내다보았다.

"누이동생 친구입니다."

"그래요?"

타트는 기다렸다. 팜 민은 잠깐 침묵하다가 그가 의자에 말없이 앉아서 창고 안을 이리저리 둘러볼 때 숨을 내쉬고 나서 말했다.

"실은 전에 좋아하던 여자였어요. 그녀가 찾아왔습니다."

"전이라면…… 아트와트에 가기 전인가요?"

"네, 그 뒤로 통 만나지 못했습니다."

"왜?"

"제 친구 탄의 말이 자꾸 생각나서요. 또 두려웠습니다."

"아, 탄은 훌륭한 전사입니다. 지금 후에지구에서 중대를 지휘하고 있지. 그가 만나지 말라고 했던가요?"

팜 민은 원망스런 눈초리로 구엔 타트를 힐끗 쳐다보았다. 구엔 타트가 두 손을 올렸다.

"아아, 좋아요. 탄이 그랬겠지. 우리 시대의 연애는 비극적이거나 아니면 베트남 인민에 대한 사랑으로 승화시켜야 한다, 뭐 그런 뜻이었겠지. 나도 탄을 조금은 아니까."

"제가 소안을 만나지 않은 것은……"

팜 민은 사이를 두었다가 분명하게 말했다.

"그녀를 동지로 만들 자신이 없었기 때문입니다."

구엔 타트는 더이상 말하지 않고 고개를 끄덕였다. 그는 볼펜을 들어 책상을 연신 두드리면서 생각에 잠겨 있는 듯했다. 잠깐 그의 시선은 허공에 멎은 채로 먼 곳에 가 있는 듯했다. 팜 민이 다시 말했다.

"무엇보다 괴로운 것은 제가 그녀까지 속여야 한다는 점입니다. 저는 소안이나 제 누이동생 레이에게서 자랑과 믿음을 빼앗아버렸습니다."

"알 만하오."

구엔 타트는 볼펜 두드리기를 멈추었다.

"누구에게나 젊은날의 회한은 있게 마련이오. 탄은 아마 두려워하고 있었던 게 아닐까."

타트가 일어났다.

"해방구의 전사들 중에는 사랑하는 이와 함께 싸우는 사람들도 있을 거요. 그들은 베트남에서 가장 행복한 남녀가 될 거요. 그렇지만 우리는 경우가 다릅니다. 팜 민 동지나 나는 인뗄리겐짜입니다. 도시 출신이죠. 그리고 공작원이오. 지금 동지에게 있어서 가장 중요한 임무는 자신을 최대한으로 노출시키지 않고 조직의 안전을 지켜나가는 일입니다. 적은 눈에 보이는 제국주의 세력과 그 추종자들뿐만 아니라 우리들 자신이기도 한 거요. 얼핏 들으니 꿈주점에서 약속을 한 모양인데 먼저 다녀오시오. 나는 그동안에 트란 박사와 점심을 먹고 올 테니까."

"트란 박사라뇨?"

팜 민이 묻자 타트가 말했다.

"다낭 적십자병원장. 어쩌면 그가 항생제와 마취제를 우리에게 팔아줄지도 모르오. 그를 아나?"

"아뇨…… 예, 딸이 제 누이동생과 같은 리쎄 드 빠스깔에 다닙니다."

구엔 타트가 소리를 내어 웃었다.

"우리는 반드시 승리할 것입니다. 남부 베트남에서 이 싸움에 책임감을 가지고 있는 쪽은 해방전선뿐이오. 아시오? 내가 가지고 있는 지뢰가 나를 도왔어."

"지뢰요?"

"알잖소? 따이한 수사요원. 그가 트란 박사를 내게 소개하는 거요."

"그럼 씨에스따 시간에 뵙겠습니다."

두 사람은 각각 헤어졌다. 타트는 창고의 안쪽 복도로 통하는 도어를 열고 나갔고 팜 민은 창고 입구로 나와 함석문을 닫아 쇠빗장을 걸고 자물쇠를 잠갔다.

꾹주점에서 팜 민과 찬 티 소안은 다시 마주앉았다. 소안은 녹차를 시켜놓고 마시고 있었다. 점심시간이라 주점 안은 붐볐다. 팜 민이 말했다.

"점심 먹자. 이 집 퍼어국수가 맛있어."

"생각없어요."

"그럼 나 혼자 먹겠어."

"그러세요."

팜 민이 국수를 시켰다. 잘게 다진 고기를 지단으로 뭉친 것과 향초를 얹은 국수가 나왔다. 팜 민은 먹기 시작했다.

"트린 아저씨 집에 가보셨어요?"

소안이 조심스럽게 말을 걸었다. 그것은 팜 민에게 아트와트로 떠나던 날 밤에 트린 아저씨네 집 방공호에서 함께 지낸 일을 연상시켜보려는 것이었다. 팜 민은 간단히 대답했다.

"못 갔어."

"왜 그러세요? 나는 예전 그대로예요. 당신이 정글에 갔건 아니면 다시 돌아왔건 나는 아무 상관도 안해요."

팜 민은 말없이 그릇을 비웠다.

"푸옥은 당신을 비겁자라고 그러지만 나는 그렇게 생각하지 않아요."

소안이 당신이라는 말을 팜 민에게 쓰고 있었다. 팜 민은 일부러 냉정한 목소리로 말했다.

"소안, 나는 예전 그대로가 아냐. 나는 변했어."

"어떻게요? 이젠 나를…… 전과 같이 생각 안해요?"

"내가 그전에 얼마나 철이 없었는지 이제는 깨닫고 있어. 나는 지금 월남공화국 정부군의 공군 사병이지. 형을 도와서 돈을 많이 벌 거야. 그리고 유학을 가려고 그래. 나는 장가를 들거나 하여튼 여자와 노닥거릴 시간이 없어. 앞으로 얼마든지, 그야 내가 유능하고 힘있는 입장이 되었을 때 훌륭한 여자들을 만나게 되겠지만……"

"정말 변했군요, 레이 얘기처럼."

소안은 이를 악물고 눈물이 나오려는 걸 참았다. 그러나 아직도 한 가닥의 기대는 허물어지지 않았다. 소안이 가늘게 떨리는 목소리로 간신히 말했다.

"나 약혼하게 될 거예요. 집에서 재촉이 심해요."

"약……혼?"

"네, 12학년이니까. 건계가 끝나면 곧 졸업자격시험이에요."

팜 민은 소안의 눈길을 피했다. 목구멍에 무엇인가 뻑뻑한 음식물이 솟구쳐올라오는 것 같았다.

"잘했군."

"정말이에요?"

팜 민은 두 팔을 식탁 위에 얹고 녹차 잔만 바라볼 뿐이었다. 소안은 갑자기 벌떡 일어났다. 그러고는 재빠른 걸음으로 꾹주점을 나갔다. 팜 민은 아니다, 나는 소안 외에는 그 어떤 여자도 다 싫다, 소안은 내 아내가 되어야 한다, 격정적인 말들을 머릿속으로 웅얼거리며 소안의 뒤를 쫓아 밖으로 뛰쳐나갔다. 인파 가운데 소안의 흰 아오자이가 팔랑대며 사라져가고 있었다.

"소안, 기다려."

그러나 팜 민의 부르짖음은 버스정류장의 시끄러운 엔진소리와 장사치들의 손님을 부르는 잡다한 소음에 파묻혀버렸다. 팜 민은 주먹을 쥐고 그 자리에 우뚝 서서 발바닥이 땅에 붙어 있다고 생각하려고 노력했다. 다시 고개를 들었을 때, 소안은 이미 보이지 않았다.

"소안……"

르 로이 구시장의 모든 사람과 물건과 집들이 흐려졌다. 팜 민은 얼른 두 손바닥으로 눈가를 찍어냈다.

노천까페가 늘어선 백상로의 물가에 대어진 낡은 목선의 식당에 구엔 타트는 당도했다. 상갑판 쪽의 뱃머리에 안영규와 트란 박사가 앉아 있는 게 보였다.

"이쪽이 말씀드렸던 구엔 타트씨입니다. 이분은 트란 박사님."

안영규가 그들을 서로 소개시켰다. 트란 박사는 안경알 안에서 조심스럽게 구엔 타트를 관찰했다. 그들은 악수했다. 안영규가 말했다.

"박사님 말씀은 미군 사령부의 대민지원부서에서 허락이 떨어져 의약품을 규칙적으로 지원받게 되었다는 것입니다."

"잘됐군요. 베트남에는 어디서나 치료받지 못한 환자가 죽어가고 있습니다."

구엔 타트가 말했다. 트란 박사는 신중하게 입을 다물고 있었고 안영규가 말했다.

"내가 군의 계통에 관하여 박사님께 몇가지 충고를 드렸지요. 먼저 미군 사령부에서 온 공문에 첨부하여 보급부대의 지휘관에게 적십자병원 발행의 공문을 보냈다고 합니다. 곧 응낙하는 내용의 공문이 돌아왔습니다. 어제 처음으로 의약품을 수령해왔습니다."

"어떤 물건들이죠?"

트란 박사가 베트남 말로 말했다.

"스트렙토마이신, 테라마이신 같은 항생제가 가장 많습니다. 야전에서 응급조치로 쓰는 플라스틱 주사기에 담긴 진통제, 외상과 화상에 바르는 피부소독제, 연고, 하여튼 거의 모두가 야전용이오. 우리 병원에서는 그 약품들이 모두 소용되는 것은 아니고 부분적으로만 필요합니다. 예산 부족으로 허덕이는 형편이니까요."

"물론 그러시겠지요."

구엔 타트가 자기네 말로 다시 물었다.

"수량은 대충 얼마나 됩니까?"

"마이신이 두 상자, 진통제 한 상자, 대개 그런 정도입니다."

"한 상자라면 백 알 들어 있는 병 한 타스짜리가 작은 상자고, 그 작은 상자가 열 갑 들어 있지요?"

"아마 그럴 거요."

"규칙적으로 나온다면 대단하군요. 현시가로 테라마이신 한알이 대략 쌀 때엔 삼십 피아스타에서 오르면 오십 피아스타쯤 하니까, 한병당 삼천이나 오천 피아스타가 되는 거요."

트란 박사가 흡족하게 웃었다.

"한 상자에 적어도 삼사십만 피아스타가 되는 셈입니다."

"약품을 더 청구할 수 있습니까?"

"우리 병원의 베드 수는 한정되어 있습니다. 그러나 방법은 있지요. 우리 쾅남성의 각 시마다 공립병원이 있습니다. 또한 촌락과 읍에는 치료의 혜택을 받지 못하는 사람들이 대부분이죠."

"가령, 청구할 수 있는 합법적인 창구만 마련되면 약품은 보급부대에서 타올 수가 있겠지요?"

구엔 타트가 말했고 영규가 끼여들었다.

"무슨 얘기를 나누고 있는지 모르겠소. 예의가 없는 것 같은데."

"아, 미안합니다. 당신을 잊고 있었습니다. 나는 보급부대에서 수량을 늘려서 약품을 타올 수 있는가를 트란 박사에게 물었지요."

"줄을 잡은 셈이니까, 병원에서 직접 살 수도 있겠지요."

영규가 말하자 타트는 하는 수 없이 영어로 말했다.

"그건 임시조치요. 규칙적으로 나오는 일이 무엇보다도 중요합니다."

트란 박사가 베트남 말로 구엔 타트에게 말했다.

"당신과 나는 베트남 사람이오. 외국인이 가운데 끼여들 필요가 있을까요?"

"염려 마십시오. 그는 이번 한번만 우리를 소개시키러 나온 것입니다. 이 사람은 몇개월 뒤에 집으로 돌아갑니다."

트란 박사는 안경테를 콧등 위로 치키더니 영어로 말하면서 영규 쪽을 응시했다.

"우리 병원은 예산의 불균형으로 몹시 어려운 사정에 있습니다. 남는 약품의 처리로 새로운 예산을 책정할 예정이지요. 그러나 서류상의 요식은 갖출 작정입니다."

"물론 그래야겠지요."

영규는 더이상 참견하지 않기로 마음먹으면서 잠깐 자리를 떴다. 트란 박사가 구엔 타트에게 말했다.

"촌락으로 나가서 순회할 이동진료반을 편성하면 물량공급은 더욱 합리적으로 확대될 것입니다."

"이동진료반…… 좋은 생각이십니다."

"동포들에게도 좋겠지요."

구엔 타트는 그때 신생활촌과 진료반 사업을 연결시키면 대단히 편리해질 것이라고 생각했다. 안영규가 돌아와 자리에 앉으면서 말했다.

"아, 배고파. 어서 점심이나 사시오, 구엔씨. 나는 베트남 말을 모르니까 이런 자리에는 토이를 보내야 되겠는걸."

안영규가 슬그머니 찔렀고 구엔 타트는 두 손을 모으며 말했다.

"정말 미안하오. 통킹 속담에, 중국사람 덕분에 장가든다는 말이 있어요."

"그건 침입자에 관한 속담인 듯하군요. 우리도 조혼 풍속을 대륙에서의 침입에 연유된 것으로 보는 견해가 있지요."

그들은 밥과 생선튀김을 시켰다. 식사가 끝날 때까지 그들은 줄곧 안영규의 고향과 가족제도며 풍속에 대하여 질문했다. 구엔 타트가 말했다.

"오늘밤에라도 곧 차를 병원으로 보내겠습니다."

"그전에 의논할 것들이 더 있을 듯하군요."

트란 박사의 말에 구엔 타트는 얼른 눈치로 알아차렸다.

"이따 사무실에 돌아가서 전화를 다시 하겠습니다. 저녁에 시간 있으시면 조용한 곳에서 만나뵙고 싶습니다."

트란 박사가 명함을 꺼내어 내밀었다.

"씨에스따까지는 집에서 쉬겠소. 집으로 전화하시오."

트란 박사는 원장 차를 타고 먼저 떠났고, 타트는 박스차에 오르면서 영규에게 물었다.

"사무실로 돌아가지 않을 거요?"

"아니오, 수사대에 들러서 볼일이 있습니다. 내일 오전에 사무실에서 봅시다. 그렇지만 당신은 약속대로 푸어홍상회의 사무원을 내게 소개해주는 거요?"

"물론이죠. 그뿐 아니라 나는 싸젠 안의 은혜에 보답하기로 했소."

구엔 타트의 말에 안영규는 픽 웃었다.

"오, 고마워서 눈물이 나올 정도로군요."

"아니, 정말이오. 당신네 상관에게도 제안하시오. 당신이 지금보다 훨씬 유리한 입장이 되겠지. 군표에 이자를 붙이지 않고 얼마든지 그린백으로 바꿔주겠소."

"본토불 말인가요?"

"달러. 언제나 얘기만 하시오. 군표를 가져오면 즉시 바꿔다주겠소."

영규는 대수롭지 않게 말했다.

"겨우 그겁니까? 시내 나가면 인도인 환전상들이 하나둘이 아니오."

"하지만 그들은 두 배에서 최고 다섯 배의 커미션을 받습니다."

"글쎄, 나는 관심없지만 우리 캡틴이 이용하게 될지도 모릅니다. 고맙소."

그들은 헤어졌다. 안영규는 푸어홍가로 초입의 수사대 본부까지 걸어갈 모양이었고, 구엔 타트는 곧장 르 로이의 사무실로 돌아갔다. 씨에스따 시간이라 거리는 한적했다. 땡볕이 한길 위에 하얗게 내리쬐고 있었다.

구엔 타트는 어젯밤 지구위원회에서 하달된 지령을 생각하고 있었다. 제3특별지구 제434행동대의 작전명령이 내려진 것이다. 세금징수를 앞두고 다낭 시내에서는 활동을 강화하고 몇가지 적의 시설물들과 개인을 공격하라는 내용이었다. 첫째로는 차이나 비치 근처에 있는 유류 저장탱크를 폭파할 것과 쏨다메 지역에서 근접거리에 있는 MAC 정문을 폭파하라는 내용이었다. 두번째는 주말에 그랜드호텔 주차장을 폭파하거나 스모크스택 부근에 있는 베트남 정부군 막사를 공격하는 임무였다. 그리고 끝으로 베트남인 관리나 군인 가운데서 인민의 지탄을 받는 자를 저격하라는 내용이었다. 구정 공세 이후의 소강상태를 깨뜨리고 첫번째의 도시지역 작전인 셈이었다. 그동안에도 다낭 외곽에서는 지방게릴라들의 일상적인 전투가 벌어지고 있었으나, 도시는 거의 평온을 유지해온 터였다. 훈련중인 제4중대까지 동원될 예정이었다. 외곽의 1개 대대와 다낭 시내의 1개 대대가 제434행동대의 병력편제였으나, 실제 인원은 열다섯 명이 1개 중대를 형성하고 있으며 1개조 다섯 명이 소대를 이루고 있었다. 구엔 타트는 이 지역의 공작원으로서 자신의 재량대로 경찰서장 카오 대령의 이름 밑에 블랙 포인트를 찍었다. 구엔 타트는 형의 창고로 들어섰다.

팜 민이 책상 위에 얼굴을 묻고 엎드려 있다가 인기척에 얼른 고개를 들었다. 구엔 타트는 언제나 그랬듯이 열어젖힌 창고의 입구 쪽을 향하고 바깥을 살피면서 책상 위에 걸터앉았다.

"오늘이 중대의 선과 만나는 날이지요?"

"그렇습니다."

"이번달이 상반기를 마감하는 철이오. 일차분의 세금징수와 모병이 도시지역에서 시행되는 때입니다. 작전명령이 하달되었어요. 이번 작전은 제1대대만이 다낭지역에서 임무를 수행하게 되오. 이번에 증원 중대에게도 작전명령이 떨어졌소. 물론 아직 교육중이지만, 그래서 비교적 단순한 형태의 표적이 주어졌지요. 그랜드호텔 주차장에 다음 주말에 폭파장치를 하는 일과, 경찰서장 카오 대령을 습격하는 일입니다. 작전은 다음주부터 닷새 내지 열흘 사이에 완료되어야 합니다."

"카오 대령이오?"

팜 민은 어리둥절해서 물었다. 타트가 말했다.

"그래요, 그는 신생활촌 민병대 편성의 실질적인 책임자가 될 거요. 키엠과의 협조가 잘 이루어지면 모르지만, 만약 그가 반대로 방해를 하게 되면 우리 임무에 지장이 됩니다."

"키엠의 말투로는 제2사단 연락장교와 카오는 별로 문제가 되지 않는 듯한 태도였어요. 우리 조사에도 나와 있지만 카오는 대표적으로 부패한 군인입니다. 그는 헤로인에서부터 담배와 맥주에 이르기까지 다낭 시내의 매음가, 터키탕, 클럽, 바 등등의 환락가의 모든 이권에 개입되어 있습니다. 해방전선의 목표에는 무사안일한 관리나 부패한 군관리는 제외되는 것이 아닙니까? 물론 원성은 샀겠지만, 그가 원성을 사면 살수록 싸이공 정부가 원한의 대상이 된다고 배웠습니다. 농촌지역의 악질 촌장이나 읍장 따위라면 즉각 제거되어야 하겠지만, 오히려 카오 같은 자는 도시공작에서는 우리에게 유익한 자가 아닌가요?"

구엔 타트가 대답했다.

"그야…… 당신의 형 같으면 지금 얘기가 맞죠. 카오는 신생활촌계획의 민병대 창설건에 대하여 얼마든지 주도권을 주장하고 나올 위험이 많아요. 우리는 키엠 중위를 도와주고 그에게 좀더 많은 능력을 부여해야 하오. 우리가 원하는 것은 거래의 새로운 개편이오. 신임 서장이 카오 대신 자리에 앉으면 그는 업무를 파악하고 나서 카오가 개입했던 이권들을 하나둘씩 되찾아나가게 될 거요. 그동안에 우리는 키엠을 통하여 민병대 창설에 따른 모든 전쟁물자의 거래를 새로 체계있게 세워나갈 수 있습니다. 신임서장이 키엠 중위의 업무에 개입하려면 이미 아래에서 위에까지 질서있게 체계가 잡혀 있으므로 그는 자연히 자기 소관 업무에만 주의를 돌리게 될 거요. 가령 징집면제라든가 훈련비의 일부를 그의 이권부분으로 적당히 떼어주고 고정수입화시켜주면 만족할 거요. 보시오, 무기 및 탄약과 의약품을 고정보급받을 수 있는 루트를 우리가 개척하고 있소. 여기에다 전투식량 문제까지 해결해낸다면 중부 베트남의 해방전선은 자립하여, 호찌민 루트의 보급을 좀더 많이 남부와 고원지대로 돌릴 수 있게 될 거요. 카오를 제거하면 다낭의 지하경제에도 큰 변동이 오겠지요. 특히 PX에서 흘러나오는 기호품 수급에 변동이 올 것이고 따이한 쪽과 미군 쪽은 물론 거래인들도 당분간 서로 경쟁하느라고 시장을 파악하기가 힘들어지겠지."

"잘 알겠습니다."

구엔 타트가 말했다.

"증원중대의 A조가 가장 유능하니까 그들에게 카오의 제거를 맡길 작정이오. B조는 A조의 보조임무를 수행하도록 하고 C조는 그랜드호텔 쪽을 맡기면 되겠지. C조에게는 시한뇌관과 분해한 지뢰를 지급할 작정이오. 우선 이번주 안으로 기본계획을 수립하여 상부에 보고하라고 전하시오. 검토를 하고 나서 채택이 되면 그대로 추진해도 좋소. B조가 먼저 카오의 집과 친지들, 그의 규칙적인 일상사와 행동반경, 경호의 규모와 특징, 그가 자주 드나드는 장소 등을 조사해오면 그중에서 가장 효과적인 때와 장소를 선택하여 A조가 예행연습과 현장답사를 한 뒤에 카오를 제거하면 되겠지. 접선시간이 언제던가?"

"퇴근시간 무렵입니다."

"작전의 내용과 각 조의 임무를 완전히 이해했지요?"

팜 민이 고개를 끄덕였다. 구엔 타트는 나가려다가 잠깐 망설이더니 민에게 불쑥 물었다.

"아까 그 여학생과는 만났소?"

"예, 잠깐……"

"그래 어떻게 할 거요?"

"집에서 약혼하라고 몰아대는 모양입니다. 저는 맘대로 하라고 말해 줬지요."

"글쎄, 그럴까…… 별로 좋은 길은 아니로군. 나도 예전에 그런 일이 있었소. 탄 동지의 말은 잊어버려요."

"사실은…… 자신이 없습니다."

구엔 타트는 침울한 얼굴로 창고의 천장을 향하여 고개를 쳐들고 무엇인가 생각하더니 혼잣말처럼 중얼거렸다.

"이제 와서 생각해보면, 사랑과 혁명은 같은 길입니다."

3○

G2와 MID의 가혹행위에 관한 조사보고서

본건은 군 죄수캠프에서 들어온 고발에 근거하여 고문에 관련된 장교 및 하사관을 심문하였으며, 비공개를 원칙으로 전원 직위해제와 동시에 징계처분함. 또한 고발자는 캠프에서 석방하고 원대복귀시켰음.

고발자—마빈 코올 이등병(22세, 펜실베이니아 출생), 본 테일러 이등병(21세, 오하이오 출생), 하워드 브라운 이등병(23세, 네브래스카 출생)

용의자—슬로트 중위(캘리포니아 출생, 연대 정보장교), 맥코이 상사(사단 MID 군사정보파견대)

증인—구엔 상사(베트남 육군 통역관)

심문자 각자의 수인번호, 수감 전 계급, 죄명을 말하시오.

코올 2-40-1번입니다. 계급은 중위, 죄명 총기오발 치사입니다.

테일러 2-40번, 일등병, 상관 폭행.

브라운 2-40-2번, 하사입니다. 근무이탈.

심문자 본건의 심문을 하기 전에 고발인들이 슬로트 중위의 팀에게 불려가기까지를 진술하시오.

코올 제가 말씀드리겠습니다. 우리들의 일과는 보통 새벽 다섯시 점호로부터 시작됩니다. 확성기의 지시로 모든 일이 진행되지요. 스포트라이트와 철조망밖엔 보이는 것이 없습니다. 어둠속에서 식사를 하고 나면 곧 오전작업에 들어갑니다. 햇볕 아래서 식사하는 것은 점심 한끼뿐이죠. 저희들이 할당받은 작업은 모래를 싣는 일이었습니다. 다른 반은 돌 깨는 일에 나갔으므로 우리는 운이 좋은 편이었습니다.

심문자 사건에 대해서만 말하시오.

코올 나는 장교입니다. 군형무소의 조건을 말하려는 것은, 고발에 포함되지 않은 것이지만 근본적으로는 꼭 밖에 알려야만 할 사항입니다.

심문자 좋습니다. 계속하시오.

코올 군형무소는 탈출하기가 거의 불가능한 곳에 있습니다. 앞은 바다고, 모래밭 너머로는 철조망과 기관총이 설치된 감시탑이 서 있습니다. 또 그 뒤로는 정글이지요. 썰물 때에는 해안에서 십 마일쯤 헤엄쳐나갈 수도 있겠지만 밀물이 언제나 갑자기 밀어닥쳐서 익사자가 많이 발생합니다. 정글까지는 오 마일에서 십 마일쯤 되는 먼 거리였습니다.

테일러 캄보디아로 빠져나가려고 철조망을 뚫고 나갔던 사람들도 있었지만, 곧 아군의 전방 순찰대에 잡히거나 적에게 피살되었습니다.

브라운 나도 탈출에 성공했던 적이 있습니다. 시간 나는 틈틈이 철조망을 벌려두었다가 밤에 모래땅을 파고 철조망 아래로 기어나갔지요. 정글의 입구까지 갔습니다. 그러나, 그 안으로 들어갈 용기가 없어서 되돌아오고 말았습니다. 징벌을 당했습니다.

코올 그래도 탈출을 기도하는 죄수들은 끊임없이 나옵니다. 그중에는 일본을 바라고 바다로 나가서 영영 돌아오지 않는 자들도 있습니다. 이런 노력들은 군형무소의 작업이 고되고 음식도 형편없으며 적이나 아군이나 믿을 수 없었기 때문일 것입니다.

브라운 감시병이 일을 다 끝내면 쉬어도 좋다고 했지만 나는 경험이 있어서 천천히 계속하는 게 낫다고 했지요. 일이 다 끝나도 분명히 다른 작업을 시킬 것이 뻔했습니다.

테일러 우리들은 하워드의 생각이 옳다고 여겨서 천천히 모래를 자루 속에 채워서 느릿느릿 운반을 했습니다. 거의 한 트럭 가까이 옮겼는데도 별로 지치지는 않았지요. 그중에는 신병도 있어서 직사광선에 잘 적응을 못하는지 중도에 쓰러지곤 했습니다. 우리가 그의 작업량까지 채워야만 했지요. 열시에 오분간 휴식시간이 주어졌습니다. 녹슨 드럼통에서 물 한컵씩 퍼서 나누어주었습니다.

코올 우리가 개처럼 헐떡이며 물을 마시고 있을 때, 브라운이 새 식구가 오는 모양이라고 말했습니다. 모래먼지를 일으키며 군용지프가 다가오고 있었습니다. 그때 그들이 온 것입니다. 감시병은 한눈팔지 말고 일을 계속하라고 소리를 질렀지만, 우리는 하도 반복되는 일에 진력이 나서 멀뚱히 그들을 바라보았어요. 두 손이 뒤로 결박된 어린 베트남 아이가 두 미군 사이에 앉아 있었습니다. 아이는 검은 파자마 차림에 목이 길고 비쩍 마른 인상이었지요. 미군은 그애를 차에서 거칠게 끌어내렸습니다.

테일러 그때 나도 매를 맞았어요. 묶인 어린아이를 보는 것이 처음이었기 때문에 한동안 한눈을 팔고 있었거든요. 감시병이 스틱으로 내 뒷덜미를 후려갈겼습니다.

브라운 내가 마빈과 함께 불려나간 것은 점심시간이었죠. 실상 점심 시간이라야 이십분 동안 점호하고 숫자 맞추고 땡볕에서 기다리다가 겨우 나머지 십분 동안에 허겁지겁 먹어치워야 하는 짧은 시간이 주어졌을 뿐입니다. 스피커에서는 예방접종이 있을 것이라고 말하고 있었지요. 스피커에서 마빈의 이름과 그의 죄수번호를 불렀습니다. 여러번 부르더니 욕지거리가 터져나왔습니다.

코올 나는 졸고 있었습니다. 감시병이 대열 가운데 들어와서 두리번거리더니 하워드와 나를 함께 끌어냈습니다. 그는 번호를 확인해보고 나서 아리송했기 때문에 우리 두 사람을 모두 끌어내어 철조망 울타리의 정문으로 데려갔지요. 정문 보초가 우리를 넘겨받아 밖에 있는 퀀셋 막사들 중의 하나로 끌고 갔습니다.

심문자 테일러 이등병은 함께 가지 않았는데, 어떻게 그 비행에 관한 고발자로 될 수가 있었습니까?

테일러 나는 나중에 불려갔거든요. 가장 마지막에.

심문자 시체를 치운 건 당신인가?

테일러 네, 바로 그렇습니다. 그 시체는……

심문자 아, 그것에 관해서는 나중에 증언하시오.

코올 퀀셋 안에는 창문마다 커튼이 쳐져 있어서 어두컴컴했습니다. 스탠드 하나가 책상 위에 있었지만 불빛은 희미했어요. 아마도 중위가 디머를 낮춘 거겠지요. 창틀에 붙박이로 달린 에어컨이 울려서 함석판이 덜덜 떨리고 있었어요.

심문자 그 안에 누가 몇사람 있었어요?

코올 슬로트 중위, 맥코이 상사, 그리고 베트남인 통역과 아이가 있었습니다.

심문자 구엔씨, 이들이 그때 막사 안에 들어온 사람들입니까?

구엔 네, 맞습니다. 저 사람 둘이서 왔습니다.

심문자 슬로트 중위, 어째서 많은 죄수들 중에서 그들을 차출했나요?

슬로트 그의 기록카드를 봤습니다. 우선 그의 죄질이 총기사고였으므로 그리 나쁘지 않았고, 마빈 코올은 장교였으며 또한 대학 출신이었습니다. 코올은 샌프란시스코 군사외국어반에서 이미 베트남 말을 배웠다고 나와 있었습니다. 또한 싸이공의 특별교육 코스도 거쳤으므로 훌륭한 조력자가 되리라 생각했습니다.

심문자 구엔씨로는 불충분했다는 얘기인가요?

슬로트 무엇보다도 이 자리에 있는 구엔 상사에게는 미안한 말이지만, 우리 정보장교들은 베트남군 통역을 별로 믿지 않습니다. 어쨌든 베트콩이나 그들이나 한가족들이니까요. 그들은 일에 열심이긴 하지만 어느 선을 넘어가면 결국은 동족인 적을 두둔하거나 동정하게 됩니다. 베트남 말을 잘 아는 미국인이 곁에 있다는 사실만으로도 그는 조심하게 될 테니까요.

심문자 알겠소. 그러면 코올 이등병은 그렇다 치고 브라운 이등병은 무엇 때문에 불려갔지요?

맥코이 그것은 경비병의 착오였습니다. 우리가 코올의 죄수번호를 불러주었는데, 그는 애매하니까 두 사람 다 데려왔던 것입니다. 그러나 그가 막사에 들어온 이상 그를 되돌아나가게 할 수 없었습니다.

심문자 어째서요? 기밀유지를 위해선가요?

슬로트 네.

심문자 그러면 여러분들은 자신들의 가혹행위를 미리 계획하고 있었군요. 또한 그 일을 은폐시키려 했던 것으로 보이는데……

슬로트 우리 G2나 MID 같은 정보업무란 되도록 빠른 시간 안에 많은 정보를 포로들로부터 캐내어, 현재 작전중인 아군에게 즉시 전달할 의무가 있으므로 비원칙적인 일도 하게 되어 있습니다.

심문자 게릴라 용의자를 끌고 군형무소로 갔던 일도 비원칙적인 일이었나요?

슬로트 그렇습니다. 철저히 보안을 유지하지 않으면 새어나갈 염려가 있고, 불리한 여론은 적에게 이용당할 수도 있습니다.

심문자 본건의 용의자들은 그러한 은밀한 조사방법이 적에게보다, 아군 내부에 알려지는 일을 꺼린 게 아닙니까?

슬로트 각 부서의 일의 내용과 진행방법은 작전의 결과 여하로 평가됩니다. 내가 맡았던 임무는 군 법규나 국제협정에 명문화된 원칙들을 그대로 지키는 종류의 일이 아닙니다.

심문자 고발인은 본건 용의자가 어떤 식으로 비행에 동참하기를 강요했는지 진술하시오.

코올 슬로트 중위는 내 이름을 불러 우리 둘 중에 누가 마빈 코올인가를 확인했습니다.

브라운 그는 정문 보초가 나까지 데려온 것에 화를 냈습니다. 그러고 나서 일이 다 끝날 때까지 마빈과 같이 퀀셋에 머물러 있으라고 명령했습니다. 중위는 자기들을 차례로 소개하고 나서 아이를 가리키며 심문할 것이라고 말했지요. 맥코이 상사가 스탠드의 디머를 올려서 밝기를 최대한으로 하고는 갑자기 아이의 얼굴 정면에 비췄어요. 아이는 뒤로 결박되어 철제의자에 앉아 있었는데 눈을 잔뜩 찡그리더니 고개를 옆으로 돌렸습니다. 그제야 나는 아이가 이미 당했다는 사실을 알았어요. 아이의 턱과 입은 피로 범벅이 되어 있었습니다.

코올 나는 애처로워서 아이를 똑바로 바라볼 수도 없었습니다.

심문자　소년은 열네살이라고 되어 있는데…… 구타를 했나요?

맥코이　우리는 그때는 아직 손끝 하나 대지 않았습니다. 순찰병들에게 검거될 때 이미 총 개머리판으로 맞았습니다.

코올　거짓말이오. 그들이 탄 지프가 작업을 하고 있던 죄수들 곁으로 지나갔습니다. 그때는 얼굴이 핼쑥하고 그냥 묶여 있기만 했어요.

슬로트　우리는 심문하기 전에 통상적으로 게릴라들의 옷을 벗깁니다. 그 안에 무엇을 숨기고 있는지도 모르고, 또한 게릴라인가 아닌가를 알려면 우선 정글에서 지내던 흔적이나 파편의 상처 같은 따위를 살펴둘 필요가 있기 때문이오. 맥코이 상사가 용의자의 옷을 벗기려다가 물렸습니다. 그래서 가볍게 툭 쳤는데 잘못 맞은 모양입니다.

코올　그가 심문을 시작할 테니 자네가 통역을 하라고 그랬습니다. 하지만 하워드는 내 곁에 섰다가 팔을 꼬집으면서 협조하지 말라는 뜻을 전했습니다. 나는 침묵한 채 고개를 숙이고 있었습니다. 슬로트 중위는 새로 나타난 지방게릴라의 조직에 관하여 정보가 필요하다며 협조하라고 그랬지요. 감옥에 관해서는 잊어버리라고도 그랬어요. 나는 내 아우보다도 훨씬 어린 그애가 게릴라와 무슨 상관이 있느냐고 물었어요. 맥코이 상사가, 아이놈은 일번도로에서 우리 순찰대를 죽이려다 체포되었다고 말했습니다. 중위는 정식의 통역들을 부르지 않고 일부러 죄수인 나를 불러낸 이유를 말했습니다. 다른 통역들은 일년 뒤에 귀국하니까 본국에 소문이 날지도 모른다는 것이었어요. 그러나 나 같으면 잔여형기를 치르고 원대복귀해서 복무기간을 채우기까지 삼년쯤 걸릴 테니까 안전하다는 것이었습니다. 자네의 능력 여하에 따라서는 군형무소가 아니라 사단본부나 파견대에서 근무하게 해줄 수도 있다는 것이었습니다. 그때 나는 별수없이 협조하기로 마음을 먹었습니다.

맥코이 우리는 일번도로에서의 게릴라들의 매복기습에 골치를 앓고 있었습니다. 아이가 체포되기 전날에도 도로가 여러 군데 파괴되고 당일 새벽에는 지프 한대가 공중분해되어버렸고, 승차했던 미군 세 명이 전사했습니다.

슬로트 소년은 중국제 수류탄 꾸러미를 소지하고 있었습니다. 방망이 모양의 충격뇌관 방식입니다. 아이놈이 게릴라들의 지원무기를 운반하고 있던 것이 틀림없었습니다. 순찰병은 수류탄과 의약품까지 압수했습니다. 그때 아군은 계속 전과없는 피해만 보고 있어서 정보장교들은 모두 참모들의 닦달을 받았습니다. 우리는 아이가 보급물을 가져가려던 곳이 어디인가를 알아내는 일이 시급했습니다.

코올 나는 아이의 뒷결박을 풀어주도록 하고 구엔이 심문하는 내용과 아이의 대답하는 말을 슬로트 중위에게 통역해주었습니다. 눈부신 불빛 가운데 아이의 검은 머리와 창백한 이마, 그리고 광대뼈와 갈색의 눈동자가 또렷하게 드러났고 아이의 연약한 턱에는 흘러내린 피가 검게 말라붙어 있었어요. 아이는 구엔이 물을 때마다 터진 입술 사이로 간신히 중얼거렸습니다.

심문자 심문의 내용을 기억합니까?

코올 처음에 구엔이 저 물건들은 어디서 구했느냐고 물었습니다. 아이가 말했지요. 죽어 있는 군인에게서요. 미군이었니? 월맹군이었어요. 어디에 있었지, 그 시체는? 일번도로에요. 거기엔 죽은 월맹군의 시체 같은 건 없었는데? 길 옆 개울에 있었어요. 왜 수류탄을 주웠지? 나 자신을 보호하기 위해서요. 약품은 어디서 구했지? 그 죽은 군인한테서요. 월맹군은 항생제나 진통제가 별로 없는데? 몰라요, 그게 뭔지. 어디로 보급품을 날라다주고 있었니, 바른대로 말해. 콰지앙의 누나에게 가는 길이었어요. 일번도로는 콰지앙으로 가는 길이 아니야. 그쪽에는 전투중이라 무서웠어요. 이젠 정말 바른대로 말해. 어디로 보급품을 가져가려고 했지? 정말 그런 일은 없어요. 누나에게 가는 길이었어요. 부모는 죽었어요. 대강 그런 내용이었습니다. 맥코이는 화가 나서 자기에게 맡겨주면 그 꼬마 악마가 술술 대답하도록 만들겠다고 열을 올렸습니다.

심문자 가혹행위를 시작한 것이 언제고, 누가 맨 처음에 했나요?

브라운 저 상사가 거칠게 다루기 시작했습니다. 그는 우리가 보는 데서도 주먹으로 아이를 쳤어요.

맥코이 사실과 다릅니다. 처음엔 내가 아니었고 나는 슬로트 중위의 명령에 따르게 되어 있었습니다.

슬로트 좋습니다. 내가 말하지요. 심문이 오후 세시까지 계속되었지만 아이의 대답은 언제나 그 빌어먹을 누나의 집에 가려고 했다는 식으로 똑같았지요. 내가 심문의 강도를 조금 높여야겠다고 말했습니다. 그래서 구엔이 물주전자를 가져왔습니다.

구엔 사실과 달라요. 나는 난폭하게 다루는 것을 반대했습니다. 베트남인들은 거의가 불교도들입니다. 아시겠지만 불교를 믿는 사람들은 고통을 주면 줄수록 그것을 참아내고 자신과 싸웁니다. 오히려 입을 다물고 죽는 길을 택하지요.

심문자 그애는 어린 소년이 아닌가요?

구엔 그렇지요, 다만 누구든 가혹행위를 당하기 시작하면 상대방을 증오하면서 고통을 이기려 하지요. 애초부터 맥코이 상사의 손찌검이 우리의 심문을 끝장낸 겁니다.

맥코이 닥쳐! 설맞은 거야.

심문자 상사, 말조심하시오. 당신은 고발된 용의자입니다. 이 조사는 미군의 인도적인 전쟁수행 방식과 군율을 재확인하기 위한 취지로 미·월 최고사령부의 명령에 따라서 진행하고 있는 겁니다. 그러므로 전쟁포로 및 그 용의자에 대한 가혹행위는 임무 직위 여하를 막론하고 원칙적으로 금지되어 있습니다. 증인은 진술을 계속하시오.

코올 맥코이가 여러가지 좋은 방법을 알고 있다면서 시간이 없다고 불평했습니다. 또한 슬로트 중위는 내게 아이가 입을 열게 할 좋은 방법이 없는지 말해보라고 물었지요. 나는 나중에라도 끼여들었다는 소리를 듣고 싶지 않아서 잠자코 있었습니다. 그런데 맥코이가 아이의 얼굴을 다시 주먹으로 쳤습니다. 아이는 의자에 묶인 채로 뒤로 넘어졌어요.

브라운 내가 뒷전에 섰다가 의자를 일으키면서 보니까 아이는 기절했는지 피가 흐르는 얼굴을 떨어뜨리고 꼼짝도 하지 않았습니다.

구엔 나는 맥코이 상사에게 야만인이라고 욕하면서 떠들었습니다. 차라리 그 아이에게 먹을 것을 주면 좋았을 텐데, 그애는 하루종일 아무것도 먹지 못했거든요.

맥코이 중위가 먼저 명령했습니다. 심문의 강도를 높이라고요.

슬로트 사실과 다릅니다. 내가 심문의 강도를 높이라고 한 말이 곧 고문을 하라는 명령은 아니었습니다.

구엔 중위가 상사에게 화를 낸 것은 사실입니다. 슬로트 중위는 상사에게 밖으로 나가라고 소리질렀습니다. 그따위로 손질하면 그냥 두지 않겠다고요. 그리고 상사가 나가자, 그는 미련한 직업군인 녀석이라고 욕을 했지요. 중위는 흔적이 남을 것을 걱정하는 듯했습니다. 중위가 위생병을 부르라고 말했습니다.

브라운 중위는 내게 밖에 나가서 위생병을 데려오라고 말했습니다. 그리고 각성제를 놓아달라고 하라는 것이었어요. 나는 그보다는 우선 찢어진 상처를 치료해야 하지 않겠느냐고 그랬더니, 중위는 신경질을 냈어요. 네 턱주가리를 부숴버리기 전에 어서 가서 주사기 가진 위생병을 데려오라고요. 나는 밖으로 달려나갔지요. 마침 군형무소 전체가 예방주사 접종중이라 간신히 위생병을 끌고 퀀셋으로 돌아갔습니다. 위생병이 말간 약병을 꺼내어 흔들고 나서 주사를 놓자 아이는 신기하게도 머리를 움직이기 시작했어요.

코올 저 베트남 상사의 질문이 다시 되풀이되었지만, 아이는 간단히 몰라요라거나 아니에요라고만 중얼거릴 뿐이었습니다. 슬로트 중위가 잔뜩 화가 나서 실내를 오락가락하더니 바깥에 대고 성난 목소리로 맥코이 상사를 찾았습니다. 중위가 말했지요. 거칠게 하지 말고 기술적으로 하라고요. 중위는 내 옆에 다시 앉았고 맥코이가 아이의 머리를 뒤로 젖혔습니다. 그러고는 그애 코와 입에 주전자의 물을 천천히 부었어요.

맥코이 나는 그냥 잡고만 있었습니다.

구엔 그가 내게 책상 위의 주전자를 가져다 위에서 부으라고 그랬습니다. 나는 고개를 돌리고 그렇게 했습니다. 가끔씩 중위가 멈추라고 명령하고 나서 영어로 몇마디 물으면 내가 베트남 말로 아이에게 물었습니다.

코올 그러나 별다른 진전이 없었습니다.

심문자 그래서 다음의 가혹행위로 넘어갔나요? 그 수동식 군용전화기의 발전을 전원으로 가했다는 충격요법 말이오.

코올 아뇨, 그전에 내가 슬로트 중위에게 나를 감방으로 보내달라고 말했습니다. 중위는 나를 달랬지요. 군형무소로 들어가면 고통스러운 강제노역밖에 뭐가 있겠느냐고요. 나는 이 일에 관여하고 싶지 않다고 말했습니다.

슬로트 그의 기록카드를 뽑아낸 것은 내가 아닙니다. 참모들이었어요. 그들이 내게 약속했습니다. 만약 용의자에게서 확실한 정보를 알아내어 전과만 올린다면 그의 중위계급을 환원시키고 원대복귀하도록 해주겠다고 말입니다. 그는 유능한 통역이었습니다.

심문자 그 다음의 가혹행위는 누가 어떤 방법으로 했습니까?

브라운 내가 똑똑히 봤습니다. 맥코이 상사가 물을 떠오라고 내게 시켰습니다. 나는 대야에다 물을 가득 떠왔어요. 맥코이가 저 가엾은 아이의 발뒤꿈치에 전선을 대고 테이프를 붙였지요.

심문자 슬로트 중위, 당신이 시켰나요?

슬로트 아닙니다. 상부에 보고하러 잠깐 나가 있었습니다. 그 순간에도 적의 공격은 치열하게 계속되고 있었습니다. 우리는 아군의 사상자를 줄이기 위해서도 적 게릴라들의 소굴을 일초라도 빨리 알아내야 했습니다.

심문자 구엔씨, 중위가 돌아왔을 때에도 가혹행위는 계속되었지요?

구엔 그가 손을 내리면 나는 돌리고 위로 쳐들면 중지했습니다.

심문자 구엔씨가 전원을 돌리고, 중위는 신호를 보냈군요. 그러면 맥코이 상사는 그때 뭘 했습니까?

맥코이 통역되어 나오는 용의자의 말을 기록했습니다.

브라운 맥코이는 그전에 전선을 붙인 아이의 발을 물이 가득 찬 대야에 넣고, 의자의 다리에다 아이의 발목을 붙들어맸습니다. 전원을 돌리면 아이는 온몸을 떨면서 가냘픈 신음소리를 냈어요. 그러다가 아이는 오래 견디지 못하고 축 늘어졌습니다.

코올 아이는 그 뒤로도 세 번이나 기절했습니다. 언제나 누나 집 얘기만 했어요. 내가 아이는 더이상 다른 말은 못할 것이니 이만 중지하자고 그랬지요. 슬로트 중위는 베트콩들이 어디선가 우리를 공격하려고 준비중일 거라면서 내게 소년의 짧은 외마디소리까지 통역하도록 일렀습니다. 나는 통역했어요. 부처님, 어머니라든가 나쁜 놈, 살려줘요 하는 따위의 말까지도 놓치지 않았습니다. 나는 내가 고문을 당하고 있는 것 같았어요. 내가 수없이 말했지요. 아이가 사실을 말하고 있는 것 같다. 정말 수류탄을 암시장에다 갖다 팔려고 했을 것이다. 그 돈을 누나에게 주려고 했을지도 모른다.

브라운 맥코이가 그럴지도 모른다고 빈정거렸습니다. 누나가 있다 할지라도 매춘부가 분명하다고 말했지요. 어쨌든 그 꼬마는 적의 보급물자를 운반하던 현행범으로 잡혔다고 맥코이는 우리를 노려보면서 말했습니다. 그때 마빈이, 지금은 게릴라가 아니라 할지라도 아이가 마을로 돌아가면 이번에는 우리에게 그 수류탄을 던지게 될 거라고 그랬어요. 맥코이가 화가 나서 마빈의 목을 움켜쥐었어요. 그러고는 벽에다 밀어붙였어요.

맥코이 사령부의 작전명령에는 분명히 접적지역에서 만난 베트남인은 그가 여자건 남자건, 늙었건 어리건 간에 두 발로 걷고 양손을 쓸 수 있는 한 게릴라로 간주하라고 나와 있습니다. 그때 아군의 숨막히는 수색작전이 계속중인 상태에서 수류탄을 나르던 아이를 뭘로 보라는 겁니까?

코올 나는 숨이 막혀서 꼼짝도 못하고 있는데 슬로트 중위가 소리질렀습니다. 상사, 그는 죄수지만 장교야. 그만두지 못해?

구엔 그러자 맥코이 상사는 저 사람의 목덜미에서 손을 떼자마자 주먹으로 아이의 얼굴을 후려갈겼습니다. 아이는 의자와 함께 옆으로 쓰러지면서 나뒹굴었습니다. 그때에는 위생병이 실내에 자기 약낭을 가지고 대기중이었으므로 중위의 명령에 따라서 또 한번 주사를 놓았습니다. 아이의 왼쪽 눈 아래 찢겨진 상처가 또렷하게 드러났습니다. 갈비뼈가 움직이는 듯하더니 아이는 다시 숨을 쉬기 시작했습니다.

심문자 거기까지가 2단계였지요? 다음 3단계는 언제부터입니까?

구엔 저녁식사가 왔습니다. 그 다음부터입니다.

슬로트 아까도 말했지만 이런 은밀한 작업은 고도의 기술을 요하며 냉정을 유지해야만 합니다. 맥코이 상사는 일을 그르친 것입니다. 나는 장교로서 책임을 느끼고 내가 모든 뒷감당을 하리라 작정했습니다.

심문자 무슨 뜻인가요? 처음부터 그러지 않았습니까?

슬로트 처음에는 기술적으로 요리하려고 했습니다만, 나는 저녁을 먹고 나서 포기했습니다.

심문자 아직도 잘 모르겠는데?

슬로트 이를테면 용의자에게는 너무도 많은 흔적이 남아 있었습니다.

심문자 오, 알겠소. 그를 수용소에 보내지 않으려고 작정했다는 뜻입니까?

슬로트 네, 결과적으로는……

브라운 슬로트 중위는 식사를 끝내고 커피를 마시고 있었습니다. 스튜와 콩이었지요. 나는 쏘스가 꼭 찐득한 피 같아서 한 숟가락도 넘길 수가 없었습니다. 슬로트 중위가 말없이 앉았더니 칼을 꺼내어 맥코이 상사에게 내밀었습니다.

심문자 그것은 보통의 칼입니까? 대검이나 그런 종류가 아닌 과도라든가 공작용이라든가……

코올 그 칼은 끝이 아랍식으로 치켜올라가고 칼등이 톱니로 된 특수부대용입니다.

심문자 맨 처음에 누가 어디에 그 칼을 썼나요?

코올 맥코이 상사가 그 칼을 잡더니 손바닥에 몇번 비벼보았습니다. 그러고는 아이의 등에……

심문자 찌를 수는 없었을 텐데?

브라운 죽 그었습니다. 저는 아이가 꿈틀거리는 동작과 흐느낌 소리 때문에 퀸셋 구석에 주저앉아 토했습니다. 콩이 몇개 나왔어요. 코올이 내 등을 쳐주었습니다. 맥코이는 천천히 그짓을 하다가 갑자기 탁자 위에 칼을 던졌습니다. 그러고는 마빈에게 말했어요. 너도 군인이니까 작전을 도우라고요. 슬로트 중위나 마빈은 아무 말도 하지 않았습니다. 맥코이가 장교들은 신사 흉내나 낼 뿐 전우들의 죽음에는 아랑곳하지 않는다고 빈정거렸습니다. 그때 슬로트가 칼을 잡더니 아이의 허벅지를 찔렀습니다.

슬로트 실은 나도 괴로웠습니다. 시간이 너무 많이 허비되어 초조하기도 했습니다. 더이상 회피할 수는 없었습니다. 그 이후는 모두 나 혼자 했던 것입니다. 물론 성과가 있었습니다만……

심문자 마빈 코올 이등병, 당신은 끝까지 자세히 보고 있었겠지요?

코올 네, 끊임없는 단말마의 비명을 기록하는 맥코이를 위하여 통역했으니까요.

심문자 비교적 자세히 설명할 수 없습니까?

코올 상처를 내고 나서 그 상처에다 칼끝을 넣어 조금씩 벌려나가는 그런 식이었습니다. 재빨리 찌르고는 오른쪽 왼쪽으로 쑤시고 다시 빼고는 했어요. 그런 짓은 거의 한시간이나 계속되었습니다. 시간은 밤 열두시 반이었습니다.

심문자 점심때부터라니까 열두 시간이 넘었군요.

코올 오, 저는 용감한 전투원이었습니다. 포탄에 찢겨지거나 기관총에 벌집이 되어버린 적과 아군의 시체를 보았고 저도 적을 쏘기도 했지요. 그러나 뭐랄까, 그것은 마치 스테이크 조각을 산 송아지에게

200

서 한점씩 떼어내는 것처럼……

심문자 자아, 그 이후 가혹행위는 계속되었습니까?

구엔 슬로트 중위가 아이의 결박을 풀고 책상 위에 뉘어두라고 말했습니다. 아침에 다시 시작해야 한다고 그가 말했지요. 아이는 등줄기의 상처들 때문에 똑바로 누워서 숨을 헉헉 내쉬며 신음했습니다. 맥코이 상사가 불을 어둡게 했습니다. 그리고 그들은 의자에 앉은 채로 눈을 잠깐 붙이려는 듯했습니다. 저 사람이 아픈 모양인지 죄수 두 사람은 잠깐 밖으로 나갔습니다.

코올 하워드 이등병이 찬바람을 좀 쏘이겠다고 해서 내가 밖으로 데리고 나갔습니다. 탐조등이 끊임없이 주위를 비추고 있었습니다. 우리는 모래밭에 앉아서 담배를 피웠습니다. 하워드가 갑자기 무릎 위에 머리를 얹고 울었습니다. 나는 그냥 내버려두는 게 낫겠다고 생각했지요. 그가 고개를 돌리더니 내게 개자식,이라고 욕을 했습니다. 너는 베트남 말을 할 줄 아니까 얼마든지 이 비행을 멈추게 할 수 있다고 그가 말했습니다. 나는 어리석었어요. 그런 점을 생각하지 못했지요. 나는 정말 슬로트의 개자식이었지요.

심문자 하워드 브라운 이등병, 베트남 말을 아는 것으로 어떻게 가혹 행위를 멈추게 할 수 있다고 생각했습니까?

브라운 나는 마빈이 저 베트남군 상사와 의논할 수 있으리라 생각했습니다. 그도 지겨워하고 있었으니까요.

구엔 나는 공산주의자를 증오합니다. 그러나 총으로 쏠 뿐이지요. 중위와 상사는 베트남 사람을 사람으로 여기지 않았습니다. 저 두 사람이 들어왔습니다. 베트남 말을 아는 죄수가 우리말로 작게 물었습니다. 아직도 그 소년은 게릴라에 대해서 말하지 않았느냐고요. 아이는 염불이나 기도를 올리는 것 같다고 대답했지요. 그리고 나는 중위와 상사를 보았는데 그들은 잠에 곯아떨어져 있었습니다. 나는 나 혼자 깨어서 아이의 머리맡을 지키고 있을 때 그애가 내게 해준 얘기를, 저 사람에게 다시 해주었지요. 소년의 부모는 일년 전에 모두 죽었다는 것, 그의 부모가 미군 헬리콥터의 기총에 맞아 죽었다는 것, 들에서 일하다가 미군 헬기가 갑자기 급강하하여 총에 맞아 부모가 죽어가는 광경을 아이는 똑똑히 보았다고 그랬지요. 저 사람이 우리말로 당신과 내가 소년을 살리자고 그랬죠. 시간이 없으니 서로 돕자고 그랬어요. 이 아이의 말을 알아들을 사람은 당신과 나, 둘뿐이라고 말했습니다. 적당히 시간을 벌면서 다시는 칼질을 못하게 하자고 그랬습니다. 나도 대번에 찬성했습니다.

코올 그때 슬로트 중위가 퍼뜩, 잠에서 깨어났습니다. 우리들이 베트남 말로 소곤거리는 수상한 기척을 느낀 것이겠지요. 그는 구엔 상사에게 왜 심문을 계속하지 않느냐고 말했습니다.

구엔 나는 용의자가 더이상 고통을 느끼지 않는다고 대답했습니다. 소년이 신음소리를 내자 중위가 빨리 통역하라고 했습니다. 그 말은, 부처님 쉬고 싶어요, 하는 뜻이었습니다. 슬로트 중위가 거짓말 말라고, 솔직하게 말하라면서 칼질을 다시 시작하겠다고 그랬습니다. 그때 경비병이 아침식사를 날라왔습니다.

브라운 진한 커피와 베이컨이었습니다. 그들은 피투성이로 누워 있는 소년의 몸 근처에 접시와 컵을 올려놓고 먹었습니다.

코올 식사를 마치고 슬로트 중위는 나를 끌고 밖으로 나가서 내 어깨에 팔을 얹으며 달래듯이 말했어요. 필요한 정보만 얻어내면 자네는 다시 장교가 되어 원대복귀할 수 있다. 전공 여하에 따라서는 명예제대할 좋은 기회가 아닌가. 그는 구엔이 처음부터 우리를 속였다고 했어요. 아이가 뭔가 중요한 사실을 말했을 거라는 거예요. 나는 당신이 잘못 알고 있다고 아이가 같은 말만 되풀이했다고 말해주었어요. 슬로트는 획 돌아서서 퀸셋 문을 열고는 보초를 불렀습니다. 저 베트남 녀석을 끌어내. 저희들 본대에서 데리러 올 때까지 유치장 속에 처박아두라고 슬로트는 신경질적으로 외쳤어요. 구엔은 뒷전에 섰던 하워드와 내게 목례를 던지고는 보초의 뒤를 쫓아나갔습니다. 슬로트 중위가 상사에게 맥코이 우리 둘이서 하자, 그러더군요. 그는 완전히 미친 것 같았습니다. 칼을 다시 잡자마자 영어로 소년에게 게릴라가 있는 곳을 대라고 외치더니 칼로 정강이를 거칠게 찔렀습니다.

브라운 그 눈빛과 그 얼굴을 나는 영원히 잊지 못할 것입니다. 소년이 눈을 번쩍 뜨고는 중위를 노려보면서 퉁퉁 부은 입술을 벌리고 하얀 이를 악문 채 얼굴 전체를 떨었어요. 슬로트 중위는 뒤로 주춤 물러나면서 칼을 떨어뜨렸습니다. 나는 소리쳤지요. 여기서 나가겠다, 감방으로 돌아갈 거야. 퀸셋의 문을 차고 비틀거리며 걸어나갔습니다. 뒤에서 중위가 정지하라고 외쳤지만 나는 그냥 걸었습니다. 보초가 달려나오면서 다시 정지명령을 내렸지만 나는 멈추지 않았습니다. 총성이 한방 울렸어요. 발치에서 모래먼지가 풀썩 일어나더군요. 다시 두 발이 울렸습니다. 나는 그대로 모래에 얼굴을 처박으며 쓰러졌어요.

심문자 그 뒤 병원에서 치료를 받았나요?

브라운 네, 관통상이었습니다.

코올 하워드가 실려나간 뒤에 슬로트 중위는 아이를 물끄러미 내려다보더니 당황한 듯한 목소리로, 이 자식, 죽으면 안돼!라고 외치면서 아이의 뺨을 찰싹찰싹 두드렸습니다. 그리고 그는 위생병을 불렀어요. 중위가 맥코이에게 말했어요. 헬리콥터를 불러서 함께 데리고 병원으로 가라고요. 꼭 살려내서 정보를 얻어야만 한다, 처음부터 다시 시작할 수 있다고 슬로트가 중얼거린 말에 저는 결심을 했습니다.

심문자 어떤 결심이었지요?

코올 아이에게 이제는 죽을 자유를 주자고 생각했지요. 나는 슬로트에게 말했습니다. 사실은 아이가 구엔 상사에게 하는 말을 들었다. 디엔 반 늪지대의 아저씨에게 그 물건을 가져다주려고 했다는 자백을 아이가 한 것 같다고 말했지요. 슬로트는 서둘러서 맥코이 상사와 나를 데리고 참모본부로 갔습니다. 벌써 무전연락을 받은 헬리콥터와 공격부대가 헬리포트를 떠나고 있었습니다. 나는 본부 사무실의 시원한 에어컨 아래에서 갑자기 부산해진 움직임을 방관적으로 바라보면서 속으로 냉소했습니다. 헬기가 거기까지 가봤자 아무것도 없을 테니까요. 나는 그냥 거짓말을 해서라도 아이에게 편히 죽어갈 시간을 주고 싶었던 것입니다. 내가 앉아서 얼음물을 마시고 있는데 위생병이 들어와 아이가 절명했다고 보고했습니다. 슬로트 중위는 계속해서 전화를 하면서 아무나 죄수 한놈을 차출해서 아이를 묻으라고 명령했습니다. 맥코이가 나갔지요.

심문자 본 테일러 이등병, 당신이 증언할 차례 같은데……

테일러 저 상사가 경비병을 데리고 작업장에 와서 물었습니다. 마빈 코올을 잘 아는 자가 누구냐고요. 나는 그렇지 않아도 마빈과 하워드가 전날 점심때 끌려나가서 돌아오지 않았으므로 은근히 걱정을 하고 있었습니다. 사실 우리 셋은 군형무소에서 일년이나 같이 지내면서 짝패가 되어 있었거든요. 내가 그들의 가장 친한 친구라고 하면서 그들에게 무슨 일이 일어났느냐고 물었지요. 맥코이는 그들은 지금 시원한 에어컨이 달린 방에서 포커를 즐기는 중이라고 말했어요. 나는 좀 불안했지만 어리둥절해가지고 그의 뒤를 따라서 퀸셋 막사로 갔습니다. 처음엔 어두워서 아무것도 보이지 않았습니다. 등뒤에 섰던 상사가 비닐백을 던져주면서 저 책상 위에 있는 녀석을 그 안에 집어넣으라고 그랬습니다. 그건 전사자 운반용의 플라스틱으로 만든 질긴 방수 백이었어요. 나는 지퍼를 열고 다리에서부터 백을 끼워나갔습니다.

심문자 상처 부위와 상태에 대해서만 말하시오.

테일러 두 정강이가 깊이 패었고 허벅지는 반원형으로 베어져서 너덜거렸습니다. 안면은 부어 있었고 등뒤에서도 피가 흘러 탁자가 젖어 있었지요. 눈을 뜨고 있었습니다. 나는 창백한 이마 아래로 실눈을 뜨고 죽은 아이의 가냘픈 인상 때문에 어쩐지 그애가 우리 편이리라 생각했습니다. 나중에야 그 아이가 베트콩 용의자였다는 걸 알게 되었지만요. 내가 아이의 눈을 감겼지요. 종이처럼 얇은 눈꺼풀이 손바닥에 밀려내려갔습니다. 그러고는 비닐백을 쓰레기소각장 너머로 운반해갔습니다.

심문자 상사와 같이 갔나요?

테일러 네, 그가 앞장서서 걸었지요. 하지만 그는 삽 한자루를 들고 혼자 걸어갔어요. 나는 비닐백의 끝을 잡고 이끌며 뒤를 쫓아갔습니다. 아마 발목 부분이었나봐요. 상반신과 머리가 모래땅에 질질 끌려왔지요.

심문자 묻었나요?

테일러 상사가 삽을 내 발치에 던져주더군요. 허리쯤 올 때까지 파고…… 그때 상사가 도와줬지요. 우리는 양끝을 잡아 구덩이에 던져넣었습니다.

심문자 장소는 기억할 수 있습니까?

테일러 글쎄요, 사방이 똑같은 모래땅이라 자신없습니다.

심문자 슬로트 중위, 그리고 맥코이 상사, 무슨 더 할말이 있습니까?

맥코이 웨스트 모얼랜드 장군의 색적섬멸작전은, 이러한 과오 자체를 베트남에서의 군사적 행동의 특수한 상황에 따른 것으로 판단해왔습니다. 나는 직업군인으로서 임무에 충실했습니다.

심문자 중위는?

슬로트 없습니다.

심문자 아까 고발자 쪽에서 마빈 코올 이등병이 거짓말을 했다고 그랬는데, 전력을 낭비하지 않았나요?

슬로트 디엔 반 늪지대에서 적의 중대병력을 섬멸했습니다. 그 정보는 가치있는 것으로 판명되었습니다.

31

테니스장 쪽에서 라켓으로 공을 때리는 경쾌한 소리가 들려오고 있었다. 가정부가 빵과 커피를 갖다놓고 물러갔다. 팜 꾸엔은 영자신문을 내려놓고 바게뜨 빵을 집어서 버터를 바르면서 말했다.

"양키들, 테니스라니 얼간이들 같으니."

혜정이 잘못 알아듣고 되물었다.

"시끄러워요? 듣기 좋잖아요."

숲 쪽에서 웃음소리가 들려오고 있었다. 미군 고급장교들은 아침마다 테니스 시합을 벌이고 있었다. 처음에는 팜 꾸엔과 혜정도 가끔씩 연습게임을 했는데 미군들은 혜정에게는 반색을 했지만 베트남 군인인 팜 꾸엔에게는 드러내놓고 냉대를 했다. 그것은 점령한 고장의 원주민에게 대하던 백인들 전래의 한 관습일 뿐이었다. 엄밀하게 말한다면 미군 바나 레스또랑에는 현지인의 출입이 엄금되어 있는 것도 옛적 식민지에서의 백인사회의 전통이었다. 그것은 인도차이나에서의 프랑스인이나 인도에서의 영국인이나 모두 마찬가지였다.

"여긴 내 나라야. 십리 밖에만 나가도 사람이 논밭에서 무수히 죽어가는데…… 아침마다 테니스 시합이라니 꼴불견이잖아."

"오, 제발 사람 죽는 얘긴 그만둬요. 지금은 아침식사중이에요."

혜정은 커피를 꿀꺽 마시더니 곧 팜 꾸엔의 불쾌감을 이해했다.

"저애들은 어디서나 그래요. 당신도 운동 좀 하세요."

"싫어, 내가 반바지 차림으로 라켓을 들고 나타나면 저들은 내가 제자리에 가서 설 때까지 일제히 나만 보는 거야."

"미국인들은 당신의 동포와 적이 되어 싸우고 있으니까 그렇죠. 바이방에 장군의 별장이 있잖아요. 훌륭한 풀을 갖고 있던데 가끔 나도 데리고 가봐요."

"흥, 운동을 너무 해서 탈이야. 내가 요즘 얼마나 바쁜지 알아? 배가 홀쭉해졌단 말이야. 이러다간 정말 등산가가 되겠어."

"오늘도 산에 가세요?"

"오늘도가 뭐야. 앞으로 한 달 안에 다 끝내야 한다구. 안되겠어. 이제부터는 아예 하탄마을에 작전본부를 설치하고 거기서 지내야지."

팜 꾸엔은 기름기 묻은 손가락을 냅킨에 얼른 비비고 일어났다.

"내 군복."

혜정이 일하는 아줌마를 불렀고 서투른 베트남 말로 옷을 가져오라고 일렀다. 칼날처럼 줄이 선 군복을 갈아입은 팜 꾸엔의 등뒤에서 혜정이 말했다.

"정글에 가서 지낸단 말이죠?"

"오늘부터 채취작업이 시작되거든."

"싫어요. 여긴 시내도 아니고 외곽인데 나 혼자 무서워서 어떻게 지내요?"

"공연히 투정하지 말아."

팜 꾸엔은 모자를 쓰고 다시 거실로 나와 소파에 걸터앉았다. 곧 일어서려는 자세였다.

"어린애처럼 뭐가 무서워? 물론 구엔 쿠옹씨나 우리 쪽 일꾼들이 있지만 군인들은 모두 제2사단장의 부하들이란 말이야. 한눈을 팔 수가 없어요. 우리의 계피를 지켜야지."

팜 꾸엔이 말했다. 혜정은 계피 얘기가 나오자 순순히 손을 들었다.

"그래요, 중요한 일이죠."

팜 꾸엔이 한 달 전부터 계획해왔던 고원 밀림지대의 계피 소탕작전은 한치의 어김도 없이 진행되어왔던 것이다. 투본강은 다낭에 지류가 닿고 원류는 호이안에서 대여섯 갈래로 도도히 흘러서 다시 삼각주를 이루고, 거기서 꽝남성의 남쪽으로 달리는 일번도로와 나란히 흘러서 출라이 북방의 동투안만에까지 이르는 것이었다. 투본강의 원류는 두 가닥이었는데 북쪽의 상류가 안디엠 정착촌과 린히엡마을에서 시작되며, 남쪽의 상류는 타빅마을에서 다시 갈라지는데 또다른 지류는 남동쪽으로 흘러서 창강을 이루며 탬키읍의 들판을 적셨다. 팜 꾸엔과 구엔 쿠옹은 함께 람 장군의 전용 헬리콥터인 코브라를 타고 다낭 서남방의 정글과 고원지대를 샅샅이 훑었다. 안디엠에서부터 벤지앙을 통과하는 코이강을 돌아서 창강이 흐르는 히엡둑과 타빅을 지나 푸옥빈에서 지앙호아 들판을 넘어 하탄과 안디엠으로 되돌아가는 코스였다. 드디어 구엔 쿠옹이 계피나무숲을 발견하고 소리를 질렀다. 팜 꾸엔은 쌍안경으로 아래쪽을 살폈다. 그는 가슴이 뛰기 시작했다. 참으로 장관이었다. 아름드리의 죽죽 뻗은 계피나무가 온통 숲을 이루며 끝도 없이 계속되고 있었다. 밀림 전체가 거의 계피나무였다. 그들은 공중에서 몇차례인가 훑어보고 나서 쿠옹이 결론을 내렸다. 직접 내려가서 전지역을 답사해보아야 정확하게 알 수 있겠지만 코이강 건너편에도 계피나무의 정글이 있는 것으로 보인다고 했다. 쿠옹의 말에 의하면 안디엠과 하탄 지역에서 시작하여 벤지앙, 타빅, 푸옥빈, 안호아에까지 이르는 거대한 계피나무의 정글로 보아서 이것은 거의 수억 피아스타에 해당하는 물량이라는 것이었다.

"이 건계 사이에 적어도 두세 차례의 작전을 해내야 된다구. 9월이면 벌써 우계가 시작되니까 우리에게는 시간이 없어. 내년 3월 이후까지 기다려야 하거든."

"계속 작업하게 하면 되잖아요."

"군대를 그렇게 오랫동안 잡아둘 수가 없어. 한차례의 작전에서 적어도 오천만 피아스타는 건져야 돼."

혜정의 눈초리가 빳빳해지면서 억양없는 목소리로 물었다.

"우리 몫은 그중 얼마쯤 되나요?"

"글쎄…… 천만은 되지 않을까?"

"왜 그것밖엔 안돼요?"

"제2사단장 반 토안 장군의 관할지역이거든. 그가 2개 대대를 투입할 거야. 그 사람도 호이안 시장의 몫을 남겨둬야 할 거야. 람 장군이 오분의 삼을 차지해야 하니까 나와 쿠옹의 몫은 실상 얼마 안되거든."

"정글이 넓다면서요? 왜, 지역을 나누지 않으세요?"

"일손을 구하기가 힘들어서 말이지."

혜정은 담배를 붙여서 길게 빨고는 잠깐 생각하고 나서 말했다.

"정착촌 주민들은 당신의 관할이 아닌가요, 그들을 쓰면 돼요."

"그것도 좋은 안이군. 자아, 다녀오겠소. 하탄에 머물게 되면 연락하지."

팜 꾸엔은 현관에 쭈그리고 앉아 군화끈을 맸다. 그의 등뒤에서 혜정이 말했다.

"나 집에 없으면…… 스포츠클럽으로 연락하세요."

팜 꾸엔이 퉁명스런 어조로 말했다.

"마담 린에게 간단 말이지? 도대체 당신은 거기서 뭘 하는 거야. 미군 하급장교들과 시시덕거리며 카드나 할 건가?"

"그럴 거예요."

혜정이 고개를 끄덕였다.

"당신이 모아오는 피아스타를 달러로 바꾸고 목돈이 되면 송금수표로 바꿔야 해요. 우리가 제삼국으로 갈 땐 맨몸으로 들어가야 할 테니까."

팜 꾸엔은 한숨을 쉬었다.

"너무 서두르는 것 같군."

"두고 보세요. 우리에게 주어진 시간은 꼭 일년쯤일 거예요. 아니면 더 빨라질지 몰라요."

"걱정 마라. 람 장군은 내각에 들어갈 거야."

혜정은 그의 등을 밀어냈다.

"그가 예편하면 말을 바꾸어탈 거예요. 절대로 그는 당신을 믿지 않아요. 당신은 다낭의 말이고 싸이공에는 다른 싱싱한 말이 있어요. 나는 계급사회를 좀 알아요."

팜 꾸엔은 랜드로버를 몰고 싼 티엔 해변가로를 달려갔다. 이른 아침인데도 안개는 햇빛에 산산이 흩어져서 먼 숲 가녘에만 담배연기처럼 맴돌고 있었다. 그가 이렇듯 이른 아침에 집을 나선 것은 성청으로 출근하려는 게 아니라 직접 바이방으로 달려가 성장을 만나기 위해서였다.

　시내를 지나고 스모크스택 다리를 건너고 다낭만의 북쪽 몽키 마운틴을 향하여 팜 꾸엔은 신나게 차를 몰았다. 랜드로버는 도로에 찰싹 붙어서 딱정벌레처럼 기어나갔다. 차가 기지사령부의 정문을 통과해서 왼쪽 길로 들어서자 새떼가 요란하게 지저귀며 날아올랐다. 바다는 잔잔한 편이었다. 망대 아래를 통과하여 주차장으로 들어섰다. 경비소대의 초병조장인 하사가 그에게 경례를 붙였다. 팜 꾸엔은 여느 때처럼 권총을 뽑아서 그에게 맡겼다.

　"영감 계신가?"

　"저쪽으로 가시죠."

　하사관이 빙긋 웃으면서 손바닥을 쳐들어 보였다. 집 뒤편의 풀장 쪽에서 텀벙대며 물장구를 치는 소리가 들려왔다. 벌써 아침햇빛이 풀밭 위에 내려와 풀잎의 이슬들이 하얗게 반짝이고 있었고 흰 타일을 붙인 풀장의 바닥은 속 깊은 데까지 말갛게 비치고 있었다. 자줏빛 비키니를 입은 장군의 애첩인 프랑스 튀기 여자가 배영을 하면서 미끈한 두 다리를 움직이고 있었다. 장군은 풀 오른편의 등나무차양 아래 놓인 접는 의자에 길게 다리를 뻗고 앉아 있었다. 몇보 앞에서 팜 꾸엔이 경례했다.

　"어서 오게. 이리 앉아."

　장군이 한팔을 얹고 있던 탁자에다 썬글라스를 벗어놓으며 말했다. 팜 꾸엔이 풀을 돌아보니 여자는 이쪽에서 볼 때는 일직선으로 누운 자세로 한손을 쳐들며 외쳤다.

　"안녕, 소령님. 들어와서 같이 수영해요."

　팜 꾸엔은 거수경례로 답례하고 장군의 옆자리에 꼿꼿이 앉았다.

"오늘부터 작전 시작이라구?"

"네, 그렇습니다."

하면서 팜 꾸엔은 군복 윗주머니에서 지도를 꺼내어 탁자 위에 펴놓았다.

"MAC에서는 헬리콥터 지원을 해주기로 되어 있고 하탄과 안호아 지역을 기점으로 해서 제2사단 병력이 투입될 예정입니다. 트럭과 불도저 탱크 등이 동원될 것입니다. 계피가 밀집되어 있는 지역은 바로 여기, 여깁니다."

팜 꾸엔은 투본강이 두 갈래로 갈라진 상류지역에 끼여 있는 넓은 산악지대를 손가락으로 짚었다.

"반 토안 소장에게는 내가 전화했네."

"네, 알고 있습니다. 안호아 지역에서 만나기로 되어 있습니다. 이번 작전의 명분은 안디엠과 안호아 난민 정착지역의 평정을 내세우고 있습니다. 안디엠은 쾅남성 신생활촌의 시범지역이고 안호아는 농촌에서 나온 피난민을 정착시켜 대단위 공업단지를 세운다는 계획이 혁명개발위원회의 입안이었습니다. 정글에 농토를 마련해주기 위해서도 개간은 필요한 사업이죠."

"하탄에 안디엠과 안호아 지역을 관리할 수 있는 경비대대의 방어진지를 구축해야겠군."

"쾅남성 관할의 어느 부대나 동원시킬 수가 있을 겁니다."

중국인 요리사 촙이 쟁반에 과일과 비스킷을 날라왔다. 여자가 온몸에 물방울을 달고서 풀에서 나왔고 팜 꾸엔은 의자에 얹혔던 타월을 그녀의 등뒤에 씌워주었다.

"메르씨, 두 분이서 무슨 음모를 꾸미셨나요?"

여자는 수건으로 젖은 머리를 닦았다.

"내 전용기를 쓰도록 하게. 그리고 이번 싸이공 출장에는 자네도 우리와 동행해야 되겠어."

"영광입니다."

람 장군은 알맞게 차가운 멜론을 손끝으로 집어올려 우물우물 씹었다.

"그래도 우리는 순리에 맞는 복지사업에 골몰하고 있지만, 지금 싸이공은 난장판이라네. 대통령은 그 점을 염려하고 있어. 어서 군정이 끝나야 된다고 말하더니 이제 선거가 끝나자마자 다시 몇달도 안되어서 부패 타령이야."

"너무 성급하게 무리를 하니까 부작용이 생기는 겁니다."

팜 꾸엔은 진심으로 그렇게 말했다. 장군도 곧 동의했다.

"내가 실장을 든든하게 생각하는 점도 바로 그걸세. 작년에 수상에게 못 보였던 구엔 후코 장군이나 당반 쾅이나 모두 주위의 여론을 무시했던 탓으로 모가지가 잘렸지. 코는 자녀가 열두 명에 언제나 새로운 걸프랜드가 있었단 말이야. 그의 부동산 횡령사건은 주위에서는 진작부터 알고 있던 일일세. 그는 지금 타이완에 가 있지."

"빠져나갔군요. 거기서 뭘 하죠?"

"흥, 자기와 줄을 대던 현역장성과 정치인들의 해외사업을 알선해주고 있지. 쾅은 다시 정부에 돌아왔고. 그가 각하의 사업 대리인이니까."

람 장군은 팜 꾸엔을 쏘는 듯한 시선으로 관찰했다.

"역시 싸이공이 아닌가. 여긴 너무 멀어. 자네도 예편해야지. 그리고 나를 위해서 해외로 나가야겠지."

"입각하실 겁니까?"

"지금 여러가지 준비를 하고 있네. 문제는 어느 선이냐가 중요하지.

각하와 부통령 간에 불화는 아직 없지만 세력균형은 팽팽하다네. 어느 쪽에든 인심을 잃으면 거추장스러워지거든. 개혁파 쪽의 젊은 장성들도 무시할 수 없고, 실세도 중요하니까. 경비가 많이 들겠어."

팜 꾸엔은 상체를 세우며 말했다.

"넷, 온 힘을 다해서 보필해드리겠습니다."

"되도록 현찰을 많이 준비해야겠지. 귀금속도 좋고."

"싸이공으로 출장가시기 전에 조력자들의 명단을 제게 주십시오. 가족사항이나 교우관계, 친척 등에 관하여 소상히 조사하여 대책을 세우겠습니다."

"그래야겠지. 어서 가보도록."

팜 꾸엔은 일어나서 성장에게 경례했다. 그리고는 프랑스 튀기에게 목례했다. 그가 등을 돌리자마자 두 사람의 대화를 잠자코 듣고 있던 여자가 장군에게 말했다.

"저 사람 믿을 만해요?"

"글쎄…… 자네는 어떻게 생각하나?"

"야심만만하게 보여요. 아주 빈틈없구요."

성장은 여자의 귀를 잡아 가볍게 흔들었다.

"그래 자네 마음에 들었다는 건가?"

"물건은 오래 쓸수록 좋지만, 사람은 그렇지 않다고 생각해요."

여자가 야무지게 말했다. 성장은 웃음기를 거두고 점잖게 말했다.

"두고 봐야지."

팜 꾸엔은 군단사령부의 헬리콥터장에 가서 장군의 전용기인 코브라에 탔다. 다른 호위 건십은 대동하지 않고 전용기만 떠올랐다. 아홉 시 십분 전이었다. 헬기가 떠서 다낭 상공을 벗어나 동 대오 너머로 길게 펼쳐진 논 위를 날아가는데 미군의 건십편대가 벌써 날아가고 있는 게 보였다. 조종사가 말했다.

"같은 방향입니다."

"아홉시부터 공격 시작이거든."

건십편대는 작전본부의 요청대로 몇몇 거점들을 미리 폭격할 것이었다. 그것은 위협사격에 지나지 않았지만 해방전선이나 미군이나 양측에 모두 필요한 것이기도 했다. 해방전선에서는 대대적인 작전이 시작되는 것으로 알고 일단 작전구역에서 멀리 떨어질 것이며, 미군들은 제2사단의 평정작전을 더욱 확신하게 될 것이었다.

"하탄입니다."

조종사가 좁아지고 있는 협곡과 강줄기를 가리켰다. 건십편대는 계속해서 서쪽으로 날아가고 있었다. 임시로 닦아놓은 헬리포트에서 착륙 신호탄의 노란 연기가 피어오르고 있었다. 위에서 보기에도 하탄계곡의 입구는 차량과 병력으로 가득 차 있는 듯했다. 시누크 헬기도 세 대나 내려앉아 있었다. 코브라가 지상의 유도에 따라 착륙하는데 벌써부터 건십의 대지공격이 시작되었는지 로켓포탄이 작렬하는 소리와 기관총 소리가 콩볶듯이 들려왔다. 지휘본부는 하탄마을의 강변 쪽에 있는 군청건물이었다. 군청건물은 옛날 프랑스 주둔군의 수비대가 있던 곳으로 양쪽에 제법 튼튼한 토치카가 있었고 군청 자체도 시멘트 옹벽과 모래주머니로 거의 요새화되어 있었다. 하탄이나 안호아나 모두 군수가 영관급의 군인들이었다. 지프에서 내리는 팜 꾸엔을 마중나온 군수가 기다리고 있다가 손을 내밀었다. 그들은 거수경례 없이 악수했다. 같은 소령이었던 것이다.

"반 장군님께서 벌써 오셔서 기다리고 계십니다."

군수가 앞장을 섰다. 같은 계급이었지만 팜 꾸엔으로서는 군수가 쾅남성 산하 기관장이었으므로 직책상 자기가 상관인 셈이었다. 아니

팜소령은 성장의 비서실장 겸 중부 월남의 최고사령관의 부관실장이었으므로 인사 행정 등의 모든 권한을 쥐고 있는 거나 마찬가지였다. 팜 꾸엔은 반 토안에게 정중하게 경례를 붙였다.

"꼭 아홉시 이분이군. 이봐, 작전 개시 삼십분 전에는 와 있어야지."

반 토안은 옛적 고 딘 디엠 시절의 깡통모자를 젖혀쓰고 썬글라스를 끼고 레인저부대의 표범무늬 정글복을 입고 있었다. 그는 세 사람의 영관급 장교와 경호병으로 보이는 하사관 한명과 같이 있었다. 팜 꾸엔이 말했다.

"죄송합니다. 성장 각하께 보고드리고 오느라고 좀 늦었습니다."

"군단장께서는 도끄랍에서 주무셨나, 아니면 강 건넌가?"

"바이방 별장에서 지내십니다."

"쳇, 재미좋군."

팜 꾸엔은 대답하지 않았다. 그 대신에 그는 압핀으로 꽂아둔 지도쪽으로 고개를 돌렸다.

"작전은 벌써 개시되었죠?"

사단 작전참모가 반 장군 쪽을 바라보았다. 장군이 말했다.

"뭐 하는 거야? 이 사람은 군단에서 나온 팜 소령이야. 브리핑해드려. 그가 알아야 하니까."

중령인 작전참모가 지휘봉으로 지도를 짚으며 설명하기 시작했다.

"이미 어제 십칠시부터 수색중대는 하탄을 출발하여 린히엡마을과 투옹둑 지역으로 들어가는 다리를 장악했습니다. 또한 안호아 지역에서는 푸옥빈에서 출발한 수색중대가 쿠옹룽과 벤도우 지역으로 진입하여 브라킹 라인을 쳤습니다. 방금 미군 헬기들은 서쪽 끝에 있는 벤지앙과 타빅 지역을 폭격했습니다. 1개 대대는 지금부터 하탄에서 서남쪽으로 훑어내려가고 다른 1개 대대는 안호아에서 타빅까지 훑어내려갈 것입니다. 투망작전이 진행되면 각 대대에서 1개 특공중대를 차출하여 벤지앙과 코이강에다 독립 방석을 세우게 됩니다. 이 모든 작전이 시작되어 각 거점들이 완전 장악되기까지는 대략 열흘쯤 걸릴 것으로 예상됩니다."

"너무 오래 걸리는데……"

팜 소령이 말했다.

"일주일로 앞당기시오."

"보시는 바와 같이 이 지역의 밀림은 두 개의 봉우리가 겹친 상태입니다. 즉 3383고지와 3750고지입니다. 두 고지 사이에 복잡하게 얽힌 협곡이 미로처럼 얽혀 있습니다. 개천의 지류도 대여섯 갈래나 됩니다. 이곳을 그냥 지나쳐버리고 서남쪽의 3750고지를 확보하기는 매우 쉽습니다. 그러나 시간이 걸리더라도 이 협곡지역을 완전히 수색해놓지 않으면 적은 이곳을 통로로 하여 드나들면서 아군의 측면과 배후를 마음대로 공격할 수가 있습니다. 문제는 린히엡 서방에 있는 이 두 산간마을과 쿠옹룽마을 남쪽에 있는 네 군데의 강변마을들입니다. 이곳은 틀림없이 적의 소위 해방구이기 때문이죠."

그때 요란한 휘파람 소리가 들리면서 포탄이 날아가 가까운 곳을 때리는 폭음이 들려왔다.

"155밀리야. 안호아에서 사단 포병대대가 지원하고 있지."

"밀림에는 단 한발의 포도 쏘아서는 안됩니다."

팜 꾸엔이 주의를 주자 반 장군은 껄껄 웃었다.

"걱정 말게. 아까 그 문제의 협곡을 때리고 있으니까. 항공정찰의 결과에 의해서 좌표가 다 나온 곳이야."

"골칫거리는 그 마을들이군요. 적은 거기에 안전하게 숨어 있다가 포격과 공습이 지나고 나면 밤에 기습을 해올 테지요."

반 장군도 입맛을 다셨다.

"글쎄 우리도 그렇게 생각하네. 그냥 내버려둘 수도 없고 포격도 못할 형편이란 말이야. 군단장께서 명령을 내리신다면 좋겠는데……"

"미군이 하는 방법을 쓰지요."

"우리가 하라고?"

"아뇨, 항공지원을 받읍시다."

원래가 신생활촌지역과 적의 해방구를 구분하여 자유발포지역을 설정하자고 했던 것은 웨스트 모얼랜드 이래의 색적섬멸작전 명령에 의한 것이었다. 해방전선이냐 정부냐 하는 것은 이제 죽음을 걸고 선택해야만 되었다. 작전지역의 베트남인은 누구나 중립이란 있을 수 없었다. 그것이 미군의 작전개념이었던 것이다. 작전이 시작되면 헬리콥터가 베트남군 심리전 장교를 태우고 해방구의 공중에 떠서 방송을 하고 전단을 뿌린다. 이곳은 작전구역으로 선포되었다는 것, 이 지역에 사는 민간인은 모두 작전구역 밖으로 나와야 한다는 것, 밖에는 여러분들을 안전하고 평화롭게 정착시킬 새로운 마을이 있다는 것, 농토와 종자와 식량이 주어진다는 것 등을 알리고 어느날 몇시까지 나오지 않으면 마을은 공격받게 되고, 나중에 전투원에게 잡히면 그때에는 이미 적성 용의자나 포로로 취급된다는 것을 알린다. 그 뒤에 예고했던 대로 폭격과 포격으로 마을을 철저히 부숴버린 뒤에 보병이 진주한다. 그러나 주민들의 대부분은 정착촌에 가봐야 겨우 굶어죽지 않을 정도의 구호미로 연명할 것을 잘 알고 있었으며, 토지도 대부분 정부관리나 군인들이 차지한 땅을 빌려 소작하게 된다는 사실을 알았다. 또한 사실상 그들 가족 중의 한두 사람은 지방게릴라 전사들인 경우가 많았으므로 마을을 떠날 수가 없는 것이다. 그들은 더욱 안전한 지역으로 달아나거나 마을에 남았다가 거친 전투원들에게 학살을 당

218

했다. 미군들은 자신들의 장악지역을 표범무늬에 비하곤 했으므로 그 무늬의 바깥쪽은 자유발포지역인 셈이었다.

"그럼 나중에 군단에서 작전명령서를 문건으로 보내준다면, 지금 당장 사단 파견 미군 앵그리코에 항공지원을 요청하겠네."

반 토안 장군이 말하자 팜 꾸엔은 즉시 찬성했다.

"내일 당장 발송하는 형식을 취하겠습니다. 폭격은 내일로 미루시지요. 절차를 밟아서 오늘 방송을 해야 되겠지요."

"그렇게 하지. 벤도우 지역이 밀림 쪽으로 가장 깊숙이 들어간 곳일세. 여기서부터 불도저로 길을 내면서 3383고지의 남측을 돌아서 협곡에 당도할 수가 있네. 양쪽 산의 계피를 벗겨다가 협곡에서 수집해서 벤도우로 실어나를 수가 있지."

팜 꾸엔은 잠시 난처한 얼굴로 주위를 둘러보았다. 군수와 작전참모 외에도 두 사람의 대대장과 하사관이 방안에 있었다. 팜 소령은 반 장군이 눈치채도록 귀띔했다.

"작전구역의 자원을 활용하여 쾅남성의 재정을 튼튼히 하는 사업은 모두 난민 정착사업의 일환입니다. 되도록 현지주민들에게 노역을 시켜서 그들에게 이익이 돌아가도록 하라는 것이 성장 각하의 명령입니다."

"잘 알았네. 자, 그럼 밖으로 나갈까."

반 토안 소장은 깡통모자를 고쳐쓰고 일어섰다.

"귀관들 계속 수고하도록."

반 토안과 팜 꾸엔과 하탄 군수는 군수실에서 나와 군청의 계단을 내려갔다. 반 장군이 말했다.

"어디 좋은 데 없나?"

군수가 앞장을 서더니 그들을 강변이 내려다보이는 토치카로 데리고 들어갔다. 초병이 한가하게 앉았다가 당황한 얼굴로 벌떡 일어섰다.

"나가서 근무하게."

군수가 두 병사에게 이르고 나서 전방에 보이는 짙은 정글을 손가락질했다.

"바로 저깁니다."

"린히엡 다리는?"

"저쪽 오른편, 강을 따라 서쪽으로 오르면 됩니다."

탱크와 불도저가 강변의 논 가녘을 따라서 올라가고 있었다. 포격은 계속되고 있었다. 밀림 가운데에서 흰 연기가 올랐다. 토치카 안에는 야전 목침대와 탄약상자가 걸터앉기 좋게 배치되어 있었다. 팜 꾸엔이 목침대를 가리키며 반 토안에게 권했다.

"사단장님, 좀 앉으시죠. 군수께서도 거기 앉으시오."

그들이 목침대와 탄약상자 위에 걸터앉자 팜 꾸엔 소령이 말했다.

"도대체 무슨 생각을 하십니까? 우리들의 작전계획은 대외적으로 안디엠과 안호아 지역의 정착사업을 위한 평정작전으로 알려져 있습니다. 이제 겨우 작전의 시작인데 계피 채취에 관하여 발설하면 반드시 말이 많아질 것입니다."

"그런가……? 어쨌든 우리의 산림자원을 활용하는 일도 전쟁에 보탬이 될 게 아닌가?"

장군이 떨떠름하게 대꾸했다. 팜 꾸엔이 재차 강조했다.

"어쨌든 완벽하게 정글지역을 안전지대로 확보할 것이 첫째입니다. 그리고 나서 계피의 채취는 작전을 한 결과 부수적으로 재정적인 이득이 생겼다는 식입니다. 이 이득은 물론 지역주민들의 복지사업을 위한 것입니다."

팜 꾸엔은 말했다.

"한가지만 더 말씀드리겠습니다. 성장 각하는 쾅남성의 베트남인들의 생명과 재산을 맡은 이 지방의 지방장관이시며 군사령관입니다. 저의 주인이면서 사단장님의 직속상관입니다. 부하들이 듣는 데서 성장 각하를 모욕하거나 빈정대는 짓은 서로 도움될 일이 하나도 없습니다."

팜 꾸엔의 단호한 말투에 사단장은 우물쭈물 변명했다.

"나는 그저…… 뭐랄까, 람 장군과는 친근한 선후배 사이라 농담을 한 것뿐일세."

팜 꾸엔이 사단장의 기를 꺾어놓고 나서 더욱 그를 몰아붙였다.

"이번 작전은 제2사단이 아니더라도 다낭 방어사단이나 후에의 레인저부대를 동원할 수도 있었습니다. 물론 이곳은 제2사단의 책임작전구역이지만요. 제가 사단장님을 각하께 말씀드린 겁니다."

"알고 있다구."

"군은 각 거점의 방어와 투옹둑과 벤도우 밀림지역의 안전을 유지해 내는 군사적 행동 외에는 작업에 절대로 참가할 수 없습니다."

"그러면?"

"채취작업은 민간인들이 합니다. 안디엠, 하탄의 주민들이 투옹둑을 맡고, 안호아 지역에서는 벤도우를 맡으면 됩니다."

"지역을 분할한다 그건가?"

"작업만 그렇습니다. 저는 하탄에서 군수님과 함께 작업을 지휘하겠습니다. 사단장님은 안호아 군수에게 이 일을 일임하십시오. 일단 채취된 모든 계피는 하탄과 안호아에서 수집하여 다낭으로 수송될 것입니다."

"그럼 우린 뭐야?"

"염려 마십시오. 물량은 대단하니까요. 다낭에는 계피를 수입하려는 인도나 싱가포르의 수입업자가 한둘이 아닙니다."

팜 꾸엔은 물건의 수집과 판매를 성청으로 일원화시키는 대신에 작업은 분할해놓은 셈이었다. 자기에게 구엔 쿠옹이 있는 한 계피에 대한 재량권은 크게 늘어날 것이었다. 쿠옹은 대대로 계피를 채집해다 무역하던 상인이었고 그는 작업에 대해서도 전문가였다. 밀림의 한 구역을 모두 차지한다면 쿠옹과 팜 꾸엔의 몫은 그만큼 커질 것이었다. 또한 반 토안 쪽에서는 채취한 계피를 다낭으로 보내어 유통시켜야 하므로 성장의 몫을 따로 떼어두지 않으면 안될 것이었다. 결국은 팜 꾸엔은 사단장보다 유리할 뿐만 아니라 그를 손아귀에 쥘 수 있게 될 것이었다.

"채취작업은 열흘 뒤부터 시작할 예정입니다. 일꾼들을 모아두십시오."

"노임은 어떻게 하지?"

"성청에 청구하십시오. 신생활촌계획에 따른 구호양곡이 있습니다. 노임은 쌀로 지불합니다."

그들은 토치카에서 나왔다.

"대대장을 남겨놓고 나는 안호아로 나가겠어."

반 장군이 말했고 팜 꾸엔은 경례를 붙였다.

"어서 나가십시오. 제가 헬기로 수시로 안호아에 가겠습니다. 십분 거리 아닙니까."

"수집상이 오면 꼭 함께 데리고 오게."

"지금 돌아가시자마자 군수에게 일꾼을 몇명이나 얻을 수 있는가 알아보십시오. 그러고는 곧 성청에 양곡을 청구하시면 즉시 보내드리지요."

팜 꾸엔과 군수는 군청으로 들어갔다. 팜 소령이 방안에 있는 장교들에게 말했다.

"사단장님께서 안호아로 나가신답니다. 대대를 지휘할 장교님만 남으십시오."

소령 한사람만 남고 다른 장교들은 밖으로 뛰어나갔다. 팜 소령은 대대장에게 말했다.

"이곳은 이제부터 투웅둑 밀림지역을 평정할 대대 지휘본부요. 대민관계는 군수께서 맡게 되십니다. 나는 군단 연락장교로 나와 있게 된 셈입니다."

그들은 각자 엇갈려서 악수했다. 팜 소령이 군수에게 물었다.

"안디엠과 하탄에서 대략 일할 수 있는 사람들을 모으면 얼마나 되겠습니까?"

"글쎄요, 파악을 해봐야 되겠지만, 한 천명쯤은 모을 수 있겠지요."

"그 절반으로도 충분합니다. 오늘부터 군 행정을 동원해서 유상부역이라 알리고 일꾼들을 확보해주시기 바랍니다."

군수가 머뭇머뭇하더니 말을 꺼냈다.

"그거야 어려운 일은 아니지만…… 저희 군에서도 재정조건이 아주 좋지 않습니다. 이번 평정사업에 우리 군도 무슨 혜택이 없겠습니까?"

"물론이지요."

팜 꾸엔은 목소리를 낮추었다.

"군청에서는 동원된 일꾼의 십분의 일쯤을 자체사업을 위하여 쓸 수 있을 것입니다. 그들이 채취한 계피는 어디까지나 군수님 재량에 달렸겠지요."

군수는 곧 알아들었다. 대대장은 통신병과 연락병과 하사관을 불러서 대대 지휘본부를 차리는 중이었다.

"선무방송 헬리콥터가 출발했답니다."

통신병이 대대장에게 말했다. 팜 소령은 접는 철제의자에 상반신을 젖히고 앉아서 두 다리는 책상에 올려놓은 채로 졸고 있었다. 작전지역에서 들어오는 각 중대의 전황보고를 주고받느라 지휘본부가 되어버린 군수실은 계속 무전기의 삑삑거리는 잡음과 들락날락하는 연락병으로 어수선했다. 하탄 군수는 주민 동원 때문에 부관과 함께 안디엠, 하탄 지역의 마을들을 순시중이었다.

"특공중대는 벤지앙에 거점을 확보했습니다."

다시 통신병이 말했다. 대대장이 일어나서 나가려다가 팜 꾸엔에게 다가섰다. 그는 조심스럽게 팜 소령을 깨웠다.

"같이 나가지 않겠습니까?"

"어, 예…… 뭐라고 했소?"

팜 꾸엔은 얼결에 책상에서 다리를 내려놓으며 대대장에게 되물었다.

"작전지역에 나가는데 동행하지 않겠소?"

"작전지역…… 어디 말이오?"

팜 꾸엔은 아직 잠이 덜 깨어서 흐리멍텅하게 중얼거렸다.

"린히엡 다리까지 나갈 작정입니다. 우리 수색중대의 방어진지가 구축된 곳입니다만."

"같이 갑시다."

팜 꾸엔은 더이상 꾸물대지 않고 안면을 두 손으로 몇번 훑어보고는 벌떡 일어났다. 린히엡 다리라면 목표지점인 3383고지로 오르는 밀림의 초입이며, 린히엡마을과 다리의 중간지점에는 밀림의 협곡이 입을 벌리고 있었으며 강이 세 갈래로 갈라져서 급류가 시작되어 벤지앙으로 가서는 밀림 사이를 흐르는 코이강으로 변하고 있었다. 팜 꾸엔은 그 다리가 얼마나 중요한 지점인가 깨닫고 있었으며 이번 작전의 성패는 온통 린히엡 다리의 안전 확보에 달려 있다고 생각했다. 군청 앞마당에는 전면 유리창을 내린 지프 두 대가 서 있고 소령은 차 옆에 서서 팜 꾸엔을 기다리고 있었다. 뒷좌석에는 M60 기관총을 총좌에 걸고 호위병이 잔뜩 어깨를 숙이고 뒤를 향하여 돌아앉아 있었다.

"뒤차에 타시죠."

뒤차에는 기관단총을 가진 호위병 두 사람이 역시 양쪽 바퀴 위의 불쑥 튀어나온 철판에 앉아서 좌우를 경계하고 있었다. 대대장이 앞차의 승차 책임좌석에 앉았고 팜 꾸엔은 뒤차에 탔다. 하탄 군청의 콘크리트로 세운 옹벽 사이를 빠져나가자 곧 읍내를 지났고 외곽에는 강변을 따라서 비좁은 논이 산자락 아래까지 뻗어나가고 있었다. 곧 안디엠으로 오르는 삼거리가 나왔는데 군청의 예비병력 중에서 나온 병사들이 모래주머니로 쌓아올린 교통통제소를 지키고 있었다. 장난감 같은 장갑차가 위장망을 쓰고 야자나무 아래 서 있었는데 뚜껑을 열어놓고 올라앉아 담배를 피우던 병사는 당황하여 담배를 손에 끼운 채로 경례를 붙였다. 모래주머니의 토치카 앞에서 더위에 헐떡이던 병사들도 웃통을 벗고 철모도 벗어던진 차림으로 그들에게 경례했다. 대대장이 타고 있던 지프가 먼저 교통통제소 앞에서 멈추었고 팜 꾸엔의 차도 뒤에 주춤대며 따라가 섰다. 대대장은 차에 앉은 채로 날카로운 목소리로 물었다.

"몇중대냐…… 지휘자는 어디 있어?"

그들은 꾸물대며 서로를 바라보았다. 대대장이 맨 앞에 섰던 벌거숭이 병사를 똑바로 가리켰다.

"너…… 이리 와. 상관이 누군가?"

병사는 땀과 먼지로 얼룩진 얼굴을 잔뜩 찌푸리고는 느릿느릿 갈했다.

"저는 장교님이 누구신지 모르겠는데요……"

대대장이 소리를 버럭 내지를 차례인데 토치카 안에서 역시 웃통을 벗은 중년의 병사가 고개를 내밀었다.

"왜 그러십니까?"

"넌 누구야?"

"탐 상사요."

"자네가 이곳의 지휘관인가?"

"그렇습니다. 우리는 하탄군 소속의 향토방위군입니다. 예비병력으로 나와서 안디엠에서 이곳까지의 도로를 수비합니다. 장교님은 누구십니까?"

대대장은 피식 웃더니 어이가 없는지 팜 꾸엔을 돌아보고 소리를 내어 웃었다. 한편 그는 이들이 자기 예하 병력이 아닌 것을 알고 안심을 한 것 같았다.

"나는 하탄 지역의 평정작전을 맡은 대대장이다."

"알아모시겠습니다."

중년 병사는 조금도 놀라지 않은 투로 말했다. 소령은 드디어 분노가 터지고 말았다.

"이봐, 지금 뭣들 하는 건가? 작전중에 그 복장이 뭐야. 상의와 철모는 어디로 갔나? 경계병도 세우지 않고 지휘자는 낮잠이나 자고 말이지."

상사는 뒤를 돌아보더니 대충 자기 부하들의 몰골을 살폈다.

"염려 마십시오. 이래봬도 상황이 벌어지면 모두 잘 싸웁니다. 우리 군수님은 아무 지적도 하시지 않고 방금 여길 통과해서 안디엠으로 가셨습니다. 정 내키지 않으신다면 우리는 철수하겠어요. 제2사단 병

226

력이 와서 좀 지켜주시지요."

팜 꾸엔은 허리에 차고 있던 45구경을 빼들고 노리쇠를 후퇴 전진시켰다. 철커덕 하면서 탄창의 실탄이 약실에 가서 처박히는 소리가 들렸다. 방아쇠가 날카롭게 뒤로 이빨을 젖혀들고 있었다. 팜 꾸엔은 슬그머니 중년의 병사에게로 다가들어 갑자기 그의 이마 한복판에 총구를 갖다댔다.

"꿇어앉아."

그제야 주위의 분위기가 팽팽하게 곤두섰다. 병사는 권총에서 눈길을 떼지 않은 채로 무릎을 꿇었다. 팜 꾸엔이 다른 병사에게 말했다.

"이자의 상의를 가져와."

모든 동작이 느릿느릿했던 병사가 재빨리 벙커 안으로 들어가더니 상사 계급장이 붙은 중년 병사의 저고리를 꾸깃꾸깃한 채로 내밀었다. 팜 꾸엔은 그 상의에 대고 세 발을 연거푸 쏘았다.

"집어들어."

팜이 상사에게 말했다. 상사는 부들부들 떨면서 자신의 상의를 펼쳐 들었다. 거뭇한 약흔과 탄환구멍이 여러개 뚫린 상의 틈으로 햇빛이 빠져나갔다.

"그게 뭔지 아나?"

상사는 영문을 모르고 그냥 고개를 쳐들고 앉아 있었다. 팜 꾸엔은 다시 권총을 그자의 뺨에다 대고 푸욱 찔렀다.

"뭐야, 대답해."

"초, 총알구멍입니다."

"여긴 작전구역이다. 근무태만과 명령위반죄로 너를 여기서 즉결처분할 수가 있어. 이런 구멍을 꼭 하나만 네 대갈통에다 뚫어줄까?"

"살려……주십쇼."

팜 꾸엔은 그자의 귓전에 대고 땅바닥을 향하여 한방 갈겼다. 상사는 자지러지면서 두 손으로 머리통을 감쌌다. 팜 꾸엔이 권총을 내려 뜨리고 상사와 뒷전의 민병대 병사들을 둘러보며 말했다.

"너희들은 예비역이지만 엄연히 이 지역을 확보할 의무를 가진 병사들이다. 따라서 너희는 본 작전에 책임을 가지고 임해야 할 것이다. 민병이라고 어물쩍하고 초소를 이탈하거나 적과 내통하여 임의로 매복을 풀거나 하는 행위로 많은 민병이 양쪽에서 공격당했다. 분명히 말하겠는데, 전투하려고 하지 않는 기회주의는 이적행위다. 너희 당사자들만 처벌을 받는 걸로 끝나지 않는다. 이봐 상사, 네 가족들은 하탄 읍내에 사나?"

"예……"

상사는 완전히 기가 죽어 있었다. 팜 꾸엔은 말했다.

"좋아, 네가 이 거점을 빼앗기거나 또는 적의 침투를 허용하게 되면 너를 베트콩의 내통자로 간주하고 너는 물론 네 가족들까지 총살하겠다. 이 점을 다른 병사들도 잘 명심해두기 바란다. 모두 복장과 무장을 갖추고 전투태세로 각자의 위치를 지켜라. 상사, 지휘해라."

팜 꾸엔은 천천히 지프차에 올라탔다. 민병들은 동작이 재빨라지고 제법 군인인 것처럼 보였다. 대대장은 팜 꾸엔 쪽을 힐끗 보고 나서 차를 앞으로 주욱 뺐다. 그들은 삼거리 교통통제소를 떠났다. 도로는 이제 오른쪽으로는 밀림, 왼쪽으로는 논과 강줄기를 따라서 평행선을 그으며 뻗어나가고 있었다. 맞은편에는 고지의 또다른 봉우리들이 낙타의 혹처럼 솟아올라 있는 게 보였고 기슭에서부터 아득한 꼭대기까지 온통 짙은 숲이었다. 차는 저격을 피하느라고 속력을 내어 벌건 먼지를 일으키며 질주했다. 호위병들은 가끔씩 숲에 대고 연발사격을 가했다. 강 건너 밀림 초입에 투웅둑마을의 야자나무 잎을 올린 지붕과 하얀 회벽이 희끗희끗 보이고 있었다. 교통호와 벙커를 세운 중대의 병사들이 그들을 향하여 손을 흔들어 보였다. 그 위치에서 안심했는지 대대장이 잠깐 차를 세웠다. 그리고 그는 천천히 뒤차로 다가와 담배를 꺼내어 한개비 뽑아물고는 담뱃갑을 팜 꾸엔에게로 내밀었다. 팜 꾸엔은 사양하는 시늉으로 손을 올려 막았다. 대대장은 강 건너 쪽에서 경계근무중인 부하들을 잠시 바라보더니 팜 꾸엔에게로 고개를 돌렸다.

"조금 전에 말입니다, 내심 불쾌했어요."

팜 꾸엔은 지프 위에 앉아서 그를 무표정하게 바라보았다.

"무슨 얘기요?"

"도대체 이 작전은 누가 뭣 때문에 벌이고 있는 겁니까?"

팜 꾸엔은 나직하게 되물었다.

"소령, 나한테 묻고 있는 거요?"

"그렇소."

"이 작전은 다낭과 호이안시의 배후를 교란하는 지방게릴라와 호찌민 루트로 침투하는 월맹 정규군의 근거지를 평정하고 이 일대에 산간주민들을 정착시키려는 목적으로 진행중이오. 즉 신생활촌사업을 활성화시키려는 의도로 쾅남성과 베트남 제2군단 지휘 아래 제2사단이 작전하고 있소. 소령은 그 예하대대의 지휘관으로서 내게 묻고 있는 겁니까?"

소령은 갑자기 뿌리치듯 담배를 땅에다 내팽개치고는 그 손가락으로 꾸엔을 정면으로 가리켰다.

"집어치우쇼. 모르는 줄 압니까? 벌써 병사들 사이에 소문이 파다하게 퍼져 있소. 당신은 군대를 뭘로 아는 거요? 우리는 지금 계피를 채취하는 사업에 동원되었다는 걸 잘 알고 있소."

팜 꾸엔은 지프에 앉은 채로 말했다.

"닥쳐, 네 따위가 무슨 대대장인가? 이봐, 말조심하라구. 너는 제2 군단의 말단 지휘관이야. 계피 채취는 작전의 부산물일 뿐이야. 저대로 무인지경에 버려두면 해방전선에서 그걸 벗겨다가 총 사고 실탄 사서 우릴 죽여줄 게 아닌가. 국토자원을 활용해서 지역주민들의 자조사업을 돕는 일이다. 자네 정말 베트남 정부군의 소령인가, 아니면 하노이의 첩자인가?"

소령은 약간 수그러지는 것 같더니 다시 큰 소리로 항의했다.

"당신도 보았을 거요. 저 민병들의 규율없는 행동을 보시오. 그들이 왜 그런 태도로 지휘관을 대하는지 아시오? 바로 계피에 대한 소문 때문이오."

팜 꾸엔은 천천히 지프에서 내려섰다. 그러고는 소령의 코앞에 얼굴을 들이대고 으르렁거렸다.

"소령, 경고한다. 군단사령부의 연락장교로서 나는 자네의 상관이다. 자네는 나를 통하여 내려온 군단의 모든 명령에 복종해야 한다. 계피에 대하여 쓸데없는 편견을 되풀이해서 지껄이면 너를 체포하겠다."

"좋으실 대로…… 하지만 그렇게 쉽게는 안될 거요."

팜 꾸엔은 차 뒤에 타고 있던 경비병들에게 말했다.

"소령님을 모셔라. 군청으로 돌아간다."

팜 꾸엔이 손을 내밀어 타라는 시늉을 했고 대대장은 꼿꼿한 자세로 지프에 올랐다. 팜 꾸엔이 운전병에게 지시했다.

"차를 돌려서 군청으로 가라."

팜 꾸엔도 선도차량에 올라탔다. 그들은 다시 강변을 달려서 하탄과 안디엠의 길로 달리는 삼거리에 이르렀고 팜 소령이 운전병에게 차를 세우라고 지시했다. 아까보다는 제법 규율이 있어 보였다. 모두 상의를 걸치고 철모를 썼고 장갑차의 사수는 기관총좌에 등을 펴고 부동자세로 앉아 있었다.

"탐 상사 어딨나?"

중년의 상사가 차 앞에 뛰어와 부동자세로 섰다.

"차에 타라!"

"옛? 초소 지휘는……"

"차서자가 누군가?"

하사관 계급장을 붙인 자가 앞으로 나섰다. 팜 소령이 그에게 갈했다.

"이제부터 초소장은 너다. 상사는 빨리 차에 타."

상사가 겁먹은 눈으로 주위를 둘러보고는 기관총 사수의 발 아래 쭈그리고 앉았다. 그들은 통제소를 지나서 하탄 읍내로 들어섰다. 길림 위에 떠서 웅얼대고 있는 선무방송 소리가 똑똑히 들려왔다.

"주민 여러분, 이 지역은 작전구역으로 선포되었습니다. 여러분에게는 베트남 정부의 보호 아래 정착할 땅과 집과 양식이 준비되어 있습니다. 밀림에서 공산주의자들의 만행에 공포의 나날을 보내지 말고 마을을 떠나십시오. 명일 아홉시까지 마을을 떠나십시오. 만약에 가을에 남아 있다가 어떠한 불행한 사태를 당한다 할지라도 그것은 우리 정부군의 책임이 아닙니다. 상기 시각 이후에 작전구역에 대한 대대적인 폭격과 지상군이 투입될 것입니다. 망설이다가 적으로 오인되어 불상사를 당하지 말고 한시바삐 마을을 떠나기 바랍니다. 주민 여러분, 이 지역은 작전구역으로 선포되었습니다."

지프가 군청에 닿자마자 팜 소령은 차에서 내려 대대장에게 말했다.

"당신은 오늘부터 직위해제되었소."

소령은 말없이 팜 꾸엔을 노려보았다.

"따라오시오."

팜 꾸엔은 대대 지휘본부가 되어 있는 군수실로 들어가자마자 통신병에게 말했다.

"반 토안 장군을 대줘. 여기는 팜 소령이다."

통신병이 안호아를 부르는 소리가 반복되고 나서 송수신기를 팜 꾸엔에게 내밀었다. 사단장 부관이 먼저 나왔다.

"아, 여기는 팜 꾸엔 소령이다. 반 토안 장군을 부탁한다."

"나야, 무슨 일인가?"

"지금 대대장 찌아 소령을 헬리콥터로 보냅니다. 다른 사람을 작전 지휘관으로 보내십시오."

"왜 그래, 무슨 일인가?"

"제가 자세히 메모해서 보내드리지요. 아니, 내일 아침에 안호아로 나가겠습니다."

"알았어."

모두들 대대장과 팜 소령을 불안하게 살피고 있었다. 팜 소령은 하사관인 연락병에게 말했다.

"대대장을 모시고 안호아 지휘본부로 가라."

팜 꾸엔이 소령에게 말했다.

"가보시오."

소령이 침통하게 말했다.

"또 만나게 되기를 바랍니다."

"찌아 소령, 입조심하시오. QC로 넘기지 않는 것은 우리가 같은 계급이라는 작은 의리 때문이니까."

소령은 입을 꾹 다물고 경례를 붙였고 팜 꾸엔도 마주 거수경례를 붙이고 나서 재빨리 내렸다. 소령과 연락병이 밖으로 나갔다. 먼저 돌아와서 어리둥절한 표정으로 지켜보던 군수가 조심스럽게 물었다.

"무슨 일입니까?"

"아, 별거 아니오. 지휘능력이 없는 장교는 이번 작전에 필요없어요."

팜 소령이 군청의 연락병에게 일렀다.

"밖에 나가서 민병 상사를 들어오라고 그래."

잔뜩 겁을 집어먹은 상사가 들어와서 직속상관인 군수를 보자 부동자세로 경례를 올렸고 팜 꾸엔이 그에게 말했다.

"상사, 내가 자네를 부른 것은 처벌하려고 그러는 게 아니니까 거기 앉게."

"괜찮습니다."

팜 꾸엔이 군수에게 물었다.

"이 사람을 아십니까?"

"예, 군의 민병중대 선임하사를 맡고 있었습니다. 이번 작전에는 삼거리의 초소와 안디엠까지의 도로경비를 맡았습니다. 자네 뭘 잘못했나?"

군수가 눈살을 찡그리고 말했지만 팜 소령은 고개를 저었다.

"아니, 그렇지 않아요. 탐 상사라고 그랬지? 자네의 직업은?"

중년 사내가 말했다.

"술집을 합니다."

"안디엠과 하탄 사람들을 잘 알고 있겠지?"

"네, 장날이면 우리집에 오는 사람이 많으니까 남자들은 좀 압니다."

팜 소령이 하탄 군수에게 물었다.

"민병 1개 중대와 군청 경비중대, 그러고는 병력이 없습니까?"

"안디엠에 새로 편성된 민병중대와 경비소대가 나가 있습니다."

군수가 말했고 팜 소령은 다시 사내에게 물었다.

"탐 상사, 계피에 대해서 알고 있나?"

상사는 곧 웃는 얼굴이 되었다.

"물론입지요. 예전에는 바로 이 동네가 계피 때문에 번성했던 고장입니다. 호이안과 다낭에서 온 계피상인들이 우리집에 몇달씩 묵어가곤 했습니다. 제가 일꾼들을 동원하기도 하고 품삯을 받아서 나누어 주기도 했지요."

"그럴 줄 알았네."

팜 꾸엔은 군수에게 물었다.

"일꾼들 문제는 어찌됐습니까?"

"네, 하탄 관내에서 삼백오십명과 안디엠 쪽에서 백오십명, 모두 오백명을 동원하기로 되었습니다. 작전지역에서의 거점 확보와 목표지역 내의 수색정찰이 모두 끝나는 다음주 초부터 작업을 개시할 예정입니다."

"탐 상사에게 채취작업의 감독을 맡기고, 그에게 민병 1개 소대를 내주시오."

이튿날 예고한 시각부터 강변마을들에 대한 무차별 폭격이 시작되었다. 그것은 안호아 방면에서는 투본강의 남쪽 지류인 쿠옹룽에서 타빅 사이에 있는 두 마을과 강의 서쪽 지류인 린히엡에서 하탄 사이에 있는 협곡 입구의 마을에 대한 폭격이었다. 벤지앙의 특공중대가 코이 강변에 차단선을 쳤고, 린히엡 다리에서 그리고 쿠옹룽에서 각각 수색소대들이 협곡을 뒤져나갈 것이었다. 그 다음 단계는 하탄에서 투옹둑 통로로, 안호아에서 벤도우 통로로 들어가 3383고지와 푸옥빈고지를 2개 수색중대가 훑어나가서 외곽에 6개 지점의 안전거점을 확보하고, 드디어 일꾼들을 밀림 속으로 투입할 것이었다. 계피의 채취작업이 진행되는 사이에 벤도우와 린히엡에서 불도저로 길을 내어 협곡에까지 이르도록 할 것이었다. 그러고는 협곡에 일차 수집소를 만들고 작전도로를 닦아서 차량으로 하탄과 안호아로 실어낼 계획이었다.

팜 꾸엔은 안호아의 작전본부로 가기 전에 반 토안 장군이 보낸 새로운 대대장과 함께 린히엡으로 향하였다. 아홉시부터 시작된 건십편대의 폭격은 아직도 계속중이었다. 하탄 지역 대대의 지휘를 새로 맡게 된 소령은 전임자보다는 눈치가 빠르고 좀더 현실적인 듯이 보였다. 그리고 물론 반 장군의 배려였겠지만 그는 팜 소령과 같은 간부후보학교의 후배였다. 그는 새벽 동이 트자마자 안호아에서 날아왔는데 밤새 작전의 진행상황을 인계받은 모양이었다. 같은 계급인데도 신임자는 팜 꾸엔에게 신고를 했고 꼬박꼬박 실장님이라고 불렀다. 지휘본부에 남아 있던 대대의 마지막 중대 병력을 인솔하고 그들은 하탄 읍내를 나섰다. 삼거리 초소에 이르러 중대 병력이 내렸고 그들은 뗏목을 이용해서 강을 건널 참이었다. 투옹둑 동쪽에 수색중대의 거점을 확보하려는 것이었다. 민병들은 제법 긴장해 있는 것 같았다. 어제 팜 소령이 지목한 예비역 하사가 초소장 노릇을 하고 있었다. 안디엠으로 출발하는 도로 정찰분대 2개조와 강변에 정렬한 중대 병력으로 삼거리 초소 앞은 붐비고 있었다. 대대장과 팜 소령은 두 대의 지프에 타고 린히엡 다리를 향하여 달려갔다. 하늘에는 밀림과 마을이 타오르는 연기가 자욱했다. 소총과 중화기의 사격소리도 가끔씩 들려왔다.

"뭐야, 상황이 벌어졌나?"

"저쯤은 정말 아무 일도 없는 거나 마찬가지예요. 아마 스나이핑 정도일 겁니다."

팜 꾸엔의 말에 운전병이 웃으면서 말했다. 린히엡 다리가 보였다. 다리는 다낭의 스모크스택 다리처럼 프랑스 식민지 시절에 놓은 철교였다. 반원형의 철주가 높다랗게 서 있었고 교각은 콘크리트였다. 탱크 두 대가 다리 입구에 위장망을 덮어쓰고 서 있었는데 둔중한 소리로 포를 한발씩 갈겨대고 있었다. 다리에서 이 킬로쯤 떨어진 밀림 가운데서 연기가 올랐고 건십들은 이리저리 오르내리면서 로켓과 기관총을 쏘아대는 중이었다. 다리 앞에 교통호를 파고 모래주머니를 쌓은 벙커들이 있었고, 다리 건너편에도 참호와 모래주머니의 방벽이 보였다. 다리 가운데는 분대 병력이 기관총을 걸어놓고 띄엄띄엄 엎드려 있었다. 지프가 다리 입구에 멎자 장교 한사람이 뛰어와 그들에게 경례했다. 대대장이 물었다.

"선임중대장인가?"

"네, 그렇습니다."

"상황이 어때?"

선임중대장이 앞장을 섰다.

"벙커에 들어가시죠."

그들은 빠른 걸음으로 벙커로 향했다. 벙커의 뒤쪽은 논이 있는 저지대였는데 둑의 경사면에는 민간인 남녀노소가 하얗게 엎드려 있었다. 두 사람의 경비병이 그들에게 총을 겨눈 채 쭈그려앉아 있었다. 팜 소령이 중대장에게 물었다.

"저 사람들은 뭔가?"

"지금 폭격중인 저 마을에서 나온 주민들입니다. 새벽부터 꾸역꾸역 몰려오는 통에 정말 골치아팠습니다."

"아침식사 안했지?"

"몸수색도 대충 해버린 셈입니다. 1개 중대 병력이 마을 부근으로 출동했습니다. 마을을 완전히 소탕하고 나서 다시 협곡의 수색이 시작될 겁니다."

그들은 벙커로 들어갔다. 야전 목침대와 탄약상자 위에 둘러앉아 중대장이 작전 브리핑을 시작했다.

"현재 이 다리에 중대본부가 설치되어 있고, 2개 소대는 어제 다리를 건너 퉁딕 지역으로 투입되었습니다. 아까 말씀드린 대로 다른 1개 중대는 폭격중인 마을 외곽을 포위했습니다. 다리 방어는 1개 소대가 맡은 셈입니다. 지난밤 자정부터 적의 반격이 일시에 개시되었습니다. 퉁딕 지역에서 가장 치열한 전투가 있었으나 적은 곧 격퇴되어 다마도 3383고지의 배후인 협곡의 중심부로 빠진 모양입니다. 여기서는 강 건너편에서 적의 박격포 사격이 있었고 서남쪽에서도 게릴라들이 침투하여 총격전이 벌어졌습니다. 아군 피해는 부상자 오명 사망 이명입니다. 적의 피해상황은 우리가 아직 적의 배후거점들을 확보하지 않았으므로 파악을 못하고 있습니다."

대대장이 물었다.

"탱크의 포격은?"

"현재 퉁딕 남측 정글에서 저격이 있는 모양입니다. 지원사격이죠."

"얼마나 걸리겠나?"

팜 꾸엔이 물었고 중대장은 잠깐 생각해보고 나서 대답했다.

"글쎄요…… 문제는 저 협곡입니다. 그곳은 낮에도 컴컴하고 자연 동굴이 많습니다. 이곳과 쿠옹룽 양쪽에서 협곡을 수색해들어간다는 안에는 찬성합니다만 각각 1개 소대 병력으로는 불충분합니다. 글쎄요, APC(병력수송장갑차)를 대동한 1개 대대 병력이 증원된다면 일주일 안에 끝낼 수 있겠지요."

"증원은 필요없어. 포가 있잖나?"

팜 꾸엔의 말에 소령이 반문했다.

"포만 가지고는 평정은 어렵지 않을까요?"

팜 꾸엔이 말했다.

"반격할 틈을 주지 않고 몰아치는 거야."

자욱한 먼지를 일으키며 트럭들이 다리 부근의 빈터로 몰려들고 있었다. 대대장이 벙커의 구멍으로 내다보고 있다가 말했다.

"피난민을 읍내로 후송하게."

"조치하겠습니다."

중대장이 뛰어나간 다음에 대대장은 팜 꾸엔에게 말했다.

"실장님, 너무 무리하는 게 아닐까요?"

"무슨 뜻이오?"

"이런 정도의 작전이라면 미군과 합동하여 한 달은 벌여야 되겠지요. 보름은 거점 확보와 수색정찰에 쓰고, 나머지 보름 동안은 주민들의 분류와 정착사업에 힘을 기울여야겠지요."

팜 꾸엔은 단호하게 말했다.

"그럴 필요 없소. 우리는 철수할 테니까."

"철수요?"

놀란 듯이 짧게 부르짖은 대대장이 혼잣말로 중얼거렸다.

"그럼 뭣 때문에 이런 작전을……"

팜 꾸엔은 입을 꾹 다물었다. 대대장은 역시 눈치가 있어서 더이상 아무 말이 없었다. 이처럼 번개 같은 작전을 하면 피해를 보는 것은 주민들뿐이었다. 단기간 동안에 산간과 밀림 지역의 생활터전을 뿌리째 짓뭉개버리고 아무런 보상이나 대책도 없이 철수하고 나면 곧 해방전선과 북베트남군이 들어와서 그들을 치료하고 마을 복구를 도와주고 적개심을 고취시켜서 영원히 정치적으로 자기네 편에 서게 만드는 것이었다. 이런 경우의 철수란 사실은 이 지역의 주민들 모두를 다시는 베트남 정부의 통치 아래 둘 수 없게 되는 것을 의미했다. 그들은 차츰 더 많은 주민들과 싸우게 될 것이었다. 초라한 살림도구를 메고 들고 한 주민들을 싣고 트럭이 빈터를 돌아가고 있었다. 그들은 을음소리도 고함소리도 없이 묵묵히 움직였다. 어린아이들도 절대로 을지 않았다. 중대장이 돌아왔다.

"홀가분합니다. 다 끝났어요."

"마을사람들이 저들뿐인가?"

대대장이 묻자 중대장은 할 수 없다는 듯이 두 팔을 벌려 보였다.

"절반도 안됩니다. 아직 더 많은 주민들이 저기…… 있을 겁니다."

그가 고개를 돌려 막연하게 턱짓을 했다. 폭격이 끝났는지 주위는 조용해져 있었다.

"중대장님, 식사 이리로 가져올까요?"

당번이 입구에 와서 물었고 중대장이 말했다.

"아냐, 밖에서 먹는다. 식사하시겠습니까?"

"레이션인가?"

팜 꾸엔이 물었다.

"아닙니다. 특식일 겁니다."

중대장이 철모를 썼다. 그들은 벙커 밖으로 나왔다. 저지대 쪽에는 쇠솥을 여러개 걸고 레이션 박스를 뜯어서 불을 때고 있었다. 병사들이 분대별로 가서 밥과 부식을 받아가는 중이었다. 분명히 민가에서 가져온 듯한 살림도구들이 보였다. 야자나무 아래 서늘한 그늘에 멍석이 깔렸고 그 위에 장교들의 식사가 차려졌다. 통닭이며 녁맘에 절인 야채와 나물, 그리고 토기항아리에 봉합된 토주도 있었다. 어디선가 파왔는지 항아리에는 아직도 축축한 흙이 묻어 있었다.

"야전은 고되어도 이런 맛이 있습니다."

대대장이 팜 소령에게 말했고 중대장도 말했다.

"어느 부대에나 특이한 물건 찾아내는 귀신들이 있지요. 술 찾는 코가 따로 있다고 합니다."

식사가 끝나고 나서 당번병이 버너에 끓여온 녹차를 마시는데 무전이 왔다. 중대장이 직접 교신하기 시작했다. 그가 대대장에게 말했다.

"골칫거리가 생겼어요. 수색중에 마을 공동방공호에서 다수의 민간인을 발견했습니다."

"후송할 수 없나?"

"그럴 병력도 여유도 없습니다. 수색이 끝나려면 그때는 벌써 저녁입니다. 그들을 방치해둘 수도 없습니다."

팜 꾸엔이 물었다.

"이런 경우의 전례는?"

중대장이 머뭇거렸다.

"다른 예비병력이 있거나 브리킹 붙은 부대가 있을 경우에 인계받아 후송시킵니다."

팜 꾸엔이 말했다.

"대대장이 알아서 명령하시오."

"퉁딕 지역에서 1개 소대를 빼돌리라고 그럴까요?"

세 사람은 모두 그게 헛소리라는 걸 잘 알고 있었다. 중대는 지금 폭격이 막 끝난 마을의 한복판에 있었다. 팜 꾸엔이 그때에 꼭 알맞은 한마디 말을 생각해냈다.

"후송할 필요 없다,라고 응답하시오."

중대장이 송수신기를 들더니 되풀이해서 말했다.

"아, 여기는 HQ, 후송할 필요 없다. 여기는 HQ, 후송할 필요 없다,

이상!"

잘 알았다. 이상, 하는 소리와 함께 무전이 끊겼다. 세 사람은 잠시 침묵하고 앉아 있었다.

"자아, 하탄으로 돌아갑시다."

팜 꾸엔이 먼저 일어났다. 그들은 지프를 타고 다시 강변길을 따라 동쪽으로 달려갔다. 그들은 읍내로 들어가 군청으로 오르는 길에서 차를 세웠다. 팜 꾸엔이 차에서 내려 대대장에게 말했다.

"나는 안호아로 나가겠소. 반 장군을 만나고 저녁에는 돌아올 거요.'

"안녕히 다녀오십시오."

하더니 대대장이 덧붙였다.

"아까 실장님께서 내리신 명령은 불가피했었음을 잘 알고 있습니다."

팜 소령은 돌아서려다가 이것 봐라, 하는 얼굴이 되어 새삼스럽게 대대장을 노려보았다. 끝내 책임소재를 밝혀두려는 눈치였다. 팜 꾸엔은 불쾌하게 내뱉었다.

"이 작전의 최종 책임은 군단장님과 사단장에게 있소. 모든 전과는 물론 일선 지휘관인 당신에게 돌아가겠지."

작전 개시 사흘째가 되었다. 벤지앙 거점이 적의 포격을 받았고 퉁 딕 방면에서는 저항이 그쳤다. 안호아 쪽에서는 타빅에서 쿠옹룽 사 이의 두 강변마을로 수색중대가 나가 마을에 거점을 잡았으며, 쿠옹 룽에서는 1개 수색소대가 린히엡 협곡 쪽에서 마주 출발할 다른 수색 소대와 보조를 맞추기 위해서 출동준비를 완료하고 있었다. 하탄의 본부중대는 투옹둑 일대를 동남쪽으로 질러나갈 것이며, 안호아의 본 부중대는 벤도우 지역에서 서남쪽으로 질러내려가 엇갈리면서 3383 고지의 좌측을 우회하여 협곡의 동북쪽 어귀에서 쿠옹룽과 린히엡 방면의 수색소대가 조우하게 될 때까지 기다릴 참이었다. 오전 내내 사단 포병대에서 쏘아대는 155밀리가 협곡의 전지역을 물결치듯이 파상적으로 두들겨부줬다. 작전 개시 첫날에는 위협사격에 불과했지만 이번의 포격은 실로 10야드 정도의 간격을 띄운 벌집포격이었다. 포탄은 거의가 고폭탄과 백린탄 그리고 가스탄도 있었다. 협곡의 둘쭉날쭉한 지형과 자연동굴을 박살내려는 포격이었다. 아무리 해방전선과 월맹군의 은폐된 진지가 있다 하더라도 배겨내지 못할 것이었다. 이와 같은 포격은 반 토안 장군의 말대로 협곡의 지형을 바꿔놓을 것이다. 포탄이 날아가는 기분나쁜 휘파람 소리가 오전 내내 끊이지 않았다. 포격이 끝나자마자 이번에는 헬기가 날아갔다. 협곡 안에서는 도마뱀마저 살 수 없게 될 것이다. 팜 꾸엔은 전진기지로 나가는 대대장과 함께 건십을 타고 린히엡 다리 서쪽에 이웃한 협곡 입구의 마을로 갔다. 공중에서는 마을 일대가 한눈에 내려다보였다. 검은 연기가 협곡에서 끊임없이 올라오고 있었는데 여기저기 움푹 패고 무너져나간 비탈의 벌건 흙이 망고열매의 속처럼 드러나 있었다. 이 무너진 흙더미들은 계곡에서 쓸려내려와 투본강의 상류를 메우고 우계가 오면 차츰 지앙호아 들판에 덮여 홍수를 일으킬 것이 분명했다. 건십이 두 사람을 내려놓기 위해 마을 어귀에 낮게 떠서 주위의 지형을 확인했다. 아래쪽에 일단의 병사들이 보였고 그들이 붉은색 연막탄을 빈터 한가운데에 던졌다. 팜 소령과 대대장이 내리자 조종사가 말했다.

"귀로는 보급 헬리콥터를 이용하십시오."

그들은 헬리콥터의 프로펠러가 일으켜놓은 먼지를 피하느라고 머리를 감싸고 있다가 눈을 떴다. 그들의 군복과 얼굴에 날아든 것은 모래먼지가 아니라 흰 재와 검댕이었다. 마을의 흔적은 어디에고 남아 있지 않았다. 지붕은 모두 불타버렸고, 회벽은 검게 그을리거나 무너지고 뚫어져서 찢겨진 넝마조각처럼 보였으며, 짐승의 뼈와 같은 나무기둥들은 아직도 흰 연기를 내면서 타고 있었다. 폐허 속에는 가끔씩 타다 남은 시체나 가재도구들이며 그릇들이 보였다. 수색중대장이 다른 장교들과 같이 섰다가 달려와 경례했다. 빈터의 주위에는 저격을 감시하는 병사들이 총을 밀림과 협곡 쪽으로 겨누고 경계중이었다. 그들은 모두들 눈이 붉게 충혈되어 있었고 눈꼬리는 빳빳하게 살기가 돌고 있었다. 대대장이 시계를 보았다.

"수색소대의 출발준비는 다 됐나?"

"예, 지금 협곡 입구에서 대기중입니다."

"이 마을에 중대 방어진지를 세울 건가?"

"아닙니다. 본부소대는 협곡 입구에 배치하고 2개 소대는 각각 좌측 고지와 린히엡 동쪽에 브리킹을 설 작정입니다. 병마개를 닫는 것과 같습니다."

그들은 마을의 중심부로 천천히 몰려갔고 경계병들도 산개해서 그들을 따라왔다. 팜 소령이 물었다.

"어제 베트콩 용의자들을 발견한 곳이 어딘가?"

"예, 바로 저쪽입니다."

중대장이 가리키는 대숲 사이로 몇사람의 병사가 오락가락하고 있는 게 보였다. 중대장은 팜 소령과 나란히 걸으면서 신이 나서 얘기했다.

"건십의 폭격이 끝난 뒤에 중대 병력은 좌우로 브리킹을 붙이고 제1 제2소대가 불타는 마을 한가운데로 각개 약진하면서 수색해들어갔습니다. 이 근방을 지나는데 어떤 병사가 대숲 쪽에서 어린아기의 울음소리를 들은 것 같다고 그랬지요. 겉으로 보아서는 도무지 짐작도 할 수 없었습니다."

그들은 대숲을 헤치고 안으로 들어갔다. 분대 병력으로 보이는 십

여명의 병사들이 웃통을 벗고 군용우의를 펼쳐들고 한참 작업중이었다. 바깥쪽만 대나무가 빽빽이 서 있을 뿐이었고 안쪽에는 풀이 무릎 정도로 자라난 제법 너른 마당이 보였다. 병사들은 주검을 군용우의에 담아서 한곳에다 모아놓는 작업을 하고 있었다. 이미 부패가 시작되었는지 기묘한 간장 조리는 냄새가 났다.

"저게 입구였습니다."

그것은 밥상만한 크기의 널빤지 뚜껑이었는데 상자처럼 만들어서 그 안에 흙을 담아 풀과 시누대를 심어놓은 꼴이었다. 그 상자로 출구를 덮으면 어느 누구도 의심할 수 없을 듯했다. 출구는 크게 무너져서 방공호의 안이 들여다보였다. 땅을 파고 굵은 대나무로 사방을 대고 회로 틈을 메운 뒤에 흙을 덮은 것 같았다. 아직도 안쪽에는 이리저리 떨어져나간 시체의 조각들이 널려 있었다. 대대장이 물었다.

"수류탄인가?"

"로켓으로 갈기고 다시 수류탄을 까넣었습니다."

어둠속에서는 모여들기 시작한 파리떼의 웅웅대는 날갯소리가 들려왔다. 팜 꾸엔은 뒤쪽의 빈터에 이리저리 뉘어둔 여러 모양의 시체를 힐끗 돌아다보았다.

"지금 뭘 하고 있나?"

중대장이 말했다.

"노획 무기나 문서 따위를 찾고 있습니다. 정확하게 파악을 해둬야 합니다."

팜 꾸엔은 그 가운데 게릴라가 끼었는지는 모르나 대부분이 남녀 마을 주민들임을 알아볼 수 있었다. 어느 가족은 구석에 저희끼리 꼭 끌어안고 뭉친 채 죽어 있었다. 팜 꾸엔이 말했다.

"다시 쓸어넣고 소각해버려."

대대장이 말했다.

"숫자와 신원은 파악해두어야 합니다."

"되도록 작업을 빨리 끝내도록 하겠습니다."

중대장도 말했다. 팜 꾸엔은 풀밭의 사방에 널린 갖가지 모양의 시체들을 또 한번 돌아보았다가 풀 위에 엎질러진 흰 뇌수와 그 위의 파리떼를 보았다. 갑자기 구역질이 울컥 솟았다. 파리는 죽은 자에게뿐만 아니라 또한 산 자의 살냄새와 땀냄새를 찾아서 차별없이 날아들었다. 팜 꾸엔이 코와 입을 막고 대숲을 빠져나오자 뒤에서 대대장이 따라오며 물었다.

"실장님, 괜찮습니까?"

"괜찮소. 속이 좀 거북하군."

대대장은 침을 뱉더니 팜 꾸엔의 팔을 잡고 나직하게 말했다.

"걱정 마십시오. 이런 일은 정글의 작전지역에서는 일상적인 일입니다. 또 실장님께서 명령을 문서로 내려준 것도 아니잖습니까?"

팜 꾸엔은 이젠 대대장의 교활함에 진저리가 나서 쏘아주었다.

"이봐요 소령, 이 작전의 지휘관은 바로 당신이라는 걸 잊지 마시오. 나는 연락장교야."

그러나 대대장은 물러나지 않았다.

"그럼요, 우리야 사단과 군단의 계통에 따른 명령을 수행하는 셈이지요. 하지만 너무 염려 마시라니까요."

"염려?"

"네, 여기가 어딥니까? 그들은 거의 우리 베트남 민족이 아닙니다. 그들은 여기서부터 라오스 국경까지의 산악에 사는 카투족입니다. 저들은 온 부족이 해방전선측에 가담했습니다. 카투족은 호찌민 루트의 안내인들입니다. 병사들도 아무렇지도 않게 여기고 있습니다."

"여기서 정글의 서쪽까지 다 그런가?"

"그렇다고 봐야죠."

팜 꾸엔은 길게 숨을 내쉬었다.

"이 정글과 산은 베트남 사람의 것이오. 이제부터 어느 마을에서도 잔류한 주민들은 후송하지 마시오."

수색소대가 협곡 안으로 출동했고 다른 소대들은 각자의 위치에 따라 참호를 파고 방벽을 세우는 작업을 시작했다. 팜 꾸엔은 이번의 계피작전이 무리가 아닌가 하는 생각을 잠깐 했다가, 곧 고개를 흔들어버렸다. 계피가 거기 있는 한, 그에게는 다른 선택의 길이 없었다.

32

"저 봐, 트럭이 들어오는데."

토이가 말했다.

"뭘까, 점심때 사무원을 불러내서 물어보도록 하지."

안영규와 토이는 창고가 달린 푸어흥상회가 내다보이는 구시장가와 신시장가 사이의 두번째 골목 어귀에 지켜앉아 있었다. 그들은 주점 문 앞에 늘어놓은 흰 페인트로 칠한 탁자와 플라스틱 의자에 앉아서 캔맥주를 마셨다.

"가만있어, 열한시로군."

토이가 시계를 보았고 영규가 말했다.

"네가 가서 살피고 와라."

"눈치채지 않을까?"

"걱정 마라. 과일이나 좀 사다 먹자."

토이는 영규의 의견에 반대했다.

"히엔 영감은 늙은 여우다. 그는 내가 누군지 다 알고 있다."

영규가 빈 깡통을 우그러뜨리고는 벌떡 일어났다.

"일일메모를 하고 있는데 저게 뭔지 빠뜨릴 수는 없지 않나? 내가 저 앞으로 지나가면서 알아봐야지. 그러고는 꾹주점에 먼저 가 있겠다. 너도 오분쯤 기다렸다가 나처럼 지나치면서 살펴봐라."

"알았어."

영규는 주머니에 손을 찌르고 심심해서 못 견디겠다는 표정으로 슬슬 골목으로 걸어들어갔다. 골목 양쪽에는 모두 고만고만한 크기의 상점들이 구멍을 내고 있었는데 커피와 알사탕에서 작고 튼튼한 연장에 이르기까지 없는 게 없어 보였다. 물건들 전부가 메이드 인 유에스에이였다. 그러나 콧구멍만한 문짝 서너 쪽이 달린 가게라고 깔볼 수는 없는 것이, 그 뒤의 살림집에는 지하실이나 마당에 아니면 집 전체가 창고였다. 영규는 푸어흥상회 앞에 골목을 가득 채우고 서 있는 트럭의 차번호를 몇번씩 되풀이해서 외웠다. 갓바를 씌운 트럭 화물칸에서 푸어흥상회의 일꾼들이 상자를 내리고 받아 짊어지고 안으로 운반중이었다. 운전병인 듯한 앳된 미군 사병이 맥주깡통을 한손에 들고 지켜보고 있었다. 영규는 잠시 서성대며 일하는 모양이 아주 재미있다는 식으로 지켜보았다. 가게의 안쪽에는 영규도 요즈음 낯을 익힌 미군 상사의 뚱뚱한 덩치가 등을 돌려대고 앉아 있는 게 보였고 그 맞은편 어둠속에는 히엔 영감의 포플린 반소매 셔츠만이 떠올라 있었다.

"꺼져, 구욱."

양놈이 영규에게 저리 가라는 손짓을 했다. 영규는 마주 욕을 해줄까 하다가 히엔이 눈치를 챌까봐 얼른 돌아섰다.

영규는 골목을 빠져나와 신시장으로 나가는 길과 시외버스 정류장으로 나가는 네거리에서 오른쪽으로 돌았다. 가운데에 겨우 차 한대 다닐 사이만 남기고 양쪽 보도는 물론 한길에도 행상인들이 잡동사니 물건들을 펴놓고 있었다. 그는 인파를 헤치며 정류장으로 다가갔다. 지금쯤이면 이미 내륙이나 먼 곳으로 가는 화물트럭들은 모두 떠났을 시각이었다. 그는 새벽에 떠나는 화물차를 점검하기 위해서 밤 열두시 가까운 시각에 정류장으로 나와서 살피곤 했다. 짐을 싣기 시작하거나 그때쯤에야 창고로 가는 차들도 있었다. 밤에는 전국 어디든지 작전지역으로 변하니까 해가 떠 있는 동안에만 운행하기 때문에 어느 지방의 차라도 한밤중에는 주차장에 몰려 있게 마련이었다. 트럭에 싣는 화물들은 일일이 신경을 쓸 수가 없었다. 야채가 됐거나 곡물이나 아니면 공예품이거나 그런 것은 상관할 필요도 없었고 또한 파악이 불가능한 일이었다. 큰 늙은호박에 권총이나 수류탄을 박아놓았다한들 모든 호박을 뽀개 보지 않고서는 알 수 없겠기 때문이다. 다만 토이와 영규는 화물트럭이 어느 지방에서 온 차인지 어느 지역으로 규칙적인 내왕을 하는지를 알아내어 메모하기로 했다. 대략 한 달쯤이면 어떤 단서가 보일지도 몰랐다. 점심시간쯤에는 다낭의 외곽에서 온 차량들이 들어올 시각이었다. 그것들은 세 바퀴짜리 람브레터거나 사분의 삼 톤 정도의 작은 트럭이 대부분이었다. 거의가 다낭 시민들이 먹을 외곽지대의 농수산물이었다. 소금에 절이거나 말린 생선들, 젓국 또는 나물, 오리, 닭, 야채, 깨나 콩, 옥수수 등속의 잡곡들이며 대나무와 왕골의 공예품 따위였다. 영규는 손바닥만한 수첩을 꺼내어 그것들의 차번호와 화물의 내용들을 눈에 뜨이는 대로 메모했다. 한쪽 블록을 일시에 적고는 볼펜과 수첩을 뒷주머니에 넣었다가, 다시 한꺼번에 살피고 다가가서 자세히 확인하고 나서 또 일시에 적고는

248

했다. 영규는 꾹주점의 헝겊발을 들치고 들어섰다. 그는 늘 앉는 자리인 대나무발이 늘어진 창가에 앉았다. 거기서는 주차장과 버스정류장을 한눈에 내다볼 수가 있었다. 종업원이 와서 알은체를 했다.

"람언 쪼또이 차아."

차를 시켜놓고 앉았는데 토이가 들어섰다.

"그 미군 상사의 소속이 어디야?"

"차량 넘버를 확인하면 알 수 있겠지."

그들은 외웠던 차번호를 서로 확인하고 수첩에 적었다. 영규가 물었다.

"물건은 뭐냐?"

"글쎄, 나무박스에는 캘리포니아의 야채라고 씌어 있었다. 감자, 양파, 양배추, 그런 것들이겠지."

"며칠 동안 별로 변화는 없는 것 같군. 야채와 고기였으니까."

영규의 말에 토이도 수첩을 펴들고 있다가 천천히 중얼거렸다.

"과일이 통 안 나오는데?"

"베트남에는 너무 많은 과일이 있다. 바나나, 망고, 코코넛, 파파야, 왕귤."

"내가 말하려는 과일은 술집에서 쓰는 왕버찌와 양앵두, 레몬, 오렌지, 포도, 그리고 무엇보다도 워싱턴의 사과를 뜻하는 거야. 사과가 가장 중요하다."

영규도 고개를 끄덕였다.

"그렇겠군. 사과는 여기서 자라는 과일이 아니거든."

"우리의 똘똘이를 불러내자. 그 녀석 피아스타값을 해줄 거야."

토이가 일어나서 전화를 하러 갔다. 푸어홍상점의 경리보는 사무원을 불러내서 정보를 얻으려는 것이다. 꾹주점의 종업원 총각이 쟁반에 녹차 주전자를 받쳐들고 왔다. 영규가 그에게 물었다.

"흠 나이 꼬몬 지 닥 비엣?"

"꼬테 팃 빌 꾸우."

"쪼 또이 팃 빌."

영규는 손가락 셋을 펴 보였다. 토이가 돌아왔다.

"그가 곧 온다고 말했다."

"오리고기 삼인분 시켰다."

토이는 껄껄 웃었다.

"제법이군. 베트남 말 실력이 많이 늘었다."

영규가 물었다.

"스태플리 잘 지내지?"

"아니, 그렇지 못해. 주인의 말로는 하루종일 잠만 잔다는 거야. 밤에는 그의 발걸음 소리가 들린다고 한다."

"그와 얘기했어?"

"그는 이젠 완전히 히피다. 내게 하도 사정해서 마리화나 한줌 사다줬다. 여기가 싸이공이라면 그는 버젓이 나와 돌아다닐 거야. 유니폼의 때가 싹 빠졌다."

"수염이 많이 자랐겠군. 날짜가 다가오는데?"

"아직 확실한 날짜는 모른다."

토이의 말에 영규가 손가락질을 하며 말했다.

"딴소리 하지 마. 이건 레온과의 약속이다. 우리는 그 녀석을 무사히 나트랑까지 태워보내야 한다. 너 장사 때문에 그러지?"

토이는 펄쩍 뛰었다.

"나를 뭘로 보고 그러는 거냐? 그런 게 아니라 그 주인의 아들녀석이 탄 배가 여러 곳을 거쳐서 온다는 거야. 좀 늦어진다고 편지가 왔대."

"오늘 그를 만나보자."

안영규는 발 사이로 창밖을 내다보다가 화물트럭 주차장에서 서성대는 구엔 타트의 하얀 무명저고리를 보았다. 그의 목까지 단추를 채운 깨끗한 저고리가 꼭 후에의 귀족 흉내라도 내는 것 같다고 토이는 투덜거렸다. 포를 걸치지 않았으니 망정이지 구엔 타트는 마치 구왕조의 학자라도 되는 듯한 꼴이었다. 영규는 그가 트럭운전사들과 반갑게 악수하고 얘기하는 모습을 내다보았다.

"저 친구 묘하지 않나?"

"누구 말이야, 구엔?"

"그래, 네가 얘기했잖아. 그가 적어도 해방전선측은 아닐지라도 그쪽을 통해서 이익을 보는 자일 거라고 그랬지."

토이도 고개를 끄덕였다.

"나는 처음부터 그런 느낌이었다. 이젠 시간문제야. 미군의 거래 내막도 그리고 해방전선측 거래인도 알게 될 거다. 나는 스모크스택 다리의 초소에 근무하는 QC들 가운데 옛날 친구들이 많다. 그들이 나를 도와준다. 나는 뭔가 냄새를 맡고 있다."

"냄새? 무엇의?"

"아직은 잘 몰라. 그러나 다리 건너편에 전선의 외곽보급선이 닿아 있다."

"팜 소령은 요새 뭘 하나?"

토이가 킬킬 웃었다.

"그는 다낭에 없다. 작전에 참가했다."

"작전…… 그가 성청에서 쫓겨났다는 거냐?"

"팜 꾸엔은 정글탐험중이시다. 그는 계피 때문에 미쳤어. 소문에는 고원 부족을 전멸시키라는 명령을 내렸다는데. 대단한 친구야. 구엔 쿠옹도 안 보이지? 아마 팜 소령과 정글에 같이 있을 거야."

"신생활촌 물자는?"

"계속 나온다. 성청의 일급사업이니까. 한데 내가 스모크스택에 관심을 갖는 것은 분위기가 좀 묘해서 그러지."

"무슨 얘기야?"

"이봐, 여기는 내 나라야. 나는 말 한마디도 놓치지 않고 있어. 부두에 가봐. 쌀은 계속 나가는데 시멘트와 슬레이트 같은 것들은 정체되고 있다. 이게 무슨 뜻이냐 하면 다른 인기품목이 있다는 뜻이다."

"그야, 구엔 타트가 의약품의 줄을 잡았으니까 그럴 테지."

토이는 잠깐 침묵을 지켰다가 수첩을 들쳐보았다.

"이것 봐, 안. 시멘트나 슬레이트 같은 건축자재들은 거의 대부분이 비점령지구의 농가나 소읍에서 구입해간다. 물론 해방전선의 상반기 조세기간이 시작된 원인도 있겠지만 다른 품목이란 내 생각에는 전쟁 물자 같단 말이야. 아니, 정확하게 말한다면 무기와 탄약일 거야. 전선측 상인들은 각 지구위원회로부터 위탁을 받는다. 위원회가 가장 시급하게 구매를 위탁할 물건이 뭐야? 돈이 그쪽으로 몰린다. 일정기간이 지나면 다시 회복이 되겠지. 그들이 걷은 세금이 암시장으로 쏟아져들어올 거야."

"똘똘이가 오는군."

영규가 푸어흥상회의 사무원을 보고 토이에게 주의를 주었다. 키가 크고 마른 삼십대의 사내가 들어섰다. 토이가 먼저 그를 불렀고 그는 자리에 앉아서도 내키지 않는지 다른 좌석을 둘러보았다.

"나는 이 집을 싫어합니다."

그가 말했다. 영규가 말했다.

"걱정 마시오. 우리는 시장의 어느 상인과도 여기서 함께 식사합니다. 이번이 겨우 두번째요."

토이는 일부러 영규가 직접 알아보도록 입을 다물고 있었다. 영규가 물었다.

"오늘도 해군 냉동창고인가요?"

"그렇습니다."

"미군의 소속은?"

"사령부요. 대민반입니다."

"계급?"

"중사요."

"무슨 물건을 얼마나 가져왔지요?"

"또 야채입니다. 감자와 양파."

토이가 영규에게 말했다.

"그건 이상하군. 요즘 다낭 외곽은 큰 전투가 없는데 미군들이 왜 야채만 자꾸 내지?"

안영규도 사무원의 대답을 기다렸다. 사무원이 말했다.

"글쎄요, 꼭 그렇지는 않습니다. 디엔 반과 지앙호아 일대에서는 야채가 들어오지 않아요. 내륙까지는 교통을 통제한답니다."

"그게 팜 소령의 짓이야."

토이가 아는 척하더니 대뜸 물었다.

"과일은 왜 안 나오지?"

"나왔어요."

두 사람은 깜짝 놀랐다. 사무원이 말했다.

"사과 수백 상자가 준비되어 있지요. 벌써 달포 넘도록 사과는 내지 않았어요."

"그건 왜 그래요?"

"모르죠. 미군 대민반에서 물자를 조정하니까."

"다른 일은 없어?"

"요즈음 시내의 바와 클럽에서는 아우성이랍니다."

"왜요?"

"미군들이 외출을 안 나온대요."

"이상이오?"

"오늘은 그것뿐입니다."

하더니 사무원이 일어날 자세였다.

"같이 점심 먹고 갑시다."

사무원은 꾹주점에 있는 게 불안한 얼굴이었다.

"도시락이 있어요. 사무실로 돌아가겠습니다."

영규가 말했다.

"잠깐, 우리가 당신에게 한 달에 삼천 피아스타씩 준다고 했는데 아주 좋은 얘기를 해주는 날은 따로 오백 피아스타씩 얹어주겠소. 오늘 얘기는 별로 그렇지만 약속하는 뜻으로 오백 피아스타를 주겠소."

"감사합니다."

사무원은 얼른 돈을 받아넣고는 뒤도 돌아보지 않고 사라졌다. 영규가 오리고기를 잘랐다.

"별거 아니로군."

"아냐, 그렇지도 않다."

토이는 입을 비죽이 내밀고 뭔가 곰곰이 생각했다.

"아무래도 그 과일이 마음에 걸린단 말이야. 오히려 그들이 물가를 조정하는 품목은 야채인데, 이 경우는 정반대다. 그렇군, 그들은 블랙마켓의 경기의 실체를 재보려고 한다. 사과는 뭐야?"

"다낭 시내의 유력층들이 즐기는 과일이다. 안 먹어도 생명에 지장 없다."

"그래, 베트남인 군관료와 그들이 싱싱한 사과를 먹어본 지 한 달이 넘었다. 그걸 슬슬 풀면 잘 팔리겠지. 어느 정도의 물량이 나가는가를 보면 요즘 다낭 상류층에 어두운 돈이 얼마나 돌아가는가 파악이 되지. 고급의 냉동고기도 나올 거다."

"한데 미군의 외출금지는 뭐야?"

"군사적인 의미는 아닐 거다. 더 알아봐야겠지만 뭔가 변화가 오는 게 아닐까?"

토이는 기다란 중국식 젓가락을 세워서 탁자에다 대고 두드렸다.

"미군의 외출이 중단될 때는 몇가지 변화의 조짐이 있게 마련이다."

"그전 베트남 정부의 선거 때에 그랬지."

"그래, 첫째가 베트남에서의 정치적 변화가 올 때다. 쿠데타가 있든가 데모가 심해진다든가…… 아니면 작전이 대대적으로 벌어지기 직전에도 그러지. 하지만 나는 둘 다 아니라고 본다."

토이가 단정하여 말했고 영규는 다시 물었다.

"어째서?"

"선거도 끝났고 새 정부가 들어섰다. 오히려 미국 쪽의 대통령 선거가 있을 예정이지만 겨울까지는 아직 멀었어. 작전은…… 그 경우도 별로 해당되지 않는다. 지금 해방전선은 구정공세 때 손실한 병력과 물자를 보충하느라고 정신이 없고, 미군은 소강상태를 유지하면서 이 상태로 둔 채 평화협상에 들어갈 태세다. 케산기지 이래로 쌍방은 큰 작전을 벌이지 않고 있다."

토이의 말에 영규가 의견을 내놓았다.

"그렇다면 남는 것은 미군의 작전의 원칙이 바뀌거나 미국 본토에서의 정치적 변화가 있다든가 하는 게 아닐까?"

"글쎄, 미군의 작전 원칙이 바뀔 수도 있겠지. 벌써 바뀌고 있잖은가. 사령관도 미치광이 웨스티에서 고집쟁이 에이브로 바뀌었지. 또 존슨은 대통령에 출마하지 않겠다고 그랬다. 이봐, 미군의 외출금지는 그보다는 단순하고 오히려 잠정적인 원인이며 베트남 국내사정에 의한 것이다. 아니면 다낭 미군사령부 MAC의 관할지역에 국한된 지역 명령에 그치는 것이든지. 아까도 말했지만 군사적인 의미의 조치는 아닐 거다."

"르 로이시장에 변화가 올까?"

"벌써 오고 있잖아. 전선측의 돈이 몰리고 미군은 외출을 금지했다. 가만있어봐!"

토이가 젓가락으로 집었던 오리고기를 접시에 떨어뜨렸다.

"미군 총사령관이 바뀐 게 언제야?"

안영규는 구정공세 무렵부터 기억을 더듬으며 손가락을 꼽아보았다. 그가 PX 주변을 돌아다니며 한창 사치품과 기호품의 수급상황을 파악하려고 정신이 없던 때였다.

"지난 3월말이던가? 두 달이 넘어서 거의 석 달 되어가는군."

"빠리회담이 시작되었지. 싸젠 안, 나 잠깐 다녀올 테니 여기 좀 앉아 있어."

토이가 기름 묻은 손을 정글복 바지에 쓱쓱 닦고는 일어났다. 그의 은빛 썬글라스에는 벌써 꾹주점의 바깥 정류장 풍경이 비치고 있었다. 영규가 말했다.

"갑자기 식사하다 말고 왜 그래?"

"음, 잠깐이면 된다."

토이가 바삐 뛰어나가자 영규는 혼자서 음식을 먹기가 싫어져 깡통 맥주를 시켰다. 영규는 한 깡통을 비우고 다시 두번째 깡통을 땄다.

언제나 그랬지만 이런 식으로 깡통을 따다보면 그는 문득 정글에서의 작전지역 생각이 났다. 얼른 안전고리를 뽑아 머리 위로 멀리 던져야 할 것 같은 착각이 들어서 깡통을 손아귀에 꽉 움켜쥐고 잠시 마음을 진정시키고는 했던 것이다.

어떤 어린 고참병이 귀국 기념으로 몰래 숨겨가는 사진을 보여주며 킬킬거리던 소리가 오래오래 귓전에 남아 있었다. '신형 수류탄은 좋단 말이야. 세열 수류탄이 아니라 매끈한 게 꼭 달걀 같다구. 암탉놀이 재미있지. 뒷발로 꽉 차넣으면 쏙 들어가거든. 낳기 전에 터져서 사방으로 날아간다구.' 그애는 지금 귀국해서 어디서 뭘 하며 살아갈까. 민간인이 되어 먹고사느라고 정신없겠지. 얼굴도 알 수 없는 다른 죽은 자들보다 더욱 긴 세월을 살아가겠지. 그는 암탉놀이를 기억할까. 정글에서의 짧은 몇달은 그가 죽어 없어져도 그의 넋 속에 남아 있게 되겠지. 마치 그의 기념사진처럼 가슴속에 찍혀서.

"호화스런 점심이군."

영규 앞에 하얀 무명저고리의 단추들이 나타났다. 단추의 끝에서 구엔 타트는 눈가에 주름을 잔뜩 짓고는 웃고 있었다. 영규가 턱짓하며 말했다.

"앉으시오. 혼자서 삼인분은 너무 많아서……"

구엔 타트는 서슴지 않고 맞은편에 털썩 앉았다. 그는 목 위에까지 채운 전통적인 저고리의 단추를 풀고는 푸어훙상회의 사무원 앞으로 차려두었던 접시와 젓가락을 자기 앞으로 끌어당겼다.

"토이씨는 배탈이 났나요? 다른 약속인은 오지 않은 모양이군요."

"아, 그들 두 사람 다 배탈이 났소."

구엔 타트는 오리고기를 집어 양념장에 찍어서는 맛있게 먹기 시작했다.

"유감이로군요. 이 맛좋은 점심을 못 먹게 되다니……"

"트란 박사와는 자주 만납니까?"

"알고 계시는 줄 알았는데. 벌써 물건 공급이 시작되었어요. 일차로 항생제와 진통제요. 키니네와 각종의 소독약도 또한 포함될 겁니다."

"모두 야전용이겠군요."

영규의 비아냥거리는 말에 구엔 타트가 빙글빙글 웃었다.

"베트남에서 유통되는 미국 물건 중에 군용 아닌 것도 있습니까?"

"많지요."

구엔 타트는 영규에게 눈을 끔쩍해 보였다.

"그야 초콜릿이나 알사탕에서 면도날에 콘돔까지 있지만, 미국의 여러 기업들이 납품한 면세품을 펜타곤 산하의 미군들이 먹고 쓰는 거요. 나는 이제 더이상 싸젠과 논쟁하고 싶지 않소. 우리는 뭐랄까…… 이와 입술의 관계가 아닌가요?"

"한문이 틀렸소. 창과 방패의 관계라면 어떨까요?"

"하여튼 당신은 나를 믿지 않는 것 같군요."

구엔 타트가 말하자 영규는 농담기를 싹 거두고 차갑게 대꾸했다.

"나는 당신에게 트란 박사를 소개했고 당신은 르 로이시장에서의 약품을 취급하는 유일한 거래자가 되었소. 그런데 당신은 나하고의 약속을 지키지 않았어요."

구엔 타트가 젓가락을 놓았다.

"무슨 말이오? 나는 분명히 당신에게 푸어홍상회의 사무원을 소개시켜주었소."

영규가 말했다.

"그 얘기가 아닙니다. 당신은 내게 해방전선의 거래내역을 일일정보로 알려주겠노라 약속했소."

구엔 타트는 여유만만하게 고개를 끄덕이더니 두 손을 쳐들어 한 손가락씩 세워 보였다.

"보십시오. 첫째 당신은 내게 트란 박사를 소개했고 나는 당신에게 히엔 영감네 사무원을 소개했습니다."

그는 둘째손가락을 나란히 꼽아올렸다.

"그 다음에 당신은 내게 푸어홍상회에서의 거래정보를 전한다는 조건으로, 내가 당신에게 해방전선의 거래정보를 알아주겠다는 약속이었지요? 당신은 사무원과 날마다 접촉하면서 아무런 말도 내게 해주지 않았고 나도 마찬가지였어요. 이것 보시오, 내 손가락을. 공평하다고 생각하지 않나요?"

영규는 깊숙한 시선으로 구엔 타트를 바라보았다.

"당신은 정말 푸어홍상회의 거래내막에 관하여 알고 싶은 겁니까? 이미 오래 전부터 당신은 자세히 알고 있었던 것 같던데요. 그래서 토이와 나는 우리가 꼭 알고 싶은 일들에 관하여 우리 스스로 알아보는 중이오."

"장사꾼이 사업상의 자립을 한다는 것은 대기업이나 구멍가게의 경우에나 아주 중요하고도 우선적인 조치라고 생각합니다. 우리는 서로 의존해야 할 관계였지요. 당신이 뚜렌에서 내오는 B레이션은 쌍방에 매우 큰 도움이 됐지요. 그런데 당신이 알고 싶은 일들이란 뭡니까?"

구엔 타트는 다시 오리고기를 씹기 시작했다. 영규가 침묵을 지키는 사이에도 그는 오리 날개와 가슴살을 먹어치웠다.

"오, 당신은 이제 더이상 이 구엔을 믿지 않으시는군요. 좋습니다. 이런 건 어떻습니까? 해방전선의 상반기 조세기간이 끝났다, 따라서 다음달부터 암시장은 더욱 활기를 띠게 된다."

"그런 정도는 알고 있소."

안영규가 간단히 대답하고는 다시 침묵을 지켰다. 구엔 타트가 말했다.

"밤과 점심때 주차장에 나와서 화물차량과 람브레터들을 체크하는 걸로 알고 있습니다. 지금 알려드리지만, 당신들에게 별로 도움이 되지 않아요."

"그건 왜죠?"

"뻔하지 않습니까? 도시에 잠입한 게릴라를 색출하겠다고 온 동네의 호구조사를 실시하는 거나 마찬가지요. 파악할 수 없습니다."

영규는 저도 모르게 발끈해져 가슴속에 묻고 있던 말을 끄집어냈다.

"우리는 해방전선의 다낭 거래선을 거의 파악하고 있소."

구엔 타트가 나직하게 웃었다.

"너무 성급하시군요. 보세요, 베트남의 시장에서 장사하는 모든 상인은 미군과 베트남인 또는 제삼국인, 그리고 해방전선과 언제나 거래하고 살아갑니다. 그것은 이런 방식의 전쟁이 낳은 운명입니다."

구엔 타트는 진지한 표정으로 두 손을 모으고 영규를 똑바로 응시했다.

"나는 처음부터 당신을 좋아했습니다. 당신은 미군이나 베트남 군인들과는 달리 편견이 없었기 때문입니다. 당신이 이 전쟁에 책임이 없다는 것을 말했고, 곧 당신의 나라로 돌아가 몇달 뒤에는 군복을 벗고 민간인이 되겠다는 말을 했을 때, 나는 외국군인에 대한 나의 선입견을 버리고 당신을 대하기로 작정했지요. 나는 약속했지만 당신이 여기에 있는 한 당신을 곤경에 빠뜨리고 싶지는 않습니다. 이것이 내가 지키려던 당신과의 약속의 표시요."

말을 끊고 구엔 타트는 무명저고리의 아랫주머니에서 종이쪽지를 꺼내어 접은 채로 영규에게 내밀었다.

"물론 이것은 형식에 지나지 않습니다. 그러나 당신에게는 매우 유용하게 될지도 모릅니다. 당신은 이곳에서의 미묘한 근무의 성격에 맞는 호신용 카드가 필요하다고 했지요? 이것이 그 카드입니다."

영규는 잡다한 물품의 수량과 가격과 반출한 목적지가 적혀 있는 쪽지를 대충 훑어보았다.

"이것은······?"

"그렇습니다. 분명히 해방전선측과 해방지구의 주민들에게로 나간 것들이지요. 성청에서 벌이고 있는 신생활촌 정착사업에 쓰여질 물건들이 부정유출되어 나간 명세서입니다. 미군과 베트남 당국 양자에 이보다 더 강력한 카드가 있을까요?"

영규는 그 쪽지를 얼른 집어넣었다.

"거래자는 당신의 형이 아닙니까?"

"그래서 자세히 알아내는 데 더욱 큰 도움이 되었지요. 다음에는 각 지방으로 나가는 차량과 행선지를 알아내어 정확한 명세서를 작성할 수 있었습니다. 당신이 만약 필요할 때 이 카드를 쓰면 다낭은 물론 전 중부 베트남이 발칵 뒤집힐 겁니다. 베트남군은 말할 것도 없고 미군의 주요 지휘부서에도 인사이동의 폭풍이 휘몰아칠 거요. 그러나 당신이 먼저 말한 대로 그 카드를 쓸 것인가 그냥 삼켜버릴 건가는 매우 신중하게 고려해야 될 겁니다."

영규는 침착함을 유지하기 위해서 우선 숨을 크게 내쉬었다.

"좋습니다. 한데 나는 아직도 궁금한 게 있소."

"뭐죠?"

"나는 아직 무기거래에 관해서는 아무것도 모릅니다."

구엔 타트는 미간을 찡그렸다.

"유능한 정보원이 되어 미국 은성훈장이라도 받겠다는 건가요? 훈장이 너무 무거워서 부담스러울 텐데?"

"호기심이죠."

구엔 타트가 말했다.

"그 명세서에 나온 대로 물량에 따라서 추측할 수 있겠지요. 신생활촌 사업물품의 암거래는 미군과 베트남군의 급소입니다."

영규는 진심으로 말했다.

"고맙습니다. 나는 석 달 뒤에 이곳을 떠날 겁니다. 떠날 사람은 짐이 많으면 불편하지요."

"바로 그게 당신의 입장이지요. 베트남의 모든 것은 베트남인의 것입니다. 맞지요?"

"물론."

"서로 이해가 되어서 다행입니다. 그리고 또 한가지…… 이제는 우리가 같은 사무실에서 일하기가 곤란해졌다는 걸 알려드려야겠습니다. 내 형은 팜 소령과 함께 중부 고원지대에서 채취하는 계피 때문에 온통 정신이 없어요. 나도 내 정비공장 창고까지 내주어야 할 판입니다."

영규가 대답했다.

"그러시죠. 우리가 이사를 나가겠습니다. 신세 많이 졌어요."

구엔 타트가 자리에서 일어났다.

"뭐 아주 모두 끊어버리자는 건 아니잖습니까? 르 로이시장 아무데서나 당신들은 사무실을 구할 수가 있고, 또 나하고의 거래도 계속해주셔야 합니다. 저기 토이씨가 오는군요. 내 뜻을 저 사람에게도 이해시켜주셨으면 합니다만……"

구엔 타트는 막 주점 안으로 들어서는 토이와 엇갈리면서 알은체를 했다. 토이가 영규의 맞은편에 앉으면서 물었다.

"뭐야, 무슨 일이냐?"

"왜 그래. 내가 거래인과 점심도 못 먹나?"

영규가 말했다. 토이는 젓가락으로 식어빠진 음식을 뒤적이다가 말했다.

"구엔이 무슨 말을 했어?"

"사무실을 비워달라는군. 제 형이 그의 써비스공장을 온통 계피 창고로 쓰려나봐."

"네가 무슨 말인가를 했겠지. 밑구멍을 건드린 거 아냐?"

영규가 말했다.

"나는 방금 해방전선의 주요 거래인을 알아냈다."

"그게 누구야?"

"우리가 처음부터 알고 있었듯이 그건 바로 구엔 자신이야. 그러나 나는 더이상 내색하지 않겠다."

토이는 어리둥절해서 두리번거리더니 다시 반문했다.

"이제부터 겨우 시작인데 그게 무슨 소리냐?"

"그는 내게 반대급부로 쓸 수 있는 자료를 주었고, 구엔은 더욱 많은 자료들을 가지고 있다."

"이봐, 우리는 처음부터 그런 점은 알고 있었다. 그가 스스로 말했나?"

"아니, 말 안했어. 그러나 심증으로 알았지."

"그렇다면 조건은 한가지도 달라진 게 없다."

영규는 하는 수 없이 구엔 타트가 주었던 메모쪽지를 꺼내어 토이에게 내밀었다.

"이걸로 충분하지. 다이너마이트 같은 거야."

토이는 얼른 쪽지를 잡아채더니 단숨에 훑어내려갔다.

"아주 구체적이군. 유용한 것임엔 틀림없다. 하지만 여기에서 빠진 게 있다. 무기거래에 관하여는 한가지도 없잖아."

영규가 그에게서 쪽지를 받아 챙겼다.

"물량에 따라 추론할 수는 있지. 그래도 나는 이것으로 충분하다. 나는 일단 줄기를 잡은 거야. 내가 불리해지면 이걸 당길 거야. 나중에 누가 감자를 캐게 되든 상관없지만 내가 먼저 캐어내고 싶지는 않다. 나는 이 몇달을 잘 넘기고 돌아갈 테니까. 그 뒤에 네가 해내든 나는 모르는 일이지."

토이가 말했다.

"그건 나도 마찬가지다. 내가 자네에게 얘기했지. 나는 코친 차이나와 남부 월남의 현실이 만들어낸 기회주의자라고 말이야. 아무리 그렇다고 해도 우리는 알고 있어야 한다. 나는 너희 파견대에 고용된 정보원이지만 네가 간 뒤에도 여기서 먹고살아야 한다. 다리 건너편의 조짐이 이상하다고 그랬지. 전선의 다낭 보급선을 알아낼 수가 있다."

영규가 말했다.

"그래서…… 미군에게 보고할까?"

토이는 잠깐 사이를 두었다가 상반신을 탁자 위로 숙이면서 말했다.

"손해볼 건 없다. 우리가 씨레이션의 유통과정을 추적해서 팜 꾸엔의 발목을 잡은 것처럼, 저들의 뒷덜미를 누를 수 있을 거야."

"나는 이 쪽지를 한벌 베껴서 대위에게 줄 거다. 그리고 구엔 타트와의 B레이션 거래도 끝이야. 여기서 자립해야 되겠지. 하지만 네가 해방전선의 보급선을 계속 캐는 일은 반대하지 않겠다. 만약 확실한 정보를 얻게 되면 그 뒤의 일은 반드시 나하고 의논해야만 한다."

"우리는 훌륭한 짝이었다. 나는 네가 귀국하기 전에 뭔가 좋은 일을 해주고 싶다."

"고맙군, 내게 좋은 일이 뭘까?"

토이가 말했다.

"따이한은 우리처럼 가난하다. 이봐, 언제 곤경이 닥칠지 모른다. 잘하면 큰돈을 만지게 될지도 몰라. 네가 돌아가면 나도 합동수사대를 그만둘 거야. 싸이공으로 가겠다."

영규가 말을 돌렸다.

"늦었다. 스태플리를 잠깐 보고 나서 사무실에 나가 대위와 면담해야 한다. 한데 아까 밖에 나가 알아본 일은 어땠어?"

"미군의 외출금지는 확실해. 사흘 되었다. 여러가지 정세로 보아서 대대적인 작전을 벌일 것 같지는 않다."

"어디엘 다녀왔나?"

"인도인 환전상에 갔었다. 내가 그 부인을 잘 안다. 혹시 군표를 바꾸려는지도 모른다. 태풍 전야와도 같다고나 할까. 나도 한번 겪었다. 고 딘 디엠이 죽고 나서 시장에 큰 소동이 일어났지. 먼저 알아채는 자는 밑져야 본전이지만 미군과 연줄 있는 자는 최후까지 버틴다. 물론 미군들에게는 충분한 교환기간을 준다. 한시간에 삼십 퍼센트에서 오십 퍼센트 나중에는 액면가의 십분의 일까지 내려갔다가 휴지가 되어버린다."

영규가 물었다.

"푸어홍상회의 사과는 뭐야?"

"그래서 얼핏 생각해낸 거다. 군표를 가진 다낭의 상류층은 돈을 못 바꾸게 되면 그것을 재빨리 소비하려고 한다. 미군들과 연줄 있는 자가 제멋대로 액면가를 정하여 군표를 걷어들인다. 사과 한알에 군표 이십 달러가 될 수도 있다. 냉동고기나 칠면조가 한 덩어리에 백 달러씩 팔려나가는 것도 보았다."

그들은 어수선한 탁자를 떠났다. 식당 안에는 이미 차를 마시는 손님들뿐이었다. 그들은 꾹주점을 나와서 르 로이시장의 뒷길로 돌아갔다. 토이가 말했다.

"환전상에 갔더니 그쪽에서도 미군의 외출금지를 알고 있었다. 군표의 환전량이 줄어드니까 대번에 알았겠지. 그들은 아직까지 별로 걱정하고 있는 것 같지는 않았다. 제삼국인 환전상들의 사업 주종은 역시 그린백의 교환에 있으니까."

"구엔 타트가 언젠가 의약품거래를 소개해준 대신 본토불을 맞바꾸어주겠다고 제의한 적이 있다."

토이는 휘파람을 불었다.

"그건 대단한 조건이었는데 아깝다. 두 배, 세 배, 다섯 배가 될 때도 있으니까."

"만약 돈이 바뀐다면?"

"너희들은 염려없다. 연합군은 미군과 똑같이 재무부서에서 바꿔주겠지."

"그렇지 않다. 대위나 중사나 모두가 다른 길이 없다. 송금한 달러 외의 모든 군표는 눈먼 돈이다."

"미리 길을 뚫어야 될 거다."

안영규와 토이는 구시장 가로의 뒷골목으로 계속 올라갔다. 연이은 상가의 중간에 아까 지나왔던 푸어홍상회의 흰 바탕에 붉은 글씨의 간판이 보였고, 그 앞에는 사분의 삼 톤 트럭이 서 있었으며 일꾼들이 상자를 내려다 안으로 운반하고 있었다. 토이가 속삭였다.

"저것 봐, 물건이 또 들어왔다. 우리의 느낌이 맞는다면 내일도 모레도 물건이 계속해서 들어올 거다."

그들은 일부러 걸음을 늦추어 어슬렁대는 동작으로 슬슬 다가갔다.

미군 운전병은 운전석에 앉아 담배를 피우고 있었다. 히엔 영감이 상점 앞에 뒷짐을 지고 서서 내다보고 있었다. 그들은 스리쿼터 앞을 지나가며 일꾼들이 나르는 상자와 차의 화물칸을 기웃거렸다. 히엔은 금테안경 너머로 날카로운 시선을 그들에게 보냈다. 두 사람이 푸어홍상회 앞을 지나자 토이가 말했다.

"보았지? 상자에는 성에가 하얗게 끼어 있었다. 방금 냉동창고에서 나온 거야."

"맞다. 아마 그건 육류 같은데. 커버 꼭대기에 닿도록 쌓았으니까 백 상자쯤 되겠더라."

상점 가로의 뒷길은 매춘가와 숙박업소나 작은 가내공업소가 있는 이층집들이 늘어선 길이었다. 철망을 친 현관 앞에서 토이가 줄을 당겼다. 종소리가 들리자 낯익은 주인사내가 천천히 홀 쪽으로 나왔다. 주인이 손뼉을 치면서 이층에다 대고 외쳤다.

"캇."

쿵쾅대는 발소리가 들리더니 스태플리가 계단을 내려오는 게 보였다. 사내가 그를 캇(客)이라고 불렀듯이 스태플리는 목에다 '달아나라 쥐새끼!'라는 펜던트를 걸고, 위에는 베트남인의 검은 파자마 아래는 청바지를 입었고, 머리털은 이미 목덜미를 덮었으며 갈색 수염은 중세의 성자처럼 자라났는데 베트남에서 썩기는 정말 아까운 몰골이었다. 그는 이미 전장을 떠난 손님이었다. 걸음걸이도 여유만만했다. 스태플리는 히죽히죽 웃었다. 눈이 가물가물했는데 손가락에는 굵게만 마리화나가 연기를 올리며 타고 있었다. 영규가 그의 어깨를 두드렸다.

"여어 히피, 중립지대의 맛이 어떤가?"

"홀가분하다. 하얀 벽이야."

"마리화나 그만 좀 피울 수 없니?"

"여긴 대기실이다. 누워서 여행하는 수밖엔 별도리가 없잖아. 헤로인보다는 이게 훨씬 건강에도 좋다."

주인이 그들에게 앉기를 권했다. 홀에는 대나무평상과 나무의자가 벽에 붙여서 놓여 있었다. 토이와 주인사내가 애기를 시작했다.

"아드님이 좀 늦어진다면서요?"

"네, 예정보다 일주일쯤 늦겠답니다. 원래는 내일이 입항하는 날짜지요. 그러니까 다음주가 되겠군요."

"당신의 아들은 이런 일을 알고 있습니까?"

"아직은 모르죠. 그렇지만 가끔 비슷한 일이 있었어요. 싸이공으로 가려는 베트남 청년들 몇을 데려간 적이 있습니다. 징집기피자도 있었고 탈영한 젊은이도 있었거든요."

영규가 가져온 스카치 위스키 한병을 스태플리에게 내밀었다.

"선물이다. 밤에 마셔라."

"술생각이 간절했지."

스태플리는 히죽이 웃으면서 술병에다 연신 입을 맞추었다. 영규가 말했다.

"그래 풀 태우는 일말고 또 뭘 했니?"

"용두질을 좀 쳤고, 아메리카 생각도 했다. 내가 이름을 바꾸어 살아갈 새로운 나라에 대해서도 생각해보았지. 버마, 인도, 중앙아시아의 촌락들, 발리섬 근처라면 어떨까. 하여튼 팍스 아메리카나의 영향력이 미치지 않는 곳. 그래 지금 세계의 질서가 바뀌고 있다. 이 전쟁은 식민주의와 구시대의 종언을 고하게 되는 마지막 관문일 거야."

"더 악화될지도 모른다. 군대는 강화되고 무기는 더욱 새로워지고 팽창하며, 냉전은 가속화되고. 네가 가진 몇푼의 달러는 곧 바닥이 날 텐데 어떻게 살아갈 테냐?"

"아무 일이나 하겠다. 작은 나뭇조각을 깎든지 항아리를 만들고 깔개를 짜든가, 전혀 다른 방식으로 살아가고 싶다."

"뉴욕으로 돌아가지 않을 거냐?"

"몰라. 만약 전쟁이 끝난다면 어떻게든 되겠지. 홀든 코올필드라고 내 친구가 있지. 그 녀석은 이러한 가짜의 질서가 어디서 오는지 몰랐어. 내가 베트남에 오기 전에 그랬던 것처럼 말이다. 사랑으로 이 엄청난 것들을 부숴버릴 수 있을까. 사랑은 뭔가 수상한 개수작이다. 어물쩡하고 얼버무리는 거지. 사랑은 허위를 인식은 하지만 바꾸려고는 않는다. 혼자 중립을 선언하고 영원한 도망자가 되는 거야. 아름다움으로 위장된 요즈음 노래의 패배주의와 평화, 외로움, 사랑 따위의 추상적인 노랫말들을 좀 들어봐. 내가 어떤 프랑스인들처럼 정글 속으로 달아나서 해방전선에 참여하지 않고, 티베트의 촌락이나 태평양의 작은 섬을 꿈꾸는 것은 실패를 자초하는 짓이 될 거다. 영원히 어른이 되지 않는 섬 따위는 없어. 나는 아이들을 몰고 그대로 밀밭을 가로질러서 벼랑 아래로 추락할 거야."

영규는 스태플리의 조용하고 입술이 풀린 듯한 목소리가 먼 곳에서 들려오는 것 같다고 생각했다. 어째서 스태플리의 교양은 부자연스럽게 느껴질까. 베트남 사람들의 피에 젖은 입술은 굳게 다물어져 있고, 그 침묵이 아메리카의 모든 허위와 가공의 꿈들을 냉소하고 있기 때문인가.

영혼이 없는 것처럼 한무리를 이루어 벌레같이 땅굴을 파고, 자전거에 포탄을 나르고, 함정을 파고, 쓰러지고 또 쓰러지며 디엔비엔푸를 함락시켰던 갈색 단구의 '구욱'들이 카랑카랑한 목소리로 절규하는 소리가, 이 좌절된 꿈의 웅얼거리는 독백을 뒤덮어버리기 때문인가.

다탄두 폭탄과 디니트로페놀 화학탄과 고엽탄과 클로르아세트 페논 최루가스탄과 온갖 병기와 기술의 실험실로 변해버린 인구 삼천만의 전근대적 농업국은 절규한다. 베트남에서의 미국의 힘은 전쟁과 살육의 기술에 지나지 않으며, 이것은 독점자본이 자신의 사회 내부에 남아 있던 낙원에의 가능성을 모조리 파멸시켰듯이, 드디어는 자연과 인간성에 의하여 패배하고 말 것이라고 의연하게 부르짖는다.

'우리 민족은 뛰어난 민족이다. 우리 민족은 단결과 백전불패의 전통을 갖고 있다. 우리는 어떤 일이 있어도 조국을 암흑과 고통 속에 놓아둘 수는 없다. 우리는 노예적 억압을 근절하고 독립과 자유를 획득하려는 결의에 차 있다.'

33

바깥 홀에는 미국 민간인 몇명과 필리핀인, 중국인 들이 조용히 술을 마시고 있었고 자주색 차이나 원피스의 유니폼을 입은 아가씨들이 시중을 들었다. 마담 린이 특별한 손님을 받을 때에는 대개 아치를 지나 복도의 뒤편에 정원을 향하여 딸린 밀실들을 내주게 마련인데, 그 중에서도 양쪽 벽이 수족관으로 되어 있고 너른 유리창 밖으로 파초와 종려와 탐스러운 장미가 쏟아져들어올 듯한 유리의 방이 가장 최고급이었다.

밀실에는 도어가 있었는데 뒷문을 열고 나가면 테라스가 나왔고 등나무가 터널을 이룬 길을 따라 돌아간 건물의 뒤편에 마담 린의 살림집이 있었다. 남불식 붉은 오지 기와를 얹은 흰 건물에는 더블베드와

욕실이 있는 방이 언제나 다섯쯤 준비되어 있었다. 다낭 스포츠클럽은 미군 장교와 민간인들, 제삼국의 용역업자나 무역회사 직원들, 지사 근무자들이 드나들었는데 원칙적으로 베트남 민간인에게는 출입이 금지되어 있었다. 그러나 베트남군 고급장교와 관리는 예외였다. 웨이터는 신원조회를 통해서 고용했으므로 모두 베트남인이었지만, 호스티스들은 동남아 각지에서 전장을 찾아온 중국계, 태국계, 필리핀계가 대부분이었고 가끔씩 쇼단의 무용수나 가수가 혼자 떨어져 이삼개월씩 스포츠클럽에서 일하다가 오끼나와 또는 가네다, 홍콩 등지로 옮겨갔다. 그런 여자들은 거의가 백인이었다. 백인 여자들이 머물면 특히 베트남의 고급장교와 관리들이 몰려들게 마련이었다. 여자들의 확보와 손님에 대한 교통정리가 이와 같은 장사의 요체인 셈인데 마담 린은 카드를 간추리듯 능숙하게 해나갔다.

유리의 방에 오혜정도 있었다. 방안에는 모두 다섯 사람이 있었는데, 미군사령부 소속 재무장교인 마이크 대위와, 다낭경찰서장 카오 대령, 해군 PX의 사무관 프랭크, 마담 린의 남편인 영국인 벡크가 그들이었다. 마담 린은 가끔씩 문을 열고 들여다보고는 술이나 안주를 들여주곤 했다. 그들은 등나무에 유리를 끼운 원탁 주위에 둘러앉아서 포커를 하는 중이었다. 벡크는 파이프를 물고 상아색 정장 차림이었는데 한번도 빠지지 않고 최후까지 베팅을 하곤 했다. 돈을 잃어도 호인답게 껄껄 웃었다. 그는 중국말도 유창하게 했다. 사무관 프랭크는 능숙한 포커꾼이었다. 끊임없이 농담을 하면서도 드롭 레이즈를 적절하게 해서는 판을 키우거나 김을 빼버리고는 했다. 말도 없고 카드에 골몰한 것은 카오 대령이었는데 프랭크에게 번번이 눌리곤 했다. 마이크 대위는 혜정의 옆에 앉아서 계속 위스키를 홀짝거렸다. 마이크는 중도에 빠지기만 해서 먼저 죽었던 혜정이 그의 카드의 가능성을 발견하고 부추겨서 풀 하우스로 한번 크게 먹었을 정도였다. 마이크 대위는 다른 사단 재무장교들과 함께 마담 린이나 미미로 불리는 혜정과는 오랜 친구 사이였다.

"미미, 얼음 좀 더 줘요."

마이크가 빈잔을 밀어내며 말했고 혜정은 카드를 들여다보면서 건성으로 대답했다.

"좀 과한 거 아니에요? 난 지금 찬스란 말예요."

"어디 좀 봅시다. 포 카드를 노리는 거요?"

"쉬이."

프랭크가 낄낄 웃었다.

"아마 잘 안될걸. 나는 로열 스트레이트 플러시를 쥐고 있거든. 자아, 체인징하실까?"

"난 죽었어요."

드롭하고 나서 혜정은 위스키를 두 잔 따라서 한잔은 마이크 대위에게 밀어주었다.

"마이크, 당신 때문에 나는 큰 판을 놓쳤어요."

"그까짓 거 내일 새벽까지 해봤자 천 달러도 못 되는 판 아뇨?"

"흥, 마이크 경기가 좋은 모양이군."

프랭크가 레이즈를 했다. 마이크가 대꾸했다.

"이봐, 자네는 카오 대령의 돈만 따먹고 있잖아. 카오 대령, 오늘은 그에게 잃어주기로 한 거요?"

"평소에 잘 보여야 되지요. 프랭크씨가 창고문을 꼭 잠그면 다낭에서 술 마시는 일은 끝장 아닙니까?"

카오 대령이 눈을 찡긋 감아 보이면서 말했고, 프랭크가 혜정에게 물었다.

"미미, 당신의 소령은 어찌된 거요? 요즈음 통 볼 수가 없는데."

"정글에서 작전중이에요."

"그러면 부군께서는 목숨을 걸고 싸우고 있는데 부인은 포커를 즐긴다 이건가?"

"바로 맞았어요."

카오가 빈정댔다.

"마담이 포커를 하는 것은 팜 꾸엔 소령이 벌어들인 돈을 쓸 데가 마땅치 않기 때문이오."

프랭크가 말했다.

"정글에서 돈을 번다구? 요즈음 베트콩 모가지 하나에 우리 정부가 돈을 지불하고 있나?"

"중부 고원지대의 정글은 엄청난 계피농장입니다. 람 장군과 팜 소령이 그걸 채취중이시거든."

카오의 말에 프랭크가 고개를 저었다.

"저런, 당신은 그 일에서 빠진 모양이군."

"애석하게도 그렇게 되었지요. 정글은 어디까지나 군대의 관할구역이라는 거죠."

혜정이 말했다.

"팜 꾸엔은 애국자예요. 버려진 국가자원을 활용해서 신생활촌의 자조사업을 일으키려는 거예요. 대령님, 당신도 신생활촌사업의 관련자가 아닌가요?"

"민병대 창설문제에만 개입하고 있지요."

"요즘 담배와 술은 어때요? 라오스제 코카콜라도 여전히 들어오겠지요?"

혜정의 냉소 섞인 말에 카오 대령은 얼버무렸고 벡크가 말했다.

"아아, 분위기가 딱딱한 것 같군요. 잠시 카드를 쉬고 술이나 하는 게 어떻겠습니까?"

마이크 대위가 물었다.

"라오스에서 코카콜라를 만들어요?"

"시장에 있던데요. 정제된 헤로인이 코카콜라 깡통으로 변해서 국경을 넘어오잖아요? 대령의 관할인 줄 알고 있는데요."

혜정의 차가운 물음에 카오는 정중하게 말했다.

"마담, 제가 팜 소령에 대하여 농담한 것을 용서하시오. 우리는 평소에 형제처럼 가까운 사입니다. 코카콜라 깡통 문제는 우리도 열심히 손을 써서 막고는 있습니다만 워낙 광범위해서요."

"아니에요, 나도 목욕 후에 밍호아 한대를 태우는 일은 술 마시는 것보다 훨씬 좋다고 생각하거든요. 대령님께 부탁하면 한 깡통 구할 수 있을까 해서지요."

"자자, 그만."

벡크가 각자의 술잔에 술을 쳐주고 나서 자기 술잔을 쳐들어 보였다.

"한잔 합시다. 평화를 위해서."

마담 린이 급사를 앞세워 들어섰다.

"오, 이제 시작됐군요. 나도 끼워줘요."

급사가 캐비아와 중국식 쌜러드를 놓고 나갔다. 린이 나중에 물었다.

"누가 땄지요?"

"그야 언제나 솜씨좋은 프랭크씨가 판마다 쓸어갔소."

남편 벡크가 말하자 마담 린은 익숙하게 프랭크의 옆자리에 앉으며 팔짱을 끼었다.

"그러면 오늘의 주인공은 당신이군요. 오늘 약혼식 어때요?"

프랭크가 호들갑을 떠는 마담 린의 뺨에 입을 맞추었다.

"내가 당신을 오랫동안 노려왔던 사실을 이제야 눈치챈 모양이군. 우리 오스트레일리아로 날아가서 삽시다."

"천만에요. 당신의 양모 목장에 데려갈 아가씨가 하나 왔어요."

"또 어느 쇼단에서 다 늙은 스트립걸이 하나 온 모양이군. 백인은 싫어."

"그와 정반대예요. 아주 대단한 흑진주예요. 스리랑카에서 온 십구 세의 검은 아가씨."

"선이나 좀 볼까?"

마이크가 말했고 카오가 나섰다.

"카드로 결정하는 게 어떻겠소?"

프랭크가 시무룩하게 말했다.

"나는 대령과 여자문제로 경쟁하고 싶지 않소."

마이크가 중얼거렸다.

"내가 그 여잘 사겠어."

혜정이 말했다.

"마이크, 당신 오늘 취했어요."

"마담, 미미가 질투하는데."

프랭크가 혜정과 마이크를 건너다보며 웃었다. 마담 린이 벨을 눌렀고 급사가 나타났다.

"로자, 오라고 그래."

잠시 후에 스리랑카의 무희가 들어왔다. 이 집 여자들의 유니폼인 붉은 차이나 원피스 차림이 아니라, 베트남 아오자이 비슷한 속바지 위에 노랑과 빨강으로 수놓은 길고 치렁치렁한 원피스를 입었고 길고 탐스러운 머리는 뒤로 묶어서 어깨 한쪽으로 드리우고 있었다. 피부

가 검은 빛이었지만 아주 진흑색은 아니고 밝은 잿빛에 가까웠다. 대
단한 미인이었다. 프랭크가 소녀를 멍하니 바라보고 있었다. 마담 린
이 프랭크 곁에서 일어나 옮겨앉으면서 소녀에게 턱짓으로 앉으라는
시늉을 했다. 무희는 불교식으로 두 손을 모아 공손히 절하고 나서 자
기 소개를 했다. 프랭크가 말했다.

"대단하군!"

"불공평하지 않소?"

카오 대령이 중얼거렸고, 마이크가 혀가 굳은 듯한 발음으로 말
했다.

"아까 대령이 제의했지. 포커로 결정하기로 말이야."

"실례예요. 신사들 정신차려요."

마담 린이 말했고, 마이크가 다시 중얼거렸다.

"이봐요, 나는 중대발표를 하게 될지도 모른다 이거야."

프랭크가 코웃음쳤다.

"대위, 민간인은 사령부 포고령과는 아무 상관이 없소. 나는 희랍
녀석들같이 여자 때문에 전쟁하지는 않아."

"흥, 아마도 내 발표를 들으면 당신은 지금 일어나서 저 문으로 나
가게 될걸."

"취했나봐?"

마담 린이 미간을 약간 찌푸리더니 마이크 대위의 겨드랑이를 잡아
일으켰다.

"안되겠어요. 내실로 가서 쉬어요."

"아냐, 이거 왜 이래. 날 쫓아내지 마."

마담 린이 그의 한쪽 팔을 잡고 혜정에게 눈짓을 했다.

"좀 도와줘. 마이크, 어리광부리지 말아요."

유리의 방에 남은 사람들은 모두 웃어댔다. 마이크는 테라스 쪽으로 나와서도 계속 주절대고 있었다.

"다음주부터 끝이란 말이야. 모두 망한단 말이야. 나를 몰라보는 거야? 내게 무릎을 꿇고 빌어도 안된다 그거야."

"닥쳐요."

마담 린이 말했다. 두 여자는 그를 건너편 살림집의 호화스런 방으로 데리고 들어갔다. 그를 소파에 앉히고 혜정이 냉장고에서 소다수를 꺼내어 그에게 내주었다.

"마셔요."

"오늘 여기서 푹 자요. 미미가 돌봐줄 테니까."

"아냐, 새벽에 들어갈 거요. 외출 외박 금지야."

마담 린이 혜정을 힐끗 보고 나서 물었다.

"무슨 일이 있어요?"

"큰일이 일어날 거야. 군표가 바뀐다구."

린은 놀라지 않았다. 혜정에게 말했다.

"우선 구두를 좀 벗겨야겠어."

혜정이 쪼그리고 마이크 대위의 군화끈을 푸는 동안에 마담 린이 수건에 냉수를 적셔서 그의 이마를 닦아주며 물었다.

"군표를 바꿔요?"

마이크는 다른 사람에게서 그 말을 다시 듣고는 놀랐는지 머리를 번쩍 쳐들었다. 그러고는 속삭였다.

"이건 극비요."

마이크는 소다수를 벌컥 들이켜고는 기침을 터뜨렸다. 혜정이 물었다.

"언제요?"

"언제냐고 묻잖아요?"

린이 재차 물었고, 마이크가 대답했다.

"내주에 발표할 거야. 우리는 준비중이니까."

"전국에서요?"

"모든 미군 주둔지역에서."

마담 린이 허공을 올려다보며 혀를 찼다.

"귀찮게 됐군."

아홉시 오십분쯤에 박스차 한대가 도끄랍가로의 끝쪽에 있는 그랜드호텔 쪽으로 다가왔다. 차 안에는 두 사람이 타고 있었는데 필코의 노무자들이 입는 회색빛 작업복 차림이었다. 그들은 차 뒤편에 소형 냉장고 박스를 싣고 있었다. 그랜드호텔 앞에서 번화했던 도끄랍가로는 좌회전하면서 한적해지는데, 대로가 호텔건물의 오른편 측면을 돌아서 호텔 뒤편으로 굽어져나가고 있었다. 휘어진 길 건너편에는 해안경비대가 있어서 소형 초계정이나 보트가 정박해 있었고 써치라이트가 호텔 뒤쪽에 훤히 밝혀져 있었다. 호텔 오른편, 그러니까 길이 휘어지기 전의 대로 건너편에는 녹지대가 보였고 가로수와 종려가 서 있었으며 그 너머에는 다낭만의 바다였다. 바로 녹지대 맞은편 호텔 광장 앞으로 곧은 샛길이 지나갔고 샛길의 오른쪽과 왼쪽에 초소가 있었다. 그리고 주차장은 호텔 뒤편과 현관 옆을 지나서 양쪽으로 들락거리게 되어 있었다. 주차장에 경비원, 호텔 현관 앞에 경비원, 그리고 건물 오른쪽에 모래방벽을 쌓고 두 사람의 베트남 경찰이 근무하고 있었다. 차는 천천히 호텔 광장 쪽으로 돌아서 방벽 쪽으로 다가왔다. 경찰이 앞으로 나서자 차에서는 헤드라이트를 끄고 실내등을 켜고서 얌전히 기다렸다.

"뭐요?"

"예, 삼층에 계시는 필코의 부장님에게 오는 물건입니다."

경찰이 차의 뒤쪽을 들여다보았다.

"냉장고입니까?"

"그런 모양입니다."

경찰은 귀찮다는 듯이 신호등 플래시를 내저었다. 차는 광장을 지나 현관 앞을 지나서 그대로 주차장 쪽으로 진입해들어갔다. 주차장 경비원이 나섰다.

"뭐요. 베트남인들이오?"

"그렇습니다."

"주차금지요."

"주차하려는 게 아니오. 이건 필코 찹니다. 전할 물건이 있소."

"냉장고인가?"

"그런데요."

경비원은 들여다보고 나서 심드렁하게 말했다.

"차는 여기 세워두고 저 뒤쪽으로 갖다주시오."

두 사람은 냉장고를 맞들고 호텔 뒤편의 해안경비대 쪽으로 지나는 대로를 바라보며 걸었다. 써치라이트의 고정된 불빛이 훤했고 쇠창살이 세워져 있었다. 주차장 뒤편에 화물 출입구가 있었으며 따로 엘리베이터가 있었다. 호텔 직원이 손짓했다.

"저기다 두시오."

그가 전화를 들며 물었다.

"몇호실이지요?"

"삼층 필코 부장님 방입니다."

"몇호실인지 몰라요?"

그들은 서로 바라보고 나서 한사람이 머리를 긁적이며 말했다.

"우리가 뭐 압니까? 그분이 여기 갖다두라고 해서 왔지요. 지금 회사에 계십니다. 미국인인데 전화 바꿔드릴까요?"

"아, 됐어요. 거기다 내려놓으시오."

두 사람은 다른 잡동사니들을 모아놓은 벽 한쪽에 냉장고를 붙여서 세워두었다. 그들은 다시 천천히 주차장으로 나와 차에 올랐다. 그리고는 이번에는 들어온 쪽이 아니라 샛길의 왼쪽으로 가더니 차를 돌려서 남의 집 담 옆에 차를 바짝 붙여서 대었다. 그들은 시동을 건 채로 라이트를 껐다. 골목 안은 늦은 밤이라서 그런지 조용했다.

"시한은?"

"오분이야."

운전석 옆에 타고 있던 조장이 뒷좌석을 들치고 기관단총을 꺼냈다. 그는 뒷자리에서 왼쪽을 향하고 앉아서 유리창을 열었다. 탄창을 끼우고는 노리쇠를 후퇴 전진시켰다. 그는 수류탄 한발을 운전사에게 주었다.

"하나 가져. 길에다 굴리라구."

"당신은?"

"세 발 있어."

그들은 모두 유리창을 내렸다. 갑자기 땅이 뒤집어지는 듯한 묵중한 폭음이 일어났다. 섬광이 번쩍, 했고 유릿조각들이 눈부신 빛의 파편이 되어 허공에 떴다.

"가자!"

차가 샛길을 질주해서 호텔 광장 쪽으로 나갔다. 호텔 뒤쪽에서 화염이 치솟아오르는 게 보였다. 현관으로 대기병력이 쏟아져나오는 게 보였다. 기관단총을 갈기면서 차는 광장을 지났다. 경비병들이 쓰러졌고 주차장에는 수류탄이 터져서 밀집된 차량을 폭파했다. 호텔의 큰길 건너편 녹지대에서도 세 사람의 도시게릴라들이 엎드려서 사격했다. 박스차는 지나가면서 초소에 수류탄을 던져서 날려버렸다. 요란한 브레이크 소리와 함께 차가 급회전을 하자 녹지대에서 엄호하던 조원들이 차에 올라탔다. 그들은 도끄랍가로를 질주해내려가다가 푸어홍가로의 골목으로 들어가 줄지어 서 있는 차들 옆에다 세우고는 모두 내려서 어둠속으로 사라졌다.

같은 시각인 정각 열시에 제434행동대의 제2대대 제1중대는 차이나 비치 부근에 있는 유류탱크를 공격했고 제2중대는 베트남 제1사단 파견대대의 막사를 공격했다. 그리고 제3중대는 MAC 사령부의 정문을 폭파했다. 제1중대에서는 쏨다메 빈민촌에서 출발하여 차이나 비치의 유류저장고가 보이는 해군병원 근처까지 침투했다. 그들은 모두 권총이나 카빈 정도로 단독무장을 했고 포신이 짧고 가벼운 중공제 107밀리 로켓포를 가지고 있었다. 어깨에 둘러멘 헝겊가방 속에는 64쎈티짜리 포탄이 두 발씩 들어 있었다. 포탄은 모두 열 발쯤 되었다. 정각이 되자 그들은 사정거리 9킬로의 로켓포를 발사했다. 다섯 발 중에 세 발이 명중했다. 이어서 남은 다섯 발 가운데 세 발을 해군병원 너머에 있는 헬리콥터대대를 향하여 쏘고 나서 그들은 급히 철수했다. 십분 이내에 철수가 이루어지지 않으면 미군의 레이더가 로켓 발사지점을 추적하여 헬리콥터가 날아와서 공격하는 한편 병력을 배치하여 퇴로를 차단하기 때문이었다. 유류저장탱크는 폭발하면서 불덩이를 사방에 흩뿌렸다. 다른 시설물들에 옮겨붙은 불이 번져가기 시작했다.

제3중대는 차량 대신에 사령부 정문 가까이 비켜서서 씨끌로를 버려두었다. 그들은 시한뇌관을 쓰지 않고 전기충전식으로 맞은편 기지촌의 근접거리에서 접선시켜서 폭파했다. 정문 초소가 날아가고 바리케이드는 산산조각이 되어 흩뿌려졌다.

베트남군 대대막사를 맡았던 제2중대는 차량 두 대를 동원하여 정문 초소를 AK47 자동소총으로 갈기면서 짓쳐들어갔다. 그러고는 차량을 몰고 본관건물과 막사 앞을 훑고 지나가면서 자동소총으로 갈기고 수류탄을 까 던지고는 그대로 돌아나왔고 밖의 대기조는 부대 안에 연막탄을 쏘아 던졌다. 병사들은 우왕좌왕하다가 반격을 가했지만 한참 미친 듯이 쏘고 던지고 나서 게릴라들은 연막탄 사이로 빠져나가버렸다.

4개 중대의 다낭 시내 작전은 시작부터 끝날 때까지 십분 이상이 걸리지 않았고 그것도 어떤 조의 경우는 오분 미만의 짧은 순간에 해치워 버렸다.

그랜드호텔에서 폭파된 것은 신형 대전차지뢰였다. 온 시가지가 뒤흔들렸고 도끄랍가로 가까이 있던 민가는 유리창이 박살난 집이 많았다. 스포츠클럽의 밀실에서 프랭크와 앉아서 여자를 껴안고 술을 마시던 카오 대령은 폭음이 터지자 여자의 어깨에 손을 얹은 채로 멍하니 앉아 있었다. 프랭크와 입을 맞추고 있던 스리랑카의 로자가 깍 하며 비명을 질렀다. 금이 간 양쪽 벽에서 물이 흘러내리더니 일시에 유리가 부서져내리면서 물고기들이 카펫 바닥에 떨어졌다. 프랭크와 카오는 역시 전쟁터에서 살아온 사람답게 문을 박차고 바깥 홀로 뛰어나갔다. 홀에서 술을 마시던 손님과 종업원들은 모두 엎드려 있었다. 카오는 클럽의 현관으로 뛰쳐나갔다. 운전사와 경호병이 마주 달려왔다. 카오가 물었다.

"무슨 일인가?"

"우리도 모르겠습니다."

"어느 쪽이야?"

"북쪽 같은데요."

"아주 가까운 곳이다."

카오가 경찰차로 달려갔다. 그들이 세워둔 차 쪽으로 달려가는데 갑자기 가까운 곳에 세워져 있던 다른 차에서 헤드라이트가 켜졌다. 카오는 얼굴을 찡그리며 얼결에 한손을 머리 위로 치켜들었다. 차가 곧장 달려오면서 차 안에서 기관단총이 불을 뿜었다. 카오는 수십발을 맞고 한길 가운데 넘어졌고 그의 운전병과 경호병은 권총을 뽑아 겨누기만 하다가 쓰러졌다. 차는 잠시 스포츠클럽 정문에 멈추더니 수류탄 두 발을 던지고 기관단총을 미친 듯이 쏘아대고는 타이어의 급격한 마찰음을 내면서 질주해나갔다.

혜정은 침대 위에서 벌떡 일어났다. 곁에서 곯아떨어졌던 마이크가 함께 일어나더니 능숙하게 포복을 해서 침대 아래로 자취를 감추었다. 침대 아래로 사라져가는 마이크의 궁둥이가 우스웠지만 그녀는 얼른 시트를 차고 뛰어일어났다. 알몸에 가운만 걸치고 밖으로 나갔을 때 이층에서 린이 역시 가운 차림으로 뛰쳐내려왔다. 최초의 폭음이 들리고 나서 잠시 후에 가까운 곳에서 연발의 총소리가 들렸고 린은 미미를 껴안았다.

"어서 피하자, 베트콩이야. 오, 벡크 어딨어요?"

벡크가 잠옷 바람으로 층계를 뛰어내려오고 있었다. 그들은 한덩어리가 되어 정원을 가로질렀다. 오래되어서 거의 쓰지 않던 방공호가 뒤뜰에 있었다. 도중에 혜정이 그들에게서 떨어졌다. 린이 소리쳤다.

"미미, 어디 가는 거야?"

"방안에 마이크가 있어."

"그를 부르지 마. 미군은 위험해."

그러나 혜정은 되돌아섰다. 마이크를 죽게 내버려둘 수는 없었다.

그것은 그 평범한 미국 남자와 몇번 살을 맞대고 잤다는 이유 때문이 아니었다. 지금 같은 때 저쪽 방의 침대 밑에 팜 꾸엔이 엎드려 있다 할지라도 그녀는 되돌아가지 않을 것이다. 그러나 마이크는 사령부의 재무장교가 아닌가. 그가 죽으면 달러로 통하는 열쇠도 영영 사라져버리고 만다. 더구나 지금이 어느 때인가. 하루가 수십년 같은 기회다. 혜정은 다시 수류탄이 터지는 날카로운 파열음 소리를 들었다. 그녀는 방으로 뛰어갔다.

"마이크, 마이크!"

침대 밑에서 그가 엉금엉금 기어나왔다.

"베트콩이 왔어요. 얼른 나와요."

혜정은 그의 알몸 위에 시트를 감아주고는 손을 잡아끌었다. 그는 덜덜 떨었다.

"미미, 이쪽이야."

마담 린이 방공호의 입구에서 손짓했다. 그들은 넷이 한덩어리가 되어 축축한 물이 고인 시멘트 바닥에 엎드렸다. 다시 일제사격 소리가 들렸고 온 집안의 불이 꺼지는 게 보였다. 주위가 잠잠해졌는데 린이 훌쩍이며 울었다.

날카로운 싸이렌 소리가 들려왔다. 차가 급정거하는 소리도 들렸고 뭔가 베트남 말로 떠드는 고함소리가 들리자 벡크가 방공호 입구 쪽으로 상반신을 내밀면서 중얼거렸다.

"정부군인 모양인데……"

"아직 몰라요. 미군이 아니면 안심할 수 없어요."

마담 린이 남편의 잠옷자락을 잡아당기면서 말했고 혜정이 말했다.

"그 말이 맞아요. 누가 누군지 정부군은 믿을 수 없어요. 영어가 들리기 전에는 꼼짝하지 말아요."

마이크는 담요를 뒤집어쓴 채 어깨를 심하게 떨었다. 동부 출신의 행정장교인 마이크는 훈련소에서 소총을 쥐어보고는 줄곧 에어컨과 냉각음료와 타이프라이터가 있는 사령부 사무실에서 나와본 적이 없는 군인이었다. 그는 포성은 여러번 들었지만 이렇게 직접 근거리의 전투를 겪어보기는 처음이었다. 혜정이 그의 어깨 위에 팔을 두르고 연신 토닥였다. 마이크가 중얼거렸다.

"게릴라들은 미군인 나를 납치할 거요. 오, 우린 모두 끌려갈 거야."

혜정이 그를 안아주었다.

"이젠 다 끝났어요. 걱정 말아요."

여러 사람의 군홧발 소리가 들렸고 위협사격을 하는 총성이 귀청을 찢을 듯이 가까운 곳에서 들려왔다. 자동화기의 총탄이 캄캄해진 클럽의 홀을 다시 부수는 소리가 들렸다. 유리잔이며 병이며 조명등이 박살 나는 소리가 들리고 나서 거뭇거뭇한 사람의 형체 서넛이 테라스 쪽에 나타났다. 갑자기 벡크가 방공호 밖으로 팔을 내저으면서 외쳤다.

"쏘지 마시오. 쏘지 말아요."

뭐라고 베트남 말로 묻는 소리가 들렸고 이번에는 혜정이 외쳤다.

"응어이 미이, 또이 라 응어이 따이한."

회중전등 불빛이 방공호 쪽으로 쏟아져왔다. 라이 라이, 하는 소리가 들리자 벡크가 손을 내저으며 걸어나갔고, 혜정은 마이크 대위를 부축하고 마담 린은 아직도 마음을 놓지 못한 듯 그들의 뒤에 자세를 낮추고 따라왔다. 군인들은 성청 경비중대 소속 공정대원들이었고 경찰병력도 섞여 있었다. 경위가 앞으로 나서면서 벡크에게 물었다.

"다른 사람은 또 없습니까?"

그는 벡크에게도 낯익은 카오 대령의 부하였다. 벡크가 말했다.

"우리뿐이오. 홀에도 사람들이 있었는데. 대령은, 카오 대령은 어찌 되었소? 프랭크씨도 있었는데, 다른 손님들은?"

경위는 고개를 저었다.

"대령이 적의 목표였소. 길에서 당했습니다."

여기저기서 베트남인 종업원들과 여자들이 몰려나왔고 불이 다시 켜졌다. 마담 린은 총탄구멍으로 벌집이 되어버린 스탠드바와 수류탄이 두 발이나 터져서 처참하게 부서진 홀을 보고는 울음을 터뜨렸다. 부상자들은 아직도 꿈틀거리고 있었지만 홀 안에는 피투성이가 된 세 남자와 두 여자의 시체가 보였고, 프랭크는 홀로 나가는 복도의 입구에 쓰러져 있었다. 벡크가 떨고 있는 여급들과 종업원들에게 말했다.

"자아, 남자들은 유릿조각이며 잡동사니들을 치우고, 여자들은 안채로 가서 좀 쉬도록 해요."

그는 자기 아내의 등을 밀었다.

"나는 여기서 군인들 상대를 할 테니까 안으로 들어가요."

마담 린은 입을 막고 울음을 참고 있었고 혜정이 그녀를 부축하고 안채로 갔다. 마이크 대위는 줄곧 테라스에서 담요를 쓰고 쭈그려앉아 있다가 두 여자가 안채로 들어가자 따라들어갔다. 혜정이 마이크에게 말했다.

"방에 가 있어요. 마담을 돌볼 테니까."

두 여자는 벡크 부부의 침실로 들어갔고, 혜정이 린을 침대에 누이고 나서 찬장에서 위스키를 꺼냈다.

"한잔 마셔요. 푹 자고 나면 깨끗이 정돈되어 있을 거야."

린은 단숨에 입 안으로 털어넣고 나서 긴 숨을 내뿜었다.

"한잔 더 줘. 내가 어떻게 만든 클럽인데, 다 부서지고 말았어. 그러게 베트남인을 들어오게 해선 안된다고 내가 얼마나 주장을 했어."

"가엾은 프랭크…… 그의 시체를 봤어요?"

"끔찍해, 나는 고개를 돌렸어. 마이크, 마이크 대위는 어딨어? 우리하고 방공호에 같이 있었는데."

혜정이 다시 스카치 소다를 내밀었다.

"마이크는 아까 그 방에 있어요."

마담 린은 천천히 술을 마시면서 보통때의 여주인으로 돌아갔다.

"가만, 마이크가 중요한 얘기를 했지."

"그래요. 나도 잊지 않고 있어요."

"군표가 바뀐다면…… 이건 대단한 일 아냐?"

혜정이 말했다.

"대단하죠. 당신과 내가 기회를 잡은 거야. 우리가 마이크의 목숨을 구했어요."

"미미, 지금 몇시야?"

린이 두리번거리며 혜정에게 물었다.

"열한시 조금 넘었어요."

린이 침대에서 상반신을 일으켰다.

"아직 초저녁이잖아? 우린 마이크 대위하고 할 얘기가 많다구."

혜정이 일어섰다.

"마이크를 부르겠어요."

"가만있어봐, 너무 서두를 건 없어. 군표가 바뀔 때 어떤 일이 벌어질지 한번 따져봐야겠어. 먼저 많은 사람들이 군표를 바꾸려고 난리를 치겠지. 커미션을 떼고 군표를 바꿔줄 수도 있고, 커미션은 마지막날에 가까워질수록 더 올라가겠지. 드디어 마지막날이 되면 휴짓조각이 되어버린 군표를 헐값에 피아스타로 살 수가 있겠군."

린은 얼굴에 술기운이 퍼져가는 것과 함께 서서히 스포츠클럽의 능란한 마담으로 되돌아가고 있었다. 혜정이 말했다.

"그 마지막 이후가 가장 좋은 찬스예요. 우린 바쁠 게 하나도 없을 테니까. 마이크가 도와주기만 한다면 말이죠. 커미션 따위는 하급자들이나 환전상들의 일이고, 우리는 끝장이 나버린 뒤에 휴지가 되어버린 군표를 모아서 새 돈으로 바꾸면 되지요."

린이 물었다.

"그래도 팜 소령은 군표를 많이 가지고 있을 텐데? 우리도 꽤 많이 가지고 있거든."

"우린 한 달에 한번씩 본토불로 바꿔왔어요. 물론 나중에는 송금수표로 모두 바꿀 작정이지만…… 하여튼 우리가 가진 군표쯤이야 적당히 마이크에게 맡기면 되겠지. 그보다는 교환기일이 다 지나버린 뒤에 마이크가 우리에게 얼마쯤의 시간을 줄 수 있느냐가 문제라니까."

린은 이미 침대에서 일어나 걸터앉아 있었다.

"우리가 군표를 모으고 그 이익을 마이크와 나누자고 하지."

"내가 마이크를 데려올게요."

방으로 가보니 마이크는 군복바지만을 입고 웃통은 벗은 채로 콜라를 마시고 있었다. 그는 이제야 정신이 좀 든 모양이었다. 그는 방금 샤워를 했는지 목에 두른 타월로 이마를 훔쳤다. 혜정은 마이크의 맞은편에 가서 앉으며 말보로 한개비를 빼어물었다. 마이크가 라이터를 켜서 갖다댔다.

"미미, 고마워. 그들은 다 죽었어. 프랭크씨와 대령 말이야."

혜정은 손을 뻗쳐 마이크의 밤색 머리털을 헝클어뜨렸다.

"어린애같이 굴지 마. 당신은 군인이고 여긴 전쟁터예요."

"외출금지였는데 어떻게 돌아갈지 걱정이야. 지금……"

마이크가 빈 손목과 침대 근처를 돌아다보자 혜정이 말했다.

"이제 겨우 자정도 넘지 않았어. 새벽에 들어간다고 했잖아. 날이 밝으면 벡크가 그의 차로 데려다줄 거예요. 그런데 아까 얘기한 거 사실이에요?"

"무슨 얘기……?"

혜정이 담배를 깊숙이 빨았다가 그의 면전으로 내뿜으면서 약간 빈정대듯이 말했다.

"극비라면서? 군표를 바꾼다고 그랬잖아."

마이크는 펄쩍 뛰었다.

"내가 그렇게 말했어? 언제 누구에게…… 정말 큰일났군."

"당신이 이 방에서 나하고 마담 린에게 말했어. 그렇게 놀랄 건 없잖아. 마이크 당신은 프랭크와 카오 대령이 있던 그 방에서 안 나오려고 했어. 우리가 가까스로 당신을 이리 데려온 거야. 당신이 그들과 함께 죽도록 내버려둘 걸 그랬어. 그랬다면 비밀도 보장됐을 텐데."

마이크는 하는 수 없다는 듯이 양팔을 벌려 보였다.

"싸이공 사령부에서 내려온 명령이야. 다음주 월요일부터 일주일 동안이 교환기간이야."

"그럼 시내에서는 월요일부터 군표를 못 쓰게 되겠군요."

"다음주 토요일 정오 이후에는 미군도 PX에서 이전의 군표를 사용할 수 없게 되겠지."

혜정은 저 기지촌에서의 작은 소동을 떠올리고 있었다. 갑자기 술집과 기념품가게와 사창가에서 미군들이 사라진다. 기지촌의 조용한 밤은 마치 폐광이 되어버린 서부시절의 금광마을처럼 적막하게 깊어간다. 울긋불긋한 간판과 조잡한 붉은 전구며 노랗게 물들인 매춘부의 머리카락 또는 손톱에 바른 빨강, 검정, 은회색, 갈색 따위의 매니큐어 같은 기지촌의 모든 색깔은 아메리카와의 연줄이 끊기자마자 일시에 퇴색하기 시작한다. 가짜 축제가 제모습을 드러내는 것이다. 초콜릿과 드롭스의 포장지나 매끈하고 꿈같은 냄새가 나는 비누, 그리고 알파벳과 점잖은 무늬며 색깔과 금박 은박으로 장식된 담배 또는 술병들 따위의 모든 PX 물건들은 그것을 사용하는 자들이 사라지자마자 그 환상적 위력을 잃고 고립된 사물로 전락한다. 기지촌의 아침은 그래서 언제나 백주에 드러난 무대장치처럼 황폐하다. GI 머니가 바뀐다는 소문이 떠돌면 술집 주인, 세탁소 아저씨, 포주 엄마 그리고 창부들, 구두닦이들은 모두 미쳐버린다. 온통 달러에 대해서만 이야기하고 GI들의 배신에 대하여 분개하고 마지막날이 되면 드디어 세계에서 가장 위력있는 그림딱지를 의연하게 태워버린다. 불속에서 그 기름진 종이는 순식간에 검게 변하고 오그라들면서 사라진다. 창부는 불을 들여다보면서 울지 않는다. 누구는 얼마 날리고 누구는 미리 알고 물건을 사두었다는 둥 누구는 군표로 침대 머리맡을 도배했다는 둥 하는 소문이 떠돌다가 다시 미군이 외출을 나온다. 모든 기지촌 사람들은 불속으로 사라진 돈에 대해서는 금방 잊어버리고 여기에서의 생활과 사물들이 미군의 매개로 다시 생명을 되찾게 된 것에 안도한다. 미군의 주둔은 이런 마취된 안도감들과 굳게 연결되어 있다. 구두닦이 소년은 그의 더러운 손끝에서 파아란 연기를 올리며 타고 있는 쎌렘 담배 때문에 자신을 둘러싼 지겨운 삶의 조건들과 곧 화해한다. 양키가 머물 때에만 이 축제는 지속될 수 있는 것이다. 축제를 장식할 모든 물건들은 끊임없이 새끼를 쳐서 서로 그물망처럼 굳게 연결되어 밖으로 아무것도 새어나가지 못하게 울타리를 쳐놓는다. 저 피의 밭에 던진 달러, 가이사의 것, 그리고 무기의 그늘 아래서 번성한 핏빛 곰팡이꽃, 달러는 세계의 돈이며 지배의 도구이다. 달러, 그것은 제국주의 질서의 선도자이며 조직가로서의 아메리카의 신분증이다. 전세계에 광범하게 펼쳐진 군대와 정치적 힘 보태기, 다국적 기업망의 그물로 거두어진 미국 자본의 기름진 영양 보태기, 지불과 신용과 예금의 중요한 국제적 매개체로 정착된 달러 보태기, 다국적은행의 번창 등의 결합 위에 핏빛 꽃은 피어난다.

혜정은 제리 중사와의 첫밤을 생각했다. 때묻은 분홍색 커튼, 싸구려 도배지, 육십촉짜리 전등, 파리똥, 뿌연 젖빛 유리창을 통해서 밤새껏 껌벅이던 여인숙의 간판 불빛, 비 맞은 수캐의 털냄새 같던 제리의 가슴냄새, 혜정은 머릿기름에 전 베개에 뺨을 대고 돌아누웠고 물기가 한줄씩 흘러내렸다. 제리는 사무실에서 타이프라이터 너머로 서류 원본을 불쑥 내밀 때처럼 혜정의 베갯머리로 달러를 들이밀었다. 멀어져가던 그의 군홧소리, 자동차의 기다란 경적, 문주란의 노래, 굴비 굽는 냄새, 칫솔 물고 파자마 입은 기지촌의 한국 사내들, 혜정은 거의 천장에 닿을 듯이 붙은 좁다란 창으로 미군 부대의 PS판 울타리를 바라보았다. 아침햇살이 똑같은 무늬로 찍혀져서 철벽 위에 달라붙어 있었다. 달러, 파란 무지개 무늬의 살아 있는 듯한 덩굴 잎사귀가 힘있고 음험하게 그려진 그린백, 빳빳하고 고상한 그 지폐는 여인숙의 더러운 공단베개 위에서 당당하게 혜정의 알몸을 올려다보고 있었지.

"왜 바꾸는 거야?"

혜정의 말에 대위는 되물었다.

"왜라니, 그게 무슨 뜻이야?"

"큰 혼란이 일어날 텐데. 미군에게도 별로 좋지 않을걸."

"문제는 불법 통화횡령이야. 우린 공식적으로만 연간 오억 달러나 손해를 보고 있어. 지난번 싸이공에서는 수백만 달러어치 군표 수십 톤을 실은 컨테이너 트럭을 송두리째 잃어버렸어. 사실 도난이라는 명목으로 민간업자들과 미군이 송증과 화물을 마음대로 조정해서 국세를 떼어먹고 있어. 암시장에서 거래되는 달러가 거의 십억 달러 가까이 된다는 정보야. 이제 전쟁은 새로운 단계야."

"전쟁이 끝나는 거야?"

"아마도…… 협정이 이루어지면 우린 여기서 손을 뗄지도 몰라."

"저런, 짐을 싸는 거잖아!"

마이크가 말했다.

"미미를 이해해. 그렇지만 베트남에서 살 생각은 않는 게 좋을 거야. 당신의 소령에게는 안된 일이지만."

"나는 언제든 제삼국으로 출국할 수 있어."

"소령과 함께 가나, 그를 사랑해?"

"닥쳐."

혜정은 담배를 비벼끄고 일어났다.

"마담이 우리 셋이서 의논할 게 있대."

"우리라구?"

"그래, 마이크 당신, 그리고 나, 마담 린이지 뭐야."

린은 벌써 가운을 벗고 명주바지에 티셔츠 차림으로 술자리를 만들어두고 있었다.

"꼬냑 어때?"

"와, 나는 손들었소. 이제 겨우 정신을 차렸는걸."

마이크가 엉거주춤 앉았고 린이 말했다.

"이봐요, 베트콩은 다시 오지 않아. 한잔 안하면 새벽까지 잠이 오지 않을 거야."

"젠장할."

셋은 술잔을 서로 부딪쳤다. 마담 린이 말했다.

"우리의 사업을 위해서."

마이크가 술을 들이켜고 나서 고개를 들었다.

"무슨 사업이오?"

혜정이 말했다.

"딴소리 하지 마. 당신은 재무장교 아냐? 우리가 군표를 모아다 주면 당신이 바꿔줘야지."

마담 린이 덧붙였다.

"오, 서둘지 말아요. 날이 새려면 아직 멀었으니까."

34

불에 그을리고 여러 모양으로 찌그러진 차량들을 포크레인이 집어올려 대형트럭 위에 실었다. 수류탄과 화염의 피해를 덜 입은 차량들도 유리창이 부서지고 파편에 맞아 차체가 구멍투성이였다. 주차장은 온통 폐차장같이 변해버렸다. 그랜드호텔의 현관은 물론 모든 유리창이 폭음과 진동으로 박살이 났고, 화물을 나르는 엘리베이터가 있던 호텔 후문 쪽은 대전차지뢰로 벽이 크게 무너져나가서 콘크리트 덩어리 사이로 삐져나온 철근이 죽은 짐승의 뼈다귀처럼 보였다. 무너져 내릴 위험이 있는 곳에는 강철파이프와 철근기둥으로 받쳐놓았지만 어쨌든 호텔은 대폭 수리를 해야 될 형편이었다. 미군 행정요원들은 각 부서별로 인근에 있는 단위부대로 옮겨가야 할 판이었다.

합동수사대는 일단 화이트 엘리펀트 건너편에 있는 MAC 영내로 들어가기로 결정되었다. 그러나 스모크스택 다리까지 돌아가지는 않는

다 하더라도 다낭만과 연결된 강과 같은 폭의 나루를 해군 보트로 건너야만 하는 불편이 있었다. 사령부는 모두가 알루미늄으로 조립된 퀀셋 가건물들이었지만 냉방시설이 완벽했고 부대 안이라서 훨씬 안전했다. 미군들은 그랜드호텔 레스또랑의 뷔페식 식사 대신에 영내의 군대음식을 먹게 되었다고 투덜거렸다. 당분간은 업무의 통일성을 잃고 혼란이 있을 것이며 호텔의 수리기간이 적어도 한 달은 걸릴 모양이었다. 미군측에서도 외근자들은 푸어홍가로 초입에 있는 수사대 사무실과 가까운 안전가옥을 빌려서 시내에 머무르는 눈치였으므로, 한국군 파견대도 시내에 남기로 결정했다. 귀국날짜를 겨우 열흘쯤 남겨둔 반장이 그맘때는 늘 비번이라 나가서 알아보더니 집을 구했다는 연락이 왔다. 안영규는 다른 사병들에게 이삿짐을 꾸리도록 일러두고 용궁식당으로 나갔다. 내실에서 중사 혼자 앉아 캔맥주를 마시고 있었다.

"대장 온다고 그랬죠?"

"응, 방금 보고했다."

"집을 용케 구했네."

"마, 내가 누구냐? 귀국 말년에 쫄병을 놔두고 내가 돌아다니게 됐구만."

중사는 영규에게 눈을 흘겼다.

"슬슬 PX나 돌아다니면서 왜 그러슈. 집이 어느 쪽이오?"

"너도 알걸? 박중령네 식구들 쓰던 집……"

"난 또 어디라구. 홍콩패 아이들 있던 그 흉가 같은 집 말이죠?"

"야야, 당장 갈 데는 없지 포인타는 으르렁거리지, 그만한 집도 시내에서는 구하기 힘들어. 세도 싸고."

"그치들 다낭에서 떴어요?"

"아마 대위하고 너를 갈아마시고 싶을 거다. 싸이공으로 옮겼대."

대위가 들어섰다. 그는 군복 차림이었다. 그가 문지방에 걸터앉으며 말했다.

"밖으로 나오지, 군화 벗기 번거로운데. 홀에 손님도 없는데 그래."

세 사람은 거리가 내다뵈는 유리창 옆으로 옮겨앉았다. 대위가 물었다.

"집을 구했다구?"

"홍콩패가 쓰던 그 집이랍니다."

영규가 말했고 중사가 얼른 말했다.

"싼 집입니다. 월세가 이백 달러예요. 우리가 모두 몇명입니까? 얘까지 대원 여섯에 저 그리고 대장님까지 모두 여덟 명입니다. 큰 방 둘과 작은 방 둘, 적어도 그 정도는 돼야죠."

대위는 중사에게 웃는 낯으로 말했다.

"내가 인마 네 속을 다 안다. 귀국준비를 단단히 하려고 그러지? 그 집이 창고도 큼직하니까 잔뜩 갖다가 쌓아둬라."

"헛 참, 사람 잡네. 맥주 좀 팔려고 그랬더니 중지시켰죠. 까짓 전자 제품 몇개씩 담배 몇보루씩 넘겨주고 몇푼이나 먹겠습니까?"

"엄살부리지 마라. 하여튼 잘 구했어. 지난번에 박중령하고 화해 겸 이별주 겸해서 한잔 했어."

영규가 대위에게 물었다.

"정말 싸이공으로 갔어요?"

"박은 귀국하고 처남하고 대마도 돼지만 싸이공으로 떴지. 여긴 뭐 바닥이 좁아서 불편하대나? 짜식들 많이 먹었을 거야."

"얼마나 벌었을까……"

영규의 말에 중사가 아는 체했다.

"하나 앞에 오만씩은 챙겼을걸."

대위가 군복 주머니에서 수첩을 꺼내어 펴들었다.

"자자, 그만 하고…… 오늘 회의가 있었다. 안병장 언제 귀국이지?"

"글쎄요, 잘 모르지만 만기는 이번 구월초입니다."

"반장도 가고, 선임사병이 가고 나면 나 혼자 몇개월 보내게 되겠군. 아마 네가 귀국할 때까지는 분가살림을 해야 될 것 같다. 차라리 잘됐어. 독자적으로 해나갈 수 있으니까. 그리고 또 하나 지원은 없다. 우리가 먹을 식량은 휴양소에서 타오기로 되어 있지만 그럴 여유는 별로 없을 테고, 집세와 밥값 그리고 잡부 고용비 등등으로 생활비가 늘어나겠어. 국산맥주 수령해서 우리 파견대 유지비만큼 시중에 내다판다. 신임 반장이 오면 그에게 인계해주도록. 그리고 서장 카오 대령이 죽었기 때문에 그쪽 줄이 끊겼다. 이것 역시 반장이 신임자에게 귀띔을 해줄 것. 루카스가 내게 은근히 시비를 걸더군. 안병장과 토이가 르 로이시장에서 일하는 것을 잘 안다면서 뚜렌 얘기를 했다."

"걱정없어요. 그들 일도 잘 아니까."

"크라펜스키가 흥분하고 있었다. 전선측의 거래자료가 오히려 방첩대에서 많이 나왔다고 말이지. 블랙마켓은 군수사대의 영역이거든. 되도록 빠른 시일내에 다낭에 있을 것으로 믿어지는 해방전선측의 거래자료나 아무튼 그들의 동향에 관계되는 정보를 보고해야만 한다. 다낭, 호이안 외곽지구의 지방게릴라들의 전력이 종전에 비해서 두세 배 늘었다고 한다. 미군들은 모든 정보채널을 재편성하고 바짝 조일 거야. 물먹지 않도록 조심해라."

영규가 조용히 말했다.

"파견대가 분리되어나온 시점에서 그들에게 일방적인 정보를 줄 필요가 있을까요? 저들은 우리에게 한가지도 흘려주지 않는데."

대위가 고개를 끄떡였다.

"그러니까 군대는 요령이라고 하지 않나."

"아직 잘 모르지만 혹시 미군이 군표를 바꿀지도 모릅니다."

중사가 영규의 팔을 꽉 잡았다.

"뭐야, 정말야? 이거 산통 깨지는군."

대위가 고개를 갸우뚱거렸다.

"가만있어봐, 오늘 회의에서도 잠깐 비친 것 같았는데. 그렇지, 다음 주부터 모든 PX가 인벤토리야. 재고조사 기간이라고만 말했는데……"

"틀림없습니다. 정확한 날짜는 모르지만 뭔가 조짐이 수상해요."

"이거 큰탈났군. 내일부터 눈썹이 날리도록 뛰어다니며 물건들을 사둬야겠어."

중사의 푸념에 영규가 안심을 시켰다.

"염려 마세요. 손해 좀 보시고, 달러로 바꿔다줄 테니."

"안병장, 토이하고 말이지 한 건만 올려다오. 전선측 거래자나 아니면 그들 조직이 닿는 선을 채어야겠어."

"저는 곧 돌아가는데요. 제가 내사하려고 움직이면 절 그냥 내버려두지는 않을 겁니다."

"그러니까 팔월말이나 구월초까지면 되잖나. 그리고 나서 넌 날르는 거야."

"뭣 때문에 그러시죠?"

"수사대장이 바뀔 것 같다. 크라펜스키는 이제 거의 만기야. 지휘자가 바뀔 때 우리도 근무평가를 좀 받아야겠지. 우리의 고유영역도 기정사실로 인정을 받아둘 필요가 있고. 그러고 나면 훨씬 편해지지."

영규는 잠깐 생각해보고 나서 대답했다.

"토이와 의논을 해보겠습니다."

대위가 한정식을 시켰다. 식사를 주문하고 나서 그는 영규에게 대수롭지 않게 말했다.

"참 잊어먹을 뻔했다. 거 누구냐, 미미라는 여자 전화 왔더라. 너더러 급히 전화해달라던데."

중사가 끼여들었다.

"미미가 누구야?"

"혜정씨라고 있잖아요, 씨레이션 건으로 알게 된……"

"응, 그 월남놈 첩년 말이야?"

중사가 말했다.

"한번 달래지 그래."

"업무상 필요해요. 그 여자 보통 아니에요."

대위도 끼여들었다.

"응, 보통 아니겠어. 대단한 여자야. 다낭시의 유력자들과 모르는 사람이 없고 지난번 팜 소령의 성청 거래내역은 나도 생각을 해봤는데 새로 오는 미군 합수대장에게 내밀어줄 참이야."

영규가 말했다.

"골치아플 텐데요."

"우리 골치는 아냐. 우리도 허수아비가 아니란 걸 알려줘야지."

영규는 대위의 말에 찬성도 반대도 않고 냉소적으로 말했다.

"그 메모는 제 근무의 결과니까 어떻게든 활용이 되어야겠지만 너무 싸게 쓰지는 마십시오. 신임 수사대장이 누가 올지는 모르지만 처음에는 겁도 없이 당기겠지요. 그러다가 어마어마하게 계속해서 나오는 뿌리에 놀라서 얼른 덮으려고 하면 이미 소란해진 뒤일 테고."

대위가 수첩을 닫고 윗주머니에 넣었다. 그는 호주머니 위를 손바닥으로 두어 번 두드렸다.

"미군이나 베트남측이 우리를 무시할 수는 없게 되었다."

싼 티엔의 집에서 혜정은 팜 꾸엔과 점심을 먹고 있었다. 팜 소령은 구엔 쿠옹과 함께 하탄과 안호아를 오가며 채취된 계피를 후송하던 중이었고 이제 다낭의 업자들과 최종적인 타협을 할 작정이었던 것이다. 가격은 꽤 좋은 편이었다. 인적이 닿지 않던 정글의 계피는 대단한 물건이었고 중부 산악지대가 격전지로 변해버린 지난 오년여 동안 계피는 거의 품귀된 실정이었다. 인도나 싱가포르는 물론 대만 쪽에서도 구매자는 얼마든지 선택할 수가 있었다. 그들은 가방 가득히 달러를 갖고 다낭으로 몰려올 것이었다. 아침에 헬리콥터장에서 성청으로 직행했던 팜 꾸엔은 람 장군에게 대충 보고를 했고 이번의 싸이공 출장에는 동행할 틈이 없다고 말했다. 성장은 그렇지 않아도 스케줄이 바뀌었다며 이번 작전에 전념하도록 당부했다. 팜 꾸엔은 오랜만에 집으로 돌아오기도 했지만 이번의 성공적인 작전의 결과로 좀 들떠 있었다.

"다낭에 며칠쯤 계실 거예요?"

혜정이 물었고 팜 꾸엔은 싱글벙글하며 대답했다.

"이번주에는 줄곧 머물게 될 거야."

"당신 알아요? 좋은 소식이에요. 미군들이 GI 머니를 바꿔요."

"그런가? 바꾸든 말든 우리와는 아무 상관이 없어. 계피의 대금은 달러로 받을 테고, 최소한 국제시세에 준하는 금으로 받든지 그게 우리가 내건 최종 조건이거든. 무역 허가권자는 구엔 쿠옹씨고 그가 모든 것을 대행하게 될 거야."

"그럼 당신은 모기가 들끓는 정글에서 겨우 노무자 신세인가요?"

"일종의 주식회사 같은 거야. 성장이 사장이고 나와 반 장군은 전무인 셈이고 구엔은 상무라고나 할까?"

"여론 조심해요. 모두들 눈치채고 있어요."

"모두들? 그들이 누구야, 우리 일을 방해할 자는 아무도 없어."

팜 꾸엔은 그동안 햇볕에 새까맣게 그을리고 턱에는 수염이 자랐지만 사무실을 왕래할 때보다 훨씬 더 정력적으로 보였다. 혜정이 이번에는 가정부를 시키지 않고 차게 해둔 와인을 가지고 왔다.

"당신 잘 아는 환전상 있어요?"

"잘 알고 모르고는 별문제가 안돼. 필요하면 언제든지 그들이 내 말을 듣게 하면 된다구."

"나는 군표를 모을 작정이에요. 그것도 유예기간이 끝날 때쯤 해서 며칠 동안에 말예요."

팜 꾸엔이 대번에 알아들었다.

"누가 도와준다고 했나?"

"그런 자가 있어요."

"미국인?"

"물론이죠. 재무부서의."

"제법 괜찮겠는데."

"괜찮은 정도가 아니에요. 잘하면 큰 목돈을 만들 거예요. 교환을 못한 군표는 종이쪽지보다도 못해요. 십분의 일, 아니 그보다도 기간이 지나고 나면 피아스타와 일대일로 바꿀 수도 있을 거예요. 십 달러는 천 피아스타가 아니라 십 피아스타예요. 대단하지 않아요? 여보, 지금 공식환율이 얼마예요?"

"글쎄, 한 백이십 대 일쯤 될까? 하지만 환전상들 암거래 시세로는 오백 대 일쯤 될 거야. 본토불의 경우지. 그래서 동남아 각지에서 달러 암거래상들이 이 전장으로 몰려들지."

혜정은 눈을 빛냈다.

"본토불의 경우에도 겨우 다섯 배 장사인데, 우리는 백 배의 장사를 하는 거예요. 이익금의 오십 퍼센트는 미국인이 차지하겠지만, 대단하지 않아요?"

"대단하군. 언제요?"

"토요일이 마지막날이죠."

"서둘러야겠군. 당신 나갈 거요? 적당한 환전상이 있는데."

"스포츠클럽 마담 린도 이 일에 끼었어요. 그 여자도 자기 환전상을 고용할 테죠."

팜 꾸엔은 와인을 두 잔째 들고 나서 일어났다.

"나갈 시간이군. 구엔 쿠옹과 다른 구매자들을 만나야 해. 일곱시쯤이 어때? 환전상을 잠깐 보고 나서 거기서 저녁식사나 하지."

"어느 쪽으로 나가요?"

"나는 꽝쪼우반점으로 갈 거요. 탄탄호텔 근처의."

"그럼 도중에 도끄랍 중간쯤에서 내려줘요."

"무슨 일이야?"

혜정은 팜 꾸엔을 힐끗 돌아보았다.

"별로…… 대수롭지 않은 일."

도끄랍가로를 따라서 걷다가 혜정은 길을 건너갔다. 용궁식당의 한글간판이 보였다. 안영규가 빈 식당에 혼자 앉아 있었다. 혜정은 우선 사람이 없는 점이 마음에 들었다.

"오랜만예요."

식당 여주인이 알은체를 했고 혜정은 호들갑을 떨었다.

"지난번에 청국장이 어찌나 맛있던지 고마웠어요."

"또 담아드릴까? 오이소박이가 맛있게 익었는데."

"네, 좀 주세요."

영규는 맞은편에 앉아서 떠드는 혜정을 제지했다.

"웬일로 나를 다 찾으시고, 아는 척도 안하깁니까?"

"아, 미안해요, 하도 오랜만이라. 이제 얼마 안 남은 셈이죠?"

혜정의 말을 영규는 못 알아들었다.

"뭐가요?"

"집에 안 갈 거예요?"

"한 달 남짓 될 겁니다."

혜정은 희미하게 고개를 끄덕였다.

"팜 소령 아직 작전에 나가 있습니까?"

"곧 끝날 거예요."

안영규는 성청의 거래에 관하여 뭐라고 더 말하려다가 스스로 잘라 버렸다. 내가 무슨 상관인가 하고 그는 속으로 중얼거렸다. 바다를 건너자마자 여기서의 모든 일들은 희미하게 어둠속으로 가라앉아갈 것이다. 밝은 빛 아래서 물체를 보고 나서 순간적으로 눈을 감으면 잔상이 남듯이, 그래서 그 형체가 진한 색깔과 모양으로부터 일그러지고 번져가면서 어둠속에 잦아들듯이. 영규가 말했다.

"노름은 끗발 오를 때 빠지는 게 이기는 거라는 말이 있어요. 그만큼 어려운 일이기도 하지요. 여길 떠나쇼."

혜정이 언제나 그렇듯 픽 웃었다.

"또 참견."

그녀는 표정을 바로잡더니 영규를 똑바로 쳐다보면서 물었다.

"귀국하려고 군표 모아두지 않았어요?"

"아뇨, 전혀 반댑니다. 나는 정글을 거쳐왔기 때문에 다른 욕심은 없어요. 여기서 생긴 돈은 여기서 다 써요. 그리고 벌지도 않구요. 돌아갈 땐 세면도구만 지참할 생각이오."

하지만 혜정은 믿기지 않는 눈치였다. 그렇다면 무엇 때문에 여기서 목숨을 걸었느냐고 그 눈이 차갑게 묻고 있었다.

"내 얘길 잘 들어요. 우리가 여기까지 와서 양놈들한테 뒤통수 맞을 수는 없잖아. 군표를 바꾼대요. 아마 저희 사령부에서는 오늘 발표했을걸. 미군은 지난주부터 외출금지라니까."

영규는 고개를 끄덕였다.

"우리도 대강 감을 잡고 있었습니다. 아마 내일쯤부터 슬슬 소문이 퍼지겠죠. 생각해줘서 고마운데요."

"대원 중에 누구 귀국하는 사람 없나요?"

영규가 중사를 생각하고 대답했다.

"마침 열흘 뒤에 가는 사람이 있습니다."

"관품상자라고 하나요? 제한이 몇상자예요?"

"한사람 앞에 딱지 두 장씩 나옵니다. 그 딱지만 붙이면 돼요."

혜정은 사무적으로 말했다.

"미스터 안이 그분을 제게 좀 소개해주세요."

"물건 보내시려구요?"

"그래요. 엄마와 동생들 앞으로 보내고 싶어요. 내가 없이도 먹고살게 해줄 거예요."

혜정의 시선은 잠시 먼 곳에 머물다가 식당 안으로 되돌아왔다.

"대원들 모두 레이션 카드 갖고 있죠? 군표가 바뀌면 카드도 갱신될 거예요. 거기 지정된 모든 물건을 산다면 몇트럭이 될 테지만 귀중

품만 골라서 사면 짐을 줄일 수 있죠. 전자제품은 필요없고. 나하고 그분하고 동업하게 해줘요. 내 제안은 군표는 얼마든지 대줄 테니까 물건을 사서 반은 가지라고 해요."

영규는 혜정의 흉내를 내어 픽 웃어 보였다.

"우리 반장이 정말 눈썹을 날리게 됐군. 아마 서둘러야 할 거요. 며칠 후부터 인벤토리라니까."

"알아요, 그들은 늘 그런 식이니까. 주말까지는 군인은 무엇이나 살 수 있어요."

"소개해드리죠."

"언제?"

"내일 이 시간."

혜정이 고쳐 말했다.

"내일 아침."

영규가 말했다.

"오늘하고 내일까지 우리는 몹시 바쁠 거요. 이사를 가거든요."

"차는 팜 소령의 랜드로버가 있으니까 나하고 같이 다니면서 PX 출입을 하면 돼요. 물건은 싼 티엔 그 집에 갖다두어도 좋고."

"염려 마쇼. 우리 이사가는 집에는 큰 창고가 따로 지어져 있으니까."

"내일 아침 열시 어때요?"

"그렇게 말해보지요. 한데 다리를 놓아주는 나한테는 아무것도 없는 거요?"

"세면도구 한벌 사드리면 되잖아요?"

하면서 혜정은 갑자기 밝게 깔깔대며 웃었다. 그들은 식당에서 나와 잠깐 같이 걸었다. 혜정이 물었다.

"돌아가서 뭘 할 거예요?"

"글쎄요…… 여기서 많이 배웠습니다."

"뭘요?"

영규는 갑자기 어조를 바꾸었다.

"돈이면 최고냐, 이거죠."

혜정은 이번에는 웃지 않았다.

"돈은 힘이죠, 자유이기도 해요. 어느 나라나 군인이 젤 불쌍해."

"이쪽 게릴라들은 좀 다른 것 같던데. 여기하고 여기가 따로 놀지는 않는 것처럼 보입니다."

영규가 자기 관자놀이를 한번 찌르고 나서 손바닥으로 가슴을 쳤다. 혜정이 말했다.

"아무튼 우린 돈의 세상에 살아야 하니까."

씨끌로가 지나가자 혜정은 손을 흔들더니 영규에게 말했다.

"시간은 없는데 점점 좋아져서 큰탈났어. 나 갈게요. 내일 열시 잊지 말아요."

혜정이 올라탄 씨끌로가 뒤뚱거리며 멀어져갔다.

안영규는 그 길로 뱀부클럽으로 갔다. 뱀부는 거의 열려진 장소나 마찬가지였다. 베트남군이건 미군이건 또는 제삼국인이건 심지어는 베트남 민간인들까지도 아무나 드나들었다. 칸막이도 없었고 널찍한 홀과 중앙에 스탠드가 있었다. 낮에는 맥주와 간단한 식사를 팔고 스탠드에서는 버번 앤 콕이라든가 진토닉 따위의 간단한 칵테일도 팔았다. 여급들은 밤에만 손님의 자리에 동석해서 시중을 들었다. 뱀부에는 합동수사대 사람들이 많이 드나들었고 신시장거리의 상인들도 점심을 먹으러 왔다. 값은 중간급 정도였다. 그러니까 누구든 뱀부에서 은밀한 약속은 하지 않는다. 다만 간단한 사무적인 볼일이나 사람을 일차로 만나는 데 적당했다. 도끄랍가로와 르 로이가로와 그리고 푸어흥거리가 마주치는 네거리의 초입에 있었기 때문이다. 토이는 언제나 뱀부에 한번씩 들르는 게 일과였고, 그는 여기서 대충 시내의 공기를 냄새맡곤 했다. 영규가 들어서니 토이는 스탠드의 오른쪽 구석에 상반신을 반쯤 돌리고 앉아서 문 쪽을 바라보고 있었다. 영규가 그의 옆자리에 가서 앉자 토이가 목소리를 낮추어 말했다.

"어떤가, 내 말이 맞았나? MAC가 오늘 저녁에 사령부의 성명을 발표한다. 이미 미군 영내에서는 알려졌다. 시내에는 내일쯤이면 소문이 날 거야."

"나도 대위에게 보고는 했다. 우리는 별로 심각하진 않다. 그보다는 해방전선의 거래처를 캐라는 명령이 내렸는데, 가능할까?"

토이가 목소리를 높였다.

"뭐야, 그럼 원칙이 바뀌었나?"

"내 원칙은 그전과 같다. 다만 우리 파견대가 스스로 독자성을 보여주려는 것이다."

토이가 혀를 찼다.

"대위의 착각이다. 너희는 합동수사대의 지휘체계에 속해 있다."

"대위가 말했다. 수사대장이 바뀐다고 한다. 대위는 이번에 분리되어 나왔으니까 한국군 파견대의 평가도 새로이 받고 독자성의 선례를 남기려고 한다. 물론 확실한 정보에 의한 최종 수사는 미군이 맡겠지."

토이가 말했다.

"곧 밝혀지겠지만 나는 그런 식으로 함부로 써먹지 않으려고 했다."

"대위는 팜 소령과 구엔상회의 거래메모까지도 활용할 모양이다. 나는 그의 동생 구엔 타트를 의심한다는 얘기는 안했다."

"어째서?"

"나도 몰라. 되도록이면 적이 원거리에 있어야 쏘기 좋겠지."

"나하고 생각은 다르지만 어쨌든 그 얘길 안한 건 잘했다. 나는 이제부터 쏨다메와 스모크스택 지역을 샅샅이 살필 작정이다. 네가 같이 해준다면. 그렇지만 대위에게 보고하는 일이라면 나는 손을 떼겠다."

영규는 토이의 단호한 태도에 놀랐다.

"토이, 나는 군인이다. 화내지 마라."

"이봐, 나는 너희들에게서 한 달에 삼사십 달러를 받고 시시한 정보를 주고 통역도 해준다. 그러고는 뚜렌의 물건 중에서 조금씩 떼어다 판다. 너희들의 거래니까 그렇다. 그러나 이건 베트남인들끼리의 거래다. 규모가 크다. 위험도 크다. 내게는 이번이 거의 마지막 기회다. 나는 이 전쟁에서 한쪽 눈을 잃었다. 상이군인 연금도 못 받았다."

영규는 잠시 고개를 숙이고 침묵을 지켰다. 토이가 다시 재촉했다.

"안, 나는 너를 속이기는 싫다. 대위의 지시를 네가 꼭 지켜야 할 의무는 없다. 너는 월말이 가까워지면 비번이다. 쇼핑이나 다니다가 집에 가면 되는 거야."

"하여튼 같이 알아보자는 데는 합의했다. 그렇지?"

토이는 마지못해서 고개를 끄덕였다. 그가 손목시계를 보더니 탁자를 두드렸다.

"오, 이런…… 스태플리에게 가봐야 한다. 집주인의 아들이 왔다. 주인이 전화했다."

"언제 출발이냐?"

토이는 남은 술을 단숨에 들이켜고 안영규의 어깨를 두드렸다.

"오늘밤, 너도 가야 해. 잠자긴 다 틀렸다."

두 사람은 스태플리가 머물고 있는 구시장거리 뒷골목으로 갔다.

역시 줄을 당기자 종소리가 들리고 주인남자가 언제나 그랬듯이 반쯤 잠이 깬 모습으로 홀 쪽으로 나왔다. 그가 처음으로 기민하게 문을 열고는 토이에게 손짓했다. 둘은 주인의 뒤를 따라서 안으로 들어갔다. 등나무의자들과 기다란 식탁이 있는 부엌방이었는데 사내가 뭐라고 말하자 맞은편 문이 열리면서 작업복 차림의 베트남 해군이 나타났다. 그의 옷깃에 중위 계급장이 보였다. 그는 두 사람을 보자 목례를 보냈다. 토이가 말했다.

"전에 말했던 이 사람의 아들이다."

"스태플리를 부르지."

토이가 쿵쾅대며 계단을 올라가는 소리가 들렸다. 주인이 뺨에다 두 손을 갖다대고 '부꾸 슬립, 부꾸 슬립'이라고 중얼거렸다. 해군 중위가 영어로 말했다.

"당신의 친구가 잠을 많이 잔다는 뜻입니다."

스태플리가 방으로 들어오면서 영규의 머리털을 잡아 가볍게 흔들었다.

"우리는 당신의 아버지와 약속을 했습니다만."

영규가 먼저 말을 꺼냈다.

"네, 나도 들었습니다. 싸이공까지 가신다구요. 가능합니다. 이분과는 이미 인사를 나눴지요."

스태플리가 말했다.

"이 사람이 그러는데 싸이공에는 제삼국으로 탈영자를 보내주는 모임이 많다는 거야. 유럽의 선교사나 민간인들이 그런 일을 해준대."

"사실입니다. 나는 그런 일을 하는 프랑스인과 독일인을 알고 있습니다. 하나는 신부고 또 하나는 의사입니다."

영규가 물었다.

"당신의 배는 뭐죠?"

"네, LST입니다."

"그러면 부두에서 바로 탈 수가 있겠군요. 우리는 당신의 아버지와 의논했는데 나트랑까지 만 피아스타, 그리고 나트랑에서 싸이공까지 책임지고 배를 태워준다는 조건으로 목적지에 도착해서 다시 오천을 준다고 했소."

베트남 해군 중위는 눈을 깜박거리며 듣고 있더니 고개를 갸우뚱했다.

"배에 장교가 나 혼자 있는 게 아닙니다. 다른 사람들은 몰라도 당직사관에게는 모른 척할 수가 없습니다. 이만 피아스타에 다시 만 피아스타 주는 걸로 하고, 우선 반액은 지금 지불해주십시오. 날이 저물기 전까지 나는 귀선해야 하니까요. 그래서 준비를 해두겠습니다."

"이만오천, 어때요?"

그때 토이가 뭔가 베트남 말로 재빠르게 말했다. 토이는 연이어 영규에게 말했다.

"내가 중위에게 아버지와의 약속을 지키라고 그랬다. 우리는 스태플리를 맡겨두고 여러가지 물건을 갖다주었다고도 했다."

"아, 좋습니다. 이만오천."

중위가 응낙하자 영규는 토이에게 눈짓을 했고 그가 돈을 꺼내어 세기 시작했다. 스태플리가 나섰다.

"이봐, 이건 내 일이야. 너희들 돈을 쓸 필요가 없어."

영규가 그에게 손가락질을 했다.

"히피, 거기 앉아 있어. 돈이 몇푼 있거든 티베트에 가서 항아리 장사할 밑천이나 해라."

토이가 피아스타를 건네주자 중위는 얼른 받아서 아버지에게 건넸고 그는 다시 천천히 돈을 한장씩 헤아렸다. 중위가 말했다.

"자, 이제 배를 타는 요령을 가르쳐주겠소."

"그게 무슨 소리요? 당신이 이 사람을 데리고 가서 직접 태워주지 않는다는 거요?"

영규의 짜증스런 말에 스태플리가 말했다.

"좀 들어보자."

"우리 배는 아시죠? 저쪽 외항에 있습니다. 당신들이 몽키 마운틴이라고 하고 우리 지명은 바이방이죠. 그 해군 하역장에 가본 적 있습니까?"

"알고 있습니다."

영규는 거기서 내려 베트남 땅을 밟은 터였다. 그 대신에 출국은 다낭 시내 부두에서 작은 배를 타고 다낭만 한가운데로 나가 타도록 되어 있었던 것이다.

"해군 하역장의 경계선이 있습니다. 미군 전용, 외항선 전용, 그리고 베트남군 전용이 따로 있습니다. 승선 시각은 밤 열시 이후라야 합니다. 일석점호가 끝나고 취침시간이 되었을 때는 모두 선실에 들어가고 갑판 하사관과 경비조들뿐입니다. 부두 입구에 안전경비가 지키는 위병초소가 있습니다. 옆 초소에는 미군 SP(공군헌병)가 지키고 있지만 우리와는 문이 다릅니다. 나는 우리 위병소에서 기다리겠습니다. 그리고 나와 함께 배를 향해 걸어가서 갑판으로 올라가면 끝입니다. 그 뒤에는 지정된 장소에서 잠이나 실컷 자면 됩니다."

"야, 간단하잖아."

스태플리가 신이 나서 외쳤다. 토이가 영규와 스태플리에게 물었다.

"그런데 복장은 어떻게 하지? 저대로 좋을까?"

"어때서 그래."

스태플리는 긴 머리와 수염에다 티셔츠와 청바지 차림인 자기 자신을 천천히 훑어내려갔다.

"이것만 떼기로 하지."

하면서 그는 목에 걸었던 펜던트를 쥐었다. 해군 중위가 말했다.

"미 해군 작업복 있습니까?"

"필요하다면 당장 가져오겠소."

영규가 말했다.

"저 봐, 블루진 위에다 해군 하늘색 셔츠, 감색의 모자만 있으면 되겠어. 그래도 그 머리와 수염은 해군 규정상 안되겠는걸."

"바로 맞습니다. 깎아야겠군요."

중위는 찬성했는데 스태플리가 뒤로 물러서며 항의했다.

"싫다, 내가 그래서 달아난 거야. 내 수염은 아무도 손 못 대게 할 테야. 배를 타고 싸이공 가면 나는 오히려 군인냄새가 나선 안돼. 초소를 지나는 일은 잠깐이야."

토이와 영규는 서로 시선을 나누었다. 딴은 그럴듯한 얘기였다.

"좋아, 그 대신에 작업복을 입고 모자는 써라."

중위가 말했다.

"오늘밤 열시에 외항부두의 베트남 해군 초소에서 만납시다. 약속은 다 된 셈이지요?"

중위와 스태플리가 악수했다. 영규와 토이, 스태플리는 부엌방에서 나와 이층의 스태플리 방으로 올라갔다. 영규가 코를 쥐었다.

"어휴, 이 냄새."

"불평하지 마라. 인간의 진정한 냄새니까. 샤워를 사흘에 한번 할까 말까야. 그것도 밤에만 뒷마당에다 물을 길어놓고 냄비로 퍼서 끼얹는다."

"방 좀 치워라."

그들은 그동안에 늘어난 스태플리의 살림들을 내려다보았다. 접시, 공기, 젓가락, 전기곤로, 깡통 따위가 있었고 침구의 옷가지들이 온통 한데 뭉쳐진 채 철침대 위에 처박혀 있었다. 스태플리는 침대 위에, 토이와 영규는 나무의자에 앉았다.

"오늘밤 토이와 내가 너를 부두까지 데려다주겠다."

영규가 말하자 스태플리는 진지하게 말했다.

"이 나라를 빠져나가면 첫번째 도착한 곳에서 네게 편지를 보낼 거다."

"레온이 너를 보고 싶어했지만 우리가 못 오게 했다."

"그는 내기에서 이길 거야."

스태플리는 벌써 오래 전에 이 나라를 떠나온 사람처럼 굴었다.

"전쟁만 없다면 여기 어디 바닷가 시골도 살기 좋을 텐데 말이야."

"그래, 너 같은 미국인 관광객 때문에 곧 살기 나빠질걸. 너는 빙빙 돌아서 결국 네 나라로 돌아가게 될 거야."

"오, 끔찍한 얘기 하지 마라."

"그동안 잠이나 자둬라. 우린 밤에 오겠어."

밤 아홉시 사십분에 안영규와 토이는 차를 가지고 스태플리를 데리러 갔다. 박스차를 빌리지 않고 일부러 중사가 쓰는 군용지프를 몰고 갔는데 덮개는 씌우지 않았다. 그것은 토이의 주장이었다. 스모크스택 다리와 바이방의 초소 위병들이 오히려 검문을 소홀하게 할 거라는 얘기였다. 토이도 군복을 입고 안영규는 정글복을 입었다. 스태플리는 작은 비닐백을 가지고 기다리던 중이었다. 그에게 해군 작업복 셔츠와 싸젠 계급장이 붙은 파란색 작업모를 씌웠다. 수염이 좀 불안했지만 제법 먼 항해에서 돌아온 뱃사람처럼 보이기도 했다. 스태플리는 별로 말이 없었다. 그들은 화이트 엘리펀트 가로를 따라서 올라가다가 셸 광고판이 있는 기름저장소를 돌아서 다리로 향했다. 그쪽은 대낮처럼 불이 훤히 켜져 있었다. 다리 검문소에서 잠깐 섰고 베트남군 QC와 미군 위병이 함께 나왔다. 토이가 손을 들어 알은체를 했고 위병은 웃는 얼굴로 바리케이드를 치웠다. 그들은 바이방 입구에서 해군 사령부로 들어가는 길과 부두로 가는 삼거리 초소에서 다시한번 검문을 받고 나서 바다를 끼고 왼편 길로 들어섰다. 왼쪽은 바다와 헐벗은 황토언덕뿐이었고, 군데군데 밝혀둔 감시등에 먼 부두까지 내다보였다. 바다에 떠 있는 크고작은 함정들도 표시등을 깜박이고 있었다. 써치라이트가 바다 위를 천천히 핥으며 지나갔다.

"이쯤에서 세우지."

토이가 브레이크를 밟았다. 그들은 차를 길 옆에 빼놓고 아스팔트가 깔린 부두 앞 광장으로 걸어내려갔다. 높다랗게 철망 울타리가 서 있는데 과연 문이 나란히 두 군데 붙어 있었고, 오른쪽에는 'STOP'이라고 씌어 있었고 왼쪽에는 'DUNG LAI'라는 노랑색 글씨가 보였다. 영규가 스태플리에게 말했다.

"저기 왼쪽 출입구다. 초소 보이지?"

"고맙다. 이젠 돌아가라."

"아냐, 여기서 지켜보겠다. 저쪽 붉은 표시등 있는 데에 배가 있는 모양이군."

토이가 말했다.

"열시다. 빨리 서둘러."

영규가 손을 내밀자 스태플리는 악수하지 않고 목에 걸었던 나뭇조각의 펜던트를 풀어서 그 손에 쥐여주었다.

"잘 있어."

그는 영규를 끌어안고 등을 몇번 토닥이고는 토이의 뺨을 쓸었다.

"토이."

"행운을 빈다."

스태플리는 돌아보지 않고 문을 향해서 걸어갔다. 탐조등 불빛이 가끔씩 번쩍, 하면서 바다 위로 미끄러져가는 게 보였다. 토이와 영규는 담배를 한대씩 물고 지켜보았다. 그 다음부터는 아주 짧은 순간이었다. 스태플리의 껑충한 몸집이 왼편 초소로 다가가자 초병과 뭐라고 얘기하고, 이어서 그 중위인 듯한 자가 나와서 안으로 들어가는 게 보였다. 철망 울타리를 통해서 그들이 나란히 걸어가는 게 보였다. 오른편 초소에서 미군 SP가 나왔다. 그의 흰 헬멧이 보였다. 뭐라고 묻는 듯했다. 그들은 계속 걸어갔다. 다시 다른 SP가 초소에서 나왔다. 그들은 경계선 철망 쪽으로 다가서면서 또 뭐라고 물었다. 중위가 돌아서서 대꾸하는 듯했다. 그때 스태플리가 부두 쪽을 향해서 뛰기 시작했다. 헤이, 하는 소리가 들리고 그 뒤에는 길 건너편에서도 똑똑히 들렸다. 돌아와, 정지, 정지, 곧이어서 짧은 연발사격의 총성이 들렸다. 토이와 영규는 스태플리의 몸집이 시야에서 사라지는 것을 보았다. 맞았다,라고 토이가 중얼거린 듯했다. 영규는 초소를 향하여 달려갈 자세로 몇걸음 내디뎠고 토이가 그의 허리를 뒤에서 껴안았다.

"소용없어. 우리에게 불리하다."

울타리 안쪽에서 차츰 여러 사람들의 떠드는 소리가 늘어가고 있었다. 토이가 영규를 잡아끌었다. 그들은 세워둔 지프차로 돌아갔다. 왔던 길을 되돌아 질주했다. 영규는 펜던트를 손아귀에 꽉 쥐고 있었다. 토이가 핸들을 잡고 전방을 응시한 채로 중얼거렸다.

"그는 운이 나빴어."

영규는 꼭 스태플리 때문만이 아니라, 자신을 위해서도 울고 싶었다. 그러나 눈물은 나오지 않았다.

35

폭풍이 휩쓸고 지나간 뒤 다낭 경기는 몹시 위축되었다. 그때 철시했던 상가는 하나둘씩 문을 열기 시작했지만 아직도 셔터를 굳게 내린 상점들이 여러 군데였다.

팜 민은 집에서 나오자마자 공군 PX 길 건너편에 있는 세관 방향으로 오토바이를 타고 갔다. 이것은 요즈음 팜 민의 규칙적인 일정 중의 하나였다. 세관의 뒤편에는 부두가 시작되고 있었으며 왼쪽부터 백상로의 거룻배 정류장 직전까지가 군 전용 내항부두인 셈이었고 세관의 오른편으로는 민간인들의 화물창고, 하역장, 어시장이 밀집되어 있었다. 어시장 부근에는 술집, 음식점, 어구상, 생선도매상, 젓갈도매상, 건어상 등이 밀집해 있었다. 구엔 타트가 다낭시 지구위원회에 상신하여 그 부근에다 녁맘공장을 연 터였다. 근처에는 두 군데의 다른 녁맘공장들이 있어서 그 앞을 지나노라면 코가 떨어질 정도의 악취가 풍겼다. 미군들은 그 냄새를 송장의 냄새라 하기도 하고 지옥의 냄새라고도 하면서 국의 계집들 사타구니에는 그 냄새가 쩔어 있다고 음탕한 농담을 하던 것이다. 녁맘은 베트남인의 어느 음식에나 들어가는 생선을 발효시킨 젓국이었다.

겉으로는 녁맘공장이었지만 그곳은 성청에서 신생활촌의 민병대 창설사업에 따라 흘러나오는 무기와 탄약을 수집 보급하려는 일차거점이었다. 성청에서 무기와 탄약과 건축자재를 실어다가 일단 군 전용 부두의 하역장에 있는 코넥스에 갖다넣으면, 밤에 그중의 일부를 스리쿼터에 실어서 어시장 옆길로 빠져서 넉맘공장의 블록으로 운반해왔다. 그러면 다른 생선상자와 함께 쌓아두었다가 지방 각처로 보내는 것이었다. 넉맘공장에서 나갈 때에는 넉맘이 가득 들어 있는 독 안에 분해한 총과 실탄을 가라앉히고는 짚으로 단단히 포장했다. 이런 독들은 중부 월남의 어느 곳에든 아무 차에나 삼판선에 실어서 발송할 수가 있었다.

팜 민은 어시장 뒷골목에 있는 자신의 공장으로 들어갔다. 하부세포원 세 사람이 노무자로 일하고 있었다. 공장이라고 해봤자 큰 가마솥 두 개가 달린 아궁이와 생선을 발효시키는 큰 나무통 십여개가 전부였다. 시멘트탱크 안에는 물이 언제나 철철 넘쳤다. 일단 발효가 끝난 젓국을 걸러내어 솥에 끓이고 위에 뜬 거품을 걷어내고서 맑은 장국을 독에 담아서 안쪽의 저장고에 넣어두는 것이 일의 순서였다. 문을 열어젖히면 입구에는 언제나 부두에서 들어온 작은 생선들이 상자에 담겨서 차곡차곡 쌓였고 소금가마가 쌓여 있었다. 팜 민은 눈짓으로 묻고는 저장고 쪽으로 들어갔다. 일꾼 우두머리가 따라들어왔다. 구석에 낯익은 상자가 쌓여 있었다. 일꾼이 저장고 문을 걸었다.

"어제 들어온 물건입니다. 확인하시죠."

팜 민은 상자의 뚜껑을 장도리로 한개씩 뜯었다. 검은 윤활유가 그대로 묻은 채인 카빈총, 권총, M1소총이 있었고 실탄과 수류탄도 있었다. 두 사람은 땀을 뻘뻘 흘리며 분류작업을 했다. 그들은 종류대로 분해해서 넉맘이 가득 찬 독 속에 가라앉혔다. 일을 끝내고 나서 팜 민은 수량대로 적었다. 카빈 80정, M1소총 30정, 권총 45구경 20자루, 실탄 50박스, 수류탄 70발, 제법 괜찮은 물량이었다. 민병대 지원무기의 거의 삼분의 일이 빠져나오는 셈이었다. 군 하역장을 통해서는 민병대의 무기가, 녁맘공장을 통해서는 같은 지역의 지방게릴라들의 무기가 보급되고 있었다.

"호이안, 탕빈 지구로 나가는 물건은 준비되었소?"

"네, 벌써 뒷마당에 내놓았습니다."

"그쪽에서 중기관총 2문을 요구했는데 포함이 되었겠지요?"

"네, 지난주에 수령한 물건을 이번에 넣었습니다."

팜 민은 뒷마당에 나와서 가지런히 정렬한 녁맘독을 눈으로 대충 헤아리고 나서 나무의자에 앉았다. 마당이라고 해봤자 이웃 공장과의 사이에 있는 공터였는데 두 집이 주차장 비슷하게 쓰고 있었다. 울타리는 없었으나 각목을 땅에 꽂고 철조망을 낮게 둘러놓아서 어시장을 오가는 행인들이 함부로 들어오지 않게만 해놓았다. 이런 녁맘공장이 밀집된 곳에는 외국인이라면 절대로 오고 싶지 않을 테고, 온다 하더라도 골치가 아파서 도저히 오래 머물 수가 없는 장소였다. 역시 미군들은 이 블록을 쏘스폭탄 지역이라고 농담을 했는데 구엔 타트는 그 농담에서 착안을 했는지도 모른다. 람브레터가 왔고 독을 조심스럽게 차에 실었다. 반 하오상점의 세포원이 운전사였다. 팜 민은 다른 때처럼 운전석 옆자리에 먼저 올라가 앉아 있었다. 싣기를 마치자 람브레터는 천천히 어시장의 혼잡을 뚫고 나가 스모크스택으로 나가는 큰길로 꺾어졌다. 투본강을 통해서 삼판선으로 나가는 해안지방의 보급소는 예전처럼 강 건너편의 반 하오상점에서 맡고 있었다. 팜 민은 일일 보급품을 실어다주고 그때그때 지방으로 나가는 다낭의 정보를 전달하고 있었다. 어떤 때에는 PRP(베트남인민혁명당)의 인쇄물도 있었다.

"저 차가 맞아요."

초소 안에 있던 QC하사관이 말했다. 토이와 안영규는 철망이 쳐진 유리창을 통해서 밖을 내다보았다. 과연 람브레터 한대가 탈탈거리며 달려와 바리케이드 앞에 멈추었다. 경찰과 QC사병이 대충 화물칸을 넘겨다보고 나서 팔을 저었다.

"저기 운전석 옆에 앉은 녀석 보이나?"

토이가 말했다. 영규는 그 핼쑥한 뺨을 가진 깡마르고 신경질적으로 생긴 베트남 청년을 곧 알아보았다. 그것은 구엔 쿠옹상점 사무원으로 취직했던 팜 꾸엔 소령의 아우였다.

"이거 재미있는데. 저 차를 쫓아가자."

영규가 초소 밖으로 나가자 토이가 느린 동작으로 따라왔다.

"갈 거 없어. 저들은 반 하오네 상점으로 가는 거야."

토이는 그 대신에 QC에게 몇마디 물었다. 토이가 다리 옆에 세워두었던 지프에 오르면서 중얼거렸다.

"뒤에 실은 물건은 넉맘이었다. 점점 웃겨주는군. 구엔 타트와 저 친구는 분명히 한패야. 이봐 안, 넉맘을 어디서 만드는지 난 잘 알고 있다."

"어디야?"

"어시장 근처에 몰려 있지."

"어시장이라면 내항부두?"

"그렇다. 군 하역장 바로 옆이야. 지난번에 자네 개에게 물렸을 때 생각 안 나니?"

"트란 박사의 집?"

수은 썬글라스 아래로 토이가 흰 이빨을 드러냈다.

"거기 성청의 비료와 건축자재가 산더미같이 쌓여 있었지? 뭐 생각나는 거 없나?"

안영규가 중얼거렸다.

"하역장과 붙은 어시장의 어느 창고. 맞았니?"

"정확하게 말하자면 넉맘공장이야. 저 독 속에는 틀림없이 총이 들어 있을 거다. 와, 우린 알아냈어. 고래를 낚은 거야. 잡아채기만 하면 된다."

"이제부터 나는 비번이야."

"그게 무슨 상관이냐?"

토이는 차를 한껏 몰다가 마구 핸들을 꺾었다. 영규가 투덜댔다.

"조심하라구."

"네가 돌아갈 때 거금을 만지게 해줄게."

"필요없어. 나는 배를 타기 전날 대위에게 귀띔이나 해줄까 하는데."

팜 민은 반 하오상점 안으로 들어갔다. 레 무옹 판 중사가 가게 쪽에 나와 앉았다가 손을 쳐들었다. 팜 민은 물건의 수량과 내용을 알려주고 덧붙였다.

"인쇄물도 있습니다."

"어떤 것인데?"

"당사와 구엔 아이 쿠옥학교에서의 연설문입니다. 지방조직원들의 교육용이지요."

"안으로 들어갑시다."

그들은 짐 부리는 일을 잡부들에게 일러주고 나서 창고를 지나 안마당을 건너 상점 사무실로 들어갔다. 반 하오가 서류를 들추고 있다가 반가워했다.

"음, 인제 오나?"

"네, 중기관총 2문도 포함시켰습니다. LMG(경기관총)입니다."

"로켓과 박격포의 포탄을 빨리 보급하는 사업이 급선무일세."

"알고 있습니다."

"곧 우계의 공세가 전국적으로 실시된다네. 그때까지는 꼭 실행되어야지."

"구엔 동지가 애를 쓰고 있지요. 아시다시피 민병대 쪽에 나가는 무기는 개인화기뿐입니다. 중화기는 정규군에만 주고 있습니다."

레 무옹 판이 말했다.

"가끔 들어오긴 하지만 불규칙하단 말이야. 정부군의 보급선을 꼭 뚫어야 합니다."

그들은 함께 차를 마셨다. 문득 반 하오가 물었다.

"강 건너 제4중대가 비행장 공격을 맡게 되지?"

"예?"

팜 민이 어리둥절해하자 레가 말했다.

"아저씨, 팜 동지는 공작원이라 작전에는 참가하지 않습니다."

"아, 그랬던가?"

잠깐의 침묵이 흘렀다. 팜 민이 일어났다.

"가보겠습니다."

"구엔 타트 동지에게 안부 전하게."

이어서 팜 민은 일일계산을 하기 위해서 까페 호아띰으로 갔다. 구석자리에 키엠 중위의 등이 보였다. 팜 민이 앉자마자 키엠은 목소리를 낮추고 재빨리 말했다.

"당분간 중단해야겠소."

그는 주위를 살피고 나서 다시 속삭였다.

"오늘 부관실에 보안장교와 낯선 민간인이 찾아왔습니다. 그들은 팜 소령과 성장을 만나고 싶다고 했어요. 그들이 자리에 없다니까 창고를 좀 둘러봐야겠다기에 내가 성청의 창고를 보여줬어요. 그들은 다음에 또 들르겠다면서 돌아갔습니다."

"감사 나온 게 아닐까요?"

"지금은 감사를 받는 계절이 아닙니다. 그 사람들 말은 없었지만 위압적이었어요."

"형은 어디 있어요?"

"하탄군으로 나가셨습니다."

"아직 계피 일이 안 끝났나요?"

"곧 끝난답니다."

"장군은?"

"후에에 가셨습니다. 아마 내일 돌아오겠죠."

팜 민은 생각해보고 나서 말했다.

"좋소. 며칠 동안 중지합시다. 그렇지만 별일은 아닐 거요. 이봐요, 장군은 대통령의 직계 사람이오. 누구도 그의 권위를 침해할 수 없소."

그는 가지고 왔던 두툼한 서류봉투를 중위에게 넘겨주었다.

"어제치요."

"공장으로 연락하겠소."

키엠은 얼른 봉투를 끼고 까페를 나갔다. 팜 민은 식은 커피를 놓아둔 채로 잠시 시간을 보냈다. 키엠과 간격을 두려는 것이었다. 싸락싸락하며 명주 스치는 소리가 들리더니 흰 아오자이의 옷자락이 의자 옆에 와서 멎었다. 팜 민이 고개를 들었다.

"아…… 이거……"

"나를 알아보겠어요?"

아오자이의 주인은 트란 반 푸옥이었다. 팜 민도 몇번 찬 티 소안과 함께 만난 적이 있었다.

"잠깐 앉아도 돼요?"

팜 민은 자세를 고치며 손바닥을 내밀어 맞은편 의자를 가리켰다.

"팜 민씨는 도대체 어떻게 된 거예요? 후배들이 당신을 뭐라고 부르는지 알아요? 비겁자, 정부군의 개, 별의별 얘기를 다 해요."

팜 민은 조용하게 말했다.

"그 얘길 하려고 여기 앉은 겁니까?"

푸옥은 빙긋 웃더니 고개를 저었다.

"아니, 또 있어요. 당신이 전선에서 탈영한 것과 소안에 대한 변심이 관계가 있다는 게 사실인가요?"

"전혀 관계없습니다. 실례하겠소."

분연히 일어나는 그를 향하여 푸옥이 재빨리 말했다.

"소안은 오늘 약혼해요. 나도 거기 갈 거예요. 뭐 전할 말 없나요?"

팜 민은 잠깐 멈추었다가 그대로 카운터 앞을 지나 호아띰의 문을 밀었다. 제비꽃 색깔인 보라색에 둘러싸여 있다가 밖으로 나오니 거리는 온통 회색이었다. 점점 더 습기가 짙어지고 있었다. 이제 정글에서는 후덥지근한 바람이 불어오고 날마다 비가 내리는 계절로 가까워지고 있었다.

팜 민은 오토바이의 악쎌을 힘껏 차고는 한참이나 가로수가 늘어선 학교거리를 달려나갔다. 머플러에서 엔진이 울부짖는 소리가 온 거리를 울렸다. 그는 오토바이를 거칠게 몰고 구엔 타트네 정비공장 안으로 달려들어갔다. 공장 마당의 차는 다 옮겨졌고 그곳에서는 성청에서 들어오는 시멘트며 비료며 슬레이트 등속이 야적되어 있었다. 팜 민이 머물던 창고 쪽에는 천장에까지 계피로 가득 차 있었고 시외버스 정류장 쪽에도 새로운 창고를 세를 내고 빌려쓰는 중이었다. 팜 민은 핑곗김에 구엔 타트와 자연스럽게 같은 사무실을 쓰게 된 터였다. 구엔 타트가 의아한 얼굴로 밖을 내다보고 있었다. 그가 사무실로 들어가서 소파에 털썩 앉을 때까지 아무 말 없이 지켜보던 타트가 이죽거렸다.

"팜 민씨가 기분이 안 좋다는 것을 온 다낭 시민들이 알았겠는데?"

팜 민은 아무 대답이 없었다. 구엔 타트는 신문을 들고 사무실 중앙의 안락의자로 돌아가 앉으면서 물었다.

"뭐 새로운 일이 있나요?"

팜 민은 키엠과 만났던 일을 간단히 얘기했다. 그러고는 끝내 참지 못하고 구엔 타트에게 내뱉었다.

"선배님은 저를 믿지 않으십니까?"

타트는 눈을 휘둥그레 떴다.

"믿지 않는다니…… 동지와 나는 좋은 짝이오. 우리는 한몸이야."

"그럼 어째서 우계 공세가 시작된다는 것과 증원중대가 다낭공항을 공격한다는 사실을 말해주지 않았죠? 강 건너 식구들은 나보다 먼저 알고 있었습니다."

구엔 타트는 차가운 얼굴로 되돌아갔다.

"아, 그것은 팜 동지가 맡아야 할 중요한 임무가 있기 때문이오."

"저도 작전에 참가하겠습니다. 더이상 시장에서 빈둥거릴 수 없습니다."

"그 임무가 작전에 참가하는 임무요."

"네?"

구엔 타트가 말했다.

"증원 제4중대가 공항을 공격하는 건 아니오. 주력은 산에서 옵니다. 정규군 특공대요. 우리 증원 제4중대는 공항 주변의 다른 곳에서 교란작전을 실시할 예정이오. 팜 동지는 동 대오로 투입되는 특공대를 유리한 공격지점까지 안내해야 합니다. 그곳에 대해서는 누구보다도 동지가 잘 알겠지요. 동지는 소속이 공군이지요?"

"그들을 안내해요?"

"곧 루트와 공격지점이 결정될 거요. 이것은 중요한 임무입니다. 전 멸할지도 몰라요."

"목표는?"

"적의 팬텀기요. 우리는 빠리회담이 진행되는 동안 적에게 계속 군사적 충격을 가해야 합니다. 한데 조직원인 동지가 상부의 설명이 없다고 해서 화를 냅니까?"

"아…… 제 과오였습니다."

고개를 숙이고 있다가 갑자기 생각난 듯 팜 민이 얼굴을 들었다.

"비행장과 아주 가까운 곳에 안전가옥이 있습니다. 아무도 모르게 침투해서 밤까지 그곳에 잠복할 수 있습니다."

"좋은 안이오. 어디쯤이오?"

"손딘마을입니다."

"거기가……"

"그렇습니다. 트린 선생님 댁이죠."

구엔 타트는 얼른 시선을 피했다.

"거긴 안돼."

"그분을 아십니까?"

"옛날 유년학교의 교장이셨지. 나는 불교학생회의 멤버였소."

"왜 안됩니까? 그분을 믿지 못하세요?"

"못 믿어서가 아니오. 전선위원회에서도 그를 좋아하는 선배들이 많아."

"그럼 그만두죠."

구엔 타트가 소리를 질렀다.

"누가 그만둔다고 했어? 동지가 말 안했으면 나는 기억하지 못했을 거요. 모르겠어……"

구엔 타트는 입을 닫았다. 그러고는 신문에 시선을 주고 아무 말이 없었다. 팜 민이 말했다.

"비판 좀 해주십시오."

구엔 타트가 신문으로 얼굴을 가린 채로 말했다.

"무슨 일이 있었소?"

"제가 개인적인 일로 흥분을 좀 했습니다."

"어떤 일?"

팜 민은 애써 냉정한 목소리로 말했다.

"학교 후배 되는 학생을 만났습니다. 후배들 사이에 내가 해방전선을 이탈한 비겁자라는 소문이 돈다면서 소안의 약혼 소식을 알려주었습니다."

잠시 후에 타트가 신문을 내렸다. 그는 눈이 불그레하게 충혈되어 있었다.

"참 어쩔 수 없군. 나도 동지와 똑같은 경험을 했소. 불교학생회에서 만났던 어떤 여자 생각이 났소. 마음속 깊이 축복해주시오. 그러면 됩니다. 그 뒤에는 그들에게서 태어날 아기들에게 자랑스런 조국을 물려주겠다고 다짐하고 작전에 나가는 거요. 이것이 바로 내가 전에 말했던 사랑과 혁명이 같은 길이라는 뜻입니다."

"어시장에 나가봐야겠습니다."

팜 민은 숨을 길게 내쉬고는 그렇게 말했다. 구엔 타트가 말했다.

"내게 얘기해줘서 고맙소. 우린 둘 다 결혼할 시간이 없군. 트린 선생을 찾아가보시오. 손딘마을 형편도 봐두고."

하루종일 하늘이 무겁게 내려앉아 있더니 밤부터 비가 쏟아지기 시작했다. 먼산에서 포성과는 다른 우렛소리가 들려왔다. 조명탄의 불빛보다 아름다운 번갯불이 번쩍였다. 우계의 시작이었다. 날씨가 제법 쌀쌀해졌고 안개가 짙어지는 날이 많아졌다.

팜 민은 지령에 따라서 이십이시에 비상선을 대러 나갔다. 그는 만일을 위해서 공군 작업복을 입고 있었다. 특공대의 침투로는 푸호아 방면에서부터 동 대오와 압다이라 사이의 숲을 지나서 손딘마을의 서쪽 능선에 당도하게 되어 있었다. 신호는 목탁소리였다. 세 번씩 두차례 끊어서 치고 나서 연달아 치면, 이쪽에서는 한번 치고 여러번 치는 소리를 되풀이하기로 연락이 되었다. 전혀 눈앞을 짐작할 수도 없는 캄캄한 어둠속에 비가 추적추적 내리고 있었다. 온몸이 찬비에 젖어서 감각이 없었다. 팜 민은 언덕에 올라 대숲 속으로 기어들어갔다. 도마뱀 울음이 사방에 가득 차 있었다. 그는 왕대 사이에 다리를 뻗고 물컹한 땅에 누웠다. 아트와트의 호찌민 루트가 생각났다. 그 속에서 아무도 모르게 이름도 없이 죽어가던 젊은이들이 생각났고 정글 속에 남겨진 그들의 뼈를 생각했다. 아, 그리고 소안. 나이 많은 상인과 약혼했다. 부모들은 안도의 한숨을 내쉬었겠지. 그들도 항불투쟁기에 목욕탕에서 심장마비로 죽은 아버지처럼 역사와 절연된 행복한 생활을 하게 될까. 아냐, 구엔의 말이 옳다. 그들을 축복하고 그들이 낳을 아기에게 훌륭한 조국을 준비해주는 것. 그렇지 않아, 소안에게 내 뜻을 올바로 전하고 나와 같은 길을 가도록 만들었어야 했다. 그러나 그런 일은 선택받은 자들만의 이상이다. 소안, 봄이라는 이름의 뜻처럼 통킹의 재스민 같은 여자. 그녀는 팜 민이 트린 선생의 집을 방문하기 전날 거기 왔었다. 선생의 따님이 농담하지 않았던가. 어제 소안이 왔었는데 두 분이 따로 오기로 약속한 건가요? 그렇다, 소안은 약혼하기 전날 거기 오고 싶었던 것이다. 팜 민이 아트와트로 떠나가기 전날의 별똥이 줄지어 흐르던 아름다운 밤은 이젠 다시 오지 않는다. 그가 공허한 마음으로 뒤뜰에 갔을 때, 칸나 향내로 가득 찬 그 방공호 속에

326

는 하얀 모시손수건이 놓여 있었다. 뚜렌지방 여자들은 옛적부터 한 사내만을 사랑한다. 그들은 정인이 멀리 떠날 때 아오자이의 속바지 자락을 찢어서 수건을 만들어준다. 팜 민은 흠칫 놀랐다. 쏴아 하고 댓잎을 일시에 적시는 빗소리 가운데서 맑고 투명한 목탁소리가 들렸다. 죽비와 목탁은 정글에서 무전기 대신 사용하는 통신수단이었다. 팜 민은 귀를 곤두세웠다. 약속한 신호가 다시 되풀이되었다. 그는 얼른 일어나 앉아 목탁을 두드렸다. 다시 아무 소리도 들리지 않았다. 팜 민은 대나무 사이로 무엇인가 움직이는 물체를 찾으려고 어둠속을 응시했다. 찰카닥 하는 소리가 들리더니 뭔가 등을 꾹 찔렀다. 팜 민이 돌아다보려고 고개를 돌리자 더욱 세게 찌르면서 낮은 목소리가 으르렁거렸다.

"꼼짝 마라, 소속과 이름은?"

"제3특별행동대 제4중대 보조공작원 팜 민입니다."

"이상없소?"

"없습니다."

"안전가옥은?"

"여기가 손딘마을이오."

"수고했소, 동지."

병사가 팜 민의 손을 더듬어 잡았다. 그가 짧은 휘파람 소리를 내자, 어둠속에서 바스락대는 소리가 들리면서 특공대가 나타났다. 그들은 모두 열두 명이었다. 지휘자인 듯한 사람이 다가와서 팜 민의 손을 잡았다. 그들은 AK47 자동소총과 로켓포와 경기관총으로 빈틈없이 무장하고 있었다. 둥근 챙이 달린 모자를 쓴 사람도 있고 맨머리도 있었다. 모두가 검은 파자마 차림이었는데 어깨에는 팜 민도 아트와트에서 그랬듯이 얼룩덜룩한 비닐을 우의 대신 망또처럼 두르고 있었다. 그들은 첨병과 팜 민을 앞서가게 하고 산개해서 소리없이 따라왔다. 그들은 물처럼 트린 선생네 집으로 스며들었다. 두 사람의 병사가 집의 앞과 뒤에 경계병으로 남았다. 그들이 실내로 들어서자마자 성냥을 긋는 소리가 들리더니 트린 노인의 하얀 머리와 수염이 나타났다. 그는 침착하게 붉은 초에다 불을 댕겼다. 팜 민이 정중하게 인사하고 나서 말했다.

"아저씨, 죄송합니다. 미리 말씀드려야 하는 건데."

"자네가 친구들이 올지도 모른다고 하더니…… 이 사람들인가? 어서들 오시오. 젊은이들이 오지 않은 지 오래되었지."

지휘자는 불빛에서 보니 중년이었다. 그의 짧은 머리가 더욱 강인하고 자신있어 보였다.

"선생님께 폐를 끼치게 되어 죄송합니다. 저희들은 베트남민주공화국의 군대로서 현재는 남부 인민혁명당의 지휘를 받고 있는 해방군입니다. 무사히 임무를 마치고 돌아갈 때까지 댁에 머물러도 괜찮으시겠는지요?"

"식사들은 했소?"

"먹었습니다."

"그럼 좀 앉아 쉬시구려."

"감사합니다."

그의 턱짓에 따라서 병사들은 벽 주위로 조용히 기대어앉았다. 모두 아무 말이 없었다. 지휘자가 팜 민 곁에 앉았다.

"우리도 산 위에서의 정찰로써 공항은 대강 파악하고 있소. 침투로에 대해서 얘기해주시오."

"손딘마을에서 논을 따라 북상하면 수로가 나옵니다. 남쪽은 투본 강으로 흘러들고 북으로 이 킬로쯤 거슬러오르면 압다이라의 끝에 이릅니다. 그곳에서는 비행장의 철망 울타리까지 일 킬로가 채 못 됩니다. 물론 매복이 있을지도 모릅니다. 우리가 먼저 발견해서 제압해버려야 합니다. 그 뒤엔 매우 쉬운 일입니다. 앉아서 코무떡 먹기죠."

중소화기 볶아대는 소리와 포성이 들려오자 병사들은 누가 지시하기도 전에 무장을 챙기고 빠져나갔다. 다낭 주변의 사방에서 교란작전이 개시된 것이다.

그들은 자세를 낮추고는 논 가운데를 산개해서 이동했다. 벼가 쓰러진 것을 농부들도 용서하겠지 생각하면서 팜 민은 첨병과 함께 뛰고 엎드리고를 계속했다. 드디어 수로에 이르렀다. 보통때는 발목을 적실 정도였는데 뛰어들고 보니 그동안의 비로 물이 불어나 가슴에까지 차올랐다. 할 수 없이 둑 위로 달리다가 이상이 있으면 물속으로 뛰어들기로 하고 둑길을 택했다. 비는 계속 내리고 있었다. 한시간쯤 걸려서 문제의 언덕 끝에 이르렀다. 첨병 혼자서 늪지의 도마뱀처럼 익숙한 동작으로 위로 올라갔다. 한참 만에 첨병이 돌아와 매복은 없다고 알렸고 그들은 언덕으로 올라갔다. 공항의 탐조등과 감시등이 훤하게 밝혀져 있었다. 병사들은 각자 등에 지고 있던 우비조각으로 만든 배낭에서 로켓포탄을 두 발씩 꺼내어 모아두었다. 그러고는 각자 정원삽만한 야전삽을 꺼내어 젖은 땅을 파기 시작했다. 개인호를 파는 동안에 또 한시간이 달아났다. 호는 보통 키의 사람이 배까지 들어갈 만큼 얕았으나 안으로 들어가 엎드리면 완전히 몸을 숨길 수 있을 정도였다. 최소한 이십 발은 다 쏘아야 하는데 그동안에 적의 포화가 잠자고 있을 리 없었다. 최초의 포격이 그친 간격을 틈타서 퇴각할 예정이었다. 그들은 참호의 양끝에 로켓을 갈라서 배치했다. 포라고 해봤자 사람 한팔 길이의 연통과 같은 물건이었고, 사수와 탄약수 둘이서 이동하면서도 사격할 수가 있었다. 준비가 다 끝났다. 지휘자가 작은 소리로 사격, 하고 명령했다. 꽝 하는 소리와 함께 날카로운 휘파람 소리가 들렸고 포신 뒤로 불길이 나가는 게 보였다. 뒤이어 두번째 탄이 날아갔다. 공항 가운데서 화염이 솟아올랐다. 갑자기 비상 경적소리가 울려퍼졌다. 그들은 계속해서 쏘았다. 곧이어서 적의 총탄과 포탄이 날아오기 시작했다. 포수가 외쳤다.

"다 쐈습니다."

"엎드려 있어."

포탄이 정신없이 언덕 주위에서 작렬했다. 팜 민에게는 이런 경험은 처음이었다. 폭발의 충격 때문에 얼굴이 찢어지는 것처럼 부풀었다. 그는 입을 벌리고 귀를 막고 땅바닥에 얼굴을 처박았다. 연발로 터지는 소리가 그치자마자 지휘자가 크게 소리쳤다.

"퇴각."

그들은 언덕을 굴러떨어지다시피 하면서 내려와 수로에 뛰어들었다. 그리고는 거세게 흐르는 물결을 타고 미끄러져내려갔다. 논길에 이르렀을 때 헬리콥터의 프로펠러 소리가 들려왔지만 그들은 겁내지 않았다. 이런 밤에 논의 벼 사이에 엎드린 그들을 발견하지도 못할 것이고 저공비행을 하면 경기관총으로 응수해줄 작정이었다. 헬리콥터에서 조명탄을 터뜨리면 그들은 엎드렸다가 다시 일어나 뛰고는 했다. 드디어 손딘마을 근처의 숲에 이르러 한숨을 돌렸다. 네 사람 모자랐다. 언덕 위에서 포탄에 희생된 모양이었다. 한사람은 다른 두 동료가 떠메고 왔는데 다리를 다친 듯했다. 지휘자가 팜 민에게 와서 어깨를 끌어안았다.

"성공이오. 우리는 이대로 근거지까지 퇴각하겠소. 잘 가시오. 베트남 해방 만세!"

"안녕히, 베트남 해방 만세!"

날이 밝자 다낭 시내 전역은 물론 외곽지역까지 비상이 걸렸다. 검문은 더욱 철저해졌고 거리의 각 블록들은 바리케이드로 차단되었다. 미군은 단독무장을 하지 않고는 시내 외출 허가를 받을 수가 없었다. 적의 우계 공세가 개시되었다는 것을 미군과 정부군의 치안망은 뒤늦게 깨달았다. 간밤의 공항 포격으로 팬텀기 두 대가 파괴되고 격납고가 전소되었던 것이다. 대단한 전과였다. 팜 민은 일부러 소속부대인 공항파견대에 나가서 활주로 복구작업을 하고 돌아왔다. 구엔 타트가 팜 민에게 며칠 동안 집에서 쉬다 나오라고 그를 일찍 퇴근시켰다. 구엔 타트는 지구위원회의 선에 상세한 보고를 하러 가려고 책상을 정리하고 있었다.

"안녕하십니까?"

하는 낯익은 목소리가 들렸다. 하얀 수은 썬글라스가 보였다. 토이가 문지방을 밟으며 들어섰다. 밖에는 아직도 비가 내렸다. 토이는 안경을 벗어서 혁대에 매달린 안경집에다 넣고는 그의 책상이 마주보이는 소파에 털썩 주저앉았다. 구엔 타트가 탐탁지 않은 표정으로 그를 노려보았다.

"당신이 여긴 무슨 일이오?"

"아, 사업 잘되시나 하고 지나다가 들러봤습니다."

타트는 미간을 찌푸렸다.

"형의 사업이 너무 번창해서 나는 이렇게 손을 털고 말았소."

타트는 새삼스럽다는 듯이 자신의 사무실을 죽 둘러보았다.

"용건이 뭐요. 곧 나갈 참이었소."

토이도 한쪽 눈을 가늘게 뜨면서 그를 노려보았다.

"당신에게 의논을 하러 왔소. 내가 어떻게 결정해야 좋을지를 몰라서."

구엔 타트는 무표정하게 토이를 건너다보았다. 토이가 말을 이었다.

"나는 최근에 어떤 정보를 입수했소. 그 팜 소령의 아우 되는 청년은 벌써 집에 갔나?"

"단도직입적으로 말하시오."

"좋습니다. 당신과 그가 해방전선의 다낭 보급책임자라는 걸 알았소."

"용건이 그거요? 전선과 거래하는 모든 상인의 명단을 알고 싶소? 시장에 나가 물어보시오. 누구나 거래한다고 대답할 거요."

토이가 냉소했다.

"상투적으로 대답하지 마시오. 그들은 그냥 장사꾼이고, 당신은 전선의 조직원이야. 당신네가 민병대 지원용의 전쟁물자를 규칙적으로 빼돌리는 걸 알아요. 어시장의 녁맘공장에선 뭘 하는 거요? 그 독 안에 들어 있는 게 뭡니까?"

구엔 타트는 두 손을 쳐들어 그의 계속되려는 말을 막았다.

"아, 알았어요. 원하는 게 뭐요?"

"오만 달러. 본토불로."

"그런 돈이 지금 어디 있소? 그리고 이건 형의 일이오. 나는 하는 수 없이 그를 도와주었어요. 형은 옛날부터 PRP의 간부였소."

"아, 그건 더욱 잘됐군요. 그 사람이라면 계피를 열 트럭쯤 내놓을 수가 있으니까. 그리고 거래 상대자는 팜 소령이겠지."

"내일 이맘때까지 준비하면 안되겠소?"

토이가 껄껄 웃었다.

"그런 어린애 같은 말에 속을 놈이 누가 있소? 밤 사이에 증거를 없애려고. 염려 마시오, 지금 당장 구속할 수 없다는 걸 나도 잘 아니까.

현금보관증을 한장 써주시지. 내일까지 꼭 하루만 기다리겠소."

구엔 타트는 그를 한참이나 응시하고 있다가 서랍을 열었다.

"서툰 짓 마시오."

토이가 재빨리 38구경을 꺼내어 그를 겨누었다. 타트는 침착하게 종이를 꺼내더니 일시에 내리갈겨썼다. 그러고는 서명하고 도장까지 찍고 나서 토이에게 내밀었다.

"이러면 됐습니까?"

토이는 증서를 살피고는 뒷걸음으로 물러났다.

"당신이 지불을 거부하면 이것을 증거로 삼아서 조사를 시키겠소. 베트남의 비밀경찰은 바위도 입을 열게 만듭니다."

토이가 떠나는 엔진소리가 들리고 난 뒤에도 구엔 타트는 책상 앞에 앉아 있었다. 그는 우선 담배 한대를 붙여물었다. 그는 거의 필터가 타들어갈 때까지 피우고 나서 수화기를 들었다. 팜 민이 나왔다.

"팜 민? 나요, 구엔 타트요. 사고가 발생했소. 응, 좀 심각하오. 오늘 피하시오. 시간이 없소. 어시장엔 가지 말고 전화로 일러주고. 곧 해결되겠지. 아니면 다른 사람들과 교대하든지. 하여튼 별로 놀랄 일은 아니오. 곧 연락하겠소."

그는 갑자기 동작이 빨라졌다. 책상 안의 모든 물건을 쏟아놓고 작은 메모지에서부터 증서에 이르기까지 골라내어 따로 모았다. 그러고는 시계를 보았다. 일곱시였다. 맑은 날 같으면 노을이 번져갈 무렵인데 이미 컴컴해지는 중이었다.

토이가 신시가와 르 로이가로 사이에 있는 자기 집에 돌아간 것은 아홉시쯤이었다. 그는 뱀부에서 몇잔 걸쳤고 기분도 좋은 편이었다. 집에는 불이 모두 꺼지고 거실 쪽에만 불빛이 보였다. 초인종을 눌렀지만 아무 기척이 없었다. 벌써 다들 자나? 투덜대면서 나무판자의 쪽

문을 가볍게 발로 찼더니 문이 슬그머니 열렸다. 그는 다시 투덜투덜
하면서 문을 걸고 나서 좁은 마당을 지나 현관으로 들어섰다. 들어서
자마자 권총의 총구가 그의 이마에 똑바로 달라붙었다.

"언제나 술 먹고 들어오나? 태평세월이군."

빈정대는 소리가 들렸다. 토이는 재빨리 둘러보았다. 정면 의자에
한 사내가 앉았고 하나는 내실의 문앞에 버티고 서 있었으며 다른 하
나는 토이의 이마에 권총을 들이대고 있었다. 그들은 셋 다 무기를 들
고 있었다.

"당신들은 누구요?"

"잔말 말고 꿇어앉아!"

옆에 있던 사내가 그를 남방셔츠 차림의 사내 앞에 꿇어앉혔다. 토
이는 더듬었다.

"식구들은……"

"염려 마. 방에다 모두 몰아넣었어. 우리가 누구라고 생각하나?"

"N, L, F……"

"잘 아는군. 너는 뭐 해먹고 사나? 너는 배신자야. 여기서 우리 전
선의 약식재판을 하겠다. 첫째, 너는 피치 못할 병역의무를 마친 뒤에
도 적의 정보기관에 자진해서 투신했다. 더구나 그 적은 외국세력이
다. 둘째, 너는 현재의 전민족적 투쟁을 외면하고 해방전선의 역사적
과업을 정탐 방해하여왔다. 셋째, 그것을 미끼로 애국자를 협박하고
금전을 요구했다. 그러므로 민족해방전선 쾅남지구위원회는 인민의
이름으로 너에게 사형을 선고한다."

말을 마치고 그가 차례로 돌아보자 사내들이 각각 사형,이라고 되
받았다. 토이는 미처 변명할 틈도 없었다. 마주앉은 자가 말했다.

"우리는 파렴치한과는 어떠한 타협도 거부한다. 우리의 투쟁이 올

바른 길이기 때문이다."

곁에 있던 사내가 팔을 크게 휘둘렀고 토이는 입을 딱 벌렸다. 그는 멍청하게 자기 배를 내려다보고는 옆으로 넘어졌다. 그의 배에는 끝을 뾰족하게 깎은 짧은 대나무막대가 깊숙이 꽂혀 있었다. 지방게릴라들이 마을에서 처형하는 식이었다. 그들은 쓰러진 토이의 몸을 뒤져 보관증을 찾아내고는 재빨리 그 집을 떠났다. 길 건너편에서 박스차의 헤드라이트가 켜졌다. 그들은 차에 탔다. 구엔 타트는 차를 몰고 그곳을 떠났다. 사내가 그에게 종이쪽지를 내밀자 그가 말했다.

"찢어버려."

"어떡하실 겁니까?"

구엔 타트는 명랑하게 대꾸했다.

"지하로 들어가야겠지."

한국군 파견대에 경찰의 전화가 온 것은 아홉시 사십분이었다. 새로 파견나온 반장이 전화를 받고 나서 외쳤다.

"대장님을 찾는 모양입니다."

"알았어."

안에서 그가 전화를 받고 나와 안영규를 찾았다.

"옷 입고 무장해라. 그리고 반장도 같이 가지."

"예? 아이들은요……"

"우리 셋이 가면 돼. 토이가 살해됐어."

"뭐라구요?"

"경찰이 현장에서 전화한 거야."

영규는 전임 반장이 쓰던 개머리판이 알루미늄으로 되고 접을 수 있는 카빈 연발형을 집어들었다. 삼십발들이 탄창 두 개를 쑤셔넣었다.

"어느 쪽이에요?"

"그의 집이야."

토이의 집앞에는 베트남 경찰차 세 대가 서 있었고 안으로 뛰어들어가자 낯익은 경위가 대위에게 경례를 붙였다. 토이의 아내와 노모와 아이들이 한덩어리가 되어 울었다. 안영규는 뒷전에서 토이의 시신을 내려다보았다. 그는 이제야 자세하게 토이의 수은 썬글라스가 벗겨진 얼굴을 보는 셈이었다. 그는 웃는 것처럼 입을 벌리고 애꾸인 한쪽 눈을 멍하니 뜨고 있었다. 배에서 뽑아놓은 대나무가 산 생명처럼 피를 묻히고 시신 옆에 나란히 누워 있었다.

"게릴라들입니다. 부인의 증언에 의하면 그들은 여덟시쯤에 각자 다른 방향으로 담을 넘어서 일시에 들이닥쳤습니다. 그들은 한시간 동안 피해자를 기다렸습니다. 그러고는 약식재판을 했다고 합니다. 죄명은 당신들을 도왔다는 것입니다. 피해자가 그들을 협박했다고도 합니다."

경위의 말을 듣고 있다가 영규가 대위에게 말했다.

"누가 죽였는지 압니다. 잡으러 가지요."

"무슨 소릴 하는 거야?"

영규는 걷잡을 수 없는 분노 때문에 소총으로 문밖을 가리키며 다시 외쳤다.

"베트콩을 잡으러 가자 이겁니다!"

영규가 밖으로 뛰어나가자 경위가 대위에게 물었다.

"그가 왜 저러는 겁니까?"

"그는 게릴라들이 있는 곳을 안다고 말했소."

경위가 경관 두 사람에게 뭐라고 지시하고 나서 다른 네 명을 이끌고 따라나왔다. 차에 오르자마자 영규는 아무 설명도 없이 과속으로 차를 몰았다. 대위가 말했다.

"어디로 가는 거냐?"

"어시장, 부두 쪽이오."

뒤에서 베트남 경찰차도 바짝 따라붙어 쫓아왔다. 세관이 보였다. 영규는 세관을 돌아서 어시장 앞의 광장에다 차를 세웠다. 빗속에 빈 좌판이 가득 차 있을 뿐 인적은 끊겨 있었다. 영규가 말했다.

"저기 골목 안에 공터 보입니까? 흰 페인트를 칠한 담이 보이죠? 출입구는 두 군데, 앞쪽에 큰 문이 있고 공터 쪽으로 샛문이 있습니다."

대위가 베트남 경위에게 영규의 말을 반복해주고 있는 동안에 영규가 먼저 골목으로 달려들어가면서 중사에게 말했다.

"반장님, 엄호해주쇼."

영규는 공장 앞문에 바짝 붙어섰고 중사도 따라와서 곁에 붙어섰다. 문을 당겨보니 빠끔히 열렸다. 그들은 차례로 달려들어갔다. 뒤에서 다시 경찰 두 사람이 따라들어왔고 그들은 생선상자와 소금가마를 뛰어넘으며 공장의 중간쯤에까지 나아갔다. 경찰 한사람이 전기를 켰다. 천장에 매달린 삼십촉짜리 두 개가 밝혀졌다. 영규는 다시 저장고의 쪽문을 발로 찼다. 공장 쪽의 불빛이 그리로 몰려들어갔으나 넉맘의 독이 줄지어 서 있을 뿐 아무도 보이지 않았다. 저장고 오른쪽에서도 경위와 베트남 경찰이 문을 열고 들어섰다. 대위가 그들 뒤에서 안을 들여다보았다.

"아무도 없나?"

"한발 늦었어요. 토이와 나는 알고 있었습니다."

영규가 총 개머리판으로 불룩한 독의 배를 내려쳤다. 넉맘이 콸콸 쏟아져나오면서 삐죽하게 총신이 보였다. 경위와 경찰들도 제각기 독을 후려갈겼다.

"모두 총이 들어 있습니다."

영규가 밖으로 나오면서 말했다. 대위가 말했다.

"왜 여태 보고를 안했나?"

"내사중이었습니다. 증원병력을 부르세요."

"미군을?"

"아뇨, 제가 말하지요."

저장고에서 신나게 독을 깨뜨리고 있던 경위에게 영규가 말했다.

"바이방 건너편에 게릴라들의 집이 또 있소. 증원병력을 요청하시오."

"알았소. 같이 갑시다."

그들은 차를 세운 곳으로 돌아갔다. 경위가 무전기로 본대에다 연락했다. 잠시 후에 스리쿼터 두 대가 경찰병력을 가득 싣고 도착했다. 영규가 경위에게 말했다.

"병력을 나누어서 구시장에 있는 구엔 쿠옹상회로 보내시오. 그 뒤편의 자동차 정비공장까지 수색하게 하시오. 그리고 당신은 나머지 병력을 데리고 우리를 따라오시오."

그들은 이제 스모크스택 다리를 건너서 바이방 쪽으로 질주했다. 비는 줄기차게 차창을 때리고 흘러내렸다. 대위는 시선을 정면으로 향한 채로 영규에게 말했다.

"비번이 되기 전에 내게 얘기해줄 걸 그랬어."

영규는 핸들을 잡고 헤드라이트 불빛이 뻗어나가는 공간에 무수히 내리꽂히는 빗줄기를 응시하고 있었다.

"책임지고 싶지 않아서요……"

"지금은 왜, 달라졌나?"

"토이는 내 짝이었습니다."

그러나 영규는 스태플리의 죽음에서와는 다른 느낌에 젖어 있었다.

스태플리와 같은 행동은 자신에게 주어지지 않을 것이다. 선택의 여지도 없었다. 그러나 토이의 죽음은, 무수히 죽고 다쳐서 한줌의 재로 아니면 팔다리를 잘리고 병신이 되어서 실려간 다른 한국군 병사들의 것처럼 욕스러운 것이었다. 영규는 자기연민 때문에 자신을 향하여 화를 내고 있는 것 같았다. 영규의 뺨 위로 뜨거운 것이 흘러내렸다. 나는 이제 지쳤다,라고 그는 속으로 중얼거렸다. 목이 아팠다.

영규는 한번 지나갔던 골목이지만 자세히 기억하고 있었다. 작은 상점들이 줄지어 붙어 있는 주택가 시장 어귀에서 그는 차를 세웠다. 그가 차에서 내리자 경위가 붙어섰다.

"반 하오상점이 그들의 거점이오."

"어디쯤입니까?"

"이 상가의 가운데 있소. 가게와 창고 그리고 뒤편에 주택이 있소."

그들은 발걸음 소리를 죽이며 다가섰다. 경위가 부하들을 인솔해서 상점의 뒤쪽 주택 대문 쪽으로 돌아갔고 영규와 중사, 대위 그리고 몇사람의 경찰은 앞쪽에 있는 상점 덧문에 붙어섰다. 상점의 문은 양철을 씌운 판자문이었다. 그들은 달리 문을 열 방도가 없다는 걸 알고는 일시에 군홧발과 개머리판으로 덧문을 부수기 시작했다. 양철이 쭈그러지면서 널판자가 빠개지는 소리가 들렸고 안쪽 문의 유리창은 박살이 났다. 그들이 부서진 문틈으로 몰려들어가는데 맞은편에서 자동소총을 갈겨댔다. 경찰 한사람이 맞아 쓰러졌다. 영규와 중사는 앞으로 달려가 쌀포대 뒤에 몸을 던지고 나서 다시 가게의 안쪽으로 응사했다. 주택 쪽에서도 상황이 붙었는지 총성이 들려왔다. 영규와 중사는 정글에서처럼 창고문을 향하여 사격하면서 뛰어가 문에 붙어섰다. 중사가 창고 안쪽으로 총구를 들이밀고 재빨리 사격하고는 비켜서는 동안에 가까이 다가온 경찰이 수류탄의 안전핀을 뽑아 안으로 집어던졌다. 폭음과 함께 불길과 화약냄새가 한꺼번에 몰려나왔다. 중사가 먼저 창고 안으로 뛰어들었다. 드르륵 하는 연발사격의 소리가 들렸고 뒤미처 달려들어간 영규는 본능적으로 소리가 난 곳을 어림하여 사격했다. 거의 천장에 닿을 듯이 쌓아올려진 밀가루포대가 넘어져오면서 검은 사람의 몸집이 한데 밀려 떨어졌다. 천장에 매달린 갓 달린 전등이 좌우로 흔들리고 있었다. 영규의 그림자가 벽에 길게 나타났다가는 사라지곤 했다. 영규는 얼핏 총구를 그 사내의 몸 위에 겨누었다. 사방에 찢겨진 포대에서 날아오른 밀가루의 흰 연기가 자욱했고 베트남 사내는 영규를 올려다보았다. 영규는 그가 팜 소령의 아우임을 알아보았다. 그의 구부러진 팔 옆에 AK47 자동소총이 떨어져 있었다. 그가 총을 다시 잡으려고 손을 뻗었다. 영규는 그대로 몇발 더 쏘았다. 사내의 몸이 근거리 사격의 충격으로 꿈틀거리더니 곧 동작이 멎었다. 밀가루포대는 붉게 젖어갔다.

"안병장, 괜찮나?"

뒤에서 대위의 목소리가 들려왔다. 중사는 문 옆에 쓰러져서 헐떡이고 있었다. 뒤쫓아들어온 경찰들이 안마당으로 나가는 문 옆에 엎드려서 안채를 향하여 사격했다. 대위와 영규는 신음하는 중사를 떠메고 밖으로 나왔다. 잠시 후에 총성이 그쳤다.

바이방의 장군 별장으로 두 사람의 방문객이 찾아왔다. 그들은 미군에게서 불하받은 귀빈용의 카키색 쎄단을 타고 왔다. 이른 아침이라 장군은 아직 침실에 있었다. 경비조의 하사관이 그들의 무기소지 여부를 조사하기 위해 길을 막아섰다. 한사람은 계급장 없는 군복을 입었고 다른 하나는 흰 반소매셔츠에 검은 바지를 입고 있었다. 군복 차림이 사복 차림과 자신을 위하여 검은 박쥐우산을 펴들고 서 있었다.

"신분을 확인해야 되겠습니다."

라고 하사관이 말하자 군복은 뒷주머니에서 보안부대의 메달을 꺼내어 보여주었다. 하사관은 물러서지 않았다.

"장군님은 쾅남성의 지휘관이십니다. 어느 부서에 계시든 예의를 지키십쇼."

"독립궁에서 오신 분이다. 비켜라."

군복이 말하자 사복이 점잖게 말했다.

"아, 그냥 둬요. 나 군사위원회에서 온 사람이오."

그는 신분증을 꺼내어 하사관에게 내밀었다. 하사관은 얼어붙은 듯이 부동자세를 취하면서 절도있게 경례했다. 사복이 신분증을 넣고 부드럽게 물었다.

"람 장군을 뵐 수 있을까요?"

"넷, 안내하겠습니다."

하사관은 기계처럼 걸어가서 현관 앞의 줄을 당겼다. 종소리가 낮고 묵직하게 들리더니 전통적인 면직셔츠를 입은 집사가 문을 열었고 하사관이 말했다.

"싸이공에서 오신 분들입니다. 장군님을 뵈러 오셨습니다."

집사는 공손하게 인사하면서 비켜섰다. 사복은 한눈에 실내의 호화로운 장식을 죽 훑어보고는 소파에 가서 앉았고 군복은 한쪽에 열중쉬어 자세로 서 있었다. 장군이 실내옷 차림으로 계단을 내려왔다. 사복은 천천히 일어나 웃는 얼굴로 말했다.

"선배님, 오랜만입니다."

그들은 악수했다.

"자네 여긴 웬일인가?"

장군의 말에 사복은 거실을 다시 한번 둘러보았다.

"좋은 데 사시는군요."

장군의 시선이 한쪽에 섰는 군복에게로 미치자 사복이 그에게 말했다.

"자네도 이리 와서 앉게."

군복은 그제야 장군에게 경례했다. 장군이 말했다.

"대령 부서가 호이안에 있는 줄 아는데?"

"예, 위원님을 모시고 왔습니다."

집사가 모닝커피를 가져왔다. 장군이 잔을 들면서 물었다.

"무슨 급한 일이라도 있나?"

"좀 골치아픈 일이 생겼습니다. 최근에 민족해방전선에서 성명서가 나왔는데 그 내용이 싸이공의 몇몇 신문에 실렸지요. 쾅남성 고원지대 민족자치운동 의장인 임미 알레오의 이름으로 나온 성명서에서 하탄, 안호아 지역의 작전에 대하여 비난하고 있습니다."

장군은 언성을 높이기 시작했다.

"그야 적의 상투적인 선전 아닌가?"

"문제는 그 지역에서 작전지휘관들이 멋대로 고원부족인 카투족을 학살하라고 명령했다는 것입니다."

사복의 말에 장군은 드디어 일어나서 서성대기 시작했다.

"그런 지엽적인 문제를 가지고 여기 왔단 말인가? 군사위원회에서는 그렇게 할일이 없는가?"

"선배님, 흥분하지 마십시오. 군사위원회에서는 대통령 각하와 부통령 각하가 함께 동참하신 가운데 이 문제를 가지고 토의했습니다. 그러고 나서 이것은 어디까지나 위원회 내부에서 은밀하게 처리해야 한다고 결정이 났습니다. 제가 여기 온 것은 그 일을 수습하기 위해서입니다. 독립궁에는 쾅남 성청의 사업에 관한 몇가지의 투서도 들어와 있습니다. 대통령 각하도 선배님을 이해하고 계십니다. 제가 여기 온 지는 벌써 며칠 되었습니다. 투서에서 지적된 점들과 하탄, 안호아 지역 작전에 관하여 적의 선전내용이 사실인가를 조사했지요. 신생활 촌 물자의 유용이나 계피에 대해서는…… 위원회 내부에서 수습할 수가 있습니다만, 카투족 학살에 대한 것만은 공개해야 된다는 결론 을 내렸습니다. 물론 선배님은 책임을 지지 않습니다. 후임자가 모든 숙제를 물려받아야겠지요."

장군은 그제야 진정이 되었는지 파이프에 불을 붙여물고 다시 의자 에 앉았다.

"후임자라니…… 성장을 그만두란 말인가?"

"입각하시랍니다. 다만 사태가 원만히 수습될 때까지 육개월만 외 유를 다녀오십시오."

"언제 떠나야 되나?"

"오늘 당장 싸이공으로 떠나세요. 후임자가 오기 전까지 제가 성청 에 남아서 수습해볼 작정입니다. 그리고……"

그는 곁에 앉은 군복에게 눈짓을 했다.

"팜 꾸엔이란 자가 선배님 부관실장이죠? 부득이 그자를 처벌하지 않을 수 없습니다."

하면서 그는 서류 몇장을 꺼냈다.

"이것은 제2사단 하탄군 작전책임자였던 대대장 찌아 소령의 고발 장입니다. 그가 군사위원회와 독립궁 앞으로 이것을 보냈습니다. 또 한 이것은 전 다낭경찰서장 카오 대령의 신생활촌사업에 대한 보고서 입니다. 우리는 이 서류에 근거해서 처벌대상자를 선별하려고 합니 다. 선배님께서 잠시만 시간을 내주시고 대령에게 협조해주십시오."

장군은 흔쾌히 응낙했다.

"알았네. 내 서재로 같이 갈까?"

사복이 말했다.

"저는 이번에 계피에 대하여 깊은 흥미를 느꼈습니다만."

장군은 계단을 오르면서 무관심한 듯이 받아넘겼다.

"중부 베트남은 옛날부터 계피의 원산지로 유명하지 않은가? 그 일은 대통령 각하께서도 잘 아시는 일일세."

정례적인 출근시간보다 조금 늦어서 성장이 부관실로 들어섰을 때 사무실에는 팜 소령과 당번병뿐이었고 키엠 중위의 자리는 비어 있었다. 두 사람이 부동자세로 경례를 붙이자 장군은 아무 말 없이 성장실로 들어갔고, 뒤에 따라온 두 사람 가운데 사복 한사람이 팜 꾸엔에게 대뜸 반말로 물었다.

"네가 팜 꾸엔 소령이야?"

"그렇습니다만……"

그때 곁에 섰던 군복이 대뜸 팜 꾸엔의 뺨을 때렸다.

"군인답게 얘기해."

팜 꾸엔은 계급장 없는 군복의 사내가 누구인가를 잘 알고 있었다. 팜 꾸엔은 저도 모르게 몸을 꼿꼿이 폈다. 사복이 말했다.

"이 자식을 당장 연행하라구."

군복이 팜 소령의 손목에 수갑을 채우면서 물었다.

"키엠은 어디 갔나?"

당번병이 말했다.

"아직 출근 안했습니다."

사복이 말했다.

"관련자 모두를 체포하고 집을 샅샅이 수색해."

팜 꾸엔은 밀려서 복도로 나오자마자 그곳에 서 있는 다낭지구 보안부서의 장교들을 보았다. 그들은 커버가 씌워진 지프차 안으로 팜 꾸엔을 밀어넣었다. 그는 아직도 아우 팜 민의 죽음을 모르고 있었고, 키엠 중위가 아트와트로 떠난 사실도 알 수 없었다.

지게차가 상자를 들어서 기중기 위에다 차곡차곡 쌓고 있었다. 일 정한 공간과 수량이 다 채워지면 함정의 기중기가 화물을 높직하게 들어올려 갑판의 입을 벌린 화물칸으로 내려보내곤 했다. 배의 중간 높이까지 떠올랐던 짐이 기우뚱하더니 상자 몇개가 기울어지며 아래 로 떨어졌다. 호각소리가 요란했다. 승선 사관들이 작업을 중단시켰 다. 부서진 상자는 베니어판으로 엉성하게 짜놓은 것들이었는데 안에 들어 있던 물건들이 콘크리트 바닥에 산산이 흩어져 있었다. 상자의 임자 서너 명이 얼굴이 벌게서 달려왔다. 그들은 불평없이 물건들을 이리저리 쫓아다니며 주워담았다. 먹다 남긴 씨레이션 깡통들, 모아 놓은 봉지우유와 담배, 미군 군복과 정글화, 또는 쏘니, 아까이, 내쇼 날, 싼요, 샤프, 히다찌 등의 상표를 붙인 전자제품들이 몇점씩 보였 다. 한편 부두 앞 광장에서는 환송식을 위해 귀국 병사들이 군장검열 을 받고 있었다. 다낭시의 관료와 군관계자들과 무엇보다도 중학교 여학생들이 아오자이 차림에 농라를 쓰고 꽃다발과 양국 국기를 흔들 며 나타날 것이다. 군악대는 양국 국가와 연합군의 노래를 연주할 것 이며 사방에서 수없이 사진을 찍을 것이다. 승선을 마치고 화물 하역 작업이 다 끝나려면 아마도 새벽에야 출항을 하게 될 모양이었다. 안 영규는 부두 앞 광장을 떠나서 세관 근처에 있는 노천까페 쪽으로 내 려갔다. 그는 음료수를 시켜놓고 앉아 이제는 낯선 이 도시를 멀찍이 떨어진 마음으로 바라보았다. 사방에 귀국 병사의 위장복만이 널려 있는 가운데서 흰 원피스가 바람에 나부끼면서 차츰 가까워지고 있었

다. 여자는 썬글라스를 썼지만 미인이었다. 영규는 손을 쳐들어 부를
까 하다가 돌아앉았다. 여자가 파라솔이 늘어선 간이탁자 사이로 비
집고 들어서더니 기웃거리며 돌아다녔다. 영규의 등뒤에서 그녀의 목
소리가 들렸다.

"어머, 여기 계셨어요?"

"안녕하세요?"

혜정은 썬글라스를 벗었다.

"한참 찾아다녔지 뭐예요."

"저를요?"

영규가 무심코 되묻자 혜정이 말했다.

"너무하셨어. 몇번이나 연락했는데도 전화도 안 주시구."

"집은……"

"탄탄호텔에 묵고 있어요. 그때 그 방은 아니지만. 난 짐을 부치러
나온 김에 안병장님께 부탁 좀 하려고 이렇게 온 거예요."

"짐이오? 반출증이 없잖아요?"

혜정은 가볍게 대꾸했다.

"아, 딱지는 대위님한테서 얻었어요."

하더니 그녀가 핸드백에서 포장한 작은 상자갑 하나를 탁자 위에 놓
았다.

"이거 기념품이에요."

"뭐죠, 이게?"

"시계. 싼 거예요."

안영규는 말없이 상자갑을 받았다. 그러고는 건성으로 말했다.

"귀국하지 않으세요?"

혜정이 고개를 흔들었다.

"안 가요. 며칠 뒤에 여기서 떠나려고 해요."

"어디로 가십니까?"

"글쎄요…… 홍콩으로 갈 거예요. 린 언니가 가자니까."

영규가 말했다.

"혜정씬 돈 많이 벌었죠?"

"쪼끔, 작은 술집이나 하나 낼 만큼."

영규가 다시 말했다.

"팜 소령은 잘 있어요?"

혜정이 그때 잠깐 고개를 숙였다. 그녀는 고개를 숙인 채로 말했다.

"좀 놀랐어요. 지금은 괜찮아요. 아직 조사가 덜 끝났지만 다 한통속이니까 전출되고 강등되고 뭐 그런 정도겠죠."

혜정은 핸드백에서 손수건을 꺼내어 눈가를 살짝 찍어내고는 다시 고개를 들었다.

"그이 동생…… 아주 양순한 청년이었는데……"

영규는 군악대의 연주가 요란하게 시작되고 있는 부두 쪽을 바라보았다. 여학생들이 흔드는 국기들이 나부끼기 시작했다. 혜정이 말을 꺼냈다.

"제 부탁은 딴게 아니구요, 짐은 부쳤거든요. 이게 화물넘버하고 확인증이에요. 부산에 내리시면 통운에다 이 주소로 부쳐만 달라구요."

"그렇게 하죠."

영규는 의정부 어딘가로 적혀 있는 그녀의 어머니와 동생들이 사는 집의 주소 쪽지를 건네받았다.

"잘 가세요."

혜정이 일어났다. 영규는 고개를 끄덕여 보였다. 사열식을 하는지 연합군의 노래가 취주악으로 연주되고 있었다. 영규는 탁자 위에 돈을 놓고 일어섰다. 길 건너편에서 흰 원피스 자락이 흔들리며 인파 속에 묻히고 있었다. 영규는 배를 향해 걸어갔다. 새벽까지 어디 가서 술이나 마시며 빈둥거리겠다던 생각이 달라졌던 것이다. 그는 여기서 알았던 그 어느 얼굴과도 다시는 마주치고 싶지 않았다.

베트남전쟁과 제국의 정치

임홍배

1

베트남전쟁은 2차대전 이후 미국의 세계지배전략이 가장 야만적인 폭력으로 그 실체를 드러낸 전쟁이다. 알다시피 북베트남의 잠수함이 미군함정을 공격했다는 '통킹만 사건'을 자작극으로 날조하여 침공의 구실로 삼은 미국이 북베트남에 대한 무차별 폭격을 시작한 것은 1964년이지만, 이미 그전부터 미국은 냉전체제의 구축과정에서 베트남 문제에 깊숙이 개입해왔다. 2차대전 종전과 함께 일본이 베트남에서 물러난 공백을 틈타 다시 베트남의 식민지배를 노린 프랑스가 베트남을 침략하는 과정(1946~54)에서 미국은 후에 그들 자신이 직접 10년 동안 벌인 전쟁에 쏟아부은 군사비의 절반이 넘는 막대한 군비를 프랑스에 지원했던 것이다. 뿐만 아니라, 1954년 항불투쟁에서 승리한 베트남은 제네바 정전협정에 따라 남북총선거를 실시하게 되어 있었지만, 구식민지 지배권력을 충실히 계승한 남쪽정권에 도저히 승산이 없다고 판단한 미국은 1956년 제네바협정의 합의사항인 총선거를 무산시키기에 이른다. 이때부터 베트남에 대한 미국의 영향력은 과거 프랑스 식민지군대의 장교집단으로 구성된 남베트남의 부패한 독재권력을 무조건 지원하는 모험에 의존할 수밖에 없었다. 그처럼 거대제국의 의지를 작동시키기에는 너무나 취약한 지배고리를 보철하기 위해 미국은 냉전체제의 종주국답게 '남베트남을 잃으면 자유세계가 무너진다'(1959년 아이젠하워 대통령의 발언)는 이른바 '도미노이론'을 앞세워서 베트남에 대한 무력개입을 정당화하는 이데올로기적 정지작업을 병행하였다. 이로써 미국은 표면상 2차대전 이전의 제국주의 열강과는 달리 식민지배가 목적이 아니라 '자유세계'를 수호한다는 대의명분을 얻는 듯했지만, 정작 서방세계 안에서도 호응을 얻지 못한 그러한 명분과 무관하게 중요한 것은 2차대전에 투입된 연합군의 군비총량을 능가하는 엄청난 무력으로 미국이 베트남을 유린했다는 엄연한 객관적 사실이다.[1] 제국주의적 침략의 딱지를 떼어내려는 온갖 호도지책에도 불구하고, 아니 그런 책략이 침략의 명분으로 동원될수록, 종전의 제국주의를 능가하는 폭력이 아무런 금기 없이 그만큼 더 무자비하게 행사되었다고 보아야 할 것이다. 이처럼 베트남전쟁이 미국의 제국적 독선과 제국주의적 폭력의 완벽한 결합물이라는 사실은 베트남 민중의 입장에서 본·베트남전쟁의 성격과, 미국의 '우방국'으로 참전한 한국의 역할, 그리고 베트남전쟁의 이 모든 국면을 한국인의 시각에서 총체적으로 파헤친 황석영의 역작 『무기의 그늘』을 이해하는 데 중요한 열쇠가 된다.

먼저 베트남 민중의 입장에서 보면, 1964년 미국의 북폭(北暴)으로

1) 이상의 역사적 사실에 관한 상세한 고증은 리영희 『베트남전쟁』(두레 1994) 참조.

시작된 전쟁은 엄밀히 말해 새로운 전쟁이라기보다는 무엇보다 베트남 현대사에서 면면히 이어져온 민족해방투쟁의 연장선에서 이해될 필요가 있다. 1941년 일본의 베트남 침략에 맞선 항일독립투쟁은 2차대전 후에 다시 항불투쟁으로 이어졌고, 그 과정에서 외세의 편에 섰던 세력이 결국 남베트남 정부의 지배층으로 자리잡은만큼, 미국의 군사개입 전부터 베트남의 내전은 민족해방투쟁과 분리되지 않았던 것이다. 더욱이 제네바협정 이후 미국의 비호 아래 남쪽정권의 부패와 독재가 극심해지면서, 그후 미국의 물리적 개입이 강화될수록 남쪽에서의 반정부투쟁이 반미투쟁으로 결속된 것도 자연스런 귀결이다. 남북총선거가 무산된 지 불과 몇해 사이에 남베트남에서 광범위한 대중적 지지기반을 확보한 베트남민족해방전선이 결성된(1960년) 것은 결코 우연이 아니다. 반공기지론을 앞세운 미국의 이데올로기적 공세가 물리적 폭력을 가중할수록 남베트남 민중에게 침략전쟁의 실상은 더욱 분명해졌으며, 남쪽정권으로부터의 이반이 가속화되고 미국에 대한 항전은 한층 가열될 수밖에 없었던 것이다. 『무기의 그늘』에서도 여실히 확인되지만, 그런 이유에서 계층고하를 막론하고 베트남인들에게 일차적 관건은 삶 자체의 문제이지 이데올로기의 편가름은 아니었으며, 베트남 민족해방투쟁이 막강한 제국과의 싸움에서 승리할 수 있었던 조건과 동인도 그 점에 연유한다.

　미국 편으로 참전한 한국의 처지는 당시 한국적 상황의 특수성과 결부되어 또다른 의미에서 실로 착잡하다. 단적인 징후적 사례로, 1965년 베트남 파병안은 국회에서 단 한 명의 반대로 통과되었거니와, 한일 국교정상화에는 반대하던 야당조차 전원 찬성표를 던졌던 것이다. 더구나 과거에 독립운동을 했던 당시 야당 지도자는 한국의 참전 이후 베트남을 방문하여 공항에 내리자마자 땅에 입을 맞추며

"우리 민족이 고구려 이후 처음으로 남의 나라에 군대를 보내 민족의 위력을 발휘했다. 이 비옥하고 광활한 땅이 우리 것이라면 얼마나 좋겠는가"라는 취지의 기막힌 발언까지 했다고 한다.[2] 그처럼 일본에 의한 식민예속의 경험을 완벽하게 전도시켜, 한국이 다시 하위주체로 종속된 제국의 환상으로 베트남의 자주독립 문제를 덧씌우게 만들었던 이데올로기적 동인은 무엇보다 한국전쟁의 기억을 고스란히 대체한 반공의 국시가 역사적 기억과 망각을 무차별하게 조절하는 막강한 위세를 떨쳤기 때문일 것이다. 그리고 베트남 참전의 댓가로 약속된 경제적 이득이 그러한 반공논리에 힘을 더했다는 것은 종전 이후 경제개발계획이 본격화되었다는 사실로도 입증된다. 그런 상황에 짓눌려서 미국의 도미노이론에 한국의 역할을 절묘하게 짜맞춘 파병논리[3]는 어떠한 반대에도 부딪치지 않았던 것이다. 당시 미국의 '우방국' 중에 유독 한국만이 내부의 아무런 저항 없이 대규모의 전투병력을 파병할 수 있었던 이러한 내적 제약은 그후 베트남전쟁이 끝나고 한참이 지나도록 베트남전쟁을 바로 보지 못하게 만들고 한국민의 양심을 마비시킨 질곡으로 작용했다.

이제는 백일하에 드러난 당시의 국내외 상황을 새삼스레 반추하는 것은 황석영의 『무기의 그늘』 초고 일부가 처음 발표되던[4] 무렵만 해

---

2) 리영희 「먼저 베트남 인민에게 사죄하자—바람직한 한·월 관계를 위한 반성적 제언」, 『반세기의 신화』(삼인 2000) 348면 참조.

3) 당시 국방장관이 국회에서 설명한 전투사단 파병논리는 다음과 같다. "월남이라는 친구가 모진 병에 걸려서 아무리 약을 쓰고 세상 의사란 의사는 다 모여서 처방을 써보아도 뾰족한 수가 나오지 않고 병세가 악화되어가는 것과 마찬가지입니다. 미국은 그렇다고 해서 내버려두면 죽을 것이 뻔한데, 월남이 죽으면 귀신이 되어 미국이나 자유우방을 물고늘어질 테니 그것을 어떻게 하든지 죽이지 않고 고쳐보려고 하는 데 난점이 있는 것입니다. 저희들이 월남에 파병한다고 하는 것이, 죽어가는 환자가 호전될 가능성이 있기 때문이 아니라, 우리가 보내지 않고서는 우방이 죽기 때문입니다." (리영희 『베트남전쟁』 82면)

4) 『무기의 그늘』 완결본이 발간된 것은 1988년이지만, 이 소설의 기초가 된 「난장(亂場)」이

도 베트남전쟁에 대한 우리의 집단적 기억은 파병의 정당성을 강변한 정권의 통제로부터 한치도 자유롭지 못했으며, 사태의 진상에 접근하기 위한 최소한의 문제제기도 공론화될 수 없었기 때문이다. 그러한 시대적 제약에도 불구하고 『무기의 그늘』은 당시까지 베트남전쟁에 관해 공유된 국내외의 지배적 편견을 일소하고 전쟁의 실상을 최대한의 객관적 시각으로 조명한 값진 성과로서, 탈(脫)식민에 관한 서구의 담론들이 이른바 '차이의 정치'를 강조하면서도 종국에는 서구적 보편의 그늘에서 좀처럼 벗어나지 못하는 마지막 한계까지도 거뜬히 넘어서는 어떤 경지를 구현하고 있다.

2

『무기의 그늘』이 베트남전쟁에 관한 총체적 인식을 담보하는 근거는 작품의 기본구도에서 찾아볼 수 있다. 이 소설에는 침략주체인 미국과, 미국의 역할에 종속된 한국, 그들의 조력자로 동족을 수탈·억압하는 남베트남의 권력층, 그리고 이 모든 세력에 맞서 싸우는 민족해방전선의 움직임이 적확한 구도로 배치되어 있다. 우선 미국이 '사업주체'로 나서서 벌이는 전쟁의 제국주의적 실상은 일찍이 브레히트 (B. Brecht)의 희곡 「억척어멈과 그 자식들」에 등장하는 주인공이 전쟁을 '치즈 대신 탄약을 사용하는 장사'라고 갈파한 것보다 훨씬 더 실감나게 묘사되어 있다. 그에 대항해 싸우는 해방전사들의 움직임이나

1977년 11월부터 이듬해 7월까지 『한국문학』에 연재되었고, 그후 '무기의 그늘'로 제목을 바꾸어 1983년 1월부터 다음해 3월까지 제1부가, 그리고 1987년 9월부터 다음해 3월까지 제2부가 『월간조선』에 연재되었다.

미군에 의해 양민에게 가해지는 야만적 잔혹행위 또한 한국인의 눈으로는 최대치의 극적 단면들로 포착되어 있다. 팜 꾸엔과 팜 민 형제처럼 한 집안의 형은 부패한 권력의 먹이사슬에 가담하여 일신의 영달만 노리는 남베트남군 장교로, 그런가 하면 동생은 장사꾼으로 위장한 해방전선 투사로 갈라서 있는 기구한 사정도 그저 읽는 재미를 더하기 위한 한낱 허구가 아니라 프랑스의 식민지배 이래 베트남의 해방투쟁은 언제나 외세를 등에 업은 반민족세력과 그에 맞서온 민족세력 사이의 집안싸움이기도 했다는 처절한 민족사적 비극의 축도라 할 수 있다.

빈틈없이 구축된 이러한 입체적 원근법은 베트남전쟁의 본질을 꿰뚫고 있는 작가가 작중의 모든 인물에게 전쟁이 강요한 몫의 운명만 허용한 결과이다. 그런데 저마다 입장을 달리하는 이 모든 인물의 동선을 하나의 거대한 갈등의 장으로 불러들여 여러 겹의 접점을 만들어내는 서사의 기본축이 바로 암시장이다. 암시장이라는 생소한 소재보다 더 친숙한 상황으로 베트남전쟁을 비교적 양심적으로 다루었다는 서구영화들을 떠올려보면, 거의 예외없이 무장헬기 편대가 굉음을 울리며 하늘을 뒤덮는 위압적 장면에 이어서 정글에서의 피비린내 나는 전투장면을 전면에 배치한다. 그렇게 해서 전쟁의 가공할 폭력성을 부각하는 데는 성공할지 몰라도, 상상을 불허하는 즉물적 폭력성이 전면에 부각될수록 오히려 양심에 관한 물음은 그만큼 더 공허한 추상적 사변의 몫으로 밀려나게 마련이다. 그럴 때 전쟁의 폭력성이라는 것도 인간조건을 넘어서는 모종의 한계상황으로만 어림될 뿐이지 진정으로 양심적 반성을 촉발하는 구체적 계기는 되지 못하는 것이다. 그런 간극을 메우기 위한 방편으로 곧잘 도입되는 삽화가 폭력의 가해자에게 부메랑으로 되돌아오는 트라우마를 곱씹는 것이지만,

그런 식의 자기위안으로 양심의 변명을 삼는다면 여전히 제국의 망령에 사로잡혀 '성전'을 일삼는 세력에게 면죄부를 주는 꼴이 될 것이다.

『무기의 그늘』에서 암시장이라는 독특한 상황설정은 그런 함정을 피해서 베트남전쟁을 안팎의 시각에서 냉정하게 조망할 수 있게 해주고 구체적 리얼리티를 부여하는 핵심적 요소다. 이 소설에서 암시장은 무엇보다 전쟁이라는 '사업'의 전모를 소설 초고의 제목처럼 '난장(亂場)'으로 펼쳐 보이는 역할을 한다.

전쟁사업의 주체인 미국이 통제하고 관리하는 암시장은 전면전의 유기적 일부로서 복합적 기능을 갖는다. 미국의 경제공작팀은 암거래를 실질적으로 주도하면서 다양한 방식으로 베트남 경제의 흐름을 주무른다. 미국의 공식입장에 따라 좋게 말하면 전란의 와중에 생산활동의 불구화로 고갈된 자원을 지원한다고 할 수도 있겠지만, 실상은 미국의 잉여생산물을 불법으로 대량 유통시키는 방식으로 베트남의 시장질서를 교란하면서 미국경제를 베트남에 이식하려는 침략행위의 일환인 것이다. 예컨대 생필품인 과일류를 동남아 현지에서 조달하면 싼값에 공급할 수 있지만, 미국은 그러한 정상적 무역경로를 봉쇄하고 열 배나 비싼 캘리포니아산을 강매하는 식이다. 물론 그런 물품의 구매자는 소수의 부유층에 국한될 뿐이고 구매력이 없는 대다수 계층의 박탈감은 가중될 수밖에 없을 것이다. 미국의 지배력을 약화시키는 그런 공백을 메우기 위해 PX를 통해 값싼 가공품들을 대량으로 유통시키는 또다른 전략이 구사된다. 그런 경제전략의 직접적 의도는 베트남의 시장을 장악하려는 것이겠지만, 더 깊이 감춰진 의도는 미국식으로 포장된 대규모 물량공세를 통해 "바나나와 한줌의 쌀만 있으면 오순도순 살아가는 아시아의 더러운 슬로프 헤드들에게 문명을 가르친다"(상, 75면)는 문명적 우월감을 유포하여 베트남 사람들을 정신적으로 복속시키려는 것이다. PX가 '아메리카의 가장 강력한 신형 무기' 혹은 '트로이의 목마'에 비유되는 것은 그런 의미에서다. 하지만 자본은 자신의 이미지에 따라 세계를 창조한다는 고전적 정의가 이 경우엔 들어맞지 않는다. 미국의 이 막강한 무기도 베트남의 현실에 서는 예외없이 미국을 궁지에 몰아넣는 약한 고리로 변환되기 때문이다. 예컨대 미국이 베트남 군부에 무제한으로 제공하는 군수물자의 상당 부분은 부패한 정치권력과 일치하는 군부에 의해 민족해방전선에 팔려 넘어가며, 온갖 군수품과 PX의 유통화폐인 달러 군표까지 트럭째로 해방전선측에 접수되는 일도 벌어지는 것이다.

이처럼 미국의 의도가 먹혀들지 않을 뿐 아니라 미국을 갈수록 더 깊은 수렁에 빠뜨리는 사태의 전모는 미국과 베트남 군부의 공식 합작품인 이른바 '신생활촌' 사업에서 극명히 드러난다. 이 사업은 해방 전선에 노출된 취약지구에 집단주거지를 건설하여 자립적인 생활기반을 갖출 수 있도록 지원한다는 것으로, 자위대를 조직하여 무기까지 공급하도록 되어 있다. 말하자면 전투가 아닌 다른 방식으로 '해방촌'을 건설하겠다는 것인데, AID 파견관은 현지주민을 모아놓고 사업 취지를 이렇게 역설한다.

미국은 결코 전쟁을 좋아하지 않습니다. 미국은 여러분의 나라와 같이 일찍이 식민지 상태에서 자유와 인권을 쟁취하여 오늘과 같은 번영을 이루었고, 이러한 번영을 주변의 약한 나라들에게도 나누어 줄 책임을 걸머지고 있는 것입니다. 그러므로 미국의 대외원조는 베트남이 공산주의의 위협에서 벗어나 스스로의 평화를 되찾아준 다는 약속을 유지하기 위한 것입니다. 베트남은 지금 중병에 걸린 미국의 환자입니다. 그러므로 우리는 베트남을 건강하게 만들기 위

하여 치료를 하고 있는 것입니다. (상, 176면)

'수색섬멸작전'이라는 이름으로 민간인 거주지역까지 불바다로 만드는 침략의 당사자가 전쟁을 좋아하지 않는다니! 실상은 전장의 선무방송을 다른 어조로 옮겨놓은 것에 불과한 이런 궤변이 베트남 양민들에게 어떻게 들릴지는 뻔하다. 미군측에 의해 '가장 미국적인 사고를 갖춘 장교'로 발탁되어 연설을 통역하는 팜 꾸엔이 보기에도 이러한 궤변으로 은폐하려는 베트남의 구체적 현실은 "포연 속에서 날마다 수많은 베트남인의 사지가 찢겨 날아가고 있다는 사실"(상, 176면)인 것이다. 베트남의 자주독립 열망을 '공산주의의 위협'으로 호도하고 '중병에 걸린 환자'를 치료하겠다고 정의로운 의사의 역할을 자임하는 것 역시 어불성설의 독선임은 물론이다. 정작 베트남의 권력층은 이 사업에 지원되는 대부분의 물자와 무기까지 빼돌려 치부를 일삼거니와, 미국측의 진단을 액면 그대로 받아들이더라도 그들은 베트남의 병세를 치유불능으로 악화시키는 독을 투입하고 있는 셈이다. 그렇지만 신생활촌 사업을 포함하여 미국의 물량공세가 강화될수록 그것은 고스란히 베트남 군부와 권력층의 부패에 자양분이 되는만큼 미국이 투여한 독은 그들 자신을 잠식하는 파괴력으로 전화되며, 미국은 스스로 쳐놓은 덫에 걸려드는 꼴이 된다. 결국 물리적 폭력의 보완물로 병행되는 경제공작은 그 어떤 무력으로도 통제할 수 없는 무정부상태의 악순환을 자초하는 것이다. 해방전선의 입장에서 보면 그러한 무정부상태가 승기를 잡는 데 결정적으로 유리한 조건일 것이다. 해방전선의 전사들이 조국을 위해 목숨 바쳐 싸우는 것과는 대조적으로 권력핵심의 집행관이자 암거래의 베트남측 실무책임자인 팜 꾸엔이 한몫 챙겨서 국외로 탈출할 궁리만 하고 있다는 사실은 미국을 등에 업은 권력이 이미 붕괴 직전에 임박했음을 예고하는 것이다. 하지만 미국의 패퇴와 베트남 민중의 승리를 이처럼 암시장으로 약호화된 정치경제의 논리로만 설명할 수 없는 것은 물론이다.

3

소설에는 미군수사대의 조서를 간간이 삽입하는 형태로 미군이 민간인들에게 가한 폭력과 살인의 단면들이 제시되고 있다. 그런 수사기록을 남겨서 공개하는 미국의 의도는 "전투원의 작전중 실수를 살인죄와 같이 다루며 인명을 존중한다는 것을 공지시켜야"(상, 91면) 한다는 대민 선전효과를 노리기 위한 것이지만, 그들이 벌이는 전쟁 자체가 인간의 척도를 넘어서는 거대한 범죄인 터에 그런 미봉책으로 전범의 죄과가 씻겨질 리 없다. 미군 병사들이 집단으로 고문을 가하는 베트남 소년에게 '고통을 덜어주기 위해' 죽이고 마는 것이 결국 그들이 '인명을 존중하는' 방식이다. 소설에서 그런 대목이 여과없이 삽입된 장면들은, 가령 「한씨연대기」(1972: 『황석영 중단편전집 2』 창작과비평사 2000)에 나오는 기록문서와 마찬가지로, 피해자의 참담한 무방비상태와 가해자의 일방적 폭력을 더이상 설명이 필요없을 만큼 극사실적으로 대비시켜준다. 그처럼 미군이 무고한 아녀자들에게까지 일상적으로 가한 잔혹행위들은, 베트남의 보통사람들이 굳이 민족해방의 신념으로 무장하지 않더라도 미국이 결코 베트남을 치료하러 온 의사가 아니라 자신들의 주적임을 온몸으로 깨우치고 평화로운 삶을 되찾기 위해서는 미국에 맞서 싸울 수밖에 없는 이유의 생생한 반증인 것이다.

평범한 한국군 참전병사 안영규와 대칭되는 위치에 있는 팜 민 같은 섬세하고 유약한 인물이 형의 권세로 약속된 유복한 장래를 마다하고 해방전선에 자원하는 상황도 그런 맥락에서 이해될 수 있다. 작품에서 구엔 타트처럼 오랜 기간 해방전선의 투쟁으로 단련된 전사들보다는 팜 민의 행적에 촛점이 맞춰지는 것도 그런 이유에서다. 그리 많은 지면이 할애되지 않은 팜 민의 짧은 삶에서 독자는 베트남의 평범한 소시민도 해방투쟁에 나설 수밖에 없는 역사적 당위와 필연을 숙연한 마음으로 되새기게 되는 것이다. 하지만 해방투쟁의 숭고한 당위를 있는 그대로 존중할수록, 가해자의 편에 섰던 한국 독자의 가슴을 돌덩이처럼 무겁게 짓누르는 것은 베트남 민중이 해방투쟁에 바친 가혹한 희생이다. 팜 민에 국한해서 말하면, 그는 혁명을 위해 가족과 사랑을 잃는 고통을 감수한다. 조직의 결정에 따라 전선의 탈주자로 위장하여 암시장의 전선측 보급공작원으로 배치된 그는 겉으로는 형의 뜻에 순응하여 장사로 돈을 벌어서 프랑스에 유학갈 준비를 하는 것처럼 가족들에게도 신분을 위장한 채 살아야 한다. 해방전선에 투신한 남편을 잃고 친정에 얹혀사는 그의 누이는 그런 동생을 "정글로 가기 전보다 훨씬 저열한 사람이 되어 돌아왔"(하. 23면)다고, 꾸엔과 한통속의 타락한 인간으로 보게 되는 것이다. 뿐만 아니라 전선으로 떠나기 전날 처음이자 마지막으로 함께 밤을 보낸 첫사랑의 여인 소안에게도 끝까지 속을 터놓지 못하고 떠나보내야 한다. "베트남 여자가 사랑하는 남자는 곁에 없거나 세상에 살아 있지 않은 거야"(하. 24면)라는 누이의 말은, 혁명과 사랑을 모두 저버린 듯이 살아야 하는 팜 민에겐 차라리 목숨을 내놓고 정글에서 싸우는 것보다 더한 고통을 안겨줄 것이다. 어떻게든 전란의 와중에서 딸을 살아남게 하려는 집안의 강요에 못이겨 중년의 유복한 장사꾼에게 시집을 가야 하는 소안은 마지막 순간까지 팜 민에게서 진실을 듣고 싶어하지만, 소안까지도 죽음의 전선에 끌어들이지 않는 한 팜 민은 끝내 침묵할 수밖에 없다. 팜 민을 옥죄는 이러한 고통은 그가 일상에서 수행하는 보급활동 역시 정글에서의 전투와 다를 바 없는 해방투쟁의 일부라는 사실을 일깨워주거니와, 자신이 해방전선에서 이탈한 비겁자라는 소문과 함께 소안의 약혼소식을 듣게 되는 그에게 구엔 타트는 이렇게 말한다.

마음속 깊이 축복해주시오. 그러면 됩니다. 그 뒤에는 그들에게서 태어날 아기들에게 자랑스런 조국을 물려주겠다고 다짐하고 작전에 나가는 거요. 이것이 바로 내가 전에 말했던 사랑과 혁명이 같은 길이라는 뜻입니다. (하, 325면)

이 비장한 다짐이 시사하듯 팜 민에게도 사랑과 혁명이 같은 길로 이어지는 것은 결국 죽음을 통해서이다. 그의 죽음이 해방투쟁에 목숨을 바친 무수한 베트남 민중의 비극적 초상임은 물론이지만, 그가 다름아닌 안영규에게 살해당하는 장면에 이르러 우리는 베트남전쟁에서 한국의 역할이 무엇이었는가를 냉철히 되묻지 않을 수 없다.

안영규가 팜 민을 살해하게 되는 직접적인 동기는 암시장 조사의 보조원으로 데리고 있는 베트남인 토이의 죽음이다. 한국군의 부역자 노릇을 하는 토이가 암시장에서 해방전선측의 거래선을 캐내어 비밀에 부치는 댓가로 거액을 요구하며 협박까지 하다가 결국 해방전선 요원들에게 처형된만큼 화를 자초한 셈이지만, 토이의 욕된 죽음은 영규에게 미군의 총알받이로 전장에 끌려온 자신의 욕된 처지를 재확인하는 결정적 계기가 된다. 영규가 토이의 위치에 자신을 포개놓고 보는 것은 그 때문이다.

　토이의 죽음은, 무수히 죽고 다쳐서 한줌의 재로 아니면 팔다리
를 잘리고 병신이 되어서 실려간 다른 한국군 병사들의 것처럼 욕
스러운 것이었다. (하, 339면)

　따라서 영규가 딱히 분노라고 할 수도 없는 조건반사적 광기에 사
로잡혀 팜 민을 사살하는 행위는 토이에 대한 복수라기보다는 전쟁이
끝난 뒤에도 결코 지워지지 않을 치욕에 몸부림치는 발작이다. 그런
의미에서 토이에 대한 안영규의 자기동일시는 "이 전쟁에서 한국인이
처한 곤혹스럽고 모순된 처지를 극명하게 반영하고 있다"[5]고 할 수
있다. 이미 정글에서의 전투를 겪었고 제대를 불과 몇달 앞둔 영규는
토이가 죽기 전까지만 해도 암시장 주변에서 적당히 시간을 때우다가
귀국할 작정이었고, 실제로 암시장 조사요원으로 그에게 주어진 역할
도 그런 테두리를 넘어설 수 없는 것이다. 앞에서 말했듯이 미군이 베
트남 군부에 지원하는 막대한 물자들이 암시장을 통해 해방전선측에
넘겨지지만, 그 부패한 군부가 미국의 유일한 지배고리인만큼 미군수
사대도 베트남 군부와 권력층이 개입된 암시장 거래에는 손을 대지
못하도록 되어 있는 것이다. 더구나 영규는 전쟁에 염증을 느낀 미군
병사의 탈영을 적극 도와주고 또 미군을 향해 '너희는 베트남인의 적
이다'라고 말할 줄 아는 정도의 양식은 갖춘 인물이다. 따라서 영규의
입장에서 보면 이 소설은 암시장 조사원이라는 그의 역할에 걸맞게
암시장의 질서 내지 혼돈을 익혀가는 학습과정으로 끝날 수도 있다.
하지만 자신에게 주어진 역할에 충실할수록 뱀이 자기 꼬리를 무는

5) 김철 「제국주의와 정치적 무의식」, 『문학과사회』 1990년 봄호 318면.

형국이 될 수밖에 없는 그의 모순된 처지에서 그러한 학습과정을 통해 현실인식과 자아성숙이 운좋게 결합될 성장소설의 가능성은 애초부터 차단되어 있으며, 현실에 깊숙이 발을 들여놓을수록 그는 착잡한 환멸의 미로에 빠져들 수밖에 없다. 결국 영규를 주체할 수 없는 폭력적 광기로 몰아가는 것은 베트남전쟁에서 한국의 역할이 결코 개인적 양심으로 상쇄될 수 없는 집단적 폭력의 가해자라는 사실을 냉엄하게 일깨워준다. 독자로서는 영규와 팜 민의 유일한 만남이 조금이라도 다른 방식으로 이루어지길 애타게 소망하지만, 베트남전쟁에서 한국의 역할이 무엇이었는가를 냉철하게 묻는 작가의 양심적 자기검열은 객관적 리얼리티에서 벗어나는 어떠한 일탈도 용납하지 않는 것이다. 바로 이 엄정한 객관정신이 리얼리스트 황석영의 장인적 면모다.

4

『무기의 그늘』에서 전쟁의 폭력에서 자유로운 인물은 하나도 없다. 부역자 토이의 욕된 죽음이나 무엇보다 해방투쟁의 승리에 제물로 바쳐진 팜 민의 죽음이 그러하지만, 권세를 등에 업고 바닥 없는 늪에서 벗어날 수 있을 것처럼 보이던 '국적 없는 허무주의자' 꾸엔 역시 좌초한다. 아래에서 꼭대기까지 다 썩은 권력의 줄에 매달린 명운이 온전할 리 없는 것이다. 그런가 하면 아메리카의 힘이 미치지 않는 곳으로 탈주하기를 꿈꾸던 탈영병 스태플리 역시 개죽음을 당한다. 재수 없는 우연에 희생된 것처럼 보이는 스태플리의 죽음은 전장에 동원된 미군 병사들 역시 그들이 가한 폭력의 기억으로부터 결코 자유로울 수 없음을 단적으로 보여준다. 꾸엔과 위장결혼을 해서라도 제3국으로 탈출하여 새로운 삶을 시작하려던 오혜정 역시 꾸엔의 좌천으로 뜻을 이루지 못하지만, 달러장사를 통해 돈을 모으는 절반의 성공 역시 결코 '자유'의 보증과는 거리가 멀다. 오혜정이 돈을 버는 방식은 미군의 통제를 벗어나 유통되는 군표 달러를 미군 당국이 휴짓조각으로 만들어버리는 화폐가치 조작에 편승하여 일종의 환차익을 노리는 수법이거니와, 그녀가 얻는 이득은 미국의 경제논리에 예속된 형태로만 실현되는 것이다. 그런 점에서 그녀가 '나비부인'이라는 것은 미군의 총알받이를 동원해주는 댓가로 반대급부의 경제적 이득을 챙기려는 국가적 상징성으로 확대된다. 그리고 자신의 의지에 반하여 그나마의 양심에 스스로 못을 박고 귀국하는 안영규 역시 폭력적 광기의 기억에서 자유롭지 못하다는 것은 한국군 참전병사의 후일담 이야기인 「돌아온 사람」(1970: 『황석영 중단편전집 1』 창작과비평사 2000) 같은 데서 여실히 확인된다.

베트남전쟁은 일단 민족해방투쟁의 승리로 끝났다. 하지만 미국이라는 막강한 제국에 맞선 싸움에서 베트남 민중은 너무나 가혹한 희생을 치러야 했고 베트남의 대지는 회복불능으로 철저히 파괴되었다. 지금 시점에서 보면 미국은 군사적 패퇴에도 불구하고 베트남을 초토화시킴으로써 민족해방투쟁에 승리한 베트남을 다시 미국 주도하의 세계시장에 편입시키기 위한 또다른 정지작업을 수행한 셈이다. 냉전체제의 붕괴 이후 이 새로운 국면의 열전이 과거와 다른 양상으로 격화되고 있다는 것은 최근 들어 더더욱 실감하는 바지만, 거대자본의 운동에 충직한 그러한 제국적 지배의 기제는 미국이 희대의 '전쟁사업'으로 벌인 베트남전쟁에서 이미 분명한 윤곽을 드러냈던 것이다. 베트남전쟁을 "미국이 구제국주의의 외피를 모호하게 상속하여 생긴 마지막 에피소드"[6]라고 보는 시각도 있지만, 황석영의 『무기의 그늘』은 미국이 과거의 제국주의를 더욱 폭력적이고 전면적인 방식으로 계승하는 새로운 전쟁의 시작이 베트남전쟁이라는 것을 여실히 보여주고 있다.

미국과 함께 집단적 가해자의 위치에 있었던 우리로서는 전쟁에 짓밟힌 베트남인들이 과연 승리한 투쟁의 기억만으로 살아갈 수 있을지 되묻게 된다. 해방전선의 투사로 참여했다가 구사일생으로 살아남은 베트남 작가 바오 닌의 소설 『전쟁의 슬픔』(예담 1999)에서도 통절하게 확인되지만,[7] 해방투쟁에 승리한 베트남인 자신들에게 정작 전쟁의 승패보다 오래 지속되는 것은 다름아닌 그 승리를 위해 잃어버린 것들에 대한 고통스러운 기억일 것이다. 하지만 동족에 대한 사랑을 죽음으로 지켜낸 무수한 베트남 사람들의 숭고한 희생이 살아남은 자에게 고통스런 중압만은 아니라는 것도 거듭 강조되어야 한다. 바오 닌과 마찬가지로 해방전선 투사였던 또다른 베트남 작가는 전선에서 죽은 친구의 이름으로 작품활동을 하면서, 해방투쟁을 승리로 이끌었던 뜨거운 인간애야말로 전쟁도 파괴하지 못한 베트남인들의 영혼임을 역설하고 있거니와,[8] 전쟁의 상처와 폐허를 딛고 베트남인들이 그들

---

6) A. 네그리 · M. 하트 『제국』, 윤수종 옮김, 이학사 2002, 330면.

7) 전쟁의 폭력 속에 참혹하게 일그러진 주체의 분열을 문제삼는 이 소설의 주인공 꾸엔이 "내게 살고 싶다는 욕망이 약간이라도 남아 있다면 그것은 미래에 대한 믿음 때문이 아니라 추억의 힘 때문"(63면)이라고 말하는 것은 전쟁으로 파괴된 것들의 기억을 극복하지 않고는 한시도 살아갈 수 없다는 참담한 역설의 표현이다. 또한 꾸엔의 애인 프엉에게 순결한 성녀와 슬픈 창녀의 이미지가 하나의 인격 속에 수시로 교차하는 것도 전쟁의 비극이 외부의 적과의 싸움에 이긴 것만으로 결코 해소되지 않음을 아프게 일깨워준다.

8) 반 레 『그대 아직 살아 있다면』(실천문학사 2003) 참조. 이 소설의 작가가 실명으로 등장하는 방현석의 근작 「존재의 형식」(『랍스터를 먹는 시간』 창비 2003)은 지금의 베트남 현실을 소재로 베트남인들을 살아 있게 하는 희망이 무엇인가를 자본의 물신에 지배당하는 우리 현실과 대비시킨 빼어난 작품이다.

이 갈망하던 평화로운 삶을 그들 나름의 방식으로 일구어갈 수 있는 희망의 조건도 그런 데서 찾아야 할 것이다.

『무기의 그늘』을 30년 전 베트남전쟁의 이야기가 아니라 현재진행형의 소설로 읽어야 할 이유는 너무나 많다. 1991년 걸프전을 끝낸 부시 미국 대통령은 "이제 베트남전쟁의 악몽을 털어낼 수 있게 되었다"고 호언함으로써 걸프전이 베트남전쟁의 연장선에 있음을 본의 아니게 실토한 적이 있다. 그리고 10여년이 지난 지금 다시 이라크를 강점한 채 한국군 전투부대의 파병을 강요하고 있다. 『무기의 그늘』을 통해 베트남전쟁에서 우리의 역할이 무엇이었는가를 냉정하게 되새기는 독자에게는 지금 우리가 어떤 길을 선택할 것인가는 자명할 것이다.

林洪培 문학평론가. 서울대 독문과 교수. 주요 평론으로 「다시, 세상 속으로」 「주체의 위기와 서사의 회귀」 등이 있고 역서로 『루카치 미학』(공역) 『나르치스와 골드문트』 등이 있음.
*『황석영 문학의 세계』(창비 2003)에 수록된 글을 필자의 허락을 받고 재수록함.

무기의 그늘 하

제1판 1쇄 발행 / 1992년 6월 20일
제2판 1쇄 발행 / 1997년 6월 20일
개정판 1쇄 발행 / 2006년 2월 15일
개정판 13쇄 발행 / 2026년 1월 8일

지은이 / 황석영
펴낸이 / 염종선
편집 / 김정혜 황혜숙 강영규 김명재
펴낸곳 / (주)창비
등록 / 1986년 8월 5일 제85호
주소 / 10881 경기도 파주시 회동길 184
전화 / 031-955-3333
팩시밀리 / 영업 031-955-3399 편집 031-955-3400
홈페이지 / www.changbi.com
전자우편 / lit@changbi.com